庆 祝 中 国 共 产 党 成 立 一 百 周 年

中国戏剧家协会

—— 百部 ——
优秀剧作

典藏

1921—2021

10

作家出版社

目　录

红旗渠　杨　林 / 001
水莽草　杨　军 / 071
戏　台　毓　钺 / 101
家　客　喻荣军 / 165
李保国　孙德民　杜　忠　郭虹伶 / 219
陈奂生的吃饭问题　王　宏　张　军 / 257
柳　青　唐　栋 / 313
生　命　陈欣欣 / 379
眷江城　罗　周 / 413
红　船　王　勇 / 445

后　记 / 491

·话　剧·

红旗渠

杨　林

写在前面的话——

《红旗渠》剧本是创作的，但，红旗渠是真实的；

《红旗渠》情节是虚构的，但，红旗渠精神是真实的！

时　间　20世纪60年代。

地　点　河南林县。

人　物　（以出场先后为序）杨贵，李贵，王才书，李运宝，周绍先，路加林，秦太生，郭凤辰，马有金，黄继昌，通信员，王宝金，老伴，王宝金儿子，一党员，金锤，银锤，铜锤，铁锤，凤兰，吱吱，李继红，李黑，马梅英，常五旦，苏犁，杨起梦，起梦妻，儿子，儿媳，队长，李秘书，张光明，调查组成员甲、乙，杨母，刘西城，张桂平，继红妈，民警、村民、男女民工、县剧团演员、青年突击队队员若干。

一

〔光启。太行山下，漳河岸边，山如屏障，峻高蔽日；河水奔腾，涛声如雷。

〔山脚下，一北方汉子踏着涛声走来。他身着宽衣大裤，操豫北口音，一步跨上漳河堤岸，伫立不语，深沉眺望。

〔霎时间，涛声渐隐。高山静默，仿佛都在期待什么。

杨　贵　我是林县县委书记杨贵。现在是1959年10月29日。今天，在这里召开县委常委扩大会议，专门就“引漳入林”问题进行再次表决。同志们，开会之前，我先请大家看三样东西。第一，看看咱们脚下的这些庄稼地——

〔旷野间，土地龟裂，旱象惊人。

杨　贵　咱们一路走来，都看见了。地，张着大嘴，在等水喝。第二，我要请大家看的就是这条近在咫尺的浊漳河——

〔浊漳河，水声隆隆，波涛又起。

杨　贵　听听，它在翻滚打浪啊！多好的水，多大的水，就这样从我们的身边流走啦，哗哗地流走啦。最后，我请大家看看身后的这座山——

〔太行山，峻崖倾斜，仿佛压在头顶。

杨　贵　就是这座山，挡住漳河水，硬是流不进咱林县呢！今年这场大旱，百年不遇。林县境内的淅河干了，洹河干了，淇河干了，露水河也干了。我们修好的水库无水可蓄，挖好的水渠无水可引。老百姓又开始撵着毛驴，挑着水桶，推着水车，翻山越岭地取水了。事实已经证明，“引漳入林”，迫在眉睫呀！所谓的“引漳入林”就是劈开这座太行山，让漳河水穿山越岭，流进林县。（回身仰望太行）我知道，“引漳入林”，工程浩大，干起来不容易，想干成更不容易。可……林县五十五万百姓需要水，九十一万亩耕地需要水，生长在这片土地上的花草树木、骡马牛羊需要水啊。（一声叹息）唉！谁叫我们赶上了呢。逃避，不干，老百姓会骂我们是一群蠢材！吃才！或许，会有人在嘀咕，说我杨贵又犯了胆大不要命的毛病。也许有人会说，我是想出风头，想利用“引漳入林”为自己捞政绩、树红旗、当英雄。坦白地说，你说对了！古往今来，任何一个有血性的男人，谁不渴望建功立业？谁不渴望被历史牢记？谁不渴望成为人民心中的英雄？更何况，“引漳入林”是党的事业、人民的事业，利在当代，功在千秋。叫我说，“引漳入林”就是上天赐予我们的一次机遇，在完成党的事业的同时，在解决了群众迫切需要的同时，或许我们也就成为了改变历史的英雄！我希望你们能够理解我这份心情，我希望你们能够举手同意“引漳入林”工程，我也希望大家和我一起豁出身家性命，背水一战，轰轰烈烈，个个成为重新安排林县河山、改天换地的人民英雄！（停顿）同意的，请举手！

〔涛声拍岸，山谷呼应。

〔一群人影从四面八方聚拢过来。

〔一个瘦小的身影闪出，他连咳带喘地登上堤岸，率先立于杨贵一侧。他是林县县长李贵。

李　贵　（举手，咳嗽，宣誓般）林县县长李贵同意！

〔又一个身影闪出，登上堤岸，立于杨贵另一侧。他是林县县委副书记王才书。

王才书 （举手，宣誓般）林县县委副书记王才书同意！

〔又一个身影闪出，登上堤岸。他是林县县委书记处书记李运宝。

李运宝 （举手，宣誓般）林县县委书记处书记李运宝同意！

〔又一个身影闪出，登上堤岸。他是林县县委书记处书记周绍先。

周绍先 （举手，宣誓般）林县县委书记处书记周绍先同意！

〔无数个身影相继闪出，举手、宣誓，聚拢于杨贵左右。

路加林 路加林同意！

秦太生 秦太生同意！

郭凤辰 郭凤辰同意！

马有金 马有金同意！

〔声声铿锵，惊天动地。身形矗立，状如群雕。

〔堤岸之下独剩一人，形只影单，与簇拥的群体形成不平衡的对峙。他是林县副县长黄继昌。

黄继昌 （踌躇良久，慢慢举手）我……林县副县长黄继昌不同意！

〔众人惊愕之余，齐把目光射向黄继昌。

杨　贵 （一愣，笑）哈哈哈哈……老黄啊，我就知道，你准会和我唱反调。

黄继昌 （微微一哂）杨书记，看看你的身边，唱和声的人太多，我必须站出来，唱唱反调。

杨　贵 （不乏揶揄地）那好。诸位，快去漳河里打几桶水来，咱们好好洗洗耳朵，恭恭敬敬地听听黄副县长的反调。

黄继昌 （不加理会，继续陈述）“引漳入林”工程，愿望美好，确实令人向往，但是——

杨　贵 但是啥？

黄继昌 我……是木匠出身。按照我们的规矩，必须先备好料，再量尺寸、下线，然后才能动斧子、动锯，凿眼儿、掏榫儿。我先问你，“引漳入林”的料，你备齐了吗？比方说钱，拍拍你兜里有吗？

杨　贵 （幽默地拍拍口袋）有点儿，但没有那么多。但我们有人，五十五万！

黄继昌 “引漳入林”主干渠七十多公里，渠线几乎全在太行山悬崖峭壁之上，大型施工机械，咱们有吗？

杨　贵 大型机械没有，但我们有一种精神——自力更生！

黄继昌 自力更生？哈哈，你总不能让五十五万老百姓，念着“自力更生”，搭着人梯去半山腰上开山放炮吧！老杨！修水利，搞工程，仅凭一腔激情，凭着一种精神，顶用吗？就目前林县的这张荷叶，它能包得下“引漳入林”这么大的粽子吗？

杨　贵 那依你的意思是——

黄继昌 我——反对冒险。

杨　贵 你的意思是等——

黄继昌 等待时机成熟！

杨　贵 等到咱钱袋子装满？等到咱设备齐全？等到咱粮食满囤？等到咱有了经验？那要到哪一年，你知道要等到哪一年！

黄继昌 这……

杨　贵 林县人能等吗？还有这人、这土地、这庄稼、这牲口能等吗？没有钱，我们可以省着用；粮食少，我们可以省着吃；没有设备，我们可以想办法；没有经验，我们可以慢慢摸索。唯独时间不能等，一天都不能等。有人说我是三国姜维，胆大如鸡卵。今天我还就告诉你，“引漳入林”有一成把握我都要干。我知道，你是在担心“引漳入林”，一旦半途而废，好心办成坏事，劳民伤财，我杨贵落一个身败名裂，遗臭万年！对吗？

黄继昌 不。一旦失败，遗臭万年的不是哪个人，而是中共林县县委！是今天在场的每一个人！（稍顿，循着涛声）各位，我也想请大家仔细看看这条浊漳河。它可不是谁家的醋瓶子，你想让它往哪儿流，瓶口一歪，就流过去啦！回头再看看这太行山，它也不是一个绿皮红瓤的大西瓜，你想劈开，大刀一举，吧唧，就劈开啦。

〔杨贵等人回望太行。

杨　贵 （自语般）那咱就试试看吧。（冲着高山呼喊）太行山，你听到了吗？从今天起，我们的较量就开始了！

〔轰的一声开山炮响，天地战栗。

〔太行峭壁顿时炸出一个豁口，众人眼前豁然开朗。

〔激越、雄壮的歌声传来：

“劈开太行山，
漳河穿山来。
林县人民多奇志，
敢把河山重安排……”

〔光暗。

二

〔夜空中回响着《“引漳入林”动员令》：

“‘引漳入林’是我县人民群众多年来梦寐以求的事情，在党中央、毛主席和省、地委的正确领导下，经过全县各级党委的多方面努力，这一理想马上就要实现了……”

〔1960年2月11日，农历正月十五。

〔光启。天色微明。天空中飘着雪花。

〔远处，人喊马嘶，汽车轰鸣，旗帜飞扬，灯火通明，一幅千军万马赴太行的行进图。

〔黑暗中，一个粗哑的声音在大呼小叫。随着光亮，闪出马有金。他正站在高坡上指挥交通。在他身边，跟着一个通信员。

马有金　（朝后呼喊）东岗公社的人，恁一直往前挤一直往前挤，恁就不会让让。让采桑公社的人先过去……

〔幕后声：“凭啥要俺让路！”

马有金　凭啥要你让路？我叫你让路你就得给我让路。……哎哟，姚村公社的人，恁就不要再往前挤啦。你没看看，路这么窄，人车这么多，再挤，就挤成疙瘩蛋了……哎哟，我的娘啊，堵死了，堵死了，彻底算是堵死啦……（心急火燎地冲通信员）你别光在这儿傻站着了，快去路上指挥，把各个公社，分好先后，排好次序，一家儿走了一家儿再走，再这样你争他抢地挤下去，挤到猴年马月，大家谁也过不去！

通信员　这……指挥长，人家能听我的吗？

马有金　哦……（略思）把你那小棉袄脱下来！哎哟，你磨蹭啥呀！（扒下通信员棉袄，脱下自己的皮袄）给，穿上！

通信员 马指挥长，这……不合适吧。

马有金 咋，嫌我这皮袄不好？你仔细瞧瞧，（掀着皮袄里子）羊羔子毛。

通信员 我是说，你脱了皮袄，冷。

马有金 只要能把路疏通，冻死权当驴踢死啦。快穿上！穿上它，你就相当于有了令箭，接了令旗。

通信员 令旗？

马有金 全县十五个公社，不管他大官儿小官儿，谁不认识我这件老皮袄？皮袄到哪儿，就是老马到哪儿。碰上那不长眼的，你只管日娘捣祖宗地给我卷[①]他！

通信员 卷人？

马有金 对！不光卷，有人尥蹶子，你还要给我踢！

通信员 踢？

马有金 对，专踢他那“小鸡子蛋”。去吧。

通信员 （面有难色）那……中吧。（跑下）

马有金 （望着通信员背影，自语）这小孩儿，太文气，像个娘儿们，回头我得换了他。

〔杨贵带李贵、李运宝等几个人匆匆过来。

李　贵 有金……（走路太急，哮喘严重，一阵咳嗽，憋得脸红脖子粗）

杨　贵 （与李运宝扶李贵坐下）哎哟，不要你来，你偏要跟来。

李　贵 （咳嗽）有金，你这儿情况啥样？

马有金 （给李贵拍着后背）哎哟，堵了，堵了。日他娘都快堵成扬子江啦。

〔杨贵疾步登高瞭望。

马有金 杨……

李　贵 （急忙制止）别打扰，他在想事儿。

李运宝 这就是老杨啊，再乱的环境，说静他就能静下来。

马有金 那要不人家咋就能当老一，咱只配跟在人家后头喝汤儿呢。其他路段咋样？

---

① 卷：骂的意思。

李运宝 跟你这儿差不多，前后堵了十几处。

马有金 我日他娘啊，这人都疯了。十五个公社，几万人，说出来，哗啦一声全都赶着马车、推着小车上路啦。你也往前挤，他也往前挤，这哪像是去修渠啊，这简直就是抢着入洞房，当新郎官儿啊。

李运宝 就这路，还是先遣队提前修过的。没想到，这千军万马他会凑一块儿呢。早知道这样，我应该提前把各个公社的顺序排好。

马有金 中了，中了。先别急着检讨了。早知道尿炕，还一夜睁着眼不睡呢。谁有烟，给一根儿，我快憋死啦。

〔李运宝递烟、点火。马有金贪婪地猛吸几口。

〔通信员跑上。

通信员 马指挥——

马有金 咋啦，咋啦？

通信员 有人不听指挥。

马有金 你……不是穿着皮袄的吗？

通信员 看见皮袄，照样不听。

马有金 我日他娘啊，翻天啦。你给我卷他呀，你照裤裆踢他呀。

通信员 我不敢。

马有金 你真鸡巴软蛋。

通信员 不是我软蛋，是他说……他是你亲戚。

马有金 俺亲戚？啥亲戚？

通信员 他说……他是你大舅子。

马有金 大舅子？老丈人也不中。走，跟我去，看我不把他的蛋子儿踢成蛋花儿。走。（与通信员跑下）

李运宝 （担心，叮嘱）有金……老马，说是说，你可不敢真动手啊……老马，老马，你听见了没有？

〔杨贵、李贵见状，会心一笑。

杨　贵 哈哈……放心吧。

李　贵 对，别看马有金人样儿五大三粗，脏话不离嘴，貌似个猛张飞，办起事儿来，该粗的时候会粗，该细的时候会细，他拿捏得稳当着呢。

杨　贵 杨贵李贵，英雄所见略同啊！（笑）

李　贵　一听这笑声朗朗，看来你已经想好法儿解决眼前这头疼事儿了吧。

杨　贵　（佯装不解）眼前的头疼事儿，我咋看不出来这眼前有啥让咱头疼的事儿呢？

李　贵　（四处指点着）你看看这儿，再看看那儿……十五个公社修渠民工都瘫痪到路上，动不了啦。这还不够头疼啊。

李运宝　正月十五，专门挑选的黄道吉日。真没想到，开工就遇上这麻烦。光咱林县境内，就堵了十几处。进了山西平顺，还不知道会堵成啥样儿呢。

杨　贵　你说这叫头疼事儿？叫我说，这是一个好兆头。

李　贵
李运宝　好兆头？

杨　贵　一声令下，万众呼应，这说明啥，说明咱的决策深得民心！千军万马，一夜出动，这说明啥，说明老百姓修渠的热情高昂！你们向远处看看，几万修渠大军，蜿蜒太行山间，灯火通明，这多像是一条燃烧的巨龙啊！（啧啧称赞）美丽！壮观！不瞒二位，有了今天这幅画儿，我这心里倒是不堵了，啥担心，啥顾虑，立马儿去掉一多半儿。

李运宝　杨书记，我今天又发现你的一个特点——

杨　贵　说说看。

李运宝　你看问题、思考问题，角度总和别人不一样。别人顺着看，你倒着看；别人从左边儿看，你偏从右边儿看。在我们眼里，这明明就是大麻烦，你却把它看作好兆头。

杨　贵　是吗？（打趣）你没听说过吗，顺行是人，逆行是仙。我这就是，非常人不走平常道儿。

李　贵　（故作惊叹）哎呀呀，真没想到，咱这老伙计还是位神仙呢！既然神仙都说眼前这事儿是好事儿，那咱就高枕无忧了……

杨　贵　对，高枕无忧。

李　贵　可以回家睡觉啦。

杨　贵　对，回家睡觉。

李　贵　那咱就走？

杨　贵　走！（与李贵假作离去）

李运宝　（信以为真）这、这、这……你们还真走啊，眼前这个烂摊子你们真的就不管啦？

〔杨贵、李贵停步，看着李运宝，微笑不语。

李运宝　（恍然大悟）哦——我明白了，书记、县长恁都是神仙，就我一个是常人。（与杨贵、李贵同笑）

杨　贵　（笑声戛止，正色）李运宝记录——

〔李运宝执笔准备记录。几名通信员高举马灯上，凑近照明。

〔远处山坡上，应声闪出无数人影，静默聆听。

杨　贵　通知所有县委常委和“引漳入林”工程总指挥部各级正副指挥长，连夜赶到任村公社待命！由于道路问题，修渠大军受阻，必须尽快解决。每个常委，分段、分村包干，该炸的炸，该垒的垒，该挖的挖，该拆的拆。道路通过村子，需要拆房子、毁院子，我们的干部，必须亲自登门做工作。两天时间，道路必须畅通。记下，这是命令，死命令！

李运宝　“这是命令，死命令”，记下了！

杨　贵　不许找客观，不许谈条件！

李运宝　“不许找客观，不许谈条件”，记下啦。

李　贵　我补充一点。拆迁群众房屋，赔偿一定要到位。该赔多少，就赔多少，一分一厘都不能打马虎，绝对不能让群众利益受到损失。

杨　贵　对，这一点很重要！“引漳入林”咱是给老百姓造福，咱不能先让群众受屈啊！

〔光暗。

三

〔光启。拐头山村口，祠堂门前。

〔山坡上的人影幻化为拐头山村民的身影。村支书王宝金伫立山坡，也在密切关注着远处所发生的一切。

〔王宝金身后的村民们，幼儿手举纸糊灯笼照明，男女老少村民站在支书身后紧张观望。

〔夜空中继续回响着《“引漳入林”动员令》：“‘引漳入林’是

我县人民群众多年来梦寐以求的事情，在党中央、毛主席和省、地委的正确领导下，经过全县各级党委的多方面努力，这一理想马上就要实现了……”

王宝金 （发狠似的猛吸两口烟后，把烟袋别在腰间）拐头山村党员、团员、基干民兵——

众党团员 （纷纷答应）哦，都在呢。支书，俺们都在等着呢，等恁发话呢。

王宝金 掂起铁锨、镢头，准备拆祠堂。该拆的拆，该搬的搬，天大亮之前，必须把这里（指祠堂）收拾利落。

众村民 （欲言又止）支书——

王宝金 咋啦？（再次命令）注意三条：一，抓紧时间；二，注意安全；三，把拆下来的砖、瓦、梁、檩、窗户、门框，摆好，放好，保护好。祠堂迟早还得再盖。去吧！

〔一个和王宝金年纪相仿的老妇被众人推出人群。她是王宝金的老伴。

老　伴 （怯怯地）他、他、他……爹！

王宝金 咋了？

老　伴 （吞吞吐吐）这祠堂能不能……今天不拆。

众村民 就是，不拆吧？

王宝金 为啥？

老　伴 大家伙儿都说，今儿……可是个正月十五啊。

众村民 可不嘛，过节呢。

老　伴 大过节的拆祠堂，这心里……不得劲儿。

众村民 不得劲儿，老不得劲儿。

老　伴 他爹，咱就不能再错个一天儿半天儿？

众村民 （纷纷乞求）是啊。

缓缓吧！

缓缓吧，要不，这心里老是过意不去啊！

众党团员 支书，要不咱今天……

王宝金 （从腰间拔出烟袋，冲着老伴劈头盖脸打了过去）就你能！就你能，就你长个破嘴会说话……你是支书老婆，你脸气大，别人不敢说，你敢说……（边打边骂）我叫你嘴贱……嘴贱！嘴贱！嘴贱！……我看你还嘴贱！我看你还敢再嘴贱！

老　伴　（抱着头乱躲，哭喊着）他爹呀，我错了……我多嘴啦……我再也不敢啦……我再也不敢了呀……

王宝金儿子　（扑过来，死死拉住王宝金）爹，不打了，不打了。俺娘她知道错啦，她知道错，她知道错了呀……（连哭带喊）

众村民　（扑过来，纷纷护住王宝金老伴）支书不打了，支书不打啦！

王宝金　（哽咽着质问）恁谁还说啥！

众村民　（哭求着）支书，拆吧！俺们啥也不说啦！说拆哪儿就拆哪儿，俺们一句屁话没有，没有啦！

〔党团员们拿起工具，匆匆跑进祠堂。

〔杨贵带领通信员从山坡后闪出。

杨　贵　老同志，你们这是干啥？

王宝金　拆祠堂。

杨　贵　哦，已经有人通知你们……

王宝金　这事儿，还用通知！

一党员　（跑过来，低声）宝金叔，牌位搬完了。

王宝金　（严厉地纠正）“请”！不懂规矩，祖宗牌位要说“请”。

一党员　哦，哦，哦。宝金叔，祖宗的牌位“请”完了。

王宝金　（指挥其余村民）拐头山的老头儿老婆儿、奶孩子妇女们……

众村民　支书，在呢。

是啊，都在哪。

支书，该干啥，等你发话呢。

王宝金　按长幼顺序，把牌位摆好了！该上的供享，要上；该行的礼仪，要行。祠堂拆了，礼数不能少。

〔男女村民，唯唯诺诺地点亮蜡烛，摆好供品。

〔众人端起酒碗，举过头顶，双膝跪下。

〔杨贵等人悄悄闪到一边，充满感激地观看着眼前这特殊的祭祖仪式。

王宝金　（终难抑制，冲天号啕）老祖宗们哪！我也知道不能拆，不能拆呀！可咱挡着路了，咱挡着路了呀！你们没看看，十几万人硬是挤得岔不开裆、迈不开腿，挤成了疙瘩蛋，老祖宗，不能因为咱一个小村子，耽误了“引漳入林”的大事儿啊！老祖宗，今天委屈你们了！先拆祠堂，随后再拆民房。得拆几间，咱拆几间；该拆谁家，咱拆谁家。哪怕把拐头山整个村子拆光，咱也不心疼、不埋怨……老祖宗！（泣不成声）这缺水的时光，咱老几辈过够了、过厌了、过腻了、过怕了，咱不能再让后代子孙接着过了……

〔一盏盏灯笼在亮，一根根蜡烛在闪，一声声啜泣此起彼伏。

〔众村民祭酒，叩拜，长跪不起。

杨　贵　（疾步上前，端起水酒，望空一拜）拐头山王家列祖列宗，接着老支书的话儿，我来补充几句。大渠，将来就从咱村后这半山腰通过。修渠的时候，会专门给咱村留个闸口，想用水，轻轻一提闸门，漳河水哗哗啦啦就能流进咱村。到了那一天，咱拐头山的地，就全都是渠下地；咱拐头山的田，那可就全都是水浇田哪！

众村民　（抬起身躯，半信半疑）噢？

杨　贵　只要有了水，咱拐头山——不，不光咱拐头山，而是咱全县，队队可以有果园，栽苹果、种李子、种桃、种杏儿、种梨、种葡萄，四季水果，吃啥有啥。

众村民　（无限向往）噢！

杨　贵　只要有了水，咱村村可以有水库，能蓄水、能养鱼、能灌溉、能洗衣裳能洗澡，天热了咱还能游泳。

众村民　（惊叹）噢！

王宝金　老祖宗，到时候，恁可记得来游泳。

杨　贵　只要有了水，咱村村能种上水浇菜，除了种小麦、谷子、玉米、高粱，咱还可以种水稻——

众村民　（惊叹）噢——水稻是啥？

杨　贵　就是大米。

众村民　大米？

王宝金　老祖宗，恁知道吗？水稻就是大米。

杨　贵　王家的列祖列宗，恁记住我今天说的话：今天借你一条路，明天还你一条；现在拆你一座屋，将来用水果蔬菜、大米活鱼来供你！（站起祭酒，一揖，匆匆欲下）

王宝金　（起身追，问）请领导留下姓名！

杨　贵　（停步回答）杨贵！

王宝金　（惊呼）你……是杨书记？

众村民　（惊异）啊，杨书记！（站起，扑到杨贵跟前）

杨　贵　我……谢谢乡亲们啦！（深施一礼，匆匆离去）

众村民　（呼喊着追赶）杨书记——书记——杨书记！

〔山回路转，回声悠悠；北风呼呼，飞雪飘飘。

王宝金　（回身面对祠堂）老祖宗，杨书记的话恁都听见了，恁就等着游泳、吃鱼、吃大米吧！

众村民　拆祠堂！

〔祠堂轰然倒地。

〔一轮红日升起，照得遍地辉煌。

〔雄壮的歌声再起：

“劈开太行山，
漳河穿山来。
林县人民多奇志，
敢把山河重安排！
心中升起红太阳，
千军万马战太行。
毛泽东思想来统帅，
定叫山河换新装。
……”

〔光暗。

四

〔歌声中，光启。

〔河口附近，漫山红旗。

〔场上摆着几辆独轮小推车，车上放着民工们的行李、铁锅等物。

〔山坡上坐着金锤、银锤、铜锤、铁锤四兄弟，敦敦实实，如四块青石。他们每人怀里抱个大碗，一人身边放个三十二磅重的大锤。

银
铜　锤　哥，啥时候干活儿？
铁

金　锤　不知道。

银
铜　锤　哥，啥时候吃饭？
铁

金　锤　不知道。

银
铜　锤　（长叹一声）咳，不叫干活儿，也不吃饭，急死人。
铁

〔凤兰拿着一张条子匆匆上。她另一只手拉着小姑娘吱吱，像拖着个小尾巴。

四兄弟　（忙掂锤站起）姐，啥时候干活儿？

凤　兰　（脚步没停）先等着。

四兄弟　（放下锤，端起碗）姐，啥时候吃饭？

凤　兰　（风风火火）先等着。

吱　吱　（边走边扭着头悄悄地对四兄弟）没有房子住，叫咱住山洞。

凤　兰　（回身招呼）吱吱，跟上。（下）

吱　吱　哎——（跑步跟下）

银　锤　没有房？

铜　锤　住山洞？

铁　锤　哥，那……山洞咋住啊？

金　锤　人家能住，咱就能住。咱是来干活儿的，又不是来找住房的。记住咱娘交代的话：出门儿在外，活儿要干好，饭要吃饱。只要有活儿干、有饭吃，就都妥啦。

银
铜　锤　（听话地点头）嗯。活儿要干好，饭要吃饱。
铁

〔吱吱像一只蝴蝶飘飞一样跑着过来。

吱　吱　金锤哥、金锤哥……快，凤兰姑姑让你们去背席子。

金　锤　背席子？

吱　吱　（乖巧地点头）嗯。

银　锤　往哪儿背？

吱　吱　往山洞里。

铁　锤　（百般不解地）背席子弄啥？

吱　吱　（哧哧地笑，跷指点着铁锤额头）真笨，真笨，真笨……你夜里不睡觉啊？睡觉身子底下不得铺东西啊？铺东西铺啥，那不得铺席子啊？

四兄弟　（恍然大悟）哦——（掂起大锤，端着大碗连忙就走）

吱　吱　（见状，又哧哧地笑）你们掂着锤，端着碗，还咋背席子呢？

四兄弟　那……咋办呢？

吱　吱　放在这儿。我看着。

〔四兄弟犹豫了一下，最后只好把锤、碗摆放于山坡。

铁　锤　（临走特意交代）吱吱，你可要殷心看着啊！

吱　吱　（笑着答应）放心吧。

金　锤　（去而复返，仔细叮嘱）吱吱，你……也要看好你自己，别跟生人说话，别跟生人走。

吱　吱　（笑着点头）知道啦。

〔四弟兄下。

〔吱吱坐在山坡上，左瞅瞅，右看看，感觉什么都稀罕。她先端起大碗，往头上一比，她的脑袋被大碗完全装了进去；她又去掂铁锤，一只手没有掂动用两只手，铁锤纹丝不动，人却差点摔倒。最后，她从兜里掏出一盒胭脂端详。

〔李继红上。他人很壮实，身材匀称，眉宇间散发着勃勃英气。

李继红　（凑近吱吱）拿的啥宝贝呀？

吱　吱　（一激灵）你、你、你吓死我啦。

李继红　哎哟，是吗？（急忙揪自己的耳朵）秃噜秃噜飞……秃噜秃噜飞……

吱　吱　（笑了）错了错了。你吓着我了，应该拽我的耳朵。

李继红　我做错了？

吱　吱　你错啦。

李继红 那好，我就拽你的耳朵。

吱　吱 （急忙躲到一边）哎、哎、哎……别动我，别动我。我不认识你。

李继红 可我认识你啊。你名叫吱吱，对不对？你手里那宝贝是一盒胭脂——就是女孩子搽脸用的胭脂，对不对？

吱　吱 （奇怪地）哎，你咋知道的？

李继红 我猜的呗。

吱　吱 那……你再猜猜，我为什么要叫吱吱呢？

李继红 因为你刚生下来的时候，（比画着）人长得小，哭起来声音“吱吱，吱吱”，像老鼠叫。所以，你爹就给你起了名字叫吱吱。

〔凤兰上。

吱　吱 （更加奇怪）哎，这、这、这是咋回事啊？（望见凤兰走来，急忙跑了过去）姑姑，姑姑，这个人他咋知道我啊？

〔李继红看见凤兰，也迎了上去。

凤　兰 来了？

李继红 嗯，我来领人。

〔四弟兄扛着席卷上。

凤　兰 （向李继红示意）喏，就是他们。（向四兄弟）把席子先放这儿不用管了。你们赶快收拾收拾东西，跟他走。

四兄弟 去哪儿？

李继红 青年突击队。

金　锤 青年突击队？

凤　兰 这是咱们“引漳入林”青年突击队队长——李继红。

银　锤 青年突击队是干啥的呀？

铜　锤 能干活儿不能？

铁　锤 有饭吃没有？

凤　兰 （哭笑不得）你们呀！这青年突击队就是……

李继红 （被四兄弟的憨实逗乐）哈哈哈哈……（打断凤兰话头）让我来跟他们说。告诉我，你们叫啥。

金　锤 我是老大金锤。

银　锤 我是老二银锤。

铜　锤 我是老三铜锤。

铁　锤　我是老四铁锤。

李继红　金、银、铜、铁，四把锤。好名字！告诉我，你们会干啥？

四兄弟　打锤！

李继红　还会干啥？

四兄弟　（掂起锤子示意）打大锤！

李继红　我是说……除了打锤，你们还会干啥？

金　锤　（抢先回答）会吃饭。

银
铜　锤　对。俺娘说过，出门在外就两样重要，活儿要干好，饭要吃饱。
铁

李继红　（被四兄弟的言行逗得大笑不止，忍不住摩挲着四兄弟的光头）好！好！好！……既然是这样，那我就告诉你们，跟我去咱突击队，一共就干两件事——

四兄弟　哪两件？

李继红　打锤——吃饭！吃饭——打锤！你们愿意去吗？

四兄弟　（异口同声）俺愿意。

李继红　那好，收拾行李，跟我走！

四兄弟　中！（下）

凤　兰　（唤住李继红）哎，你……停一停。

李继红　（一笑）嘿嘿，我……停下啦。

凤　兰　（走近，嗔怪）我不喊你，你还真就这么走啊。

李继红　（调皮）嘿嘿，我故意看看你会不会喊我。

凤　兰　（扭身喊）吱吱，去把姑姑的包拿来。

〔吱吱答应一声跑下。

〔看看四周无人，凤兰、李继红四只手不失时机地握在了一起。

凤　兰　金锤他们人老实，别让他们受人欺负。

李继红　放心吧，有我呢。

凤　兰　他弟兄四个饭量大，别让他们饿肚子。

李继红　放心吧，有我呢。

凤　兰　你……干活儿要小心。

李继红　放心吧，我会的。

凤　兰　我……

〔吱吱跑上。

吱　吱　（喊着）姑姑，给你的包。

〔凤兰、李继红握着的手连忙分开。

凤　兰　（先从包里掏出一双鞋）给，俺娘给你做的。

李继红　（接过来，看了看）替我谢谢娘。

凤　兰　（又从包里掏出一副垫肩）给，俺给你缝的。

李继红　（捧在手里）谢谢你！

凤　兰　快戴上，让俺看看。（夺过垫肩，帮李继红戴好，摩挲着垫肩上的绣饰）

李继红　我……走啦！（依依不舍下）

〔凤兰遥望着李继红远去的身影，怅然若失。

吱　吱　姑姑，我知道他是咋知道我的啦。是你告诉他的，对不对？

〔凤兰蹲下身来，摸摸吱吱的脸蛋儿，笑笑，没有回答。

吱　吱　姑姑，金锤哥他们有活儿干了，那我去干点儿啥呢？

凤　兰　你？

吱　吱　饭要吃饱，活儿要干好。我总不能白吃饭呢。（托腮思索）我去干点儿啥呢？

〔光暗。

五

〔光启。修渠工地附近的一个三岔路口。

〔山坡上有工棚，路边竖着宣传栏，山谷中回响着清脆的锤钻击打声。

〔舞台一角有一石台儿，上面摆放着水桶、茶缸、水碗，旁边站着吱吱。她穿得很破旧，头发也很乱，而且脸也脏，但她的笑容却十分地灿烂。

〔李黑等一队男民工推着独轮车上，车上装着粮食和蔬菜等。

李　黑　吱吱——

吱　吱　李黑叔。

李　黑　快，给叔来一碗水！

吱　吱　唉……（捧过来一碗水）李黑叔，我喂您。

〔民工们都哈下身子，仰起脖子，等着吱吱一一地给他们喂水，双方配合十分默契。

吱　吱　叔，水甜吗？

民工甲　甜，吱吱的水最甜。

〔吱吱幸福地嘎嘎笑着。

李　黑　咱们副支书呢？

吱　吱　我去喊她。（走到山坡上，喊）凤兰姑姑，李黑叔从村里回来啦。

〔凤兰应声从山后跑了过来。

凤　兰　李黑哥——

李　黑　凤兰，我……没完成任务。

凤　兰　咋回事？

李　黑　粮食没弄够啊！我回到家一说工地没吃的啦，老支书赶忙就领着会计、保管，挨家挨户地攒粮食。这不，忙活了两天，连糠带米，弄来千把斤。萝卜、白菜，也只有那么一点儿。

凤　兰　咳，刚过罢灾荒年，谁家也没有余粮啊！

李　黑　老支书叫我转告你，你先往前走着，他在家想办法。他说，哪怕村里老少把嘴吊起来，也不会让工地断顿儿。

凤　兰　（笑）说是这样说，咋能忍心让村里老少爷们儿把嘴吊起来呢。不能光靠村里，咱得想点儿办法。

民工甲　有啥办法？粮食，它又不是石头，遍地都有，弯腰就能捡到。

民工乙　是啊。修渠没吃的，那可不行。凤兰，你得把这事儿向上面说说，总不能让咱老百姓饿着肚子"引漳入林"吧。

凤　兰　（发火）咋说！民工上工地自带工具，自带口粮，蔬菜由生产队负责送到工地——这是县委老早就立下的规矩。人家其他公社、其他村，都能照着这样做，就咱砚花水特殊，遇到困难向上伸手，没了粮食张口向县委要？丢人不丢人啊！啥叫"自力更生"，你懂不懂啊！

李　黑　（急忙劝解）凤兰，别急别急。咱不伸手要，咱也想办法。

凤　兰　办法我也想过了。老话说，靠山吃山，靠水吃水，我看这山上的野菜不少，咱可以挖点儿野菜贴补着吃。

吱　吱　挖野菜？我也会……

凤　兰　（推开吱吱）哎哟，你就别再添乱啦。（对李黑）从明天……不，从今天起，你们伙房这几个人，得空儿就都给我到四处山坡上挖野菜。

民工甲　听说，山底下漳河边儿那水草也能吃。

凤　兰　总而言之，只要不苦、没毒，恁就都把它给我剜回来。

李　黑　对，挖到篮儿里就是菜。

凤　兰　不错，填进肚里就顶饥。就这么定了，你快去吧。

吱　吱　叔，我也跟着你们去。（撵上去）

李　黑　（看看凤兰，不敢答应）那……你得问支书。

吱　吱　（乞求般地）姑姑……

〔凤兰沉脸不放。李黑对吱吱歉意地笑笑，带众民工推车下。

吱　吱　（晃着凤兰的手）姑姑，我认得野菜，你就让我去吧。

凤　兰　不能去。

吱　吱　为啥？

凤　兰　你看看四周这山，一座比一座高，连路都没有。隔沟过岭，爬高上低，万一摔着你咋办。

〔一女民工在同伴的搀扶下上，身后还有几个女民工扛着钢钎、铁锤跟着。

凤　兰　（一惊）哎哟，这是咋回事？吱吱，快端一碗水来。

吱　吱　哎——（端水过来）哟，姑，你的手咋啦？

〔受伤女民工连羞带愧地扭脸不吭声。

凤　兰　好了，别再生气了，先喝口水。

吱　吱　唉，吱吱喂姑姑。

〔受伤女民工蹲身、仰脖，饮下吱吱端来的水。

女民工甲　（小声嘟囔）看看人家外村那姑娘，一个人扶两根钎，多威风啊！

女民工乙　就是。人家的照片都上咱林县报纸啦。

女民工甲　看看咱们，扶一根儿还砸手，真丢人。

受伤女民工　我……（哭）

凤　兰　哭，哭，哭。哭管啥用？听我说，从今天起，咱们一起练。先练扶钎，后练打锤。人人都要练成多面手，个个会扶两根钎！咱砚花水的姑娘，不能输给别人！

众女民工 对！

凤　兰 走，我领你到医疗所，包扎一下。你们回去，接着干活。

〔众女民工应声，分头行动。

吱　吱 （拉住凤兰）姑姑，我还是想去挖野菜。

凤　兰 不行。

吱　吱 我总不能在工地白吃饭吧。

凤　兰 你不是在这儿给大伙儿送水了吗？大家都说吱吱的水甜，吱吱的水好喝。吱吱怎么会是白吃饭呢？（匆匆欲去，走了几步，又折了回来）吱吱，听姑姑的话，千万别乱跑！（抓着吱吱的双肩，命令地）吱吱，答应我，不乱跑。

吱　吱 （不情愿地点头）嗯。

〔凤兰搀扶受伤女民工下。县剧团演员们扛着行李，排着队走上。

马梅英 （站在队伍前列，喊）立正，稍息！报数。

演员们 一、二、三、四……

马梅英 林县剧团“引漳入林”慰问演出小分队，从今天起，将开始为期七天的工地慰问。我们要严格按照县委对我们提出的要求，深入一线，和民工同吃、同住、同学习，圆满完成上级交给我们的任务。大家能不能做到？

演员们 能！

马梅英 好，按小组开始行动。

演员们 是！

〔演员们互相打着招呼，唱着歌儿走向四面八方。场上只留下马梅英、常五旦和戴着眼镜的苏犁。

马梅英 苏老师，今天我们两个的任务，就是陪着你，去工地采访，我们盼着你能尽快创作出一个直接反映“引漳入林”工程的节目。

常五旦 对。苏老师，你是省里来的曲艺名家，水平高，我可就等着你创作个好的快板段子，上台表演啦。

苏　犁 （仰望远山，激动不已）一路沿着渠线走了过来，这热火朝天的修渠场面，确实让人感动。我这心里呀，似乎已经有了种子。相信我，马上就会发芽。

〔他们刚要坐下，吱吱飞跑着过来。

吱　吱　叔叔，恁喝水吗？

苏　犁　有水？太好了。

常五旦　就是。我都要渴死啦。（要站起）

吱　吱　别动。大叔，我给你们端过来。（飞跑着端来一碗水）

马梅英　（欲接水碗）苏老师，你先喝。

吱　吱　别动。我来喂你喝。

苏　犁　（闻之惊异）什么？

吱　吱　（不由分说，递碗过去）姑姑，你（指苏犁）蹲，蹲，蹲……张嘴……喝，咽……（对马梅英）这位姑姑该你了。（飞跑着又端来一碗）蹲，蹲，蹲……好，张嘴，喝。

〔马梅英、苏犁二人不知不觉地听从吱吱的指令，弯腰，仰脖，饮水。

苏　犁　（惊异地看着吱吱给常五旦喂水）这小姑娘，有点儿意思。说不定从她身上就能挖到我们需要的东西。小姑娘，你是……民工？还是家属？

吱　吱　你猜。

苏　犁　我猜？

吱　吱　（笑）叔叔，我不是民工，也不是家属，我是吱吱。

苏　犁
马梅英
常五旦　吱吱？

苏　犁　哪两个字？

吱　吱　你猜。

马梅英　树枝的枝？

吱　吱　（调皮，摇头）嗯，不对。

常五旦　果汁的汁？

吱　吱　（笑了）不对。是吱吱——（捏着嗓子，模仿小老鼠叫）就是小老鼠吱吱吱吱叫的吱吱……嘻嘻嘻嘻，你们没猜到吧。

常五旦　吱吱，吱吱……（奇怪地）咋叫这样一个名字。

吱　吱　我刚生下来的时候，就这么一点儿，不会睁眼，不会哭，饿了就只会吱吱吱吱地叫。我爹说，这咋跟小老鼠似的，干脆，就叫她吱吱吧。嘻嘻，嘻嘻……你们又没猜到吧。

苏　犁　哦，吱吱，是跟爹一块儿来工地的？

吱　吱　不是。

苏　犁　哦，那是跟娘来的。

吱　吱　也不是。（低声）我娘死了，我爹也死啦。

〔苏犁、马梅英、常五旦闻之，惊诧地站了起来。

吱　吱　（强装着想笑，却没有笑出来）这……你们又没有猜到吧。

苏　犁　那……吱吱，一个小孩子，你来到这里……

吱　吱　修渠呀！

常五旦　啥，你们村……让你这么大点儿小孩儿来修渠？

吱　吱　（大人似的）咳，不来不行啊。

苏　犁　（百思不解）不来不行……

吱　吱　是啊。你忘了，我不是没爹没娘吗？没爹没娘了，我不也就没有家了？我没有家了，那不得到别人家吃饭吗？

苏　犁　那……吱吱，你去谁家呢？

吱　吱　谁家都能去。一个村子，我想去谁家，就去谁家呗。一道街，从东头，到西头；从西头，再到东头……吱吱走到谁家，就吃谁家；吃到谁家，就住谁家；住到谁家，就穿谁家……

苏　犁　哦，那不挺好的。

吱　吱　可也有不好的时候。俺村没水，吃水得去外村找。隔三天，去一次。全村出动，推车挑担儿，撵着牛、马，去一次，一整天。一道街，从东头，到西头，从西头，到东头，全村就剩我一个人。整整一天呢，饿得我肚子吐酸水儿……我跟支书说：爷爷，恁就不能别去找水吗？支书爷爷说，傻吱吱，不去找水，咱困死啊？我说，恁都去取水，我没饭吃啊……后来，正好要修渠了，凤兰姑姑说——让吱吱跟我去工地吧，工地有伙食，不会挨饿……就这——

苏　犁　（接吱吱的话）“引漳入林”工地就有了一个名叫吱吱的小女孩儿。

吱　吱　嘻嘻，对呀。

苏　犁　同时，也就有了一个为民工准备开水的供水站。

吱　吱　嘻嘻，我总不能啥也不干，白吃饭呢。

苏　犁
马梅英　（感慨地）哦！
常五旦

吱　吱　再说了，我也盼着这渠早点儿修好，这水早一天流进俺村里。我急等着用水呢。

常五旦　你急等着用水……干啥？

吱　吱　（调皮地）你猜猜。

马梅英　（略思）哦，对，有了水，吱吱就不用三天挨一次饿了。

吱　吱　（摇头）嗯，不对。

常五旦　哦，有了水，你们村就可以种上水浇地了。

吱　吱　（摇头）嗯，不对。

马梅英　那到底你是……

吱　吱　有了水，吱吱就可以洗脸了！洗过脸，吱吱就可以抹胭脂了！

苏　犁
马梅英　（意外地）洗脸，抹胭脂？
常五旦

吱　吱　嘻嘻嘻嘻……（从身上掏出一样东西）你看——

苏　犁　（接过来看）胭脂？

吱　吱　胭脂。叔叔从安阳市给我买的，叔叔在安阳上班。叔叔说，吱吱大了，吱吱也该打扮了，就送你一盒胭脂吧，洗洗脸，抹上，俺家吱吱一定漂亮得像仙女儿……

〔一盒胭脂在苏犁、马梅英、常五旦手中传递着。

苏　犁　（惊奇发现）吱吱，这胭脂……你还没用过？

吱　吱　没洗脸，咋用啊？

马梅英　那……你咋不洗脸呢？

吱　吱　没有水，咋洗啊？

常五旦　那原来在村里——

吱　吱　村里的水都是吃的。

马梅英　那现在这里——

吱　吱　这里的水是给干活的喝的。

苏　梨　吱吱，长这么大你就没洗过脸吗？

吱　吱　没洗过呀。咋啦？

苏　梨　这……

马梅英　苏老师，不怕你笑话，在林县，很多人一辈子就洗三次脸，出生一次，结婚一次，临死再洗一次。

常五旦　苏老师，在我们老家，别说洗脸了，为了省水，吃过饭碗都不洗。抓一把干土，转圈儿把碗一蹭，吃下顿饭的时候，再把干土一抹，妥了。

苏　梨　（长叹一声）哦！我终于明白，林县人为什么拼命要修这条渠啊！（把吱吱紧紧搂在怀里）吱吱，放好你的宝贝，用不了多久，你就可以洗脸，你就可以抹胭脂，你就可以打扮得像仙女一样漂亮了！

吱　吱　叔叔，老支书说，等这渠修好了，那漳河水就哗哗地流进咱林县了。真的是哗哗地流吗？

苏　梨
马梅英
常五旦　对，是"哗哗"地流。

吱　吱　"哗哗"地流进俺村。

苏　梨　"哗哗"地流进你家。

吱　吱　"哗哗"地流进洗脸盆儿。

马梅英　然后，咱吱吱就"哗哗"地洗脸……

吱　吱　洗过脸，抹胭脂；抹过胭脂，我就走出去。

苏　梨
马梅英
常五旦　对！

吱　吱　在我们村里，从东头走到西头，再从西头走到东头；从东头再走到西头，从西头……

苏　梨　不，吱吱还要走到公社，走到县里、市里、省里，让全国人都知道，咱林县有水了！咱吱吱洗脸了，咱吱吱抹胭脂了，咱吱吱像仙女一样漂亮！

〔吱吱倾听着，向往着，眼含泪花，晶莹闪烁。

〔苏犁、马梅英、常五旦隐去。

〔隐约间，果然有流水声传来，哗哗、哗哗……像天籁一般从天际飘来。

吱　吱　（捧着那小小的胭脂盒，神往地）漳河水，你啥时候才流过来呀！凤兰姑姑，金锤哥哥，你们修渠修快点儿呀！你们口渴了我给你们喂水，你们没吃的，我去给你们挖野菜……野菜，我在家挖过，我认得！（拿起一把镰刀和一个荆篮子，一步步登上高高的山坡，痴望远方）

〔落日金辉，笼罩着吱吱，笼罩着周围一切，仿佛一个童话世界。

〔静谧中，军号吹响，接着有人喊："放炮时间到了，注意躲炮啦！放炮了——躲炮了……"

〔骤然间，万炮齐鸣，硝烟滚滚，天地震颤。一切被黑暗吞噬。

〔黑暗中传出凤兰撕心裂肺的哭喊："吱吱——"

〔光启。

〔吱吱幼小、单薄的尸体横陈于一块青石板上，手里还紧紧地攥着那盒胭脂。

〔凤兰、男女民工、剧团演员等围在吱吱身边，有人号啕，有人啜泣。

凤　兰　（拍打着，哭喊着）吱吱，吱吱……姑姑说过不让你去的，你咋就不听话呢？

苏　犁　（哽咽着）别哭了，给吱吱洗洗脸吧。

〔众人一时没有理会，迷茫地望着苏犁。

苏　犁　（大吼）给孩子洗洗脸，洗洗脸哪！

〔马梅英急忙去端水，凤兰等女民工给吱吱擦好脸，闪到一边。

马梅英　（蹲下身子，像面对一个熟睡的孩子一样，轻声地）吱吱，把胭脂给姑姑吧？哦，姑姑知道胭脂是吱吱的宝贝，我不要你的。你忘了，姑姑是剧团的，姑姑会化妆，让姑姑给你抹上胭脂……吱吱，你漂漂亮亮地走吧！

〔音乐起。

〔常五旦拿出快板，呱呱敲响。

苏　犁　（扯开嘶哑的喉咙，快板）

您都别哭，您都要笑，

别忘了，咱吱吱从小爱热闹。

常五旦 （快板）您都要笑，别哭泣，

别忘了，咱今天可是送闺女。

苏　犁 （快板）叫一声吱吱你慢点走，

众女演员 （快板）让姑姑给你洗洗手！

常五旦 （快板）吱吱把身子转一转，

众男演员 （快板）让叔叔给你洗洗脸。

苏　犁 （快板）叫一声吱吱你别心疼水，

众　人 （快板）你临走俺要让你美一美！

常五旦 （快板）描描眉，画画眼，

再用胭脂点一点。

苏　犁 （快板）抹胭脂，化化妆，

看咱吱吱多漂亮！

常五旦 （快板）你不要走远等着看，

漳河水一定能到咱林县。

苏　犁 （快板）到那时，你看看，

咱林县又有水，又有山。

水库水渠一串串，

漳河哗哗流山间。

水电站，水浇田，

山清水秀像花园……

〔光暗。

六

〔光启。“引漳入林”指挥部。

〔黄继昌上，李贵紧随其后。

李　贵 老黄，老黄，你听我说……你最好还是别去见他。

黄继昌 咋啦？

李　贵 连着几天了，老杨一直在工地考察。昨天刚刚回到指挥部。昨天

夜里，这灯亮了一夜。你最好别去打扰他。

黄继昌 老李啊，你没说真心话。你是担心我和老杨再发生冲突，是不是？

李　贵 这……（咳嗽）

黄继昌 老李，你说是还是不是？

李　贵 （笑了）老黄你啊，看透不说透，你为啥看透非要说透呢。

黄继昌 （也笑了）所以嘛，我就落了一个爱唱反调的名声。不像你们，老杨说啥，你们就打着顺风旗，一齐跟着老杨的调子吆喝。

李　贵 你……（咳嗽）老黄，你呀，标准的歪嘴骡子。看来你是非要见老杨。

黄继昌 （点头）必须见。

李　贵 见，可以。但，不能吵。

〔杨贵办公室。一幅“引漳入林”渠线示意图铺满一面墙。

〔杨贵骑在椅子上，脸朝后，端详着地图。

〔李贵、黄继昌走到杨贵身边，欲言又止，竟有些不忍打扰。

李　贵 老杨，这张图，你天天看。你究竟看啥呢？

杨　贵 （眼睛仍盯在图上）我总觉得这图它……看着有点儿像啥，可老又想不起来它究竟像啥。

黄继昌 暂时想不起来，那就先歇歇眼睛。

杨　贵 （回身，意外）哟，老黄？

黄继昌 我想和你聊聊——

杨　贵 （一笑）老黄，你如果还是唱反调，那咱就免谈。

黄继昌 你……就那么怕听反调？

杨　贵 （语重心长）老黄啊，我这儿正推着小车子爬坡呢，我需要的是多有几个人，在屁股后面帮我推一把。我可不希望有人来给我拔气门芯儿。

黄继昌 老杨，你怎么就知道我一定是来拔气门芯儿的呢？

杨　贵 老黄，除了唱反调、拔气门芯儿，你还会说别的吗？

黄继昌 你！我答应过李县长，今天不和你吵。既然你不想听我说话，那好吧，我把它——（掏出一个红皮笔记本）留给你，希望你抽时间看看。

杨　贵 你写的？

黄继昌 是。

杨　贵 写的啥？

黄继昌 看了你就知道了。

杨　贵 我要是不看呢？

黄继昌 我相信你会看。

杨　贵 那可不一定。

黄继昌 那咱走着瞧。（径自离去）

杨　贵 唉，这老黄，又给我来个走着瞧。他、他、他咋这么倔呢，倔得像头驴，而且是叫驴。

李　贵 要不就说吗，一个槽头，拴不得两头叫驴呀。

杨　贵 老李，你说我也倔？

李　贵 你不倔，谁倔？说吧，老黄这笔记本，咋处理？

杨　贵 扔了，扔到山沟里。扔得越远越好。他黄继昌……不就是一个木匠嘛。他说叫我看，我就得看呢？把我当啥了，他手里的猴儿，他一敲锣，我就上杆儿？他说我会看，我偏就不看。（坚定地）扔！

李　贵 那好，我扔。

杨　贵 等等。

李　贵 咋？

杨　贵 你说黄木匠这、这、这……这一次又会念点儿啥歪经呢？

李　贵 （借机把笔记本放到杨贵面前）你看看……不就知道啦。

杨　贵 这……（借坡下驴）哎，咱可说清楚，这可不是我杨贵要看的哟，而是你李贵逼着要我看的哟。（翻阅笔记）

李　贵 对，对，对，就算是我逼你看的。

杨　贵 那……我就给你李贵一个面子。

李　贵 哎哟，谢谢！（嘟囔）你杨贵不想干的事儿，谁又能逼过了你呀。我就知道，这老黄啊，是你的一味药，不想吃，又离不开……

杨　贵 （阅读笔记，拍案而起）我日他娘老黄！快，快叫他回来。

〔光暗。

〔光启。场上多了黄继昌。

李　贵 （手里拿着两个笔记本在对比着看，惊叹）两本笔记，一样内容。

黄继昌 我从渠首启程，向下走，沿渠线走到坟头岭，整整走了三天。

杨　贵 我从坟头岭出发，向上走，沿渠线走到渠首，也是走了三天。

黄继昌 看到的现象一致。

杨　贵 得出的结论却不一致。

李　贵 老黄，你还是坚持工程必须下马？

黄继昌 （一笑，举起两个笔记本）如果这里面记录的问题不解决，无须我坚持，工程下马早晚的事儿。

杨　贵 老黄，你放心，我不会输给你。

黄继昌 这关键要看你杨贵，能不能及时调整策略，敢不敢否定自己。

杨　贵 （转过身去，又跨坐椅子上，凝视着那张图，喃喃地）嗯，让我想想，让我想想。

〔光暗。

七

〔光启。

〔台上有一张桌子，像是会场，人声嘈杂。李运宝拿一名单上。

李运宝 大家静一静，刚才没来的几个公社代表，现在到了吗？临淇公社？

〔台下有人答应："来了。"

李运宝 （看着名单念）河顺公社……采桑公社……泽下公社……

〔台下有人答应：

"来了！"

"来了！"

"早来了。"

李运宝 啥，早来了，刚才点名，你们明明迟到了。

〔台下有人笑答："哈哈，刚才去尿了。"

〔大家哄堂大笑。

李运宝 （清清嗓子）好。大家肃静。现在是1960年3月6日，经林县县委书记杨贵同志提议，我们今天在任村盘阳召开中共林县"引漳入林"党委会扩大会议。首先，请杨书记讲话！

〔掌声中，杨贵上。

〔台下嘈杂声息。

杨　贵　同志们，“引漳入林”开工三十天了，全县干部、民工，热情高，干劲大，对于“引漳入林”所描绘的美好蓝图，充满信心。其次，工程沿途各公社、各村，对于工程给予了极大的帮助，该掀房就掀房，需要占地就让地，他们为了修渠，做出了许多牺牲。我代表县委，代表“引漳入林”工程指挥部，谢谢大家啦！

〔台下掌声如雷。

杨　贵　（挥手示意，等掌声停息）哈哈哈……大家先不要把掌声拍得那么响，接下来我就要说问题了。不过呢，说问题这一段，需要一位同志和我一起说。大家鼓掌，有请副县长黄继昌同志上台。

〔台下议论声起，伴之有几声稀稀落落的掌声。

杨　贵　黄县长咋不登台呢，是不是掌声不热烈啊。同志们，再加把劲鼓掌！（带头拍手）

〔台下掌声响如骤雨。

〔黄继昌上。

黄继昌　（一脸疑惑，低声询问）老杨，你这是……

杨　贵　（拉黄继昌坐下）老黄，来，坐下，坐下。（挥手示意，令会场安静下来）在座的各位，大概都知道，咱们黄县长最初是“引漳入林”工程最大的反对者。为了这个事儿，黄县长一直在跟我唱反调，但是，现在怎么样呢？黄县长他的立场也改变了，而且是翻天覆地的变。（举起黄继昌的笔记本）你们猜，这是什么？

黄继昌　老杨，你——（要站起，却被杨贵暗中死死按住）

杨　贵　（不动声色，继续演讲）这是黄县长的笔记本。黄县长用了三天的时间，从渠首出发，向下走，沿渠线徒步一直走到坟头岭，完成了一次对“引漳入林”工程的全线考察。他把发现的问题，写了满满的一本子啊。这说明了什么？这说明，连黄县长都已经开始关心咱们“引漳入林”工程啦。一直唱反调的人，也开始和咱们唱起和声啦。从这一点，就可以说明，“引漳入林”是合民心、顺民意的工程。

〔台下掌声。

杨　贵　黄县长的行为，是不是也可以教育那些有着这样那样的顾虑的同志，你的顾虑可以打消了；一直在背后唱反调、说风凉话儿的同志，你也可以住口了。黄县长的行为，同时也证明，林县县委班子，是团结的领导班子，是坚强的战斗堡垒！

〔李贵、李运宝、马有金等冲到台口，举臂带头鼓掌。

〔台下掌声、呼声如浪涌起。

李运宝 （悄声地）李县长，杨书记这唱的是哪一出啊？

李　贵 （一笑）等着看吧，后头肯定还有好戏。

黄继昌 （低声喝问）老杨，你、你、你要我！

杨　贵 （真诚地）不，不，不，请你帮忙，帮忙！

黄继昌 我……

杨　贵 （对黄继昌）拜托啦！同志们，咱们黄县长啊，有很多想法想和大家交流，那么，就请他把沿线考察的意见和想法，给大家念念。黄县长，请。（塞过一个笔记本）

黄继昌 我……（无奈，翻开笔记，惊疑）这、这、这……不是我的笔记。

杨　贵 （悄声）是我的，大同小异。念吧。

黄继昌 （念）“同志们，经过沿途考察，我发现了不少问题。而且，我认为问题根源，就在县委主要领导杨贵同志。”

〔黄继昌话音未落，台下哗然。

黄继昌 老杨，你……（摇头，叹息，继续念）“由于他经验不足，脑筋一热，不顾一切，对于工程的艰巨性没有准确判断。他以为，既然工程是七万米，那就派七万民工去挖，一人挖一米，任务不算重吧，很容易就能完成。更为荒唐的是，他竟然希望2月动工，五一通水。这么大的工程，他想三个月就竣工！同志们，你们看看，这想法是多么幼稚、多么可笑啊！结果呢，一下子把四万多人摆到了总干渠上，全线出击，导致战线太长，领导、劳力分散，工程进展十分缓慢；工程技术人员，需要在百里渠线上下奔波，很多技术问题，不能及时解决；民工看不懂图纸，有的挖错了渠线，有的炸坏了渠底，浪费了人力、物力，还带来了安全隐患……”

杨　贵 黄县长批评得好，批评得对。想想当初，我的想法确实有些过于浪漫，错在杨贵；结果弄巧成拙，责在杨贵。杨贵在此，向大家

鞠躬，检讨！（鞠躬）

〔寂静的会场，突然爆发起雷鸣般的掌声。

黄继昌 （继续念）“有错误不怕，只要勇于承认错误、改正错误，就是一个好同志。”当然，道歉，检讨，解决不了根本问题，关键是要调整战略思路。

杨 贵 （示意肃静）大家注意听听，黄县长的战略思路。

〔顷刻，会场寂静无声。

黄继昌 集中兵力打歼灭战是毛主席的军事战略思想，我们要把它运用到“引漳入林”的工程中来。

杨 贵 黄县长，能说得具体一些吗？

黄继昌 采取集中力量、分段突击的战略战术。把渠分成几段修，修一段渠，通一段水；再修一段渠，再通一段水。以通水促修渠，鼓舞群众，教育群众，催人奋进！

杨 贵 好！老黄，你这想法好啊！老黄，依你看这第一期工程……

黄继昌 依我看，这第一期工程，我们就先集中力量完成渠首至河口一段。

杨 贵 嗯，有道理。

黄继昌 然后再完成河口至坟头岭这一段。老杨，你看怎么样？

杨 贵 我认为好！大家说呢？

〔台下掌声呼应。

杨 贵 我代表林县县委，代表“引漳入林”指挥部，谢谢黄县长！

〔台下掌声呼应。

杨 贵 各级指挥部，各级指挥长，注意！“引漳入林”战略战术调整了。回去后，你们要抓紧时间开会讨论，尽快拿出新的、具体的实施方案。明天下午，我听汇报。

众 人 （吃惊）明天？

杨 贵 这是命令，死命令。不许找客观，更不许谈条件！（稍一停顿）接下来，还有一件事情，需要调整。大家猜猜是什么呢？（激动地）运宝，有金，把大幕拉开！

〔一道帷幕，唰地展开，“引漳入林”渠线示意图，横空而降。渠线上，插着一面面红旗，密密匝匝，像一条红色的巨龙，从太行之巅，蜿蜒而至。

〔会场先哗然，后静谧。民工们、干部们像被摄去魂魄一样，仰望着踱步图下。渠线图下，无数个仰望的头颅，像朝圣。

杨　贵　同志们，你们看到了什么？一条用红旗汇成的红色巨流，奔腾在太行之巅，浩浩荡荡，势不可挡！一条用红旗铸就的赤色巨龙，蜿蜒于崇山峻岭，惊天动地，气吞山河！一条用红旗铺就的幸福大道，穿越过悬崖峭壁，宽阔绵延，一望千里……红色象征着革命，红旗象征着胜利。“引漳入林”是革命的事业，“引漳入林”在革命红旗的指引下，也必将取得最后胜利。因此，我提议，把“引漳入林”工程，正式命名为——红旗渠！

〔幕后欢呼声骤起：“红旗渠，红旗渠，我们要修红旗渠……红旗渠，红旗渠，我们要修红旗渠……”

〔民工们欢呼，抛头盔，跳跃。

〔黄继昌眼望一切，百感交集。杨贵走出人群，默默站到黄继昌的身边。

黄继昌　老杨，我稀里糊涂地就帮你唱了一出戏。

杨　贵　老黄，原谅我。

黄继昌　原谅啦——（回身望着那幅图）为了红旗渠。

杨　贵　老黄，谢谢你。

黄继昌　不用谢。（递给杨贵一样东西）也为了她！

杨　贵　（接过）胭脂？

〔一束光收在那幅图上。

〔光暗。

八

〔光启。

〔山道上。天微明。

〔有两个人影走来，步匆匆，惊悚悚，如惊弓之鸟，是杨起梦和老妻。少顷，又有两个人影紧随其后，追赶而来，是他们的儿子、儿媳。

儿　子　（呵斥）回去！

儿　媳　爹，娘，恁是觉得咱家过到这个份儿上，还不够惨头啊？恁给这后辈子孙带来的灾难还嫌少啊！

〔杨起梦与老妻相依相偎，闷头不语。

儿　子　（再呵斥）回去！

儿　媳　爹，自打我嫁到恁家，经了多少灾祸，咱是躲都躲避不及啊，你咋还要去……（忍不住哭了）你是彻底不想叫这一家老小活了呀！

儿　子　回去！

〔又有一群黑黝黝的人影跑了过来，是队长带人追来。

队　长　（高声地）杨起梦——

〔杨起梦与老妻闻声一颤。

儿　媳
儿　子　（急忙哈腰）队长。

队　长　嗯。杨起梦，黑更半夜，你偷偷溜出来，想去哪儿，想干啥？想杀人、放火，还是想毁路、炸桥？不要以为，现在我们忙着修渠，就会放松警惕，你们这些封建社会的残渣余孽，地富反右就可以趁机胡作非为。白日做梦！回去！

杨起梦　（嗫嚅）我……想见杨贵。

队　长　你还想见毛主席呢。你也不看看自己是谁，浑身上下，数算数算，你哪一点配见杨书记。回去！

杨起梦　（低声重复）我要见杨贵。

队　长　你说啥？

杨起梦　我要见杨贵！

队　长　把他给我拉回去！

起梦妻　（拿出一把剪刀，抵在自己喉下）让他见杨贵！

儿　子
儿　媳　娘！

起梦妻　让他见杨贵！

队　长　奶奶，有话好说……放下剪刀……有话好说，先放下剪刀。

杨起梦　我要见杨贵！

〔暗转。红旗渠指挥部。

〔一束光亮，杨贵闪出。

杨 贵 请问，是谁要见我？

众 人 杨书记！

队 长 （赔罪般）杨书记，打扰你了。都怨我工作没做好，让这个坏分子、封建余孽跑出来使坏。他……（呵斥）杨起梦，你还不向杨书记低头认罪！

儿 子 （急忙）爹，求求你，快低头，快认罪。

杨 贵 杨起梦？你说他……叫杨起梦？

队 长 对，就是这个反动分子。

杨 贵 清末秀才？

队 长 对，就是这个封建文人。

杨 贵 杨起梦，字孤芳，林县东岗丁冶村人，出生于大年初一子时，因而父母送名“起梦”。幼年聪颖好学，九岁能作诗，二十中秀才，惊闻乡里，人称“神童”……老先生，可对否？

杨起梦 （吃惊地）杨书记，你……知道我？

杨 贵 先生乃乡间大儒，杨贵早该前去拜访。通信员，给老先生看座，上茶！

众 人 啊？

杨 贵 老先生，请坐！

杨起梦 这……不妥吧？

队 长 当然不妥。

杨 贵 这……应该没有什么不妥吧？（半戏半真）杨贵虽然没有上过旧学，可还懂得一些老规矩。你是秀才，我是七品。按旧时礼数，你见我可以不用下跪，我见你必须赐座。老先生，我说的没错吧？

杨起梦 这……受、受宠若惊，诚惶诚恐啊！

杨 贵 先生，请用茶。

杨起梦 老朽谢了！（含泪饮茶）

〔起梦妻及时地拿手巾替杨起梦拭泪。

杨 贵 请问老先生，你执意要见杨贵，有何见教？

杨起梦 杨书记，老朽听说，你在找书法家……

杨 贵 对。我想找人写条标语。

杨起梦 写哪儿？

杨　贵 对面的山壁上。

〔杨起梦离座，搭手远眺。不知不觉间，他身上的猥琐之态渐去，儒雅之风渐显。

杨起梦 字写多大？

杨　贵 因地制宜。根据山壁宽窄高低，能写多大就写多大。

杨起梦 字写多少？

杨　贵 八个字：重新安排林县河山！

杨起梦 以一座山作纸，用八个字言志；向天地昭示宏愿，给山石赋予生命，大气魄，大手笔！此一笔，一如你的修渠工程，在拿漳河作画，在拿太行写诗啊！

杨　贵 哈哈哈哈，在你们文人眼里，任何事情都可以当作诗文看待。

杨起梦 杨书记，老朽斗胆问一句，写字一事，可有人应下？

杨　贵 山太大，字太大，来应征者不少，一个个望而却步。

杨起梦 杨书记，这八个字能不能让我来写？

杨　贵 你……

杨起梦 我幼习书法，专爱大字。

杨　贵 （恍悟）哦——这就是你今天找我的目的！

杨起梦 修渠引水，百年大计。开山放炮断石头这些重活，我干不了。可“引漳入林”人人有责，我也想为修红旗渠出把力呀！

杨　贵 这……

杨起梦 我知道，就我“封建文人”这个身份，来写标语，不合适。可我再臭，再反动，我也是咱林县的一口人啊。我总不能，像老鸹一样，清坐在家里，等人家把红旗渠修好，张着嘴等水喝呀。

杨　贵 不，不，不！老先生，你误会了！我是说你已经这么大年纪了……还能写？

杨起梦 （硬撅撅地直起身子）只要你敢用，我就能写。

杨　贵 只要你能写，我就敢用。李秘书——

〔李秘书应声上。

杨　贵 拿笔记录。老先生，请说你需要什么条件？

杨起梦 二百斤石灰，要细；三百根大排笔，要宽；二十名助手，要壮；

三十根麻绳，要粗。另要若干架杆、架板，要结实。

杨　贵　吃住条件有何要求？

杨起梦　住房因陋就简，就近住下。有房住房，无房住洞；每日三餐，小米粥几碗，小鏊煎饼数张；咸菜一碟，蒜瓣几个。由老妻下厨操持，可矣。

杨　贵　还有？

杨起梦　没了。

杨　贵　应该还有。

杨起梦　应该……没了。

杨　贵　还有老先生的润笔费……

杨起梦　（一怔）哦？起梦润笔？有我一腔热血，足矣！足矣！

杨　贵　先生，受杨贵一拜！（拱手）

〔光暗。

〔光启。太行峭壁下。

〔杨起梦侧卧如佛，捧书在读。

〔另一侧，三块石头支起小鏊，炊烟袅袅，起梦妻在默默地摊着煎饼。

〔队长跑上。

队　长　起梦爷，石灰块碾成石灰面儿，按你的吩咐，粗罗罗三遍儿，细罗罗三遍儿。接下来，该咋弄？

杨起梦　化水儿，搅匀！

队　长　哎！（跑下）

〔起梦妻抖开一块土织青布，铺于石上。接着，她又掏出一双筷子和一大一小两只碗，一一摆好，大碗盛汤，小碗装咸菜，顿时便整出一张饭桌来。一切摆放停当，她垂手立于一侧。

〔杨起梦翻身站起，移步青石之后，端坐，用餐。

〔煎饼烙好一张，起梦妻恭敬地送来一张。杨起梦嚼饼、拈菜，气定神闲。

〔队长等人上，站在一旁，看得有些目瞪口呆。

队　长　（感慨）我的娘啊，吃顿饭还用得着这样细法。

队员甲　我还以为，天底下的人吃饭，都像咱那样狼吞虎咽呢。

队员乙 人家这才叫有滋有味，细嚼慢咽。

队员丙 咱那是填肚子，人家这才叫吃饭。

队员丁 大概这就是常说的腐朽没落的资产阶级生活方式吧。

杨起梦 （吃完最后一口，接过老妻递过来的毛巾，擦嘴）老朽吃好啦。诸位您准备得咋样啦？

队　长 石灰化成水了，用纱网过滤、搅匀啦。

队员甲 三百根大排笔，绑成整整一百五十把，都好了。

队员乙 架杆儿绑好啦。

队员丁 架板也搭好啦。

队　长 就等爷登高写字啦！

杨起梦 老伴儿，更衣！

〔起梦妻为杨起梦套上一件围裙，山风袭来，掀动衣角、胡须，顿使他多了几分飘逸之感。

〔在老妻搀扶下，杨起梦向山崖走去。

队　长 （喊）起梦爷登上架板，稳稳当当升起啦！

众队员 （呼应）架板升起，稳稳当当！

〔光暗。

〔一束光启，起梦妻仍在默默地摊着煎饼。

〔内喊："石灰水用完，再来一桶！"

〔有人答应着，提桶穿场而过。

〔内喊："排笔用坏，再送一根！"

〔又一人答应着，拿笔穿场过去。

〔场上人穿梭往来，此呼彼应，十分热闹。

〔片刻。光启。

〔一束光打向远处的杨起梦，他身悬峭壁，挥笔疾书……

杨起梦 （深情地审视着自己书写出的字，感慨万端）想我杨起梦，少习诗书，长入黉门，虽称秀才，百无一用。手不能提，肩不能挑；上不能孝敬父母，下不能养育儿孙。或遭乡邻讥笑于人前，或挂牌示众于闹市。苟活一世，屈辱半生，枉活九旬，虽寿犹夭也！垂暮之年，幸遇红旗渠这篇千古文章，我能画上几笔，乃起梦之幸、家门之幸、祖宗之幸也……

〔杨起梦凝神屏气，写完最后一笔，挥手一掷。排笔画出一条弧线，飘落太行峡谷。

杨起梦 （缓缓降落于地，揽老妻于怀中）生我者父母，爱我者老妻，用我者杨贵，成就我者太行山也！

队　长 起梦爷，你写的这是啥字啊，咋看着一抹糊，连个笔画都看不清呢？

杨起梦 （与老妻相搀，缓缓走去）离远看……再远点儿……再远点儿。看大字，要有距离；距离越远，看得越清。（停住脚步，回望山体）看大字是这个道理，看大事儿，也是此理。年代越久远，看得越清楚！

〔山逐渐拉远，人慢慢走近，字愈显清晰。

〔光暗。

九

〔光启。

〔张光明率河南省委调查组上。杨贵率林县县委相关成员迎接。

张光明 杨贵同志，你好！（与杨贵握手）

杨　贵 光明同志，你好！

张光明 河南省委指示，由我和这几位同志组成调查组，从今天起，进驻林县。主要任务：调查落实林县县委在红旗渠工程中的一些问题，并做出结论，拿出处理意见。

杨　贵 这些，我们已经从电话通知里知道了。

〔众人落座。李运宝指挥服务员送上茶水和水果。

张光明 （提醒）运宝同志，茶水可以留下，请把水果拿走。

李运宝 这……

杨　贵 光明同志，这不过是按照一般接待标准，上一些普通水果……

张光明 （一副公事公办的姿态）党性所在，纪律所在。请林县的同志们不要让我们为难。

李　贵 张组长，不就是在桌上摆个水果嘛，他能……

张光明 请林县的同志们多多体谅，不要让我们犯错误。

杨　贵　（哈哈一笑，不无揶揄地）省里来的干部，原则性果然强啊。撤下，撤下。运宝，撤下我们的糖衣炮弹。

〔在尴尬的气氛中，李运宝指挥服务员把水果撤下。

张光明　（口气稍有缓和）杨贵同志，这次我们来林县使命特殊，省委主要领导对我们也有着特别的交代……

杨　贵　知道，你们是带着尚方宝剑的钦差。

张光明　职责所在，身不由己。杨贵同志，希望你多多体谅，多多体谅。

杨　贵　好，体谅，体谅。刚才算个小插曲，接下来咱直奔主题吧。

李　贵　会议开始。首先我代表林县县委，欢迎以张光明组长为首的省委调查组光临林县指导工作。接下来大家鼓掌，欢迎张组长讲话。

〔大家鼓掌。

张光明　谢谢！杨贵同志，自从红旗渠工程上马以来，要求它下马的呼声也从来没有停止过。告状信、反映情况的材料像雪片一样飞向省委、省政府。

杨　贵　是，这我知道。

张光明　（宣读材料）“综合起来，主要反映的是以下几个方面问题：第一，红旗渠工程设计不科学、不严谨、不合理，漏洞百出，前景令人担忧。第二，就目前物质条件、科技水平，红旗渠工程能否真正完成，值得怀疑。第三，红旗渠是一个纯粹面子工程，林县县委为了死保红旗，不顾群众死活，为此，给林县人民带来了深重灾难。林县人民已经苦不堪言，怨声载道。第四，林县县委主要领导同志，个人主义严重，爱出风头，而且，性格暴戾，爱打击报复……干部、群众都把他称作暴君、秦始皇……”

杨　贵　哈哈哈哈……这一条是专门针对我个人的。

张光明　第五……杨贵同志，请注意这第五！在中央提出“百日休整”指示精神之后，河南省委曾经明确要求你们，撤回民工，红旗渠工程暂停施工，全员休整，对不对？

杨　贵　对。

张光明　请问，民工撤了吗？

杨　贵　这……没有。

张光明　请问，工程停了吗？

杨　贵　也……没有。

张光明　请问，修渠民工回家休整了吗？

杨　贵　也没有。

张光明　杨贵同志，你的党龄比我长，你应该知道，公然违背中央精神，你这行为是什么性质！

杨　贵　我……知道。

张光明　杨贵同志，你的年龄比我大，你应该知道，欺上瞒下，阳奉阴违，你所犯的是什么罪！

〔林县县委成员忽地站了起来。

张光明　你们要干什么？

马有金　你说这鸟话儿，我咋觉得真不中听呢。

调查组成员甲　（站起，提醒）同志，请不要骂人。

马有金　鸟！我啥时候骂人啦？

调查组成员乙　（抗议）同志，请不要继续骂人。

马有金　屎！我老马从来就没骂过人。

张光明　（拍案而起）马有金同志——

马有金　（亦拍桌子）鸡巴！你会拍桌子，谁不会！

〔张光明与马有金怒目相视，剑拔弩张。

杨　贵　（面朝他处，声色不动）马有金，有话不会坐下来说？

马有金　我……（乖乖坐在一边）

李　贵　（急忙）大家也都坐下，坐下。张组长，关于刚才这个问题，我想做个解释。上级“百日休整”的精神，我们是向群众传达了，省委领导暂停施工的要求，我们也向修渠民工们讲了。

张光明　（质问）那为什么工程没有停，民工没有撤呢？

李运宝　大家都不走，撵都撵不走。

张光明　照你这么说，错在林县老百姓啦？

李　贵　老百姓怕工程这次一停，闪了腰，岔了气，红旗渠就再也开不了工啦。

张光明　照这么说，出现这样的错误，是因为林县老百姓的觉悟低啦？

马有金　你说那是个鸟！

张光明　马有金你又骂人。

马有金 我就骂你就骂你就骂你就骂你就骂你就骂你骂你骂你——（一直说到接不上气）

张光明 杨书记，你看他……

杨　贵 （淡淡地）他骂你骂得对。

张光明 啥？

杨　贵 因为你刚才那句话，侮辱了林县老百姓。

马有金 就是。你说老百姓觉悟低，我说他们觉悟比啥都高，高过这太行山，高得挨着云彩眼儿。

李运宝 张组长，在你们眼里，红旗渠可能仅仅就是一个水利工程，停就停了，不疼不痒。可在林县人眼里那是什么？该做饭了，掀开锅盖有水做饭；庄稼旱了，有水能浇庄稼；衣服脏了，端起脸盆有水洗衣裳；口干了，舀起一瓢有水解渴……你听着有些可笑吧？

马有金 就这么简单的事儿，在林县人心里那就是一个梦！

李运宝 林县人宁愿饿着肚子，拖着浮肿的身子继续修渠，那是怕这个梦破了、灭了。

李　贵 所以说，不休整，不停工，是林县县委在广泛地征求了群众意见之后集体做出的决定！

马有金 叫我说，决定没错。

李运宝 叫我说是顺民心也合民意。

张光明 那么……私自动用国库的粮食也是集体的决定啦！

〔众人大惊。李贵跌坐于地。

马有金 （心直口快）我日他娘啊，连这事儿你也知道？

李　贵 有金……（咳嗽，掩饰）

张光明 （旁敲侧击）李贵同志，喝口水，清清喉咙就不咳嗽啦。

李　贵 我、我、我是老哮喘病。

〔众人急忙把李贵搀扶起来。

张光明 刚才我只念了第五条就被打断啦，还有第六条，我接着念。（接着宣读）“第六，最近省委接到了一封署名‘林县革命群众’的来信。信中揭露林县县委主要领导，为了笼络人心，竟然不顾国法，私自动用国库粮食三万斤！”

〔众人惊呆了，张口无言。

马有金 这、这、这是他娘的谁说出去的?

李　贵 （提醒）有金……（咳嗽）

马有金 我日他娘，好好查查这是谁告的?

李运宝 （掩饰）这纯粹是诬告!

马有金 （似有所悟，随声附和）对，这、这、这就是诬告!

李运宝 这绝对是造谣。

马有金 对，这、这、这就是造谣!

张光明 杨书记，你认为呢?

杨　贵 （稍有犹豫，坦然面对）这……不是造谣，是事实。

县委众成员 老杨，你……

杨　贵 （苦笑一声）恁知道，我不会说谎。

李　贵 （立刻站起）张组长，这件事情与老杨无关。责任在我。我们俩有明确分工，他负责一线工程，我负责后勤补给。这三万斤粮食是我做主，向直属粮库借的，事先老杨并不知道。

杨　贵 （打断）好了好了。李县长，你就别再替我打掩护啦。就你这话，到哪儿说也没人信。在林县，我杨贵不点头，谁敢擅自做主?更何况是这么大的事儿。（感激地）老伙计，你的心意我领了。

李　贵 老杨……

杨　贵 张组长，这件事儿跟旁人无关，就是我的事儿。让大家走吧，我来和你单独说。

张光明 那……好吧。（挥手）

〔众人无奈离去。

〔杨贵很冷静地跨坐在椅子上，沉思不语，手里拿着吱吱的胭脂。

张光明 看起来，三万斤粮食的事儿不假?

杨　贵 不假，一点儿也不假。

张光明 私动国家储备粮，你知道是什么罪?

杨　贵 知道。

张光明 那你还敢做!

杨　贵 我做了。不过，不是为了笼络人心，而是我不想让我自己太亏心!

张光明 什么意思?

杨　贵 光明同志，我先请你看一样东西。（手托吱吱的胭脂）

张光明 一盒胭脂？

杨　贵 是一个叫吱吱的小姑娘留下的。她还不到九岁，死了。她在这个世界上活了差不多九年，临死没有洗过脸，因为没水。所以啊，这个叫吱吱的小姑娘，最大的心愿就是，啥时候能有一盆水，可以让她不心疼地洗洗脸，之后，好搽上这宝贝胭脂，打扮得漂漂亮亮地走东家串西家……

〔吱吱瘦小的身影闪现在杨贵眼前。

〔吱吱稚嫩的声音响起："漳河水，你啥时候才哗哗地流过来呀！……凤兰姑姑，金锤哥哥，你们修渠修快点儿呀！……你们口渴了，我给你们喂水；你们没吃的，我去给你们挖野菜……野菜，我在家挖过，我认得！"

张光明 那……后来呢？

杨　贵 （咆哮般）没有后来，吱吱死啦！她听说工地没了粮食，她怕大人饿肚子，她怕耽误了修渠，就背着大人，偷偷上山挖野菜……咳！可我总觉得那孩子没有死。她、她、她还站在山头上等着，等着渠修好了，漳河水哗哗地流过来了，她好洗洗脸，不心疼地洗洗脸……

张光明 老杨！那……也不能去动国家储备粮啊！你知道省委领导怎么说你吗？说你胆大不要命，说你这是拿着脑袋往枪口上撞！

杨　贵 （凄然一笑）光明同志，你有枪吗？

张光明 你、你、你什么意思？

杨　贵 （突然转过身子逼向张光明）有枪你就掏出来，（指点着自己的胸口、头部）朝这儿打，朝这儿打，朝这儿打！

张光明 老杨你疯了！

杨　贵 我没疯！我现在就像一头牛，拉着满满一车东西，爬到半坡上，肚饥了，没料吃；拉不动了，也没人帮忙。往上爬，少气无力；往下退，要车毁人亡！这时候，谁要是真的给我一枪，我就解脱啦！（缓和了一下情绪）你大概也知道，红旗渠动工之初，上级曾经明确表达，国家援助一分没有，我们必须自力更生。啥叫自力更生啊？没有工具自己带，没有口粮自己带，没有炸药自己造，没有石灰自己烧，锤钻断了自己粘，工具坏了自己修，没有设备……就一条棕绳拴到腰上，把自己吊到悬崖之上去除险。可他们吃的是啥，是野菜，是树皮，是水草啊！你看看那一个个脸虚着，腿肿着，人都变形了，可谁都不愿意离开工地，不愿意回家休息。你告诉他全国都在"百日休整"，可他跟你说，人家那儿有水，可以休整，咱要修渠，不能休整；你跟他说，开山放炮是累活儿。他会跟你说，没见过人是累死的；你说，现在是灾荒年，没有粮食吃。他会说，没粮食，那就有啥吃啥呗……你说，就是你，遇到这样的事儿，你该怎么办，你会怎么办？向国家伸手要粮、要钱，国家会给我吗？"引漳入林"这把火是我点燃的，林县人心中修渠盼水的那份希望，也是我点燃的。他们是听了我的话才一个个来到修渠工地的。我看着他们一个个啃着树皮、吃着水草去砸石头、抬石头、推石头、搬石头、背石头、垒石头，我这儿，（指心口）疼。借这三万斤粮食，我就一个念头：冒个杀头的险，让跟着我修渠的民工吃顿饱饭，哪怕就吃一顿，我就是死了，这心也就不愧疚啦！

张光明 （掏出手绢递给杨贵，示意他擦擦泪，随后，搬个凳子和杨贵并排坐在一起）我们……不是调查组嘛，我们……总是还要调查的嘛。你的话，告状信，都只是一面之词。最终的结论、处理意见，需要经过我们的深入调查才能定。

杨　贵 好啊。欢迎你们调查。张组长，对于你们的调查，我可以代表林县县委向你表态：第一，我们会积极配合；第二，不安排陪同人员；第三，不指定调查对象。

张光明 （意外）哦？

杨　贵 你们想找谁，就找谁；你们想去哪儿，就去哪儿——随便。

张光明 老杨，你如此自信？

杨　贵 不是自信，而是我……也想得到一个真相。

张光明 （不解）哦，什么意思？

杨　贵 （站起，坦然一笑）来林县几年了，风风火火，马不停蹄，想干的事儿，有的干成了，有的也没干成。有人当面说我好，也有人背后告黑状；有人说我是好人，有人说我是坏人；有人说我是英雄，有人说我是枭雄；有人说我是忠良，有人说我是奸臣。我到底是好是坏，自己也要被搞糊涂啦。正好，借着你们这次调查，我也趁机了解一下我自己，我也看看林县人会对我这个县委书记给个啥评价。（跨坐在椅子上，面壁沉思）

〔张光明隐去。

〔光暗。

〔光启。

〔林县县委班子成员站在杨贵身边。

李运宝 杨书记，我们对于调查组，真的不宴请、不陪同？

杨　贵 （不语）……

李　贵 老杨，招待标准是不是适当地提高一点儿啊？

杨　贵 （不语）……

李运宝 杨书记，调查组对于你个人，对于林县县委，对于我们红旗渠，关系重大，我们还是应该……

杨　贵 （突然）是谁？是谁？究竟是谁——

马有金 老杨，是谁咋啦？

李　贵 这还用问，老杨是在问，究竟是谁在背后向我们捅刀子。

杨　贵 直奔要害，招招致命啊！这分明是想要我死，要县委死，要红旗渠工程彻底都死。同志们，此时此刻，怎样招待调查组重要吗？重要的是必须尽快查出伸向我们的那只黑手，揪出来，砍断它，否则，将会后患无穷。有人已经把枪口对准我们的后脑勺了，我们竟然浑然不觉。俗话说，害人之心不可有——我们可以没有；防人之心不可无——我们同样没有。粗心！麻痹！危险！可怕！从今天起，负责工地的同志，继续坚守工地。在此特殊时期，工程不能停，人心不能乱。其余同志，全力以赴，迅速查清向我们施放暗箭的那人是谁。

李运宝 杨书记的意思是……

杨　贵 再强大的英雄，再光明的事业，都怕暗算呢！我们不去暗算别人，但我们总不能稀里糊涂地就被别人给暗算了。

〔光暗。

十

〔光启。

〔“青年洞”工地。

〔洞口插着一杆旗，上写“青年突击队”五个大字。

〔李继红匆匆走上，他身后跟着凤兰。

〔一群民工头戴着柳编安全帽，手拿铁锤、铁钎等工具刚下工，走出隧道。

〔人群中有金锤四兄弟。

青年甲 队长，开会回来啦？

李继红 （和大家打招呼）回来啦。

凤　兰 金锤。

四兄弟 （喜出望外）凤兰姐。

青年乙 队长，指挥部叫你去开的啥会呀？

李继红 正好大家都到齐啦。我把今天开会的情况跟大家说说。大家想不到吧，有人把咱县委和杨书记给告了。

众　人 啊？

李继红 告状内容很多，其中有一条说，我们来修渠，不是自觉自愿的，一个个都是杨书记给哄来的、骗来的、逼来的。

青年乙 嘿嘿，这不是屁话嘛。

李继红 不管屁话不屁话，可它管用。现在，红旗渠工程和咱杨书记算是遇到坎儿啦。弄不好，红旗渠工程就得下马！

众　人 （七嘴八舌）啥，下马？那咋会中呢……这渠修个半片子咋能停呢？这一停，那可就彻底报废了。

李继红 所以，马副指挥长特意交代我，第一，“青年洞”工程一天不能停；第二，咱青年突击队在这个关键时刻，要有个行动，表示个态度。

青年甲 队长，你说，啥行动？

青年乙 叫我说，咱大家伙儿，齐下扈家庄，去找工作组反映问题。

李继红 哈哈，首先说，你这方法不行。都去找工作组，咱这工地谁干活？

众　人　队长，那你说咋办吗？

李继红　叫我说——结婚！

众　人　啥，结婚？

李继红　对！（伸手把凤兰拉上青石）这是我的未婚妻！

凤　兰　（落落大方）大家好！我叫凤兰，东岗砚花水的。

金　锤　（向同伴炫耀）俺村的，副支书。

青年乙　（啧啧称赞）长得可真漂亮啊！

银　锤　嘿嘿，嘿嘿……（喊）凤兰姐，他说你长得漂亮。

凤　兰　（小有羞涩）是吗，谢谢！

青年甲　那……广播里说，带领全体女民工刻苦训练，个个练得能抡锤、能扶双钎，那就是你？

凤　兰　嗯。

青年甲　（啧啧称奇）队长，这可是全县有名的铁姑娘队队长啊，你能把她弄到手，算你能。

〔大家哄笑。

青年甲　队长，日子定了吗？

李继红　具体日子还没定，也就这几天吧。

青年乙　（不无遗憾地）可惜啊，咱是喝不上你的喜酒啦。

凤　兰　能喝上，大家都能喝上。

青年丙　我们还得在工地干活儿呢。

青年丁　是啊。总不能停了工，专程跑你村里喝酒吧。

凤　兰　不用去村里。我们就在工地，就在这“青年洞”结婚。

众　人　（哗然）啥，在工地办结婚？嘿，这样好。喝酒、上工两不误啊。队长，婚礼为啥在这儿办呢？是啊……是啊……

凤　兰　听我说。

青年甲　对对对，听嫂子说，都听嫂子说。

凤　兰　咱山里人，拙嘴笨腮的，不会说啥。选择在工地结婚，也算表示个态度：林县人修渠，不是谁逼的，不是谁骗的，一直都是咱自觉自愿的。

众　人　（鼓掌）说得好！

李继红　我和凤兰也说了，从现在起，“青年洞”就是俺的洞房，修渠工地就是俺的家。今天结婚结到这里，明天生孩子我也生到这里。反正就是一句话：“青年洞”不挖通，我们不回家；红旗渠不修好，我们一辈子住在山上不下去！

众　人　（鼓掌）对！好！

凤　兰　还有。我还想看看你们有没有谁愿意和我们一起办。

众　人　一起办？

凤　兰　对，人越多，声势越大。声势越大，影响就越大。

青年甲　那算我一个。（走出人群）我在家里早就订婚了。赶上修渠这事儿，婚礼一直没有顾上办。正好，我也来个火线结婚，咋样？

凤　兰　这……你们家里大人会同意吗？

青年甲　和他们说说吧。为了红旗渠，为了声援咱杨书记，我想没问题。

青年乙　（站出来）既然这样，我也凑一份儿！

李继红　好！

青年乙　媳妇在娘家早就等不及了。干脆，咱凑成三对儿，咋样？

青年丙　干脆凑成四对儿咋样？

青年丁　干脆凑成五对儿咋样？

青年戊　干脆凑成十对儿咋样？

凤　兰　凑成十对儿，集体婚礼？继红，你马上去向马副指挥长汇报。到时候，争取能让县委领导也来参加咱们的集体婚礼。

李继红　（大声宣布）那咱就这样办！我娘说了，为了给我办喜事，她攒了几年，攒了几斗陈麦子。回头咱们定个好日子，结婚那天，改善伙食，中午吃一顿纯白面的捞面条。

铁　锤　凤兰姐，不结婚的人能吃吗？

凤　兰　能吃，大家都能吃。

铁　锤　（擦一把嘴）哥，豁上啦。

银锤、铜锤、铁锤　（赞同）嗯。

李继红　到时候，咱在这儿扎个彩门，写上大红标语。

凤　兰　对，把“青年洞”工地打扮得喜气洋洋的。

李继红　对，就是要把声势营造得轰轰烈烈的。

凤　兰　对，把我们的婚礼操办得热热闹闹的。

李继红　对，把集体婚礼一定办得惊天动地的。

众　人　（面对群山呐喊）对，"青年洞"就是我们的家，红旗渠不修好，我们坚决不下山！

〔群山回应，萦绕久久。

〔一束光，射向那一群热血青年，状如塑金群雕，许久不褪。

〔光暗。

十一

〔光启。

〔杨贵办公室。

〔县委成员们上。

众　人　杨书记！

杨　贵　有结果啦？

李　贵　经过这几天大家分头摸底、分析，所有的线索同时都指向一个人……

杨　贵　谁？

李　贵　老黄。

杨　贵　黄继昌？

李　贵　（点头）从各种情况分析，基本可以确定。

杨　贵　（踱步，思索）老黄？……黄继昌！我最先想到的也是他，后来又犯了悔悟，似乎觉得不该是他。没有想到归根结底还是他！来而不往非礼也！你们说我们该怎么办，我们又能怎么办？

李运宝　这……（吞吞吐吐地）根据群众揭发，老黄曾经不止一次说，三年自然灾害，不是天灾是人祸，将来历史会有证明。

李　贵　（抽出一张纸）这是见证人写的证明。

〔杨贵接过，匆匆一瞥。

李运宝　还有，老黄在议论红旗渠工程的时候，曾经说："'大跃进'已经让中华民族遭受了一场灾难，林县人民不能再因为修红旗渠而遭难了……"这是原话。（递过一沓材料）

杨　贵　公开污蔑“大跃进”……

李　贵　组织部门的同志说，单凭这一条，那就可以定他为反革命。

杨　贵　你们的意思是说……

李运宝　组织部门的同志说……就是那个意思。

杨　贵　（倒吸一口凉气）这样一来，老黄的政治生命可就彻底结束啦。

李　贵　组织部门的同志说……只有这样，才是最好的办法。

杨　贵　（仔细又想，不禁打个寒颤）不行不行！背后向人捅刀子，不是我杨贵的作风！

李运宝　可他已经向你捅刀子啦。

杨　贵　以牙还牙，以血还血，那也不是咱共产党的作风！再说，目前咱也没有确切证据证明就是老黄所为。

李运宝　那万一要是呢？

杨　贵　这……

李　贵　万一他继续暗中向我们进攻呢？

杨　贵　这……

李运宝　那可就是一枚定时炸弹。

李　贵　随时都有可能把你、把我们、把红旗渠工程炸个粉碎！

李运宝　老杨，为了红旗渠——

李　贵　当断则断！

杨　贵　（急伸手示意）静一静！让我静一静，让我想一想……（扭身骑坐椅子上，面壁沉思）

〔马有金急匆匆地上。

马有金　老杨，老杨……

〔李贵、李运宝急忙嘘声制止。

马有金　（低声问李运宝）听说，是老黄？

李运宝　（点头）嗯。

马有金　（低声问李贵）想好没，咋解决这祸害？

李　贵　（努嘴）喏，正在想。

马有金　小事儿，还用费那脑子。（凑近）老杨，关于老黄的事儿，交给我解决吧。

李　贵　交给你，咋解决？

马有金 （低声）只要领导保证不给我处分，我立马让他消失！

李运宝 啥，你说啥？

马有金 （大声）只要领导保证，不给我处分，我让老黄立马消失。

杨　贵 （一拍桌子，扭身站起）马有金，我们这儿不是江湖帮会！

马有金 老杨，我……我就是那么一说。

李　贵 老杨啊，主意想好啦？

杨　贵 对！调虎离山。

众　人 调虎离山？

杨　贵 在平顺县设个办事处，让老黄常驻山西。

李　贵 师出何名？

杨　贵 协调解决林县、平顺之间关于修渠发生的一切问题。

李运宝 嗯，倒也合情合理。

杨　贵 只要红旗渠不竣工，黄继昌就永远别回河南！另外，给他俩人，随时跟着，时时刻刻，搞好“服务”。

马有金 那……老黄要是不去呢？

杨　贵 告诉他，这是命令，死命令！不许找客观，不许谈条件！

〔杨贵此言一出，散发出一股令人胆战的肃杀之气。

〔停顿。

李　贵 两相分开，互不伤害。

李运宝 这样也好，这样也好。

杨　贵 （仰天轻叹）为了红旗渠，我只能这样啦！（指李贵、李运宝）你们俩亲自去送，在他到达平顺之前，最好别让他和其他人接触，特别是省委工作组。

李　贵
李运宝 好！

〔杨贵挥手，李运宝等领命而去。

〔杨贵突然闻到了什么，顺着气味闻过去。

〔一个老太太端着一个土砂锅，笑吟吟地上，是杨贵的母亲。

杨　贵 （欣喜，扑上）娘！

〔杨母掀开砂锅盖。

杨　贵 鸡肉小米稠饭？（嗅）嗯，闻出来了，鸡是咱家那只老母鸡，小米是咱罗圈村东坡上种的小米。

杨　母　哈哈，娘知道你喜欢，专程带来，给儿子补补。

杨　贵　娘，还是你疼我。（盛饭，狼吞虎咽地吃）嗯，好吃！娘，你做的鸡肉小米稠饭最好吃。

杨　母　（幸福地看着儿子）好吃，你就多吃。

杨　贵　（一边吃，一边说）娘，到工地看了吗？

杨　母　你媳妇领着我到处都看了。人真多，工程真大。热火朝天，真喜庆。我儿子真有能耐……（欲言又止）儿啊，没有其他啥法了吗？

杨　贵　啥？

杨　母　就恁刚才说那事儿。

杨　贵　娘，你……都听到了？

杨　母　疙疙瘩瘩听了几句。黄副县长他……一辈子住在山西，那不等于就是……林冲发配啊。

杨　贵　老黄他……四处告状，反对我修渠。

杨　母　那……也不能因为一条渠，就毁了一个人哪。

杨　贵　（筷子一放，目光冷厉地）不！宁可毁他一个人，也决不能毁我一条渠！

杨　母　（惊愣）儿啊，娘咋觉得，突然不认得你了。你好像变了，你变得比过去凶了、野了、恶了、狂了。

杨　贵　娘啊，恰恰相反，你儿子现在其实是变得胆小了、胆怯了。娘，我现在是已经走在了悬崖边上，哪怕谁来点我一指头，就可能把我推下深渊。娘，你知道吗，摆在儿子面前的只有两条路：渠修成了，儿是功臣；失败了，上有太行万丈峭壁，下有漳河滚滚波涛……儿没脸活着，只有一死啊。

杨　母　（长叹一声，抚摸着儿子的脸，心疼不已）娘知道了。儿啊，娘老了，帮不了你啥了。娘等着，你要是当了功臣，咱家还有一只老母鸡，娘还宰了，给你做碗鸡肉小米稠饭。那要万一……娘就接你媳妇、孩子回咱汲县罗圈村种山地，一辈子，两辈子，辈辈待在那山沟里，再也不让他们出来做事啦。

〔儿歌隐约飘来。

〔杨贵依偎在母亲腿上，随着母亲摇晃的身子，静静地睡着了。

〔光暗。杨母隐去。

〔光启。李贵疾跑上。

李　贵　老杨，不好！

杨　贵　（惊悚站起）又怎么啦？

李　贵　老黄要见工作组。

杨　贵　（惊诧）不、不、不、不是让你们尽快送他走吗？

李　贵　一切按计划进行，而且还很顺利。老黄都上车了，可、可、可汽车没出县城，他又改变了主意。

杨　贵　黄木匠啊黄木匠，你、你、你可真是一头犟驴啊！

〔李运宝匆匆跑来。

李运宝　说好了吗，怎么办？老黄说了，不见工作组，他今天哪儿也不去。

李　贵　怎么办，让他见不见？

杨　贵　（无奈，叹息）天要下雨，娘要嫁人，拦也拦不住啊！

〔光暗。

十二

〔光启。

〔会议室。

〔张光明等严阵以待。黄继昌在李贵、李运宝陪同下，匆匆而来。

张光明　继昌同志，听说你要见我。

黄继昌　对。

张光明　有什么急事儿？

黄继昌　说急不急，说不急也急。还是要说杨贵和红旗渠工程的问题。

张光明　关于这方面的事情，我们正在按照程序进行调查。

黄继昌　我知道。我也一直在等你们找我了解情况。可我现在不能等了。

张光明　为什么？

黄继昌　县委给我安排了新的工作，我今天就要离开林县……

张光明　哦？

黄继昌　临走之前，我对杨贵、我对红旗渠工程，有话要说，不吐不快。

张光明　那……好吧。（示意调查组成员甲）准备记录。

调查组队员甲　好。

张光明　李县长，运宝同志，请回避。

李　贵
李运宝　这……

黄继昌　不需要。也就几句话，说完我们一块儿走。

张光明　不，必须严格遵守纪律。

李　贵　那我们就……

黄继昌　不需要。我们是谈工作，又不是说私事儿。恁俩稍等片刻，我三言两语就完。

张光明　继昌，这……那好吧。

黄继昌　张组长，我要对工作组说的话，一共只有两点。

张光明　请问这第一点——

黄继昌　杨贵的职务不能撤！

李　贵
李运宝　（倍感意外）啥？

黄继昌　不管有多少人告状，不管有多少人反对，林县不能没有杨贵这杆大旗！

张光明　那请问第二点——

黄继昌　红旗渠工程不能停。

张光明　你、你、你……到底啥意思？

黄继昌　不管有人告啥状，不管有人咋反对，红旗渠千万不能停。我就是这意思。

张光明　（百思不解）你……能不能说得再详细点儿？

黄继昌　红旗渠进展到这一步，已经是船到江心，车到半坡，只能走，不能停；只能进，不能退。退则车毁人亡，前功尽弃！杨贵是什么，他是船上的帆、车上的轴、领头的雁、驾辕的马！少他一个，万事全休！修成红旗渠，将创造一个人间奇迹；红旗渠一旦下马，留下一个残缺破败的工程，那将成为一个永久的耻辱！像一道淌血的伤疤，镌刻在太行山腰上，千秋万代，向世人昭示着一个时代的耻辱、一个政府的耻辱、一个政党的耻辱！（看表）我的话说完了。车在外面等着。老李，咱们走。

张光明 等一等。

〔黄继昌等停下脚步。

张光明 我听说，你……一直以来并不喜欢杨贵。

黄继昌 对。不过，我不喜欢的是他的性格，并不等于我不欣赏他的人格！

张光明 我还听说，你一直在反对杨贵修渠？

黄继昌 对。不过，我反对他草率行事，并不等于我反对他为人民做好事！事实已经证明，红旗渠工程上马是迫在眉睫，机不可失；虽然略有仓促，但符合民心民意。我为什么还要反对呢？

张光明 （肃然起敬）继昌……你的话，我记在心里啦。

黄继昌 那好。我也该走啦！

〔张光明隐去。李贵、李运宝走近黄继昌。

〔景转山坡。

〔黄继昌深情环视群山，匆匆欲去。

〔马有金内喊："继昌、老李，等一等！"匆匆跑上。

马有金 继昌，等等、等等，老杨他、他、他正在往这里赶。

黄继昌 （意外）老杨？

马有金 （喘着气）老哥，老杨他、他、他要亲自送送你！

黄继昌 老杨来送我？他那么忙还要来送我，这、这、这……

〔杨贵带通信员匆匆赶上。

杨　贵 黄木匠，没想到吧。

黄继昌 哈哈，有点儿意外。

杨　贵 让你意外的事儿还有呢。通信员，倒酒。

黄继昌 哈哈，还要喝酒？

杨　贵 （喜不自禁）当然要喝。（递过一杯）给，端着。

黄继昌 这……（接过酒）

杨　贵 这第一杯酒，咱喝一个"路遥知马力"。干！

〔黄继昌一脸茫然地和杨贵碰杯，饮酒。

杨　贵 这第二杯酒，咱喝一个"国难显忠臣"。干！

黄继昌 （再次和杨贵碰杯，饮下）我说老杨，你今儿怎么……不仅舍得破费请酒，而且还弄出这么些文绉绉的词儿来。这可有点儿反常啊。

杨　贵 咋，嫌我的词儿文绉绉啊。那咱换句通俗的。这第三杯酒，咱喝一个“踢套的骡子它同样也是好牲口”。干！

黄继昌 等一等！老杨，你这话里有话啊。

杨 贵 这……

黄继昌 县长，你们有事儿瞒着我。

李 贵 这……

黄继昌 运宝，你们有话没直说。

李运宝 这……

马有金 （不等黄继昌的目光转过来）你、你、你别问我。

黄继昌 （恳求）有金。

马有金 我、我、我……我憋不住啦。老杨，我可要说了，啊？

黄继昌 有金，你说！

马有金 （笑）哥哥。……哥哥，嘿嘿……我们，大家，误会你啦！

黄继昌 误会我？误会我什么？

马有金 大家把你当成了那“革命群众”……

黄继昌 什么什么？我咋听不明白，啥“革命群众”？

马有金 咳，你真是……明说了吧，大家还以为是你往省里写的告状信！

黄继昌 啥？

马有金 所以……所以……所以……

黄继昌 （恍然大悟）所以……才要把我充军发配到山西平顺！（面对李贵）李大哥，你说呢？

李 贵 兄弟，这……

黄继昌 运宝老弟，你说呢？

李运宝 大哥，这……

〔杨贵不等黄继昌发问，便欲主动迎上解释。黄继昌不等杨贵上来，从通信员手中夺过酒瓶，愤然走到一边，坐下狂饮。

杨 贵 （走近黄继昌）继昌，原谅我——

黄继昌 （发狠地）我不原谅！（慢慢抬起头来，已是泪流满面）原以为，我黄继昌算不上你杨贵的朋友，咋着也该算是个诤友吧？原以为，我黄继昌算不上你杨贵的助手，最起码也该是个对手吧？可我万万没有想到，原来在你心里，我黄继昌就是个小人！小人！

杨 贵 （诚恳）继昌，我们错怪你了，再次请你原谅。

黄继昌　（一迭连声，一声高过一声）不原谅！不原谅！我不原谅！

杨　贵　（忽地站起，逼视）不原谅你要咋着？

黄继昌　（跟着站起，迎上）你说要咋着！

〔杨贵、黄继昌两个男人，相对而立。

杨　贵　（命令地）老李，你们都退出五十米以外，让我和他单独较量。

李　贵　（担心）这……

杨　贵　（连珠炮般怒吼）这是命令，死命令！不准讲客观，不准提条件！

〔李贵无奈，带人匆匆离开。

杨　贵　继昌，其他人走啦。我们能不能以朋友的身份聊聊？

黄继昌　（不无讥讽）你把我当朋友了吗？

杨　贵　不算朋友，那就以两个男人的身份谈谈。

黄继昌　（反诘）你把我当男人了吗？

杨　贵　继昌，我再说一遍，是我误解了你……

黄继昌　不，不是误解，是侮辱。你侮辱了我的人格。

杨　贵　（终被激怒）对！我侮辱了。你打我吧！（一把将外衣摔在地上）

黄继昌　谁怕谁呀！（不甘示弱，也摔外衣）打就打！

〔杨贵、黄继昌互扑，扭打在一起，四臂相较，两头相抵，形成猛牛打架之势。

〔他们扭打一阵，累了，格斗停止，但依然头抵着头，大口喘息。

〔少顷，喘息声变成了哭泣。杨贵先是嘤嘤，逐渐变成牛哞一般。

〔两人松开双臂。

黄继昌　（手足无措）老杨，你、你、你咋了？

杨　贵　（哭）我爱哭！我想哭！

黄继昌　你看你，一个大男人……

杨　贵　（啼哭不止）哪家王法规定，男人就不能哭啊？

黄继昌　别忘了，你是县委书记。

杨　贵　（继续抽抽搭搭）《党章》哪一条规定县委书记不能哭鼻子了……有吗？

黄继昌　好，你哭，你哭，你想哭就哭……（急中生智）哦，有金，你来了——

杨　贵　（哭声戛然而止，急忙正襟危坐）……

〔黄继昌捂嘴窃笑。

杨　贵　你个黄木匠……（脚踹黄继昌）叫你骗我……你个黄木匠，叫你骗我……骗我……

黄继昌　（笑着躲让一阵后，掏出手绢，递给杨贵）明明是我被人误解，受了伤害，你倒像是受了多大委屈一样。

杨　贵　（将手绢蒙在脸上）老黄啊，你是不知道啊，我能哭出来，也不容易啊。你受了委屈，可以找人诉说，我不能；你有了苦恼，可以随处发泄，我也不能。为啥呢？我是县委书记，是一个县的带头人，是老百姓的主心骨。遇困难，我得顶着；有委屈，我得受着；吃了苦，我得乐着；想流泪，我得忍着；见下属，我得端着；对百姓，我得笑着；有人骂，我得听着；有人告，我得领着。老黄啊，自打红旗渠开工，我天天是如履薄冰、如临深渊、战战兢兢啊！民工没有粮食，我发愁，整夜整夜，翻波浪打滚儿，睡不着；工地原料不够，我发愁，端着饭碗，像端着一碗毒药，吃不下；一想到施工安全，我头皮发紧；一看到放炮打眼儿，我心惊肉跳。工程进度快了，我担心质量；工程进度慢了，我怕拖延时间。我怕这工程半途而废，修不成，怎么向老少爷们儿交代？我又担心，渠修成了，万一流不过去水，怎么办？一想到这些，我一身冷汗，嗞嗞……它就往外冒啊！

黄继昌　（搂过杨贵肩膀）老杨！

杨　贵　老黄，我真怕哪一天会熬不住，挺不过去呀！

黄继昌　（真诚地）老杨，为了红旗渠，你一定要挺过去。挺过这道坎儿，你就是改变历史的功臣；挺过这道坎儿，你就是创造奇迹的英雄。五十五万林县人会永远记着你的。

杨　贵　黄木匠，我没想到要害你。

黄继昌　我知道。

杨　贵　我那样做，实属迫不得已。

黄继昌　我知道。

杨　贵　（拉住黄继昌的手）黄老弟，原谅我——

黄继昌　（双手握过去）嗯，为了红旗渠，原谅你！

杨　贵　（欣慰）黄木匠——

黄继昌　老杨——

〔李贵等人悄悄上。

杨　贵　你看这平顺你去还是不去呀？

黄继昌　我去。咱从山西引水，和平顺有不少问题需要协调。比如，占用平顺土地问题，还有放炮炸到民房等等等等。委派专人，也很必要。

杨　贵　那好。你驻山西负责外交。

李　贵　我驻县城负责后勤。

马有金　我驻前方负责施工。

李运宝　我跟着老杨全面协调指挥。

杨　贵　从今往后——

黄继昌　你驾辕，我们打梢。

杨　贵　咱五驾马车，并驾齐驱！

〔五个男人的大手紧紧握在一起。

〔光暗。

十三

〔光启。

〔"青年洞"外。

〔一座彩门扎起，门上有松叶柏枝、字、红花。彩门框上写着红对联。

〔一口大锅冒着热气。厨师李黑正忙着炒菜。

〔金锤四兄弟抱着大碗，坐在石头上等着吃饭，身边放着他们的大锤。

金　锤　（喊）李师傅，啥时候吃饭？

李　黑　（忙活着）快了，快了！

银　锤　（喊）李师傅，是纯白面的捞面条吗？

李　黑　那可不，纯白面。

〔从"青年洞"传出一阵阵的欢呼声。

李　黑　（忍不住一次次跑去观看）哎哟，真热闹啊！恁弟兄四个咋不去看呢？

铜　锤　看那干啥，又不顶饥饱。

金　锤　就是嘛。

李　黑　哎哟，这可是集体婚礼啊，一下子十对儿。

银　锤　那又咋了，又不是俺结婚。

铁　锤　就是嘛。

李　黑　听说还来了可多领导呢。我要不是还得炒菜做饭，我早跑过去看了。（脚步又不由自主地挪了过去）

铁　锤　李师傅，你快做饭吧，俺肚子早饿啦。

李　黑　（急忙返回灶火旁）哦，哦，哦……菜早炒好了。等那儿结婚仪式结束，我这儿面条下锅。这面条一熟，我给你先捞头一碗。

金　锤　李师傅，今天面条管饱吧？

李　黑　当然管饱，能吃几碗就吃几碗。

银　锤　大哥，我今天要连吃三碗。

铜　锤　你吃三碗，我就吃四碗。

铁　锤　你吃四碗，我就吃五碗。

李　黑　中，恁一直吃，我就一直煮。

金　锤　李师傅，俺娘交代过，出门两件事：活儿要干好，饭要吃饱。

李　黑　恁娘说得对，能吃才能干嘛。（侧耳谛听）哎，这洞里咋没有声音啦？

〔大家一怔，一齐静下来听。

〔突然，从洞里传来几声尖叫。

金　锤　不好，我得去看看啦！（放下碗向洞内跑）

银　锤　大哥，我跟你去！（放下碗跟去）

铜　锤　大哥，我也跟你去——（放下碗跑过去）

铁　锤　大哥等等我，我也去——（跑了几步又回来）李师傅，你看好俺的碗！

李　黑　放心吧——

〔突然，隧道里冒出一股浓烟。

李　黑　不好，塌方啦！

铁　锤　哥——

（高喊着向洞口跑去）

李　黑　（急忙拉住铁锤）孩儿啊，可不敢再去了！

铁　锤　（哭喊着）我找我哥——（拼命地挣脱，跌跌爬爬地冲进洞内）

李　黑　（追赶着）铁锤，回来呀！

〔洞口浓烟滚滚。洞内传出垮塌声、巨石撞击声和人们惊恐的呼喊声、求救声。

〔在轰隆隆的震颤中，天地陷入黑暗。

〔一束光照亮那四只大碗、四把大锤。它们依然在静静地等待着自己的主人。

〔有人在呼唤，声音很苍老。

〔光暗。

〔灯渐亮，李黑在捞面条。每盛满一碗，他就喊着名字把碗摆放在山坡上。一个个粗瓷大碗，整齐地摆了几行。

李　黑　金锤，面条煮好了，你是头一碗！银锤，你是第二碗！铜锤，吃面条啦！铁锤，吃饭啦！继红，吃饭啦！凤兰，吃饭啦……

〔杨贵默默地走过来，坐在旁边，看着李黑盛饭。

杨　贵　（突然掂起一把大锤，冲到山脚下，发疯似的锤击山壁，一击一喊，悲恸欲绝）太行山，你好狠，一下子就吞了我二十几条人命啊！你赔我，你赔我……你赔我金锤银锤！你赔我铜锤铁锤……你赔我继红，你赔我凤兰！你赔我啊……

〔李贵带李运宝等人上。

李　贵　（从杨贵手里夺下铁锤，并扶他坐下，哭着）老杨啊，越是这个时候你越得保持冷静啊。

李运宝　（泣不成声地）是啊，接下来咱还有大麻烦事儿哪。

杨　贵　（哽咽着）别光哭，先说事儿。

李运宝　这十对新郎、新娘的家属闹着要见调查组。

杨　贵　（一惊，擦泪）他们要见……调查组？

李　贵　有人告诉他们说，今天的火线婚礼，完全是弄虚作假。

李运宝　还说这又是你……为了给自己脸上贴金，使用的一贯手法，拿着群众的生命给自己捞政治资本。他们……

杨　贵　说呀。

李　贵　正闹着要见调查组，说是要揭露真相。

杨　贵　现在人都在哪儿？

李运宝　聚集在李继红家。就等李继红的妈妈发话了。

杨　贵　走，去李继红家。一定要赶在调查组之前到达。

〔光暗。

〔光启。

〔某山村。李继红家。

〔李继红的妈妈蜷缩在一个老式椅子里，一动不动。

〔屋里屋外站了许多人，有些人头上还戴着孝布。他们都在哭。刘西城，一个瘦瘦的老头，凑在李继红妈妈椅子旁。

刘西城　老嫂子，咱那闺女小子死得亏呀。你是咱这方圆几十里有头有脸的人物，大家信得过你。你得出面给大家撑腰啊。

张桂平　是啊，婶儿。这一下，咱一家可都是两条人命啊。俺孩儿可是年头里刚定的亲，光彩礼俺就花了小千把。这一来……（哭）

众　人　就是。去找县委，要他赔偿。去找调查组，告他们……弄虚作假，他这是拿咱老百姓的命不当命啊……

刘西城　老嫂子，你发句话，你说上哪儿，咱就上哪儿。咱总得为这死去的儿女讨个说法儿啊。

〔张光明率调查组成员从一侧上。

〔杨贵率领县委成员从另一侧上。

张光明　杨书记，你好快呀。

杨　贵　张组长，你也好快呀。

〔两队人马同时进屋。

杨　贵　（先发制人）乡亲们，我是林县县委书记杨贵。我……

张光明　（制止）杨书记，忘了吗？有言在先，你要积极配合我们的调查……

杨　贵　没有忘，没有忘！只是今天……

张光明　老杨，请你遵守自己的承诺。（面向群众）乡亲们，我是从省城来的调查组组长。是专门来调查、了解红旗渠有关问题的。对于刚刚发生的不幸，我们对各位深表同情。大家对于林县县委，对于杨贵同志，在修建红旗渠的过程中，有什么看法，有什么意见，今天，你们都可以敞开地说。当然，一定要说真话。

调查组成员甲 现在你们可以发言了。请问，谁先说？

〔静寂。

张光明 对于修建红旗渠，你们有什么看法？对于今天的这个事故，你们有什么说明？

〔老百姓们相互推拥，终于，刘西城站了出来。

刘西城 省委领导呀，我想说说……

〔蜷缩在圈椅中的继红妈轻轻地咳嗽了一声。

刘西城 （一愣，咂咂嘴）我想说……

〔圈椅中那个蜷缩的身体内又发出一声咳嗽。

刘西城 （吭哧半天）我……说完了。

张光明 乡亲们——

〔继红妈终于坐直身子，众人一见，急忙上去搀扶。

继红妈 谁是杨贵？

杨　贵 （趋步上前）大娘，我就是。

继红妈 （端详杨贵）就是你起头让修红旗渠的？

杨　贵 是。

继红妈 你老家哪儿人？

杨　贵 河南汲县。

继红妈 家里都还有谁啊？

杨　贵 上面还有一个老娘。

继红妈 哦。替我带个好儿。

杨　贵 谢谢！

继红妈 走吧，去忙事儿吧。

杨　贵 老大娘，我……

继红妈 去吧，去忙事儿吧。

杨　贵 大娘——（跪下）都怨杨贵，虑事不周，才有隧道塌方惨祸。杨贵给诸位父老赔罪了！

继红妈 恁家在汲县，来林县修渠是为了谁呀？恁为官一任，当好当坏，换个地方，就不能当官吗？林县有水吃没水吃，与恁有多大干系？恁操心受累，起五巴更，上山西，下河南，找水源，定渠线，恁到底是为了谁呀？恁家有几口人能喝着，恁家有几亩地能浇着，恁家有几棵树能灌着……没有吧？那恁是为谁修渠，恁是为谁引水？恁是为俺林县人啊！恁有恩于林县男男女女、老老少少啊。说起来，该不着恁跪，要跪也是该林县人给恁跪呀……（颤巍巍跪在了杨贵面前）

杨　贵　大娘，不敢，不敢。杨贵受不起啊——（扑跪着要搀起继红妈）可……继红他们的死，我……

继红妈　他爹，为了打日本，死了；他哥，为了打老美，死了。继红是为谁死的？是为他娘死的，是为了让他娘能喝上一口水死的，是为了让他娘掀开缸盖就有水做饭、有水和面。他死得和他爹、他哥一样——值！……杨书记，你放心，林县人只会感激你，不会责怪你。林县人都会记住你，不会忘记你……

〔继红妈、杨贵相互搀扶着站起。

继红妈　走吧。去干你那大事儿吧。快点儿把红旗渠修好。林县人都在盼水等水啊！

〔光渐收，众人隐去。

〔杨贵目送着继红妈佝偻着身躯蹒跚走远。

〔继红妈苍老的声音却仍在回响："走吧。去干你那大事儿吧。快点儿把红旗渠修好。林县人都在盼水等水啊！"

〔吱吱稚嫩的声音在回荡："漳河水，你啥时候才流过来呀！……凤兰姑姑，金锤哥哥，你们修渠修快点儿呀！"

杨　贵　吱吱，我知道，我欠你一盆洗脸水。金锤四兄弟，我欠你们一顿饱饭。继红、凤兰，我也欠你们一个家！（回望身后魅影一般的太行山）太行山，你听着，为了林县所有的吱吱能洗上脸抹上胭脂，为了林县所有的兄弟能吃上一顿纯白面的捞面条，为了林县所有的凤兰和继红能有一个不缺水的家，为了林县所有的母亲掀开缸盖就能熬汤做饭，这渠我必须得修啊！不管你山有多高、石头多硬，挡我渠线，我炸你！堵我渠水，我削你！一锤一锤地砸，一钎一钎地撬，不管是三年五年、十年二十年，泼上牺牲掉我们一代人，也要把你劈开，让漳河水流进林县！

〔激越雄壮的歌声再次响起：

　　"劈开太行山，

漳河穿山来。

林县人民多奇志，

敢把河山重安排……”

〔歌声中，死了的、活着的人物一齐走来，聚拢于太行脚下，一组一组如雕塑般，庄严肃立，静静期待。

〔静谧中，杨贵又一次踏着涛声从太行山脚下走来，站立台中。

杨　贵　（擎碗过顶，望天轻呼）干旱了千万年的高山大地，请来喝水！数百年来，因干旱而死的祖辈先民们，请来喝水！近十年来，为了修渠而光荣献身的英烈们，请来喝水！五十五万林县父老乡亲们，请来喝水！红旗渠修通了，咱林县有水了！（狠狠地摔碗于地）

〔渠水山呼海啸般从天际滚滚而来，声震天地，响彻寰宇。

〔波涛声中，一座山碑冲天矗立。

〔场上众人随着碑文滚动，齐声朗读：“红旗渠工程——用时10年，削平山头1250个，架设渡槽152座，凿通隧洞211个，挖砌土石1515.82方，总干渠长70.6公里，灌区渠道总长4013.6公里，重伤256人，牺牲189人，他们是：吴祖太，27岁；李茂德，46岁；白云祥，25岁；李德学，20岁；苏福财，24岁；杨黑丑，23岁；张文德，22岁；李保山，20岁；王书英，21岁；方海荣，21岁；王银秀，22岁；董合，58岁；李保拴，35岁；董合吉，58岁；秦天保，44岁；李黑，45岁；李天存，45岁；余长增，28岁；侯德，38岁；马全福，44岁……”

〔切光。

——剧　终

《红旗渠》是根据真人真事创作的现实题材话剧，2011年由河南省话剧院首演于郑州。导演李利宏，主演蔡小艺。此剧表现了劳动人民改天换地的勇气和毅力，以真实深刻的情感体验，呈现出震撼人心的艺术效果。此剧获文化部第十四届“文华大奖”，剧本获第二十届曹禺戏剧文学奖（第四届中国戏剧奖·曹禺剧本奖）。

作者简介

杨　林　男，1962年出生，河南林州人，剧作家。剧本两获“曹禺戏剧文学奖”，三获文华大奖并入选中宣部全国精神文明建设“五个一工程”。代表作品有现代京剧《霸王别姬》《突围·大别山》，现代豫剧《常香玉》《女婿》《秦豫情》《花儿朵朵开》《我的青春我的爱》，话剧《红旗渠》《兵团》，吕剧《百姓书记》，沪剧《敦煌儿女》，淮剧《浦东人家》等。

·滇　剧·

水莽草

杨　军

时　间　古代。

地　点　是过去也似我们身边。

人　物　丽　仙——茂家的新媳妇，曾是千金小姐，后家道中落。

茂　母——早年丧夫，一人拉扯儿子艰难度日。

老草医——矮小风趣，大智若愚。

茂　壮——丽仙的丈夫，孝子。

判　官——执掌阎罗殿，判处人的生死轮回。

小鬼甲乙——有或高矮或胖瘦的差异。

婆婆队——多人，代表村中婆婆们，其中以婆婆甲、乙、丙为首。

媳妇队——多人，代表村中媳妇们，其中以媳妇甲、乙、丙为代表。

〔写意、空灵而富于变化的舞台。既有朴实无华的现实生活气息，更有寓言的隐喻。舞台的空间层次要便于清楚地展现人物的心理时空。

〔婆婆队、媳妇队是亘古不变的婆媳关系的群像，同时又兼有歌舞队、叙述者、串场人等多重功能。

〔幕后合唱：

“水莽草，水莽草，
水里长来水里漂。
叶儿翠，花儿妖，
漂来漂去自逍遥……”

一

〔光启。公鸡打鸣，天亮。

〔村口大树旁，婆婆、媳妇们各在一方做活。

婆婆队 （坐一堆纳鞋底，唱）

戳戳顶顶扯扯拉，

飞针走线把鞋底纳。

媳妇队 （在河边抡棒洗衣，唱）

搓搓甩甩棍棍打，

洗衣洗裤还洗麻。

婆婆队 （唱）戳戳顶顶拉扯扯，

耳不聋来眼不花。

媳妇队 （唱）搓搓甩甩打棍棍，

大好光阴早打发。

〔婆婆、媳妇们相互远观，议论着。

婆婆甲 你们瞧那边，个个露大腿露膀子呢，干活没有点干活的样。

婆婆队 唉！现在的媳妇都一样啊——（唱）

贪吃贪睡不勤劳，

讲穿讲用乱花销。

与男人撒娇不害臊，

目中无人屁股翘。

〔媳妇队也议论。

媳妇甲 这些婆婆娘啊——

媳妇队 （唱）思想保守脑筋老，

油盐不进嘴巴挑。

掏心掏肝都焐不热，

兴风作浪搅波涛！

〔老草医背个装着草药的背篓，手提酒葫芦上。

老草医 好热闹呀！这些婆婆媳妇、媳妇婆婆凑在一处，就好玩喽！

婆婆甲 老草医，你去河边洗草药的时候，有没有听见她们在说哪样？

老草医 哎呀，还不是翻来覆去、覆去翻来。

婆婆乙 哼！又少不了在说我们这些当婆婆的呢。

婆婆丙 她们肯定是在咒我们早点死！

〔众婆婆顿时群情激愤。

〔老草医走向河边，媳妇们迎上去拉他。

媳妇甲 哎，老草医，她们那边在吵哪样？

老草医 哎呀！还不是周而复始、老调重弹。

媳妇乙 肯定又是在骂我们这些当媳妇的啦。

媳妇丙 不消说，都是说些最恶毒最难听的话。

〔媳妇们叽叽喳喳地诉说。

老草医 （无奈地）哎哎，这些都是你们自己说的，我可什么也没有讲哦。

〔婆媳两阵营不服气地相互指戳，如两军分立，势不两立。定格。

〔切光。

二

〔光启。幕后声："老茂家讨新媳妇喽！"

〔唢呐声传来，婆婆和媳妇们围观。

〔舞台深处，戴红盖头的新娘丽仙缓缓走来。她悄悄撩开盖头。

丽　仙 （唱）丽仙移步心澎湃，

喜气融融入眼来——（盖头被掀走，接唱）

我本书香之家受宠爱，

怎料一夜风雨突袭来。

双亲染病相继走，

无依无靠落尘埃。

心似灰木徒无奈，

媒人说和茂家来。

见茂壮诚实我心生爱——

展眉头换嫁衣披红挂彩，

是成亲更是投亲把天地拜。

〔茂壮妈和茂壮上，婆媳两队退开。

茂　壮 妈，我把丽仙接进门了。

丽　仙 （上前行礼）婆婆娘——

茂　母 （乐得合不拢嘴，答应着）哎——（唱）

听媳妇喊娘心花怒放，

我孤寡母子顿风光。
不花彩礼我不铺张，
天仙媳妇就娶进房。

茂　壮　（看着身边最亲近的两个女人，充满幸福地唱）
左边媳妇，右边亲娘，
一个笑盈盈，一个喜洋洋。
茂壮成家立业从今起，
做个顶天立地男儿郎。

〔茂壮小两口将茂母拥在中心。

茂　壮　（让丽仙敬茶）丽仙，来，给妈敬茶。

丽　仙　婆婆，你家请喝茶。

茂　母　（高兴地）哎！

〔茂母刚要接，丽仙一下子没拿稳，烫茶水洒到婆婆身上。

丽　仙　（吓得赶紧去擦）哎呀，茶碗太烫，婆婆，对不住啊……

茂　壮　妈，烫着了没有？

茂　母　哦，没得事、没得事。

茂　壮　丽仙，妈说了，没得事。

丽　仙　茂壮，我……真笨。

茂　壮　不怪你。倒是你的手有没有烫着呀？哎呀，细皮嫩肉的你看都红了。

茂　母　赶快去上点药。

〔丽仙、茂壮两人下。留下茂母，她有种莫名的失落。

〔婆婆们议论。

婆婆乙　茂壮妈，我看你家这个媳妇倒是有点千金小姐的派头呢。

茂　母　是呀，我老茂家有福气。

婆婆甲　（小声喊）茂壮妈，我倒是跟你说，管教媳妇要趁早！

茂　母　呃……人家刚刚才进门，想当年我们做媳妇还不是……

婆婆甲　哎呀，就是因为我们几十年的媳妇终于熬成了婆。老话说，进门的时候不把媳妇“拿下”，以后就有你这个婆婆的罪受了。

茂　母　（暗自点头）哦……是呀。

〔丽仙换装走出，茂壮随后。

丽　仙　婆婆，丽仙刚过门，家里有些什么规矩么还请婆婆教导。

茂　母　（稍微端出点婆婆的架势）呃，今日为人做嫁，明日学习当家。你刚过门，（看着新媳妇心里高兴，缓了口气）以后再说、再说……

〔众婆婆不满，上前提示咬耳朵。

茂　母　（忙改口）呃，以后再说么——就晚啦！老话说：清早起，向婆婆问安行礼，扫庭院，做完饭菜再洗衣。

〔众婆婆满意地点头。

〔两个媳妇在一边心疼地说话。

媳妇甲　唉！丽仙妹子，你的苦日子就要开始了。

媳妇乙　就算你今天赛过一枝山茶花，以后还不是像我们一样，灶前灶后铲锅巴。

丽　仙　（有些不安，对茂壮）茂壮，你说说，婆婆平时都喜欢吃些什么？

茂　壮　丽仙，我妈她老人家很随和，什么都吃，不挑嘴、不讲究，你不要担心。

丽　仙　（庆幸地）那我就放心了。茂壮，有你真好！

〔两人恩爱、亲昵。

〔众婆婆那边发出看不惯的唏嘘。

茂　母　（提高嗓音）哪个说我不讲究！

丽　仙　哦，你家都讲究些什么呀？

茂　母　讲究得可多了！（一时想不起）

婆婆甲　（帮腔）你平时都会做些什么菜啊？

丽　仙　（尴尬地）我、我会……

茂　母　（提示她）炒鸡蛋么总会嘛！

丽　仙　会、会一点。

婆婆乙　好，茂壮妈，就拿炒鸡蛋来说说。

丽　仙　你家慢慢说，我边听边学。（挽袖比画）

茂　母　这个炒鸡蛋嘛——打蛋调蛋下锅搅拌，力道火候油盐相当。翻炒不及，煎成粑粑；搅拌过头，又成碎花。

丽　仙　那、那到底要怎样才算好啊？

众婆婆　（接口）要不老、不生、不碎、不焦，不咸、不淡、不腥、不泡！

茂　母　在锅里炒的时候像一块金黄色的云彩，吃在嘴里要入口即化。

〔丽仙听得发晕。

媳妇甲　（不满地）哦哟！这是炒蛋么还是绣花？

媳妇乙　这不是故意刁难人吗？

丽　仙　（向茂壮求救）茂壮，你看这……

茂　壮　哎哟妈，炒个鸡蛋哪里有这么复杂呀，你不要吓着丽仙了。以后你家要吃炒鸡蛋么，我来炒！

〔丽仙感激地对丈夫示意。

茂　母　（不高兴地）你懂哪样！过去点。

茂　壮　妈，你不要太为难丽仙了。你可不要像村里那些恶婆婆一样啊……

茂　母　（痛心地）茂壮，我一个人把你拉扯大容易吗？你怎么跟妈说话的？真是：娶了媳妇就忘了娘！

〔茂母等三人不欢而散。分立舞台三方。

〔追光区域：三婆婆和三媳妇走上。

婆婆甲　自古婆婆的威严有三招：要狠！

婆婆乙　要恶！

婆婆丙　还要踹[①]！

〔三媳妇在另一边不示弱。

媳妇甲　当媳妇也有三件自救法宝：一哭！

媳妇乙　二闹！

媳妇丙　三上吊！

媳妇甲　丽仙妹子，你要记着啊！

婆婆甲　茂壮妈，不信我们走着瞧！

〔切光。

三

〔光启。丽仙、茂壮、茂母三人不开心地各在一边。丽仙惆怅地转过身来。

丽　仙　（唱）转眼过门半年整，
　　　　　　蜜月结束入家常。

① 踹：方言，撒赖的意思。

柴米油盐、洗衣做饭，

丽仙我渐渐生出惆怅。

〔另一边茂母开唱。

茂　母　（唱）新媳妇娶进门槛，

老娘母不再吃香。

空落落心中不爽，

一层肚皮万重山。

〔另一边茂壮看着两人。

茂　壮　（唱）顺风起航突转舵，

婆媳之间起风波。

相互抵触相互埋怨，

鸡毛蒜皮口角多。

〔茂母走上张望。

茂　母　一到干活，人就不知道跑哪里去了。

茂　壮　妈，丽仙打扫后院去了。

茂　母　打扫后院？哦，就会扫个后院，那个青石板都要扫出花来了。

〔丽仙走上。

丽　仙　（拍打着身上）我还喂了鸡。

茂　母　哦，鸡么倒是长胖了。

丽　仙　（敏感地）咦？这话……是在说鸡么还是在说人？

茂　壮　（忙打圆场）哦，妈的意思是说，母鸡不能光长肉，还要会下蛋。

丽　仙　哎呀，这话不是更难听了！又不是我让母鸡不下蛋的。

茂　壮　不是，不是，妈的意思是——

茂　母　我的意思是，过门都半年了，再笨的老母鸡也该下蛋了！

丽　仙　你！你说什么……

〔婆媳都激怒，对峙。

茂　壮　（夹在中间无奈）丽仙，当媳妇的，该忍么你就忍着点吧。妈，当婆婆的，你家就大人有大量嘛。

茂　母　我说的是老母鸡，又没有指名道姓。

丽　仙　我……我实在是忍不下去啦！（哭）

茂　壮　丽仙，你不要哭嘛，你一哭我就心疼……

〔三婆婆发出看不惯的啧啧声，跟茂母耳语出主意。

婆婆甲 茂壮转眼成亲都半年了，身为男儿，整天在家儿女情长怎么行？

婆婆乙 城里有个大户人家，要做八扇三层镂空的堂屋门，工钱是一两木屑一两黄金，很不错哦。

茂　母 茂壮，正好你也有这门手艺，男人也该出去赚钱养家啦。你就去吧。

茂　壮 （一惊）妈，八扇三层镂空的堂屋门？这可是细致活呀，需要很长时间。

茂　母 多则要五六年，少则也要二三年。

丽　仙 （一惊）啊！那、那茂壮什么时候可以回家？

婆婆甲 除非你生娃娃！

〔三媳妇在一旁气愤。

丽　仙 茂壮都不在，我一个人么咋个生娃娃！

婆婆乙 原以为天上掉下个俏媳妇，是赚了。哪个晓得，这便宜无好货哦。

丽　仙 （震惊）你！你们——

茂　母 茂壮，你这就动身吧。

丽　仙 茂壮，你不能走！你走了，我怎么办呀？

茂　壮 （为难地）妈……丽仙，我……

媳妇乙 （在一旁对丽仙）闹，跟他闹！一哭二闹三上吊！

丽　仙 茂壮，你要是走，我就不活了！

婆婆甲 哦哟，吓唬哪个啊！

茂　母 茂壮，你现在就走，马上就走！看她死不死！

茂　壮 （难舍地）丽仙，妈在气头上，我只有先走。你在家要孝顺妈，听她的话，我会尽早回来。

丽　仙 茂壮！

〔茂壮下。

媳妇甲 这个茂壮说走就走了？

媳妇乙 难道他真的不在乎丽仙的死活？

丽　仙 （绝望地）茂壮……

婆婆甲 这些媳妇整天把死挂在嘴上。

婆婆乙 就是，又没有本事真的去死。

〔三婆婆与茂母下。

丽　仙　（越想越气愤，唱）

刁蛮婆婆心暴虐，
百般为难话刻薄。
无理赛过仲卿母，
强权胜过陆家婆。
好生生的娇艳花朵，
被摧残得七零八落。
我的夫啊你太弱，
护娘不护自己的老婆。
你离乡在外耳根净，
你不管家来不管我的死活。
冷了心——
欢喜一场水中月，
凄风冷雨打残荷。

（在河边顾影自怜）这水中的人儿是我吗？怎么这样憔悴？父母离去的伤痛还未痊愈，现在又惨遭夫妻拆散。想我从前哪里受过这样的气啊！爹、娘，你们在哪里？丽仙真想追随你们而去了……

〔老草医微醺，提着酒葫芦上，见丽仙要投水。

老草医　（拉住丽仙）哎呀，小媳妇，你要是投水淹死在河边么，太难看了嘛！

丽　仙　那要怎么死，才好看嘛？

老草医　水莽草，水莽草，连根吃下命逍遥。

丽　仙　怎么讲？

老草医　（打酒嗝）猪骨头炖水莽草，舒舒服服睡着了。

丽　仙　（自嘲地）世间如若有这种草，那就简单了……

老草医　（愣一下，打个酒嗝，手乱比画）这里、那里，水里、河里，牵牵绊绊、叶多须长的就是它，它毒性可是大得很。哎哎，开不得玩笑哦。小媳妇，赶快回家去吧，不要让水莽草勾掉你的魂哟！哈哈！（哼唱着下）

丽　仙　（自语）水——莽——草……水莽草！

〔歌舞队造型的“水莽草”意象，卷裹覆盖丽仙。

〔切光。

四

〔光启。丽仙已经坐在灶房，熬煮水莽草，神情恍惚。

丽　仙　（唱）鬼使神差采回草，

药汤沸腾慢煎熬。

眼前一片迷雾罩，

爱巢已经变苦牢。

怎奈我嘴不尖来舌不巧，

婆婆不喜丈夫不要。

三煎三熬的水莽草，

喝下它从此不再受煎熬！

（端起药汤，心中不平涌起，对远方）茂壮，我、我要让你后悔——

〔随着丽仙的思绪，在舞台的多个时空依次出现幻象。首先是茂壮的身影出现。

茂　壮　（悔恨地）丽仙——丽仙，我没能在你的身边保护你，让你受苦了！我真不应该离开家、离开你呀……

丽　仙　你后悔也晚了。我要让乡亲们来说句话——

〔媳妇甲和婆婆甲出现。

媳妇甲　丽仙的婆婆真不是人，这么好的媳妇，打着灯笼都找不着。

婆婆甲　丽仙真是太惨了，可怜呀、可惜呀……

丽　仙　（心里更激愤）我走之后，让判官老爷给我判个公道——

〔阴曹地府小鬼甲、乙出现。

小鬼甲乙　走！逼死媳妇的恶婆婆，你罪有应得！跟我们去见判官老爷！

茂　母　丽仙、丽仙，婆婆对不起你啊……（隐去）

〔丽仙稍感安慰，一阵苦笑。

丽　仙　（对着那碗毒药自哀自怜地）如此这般么，丽仙我就要去了……（端起药汤，遂又放下）茂壮总会回来的。要是我死了，婆婆就会忙着给茂壮再娶一房。想到这里，丽仙我好不甘心……

〔突然传来茂母喊声，幻觉消失。

茂　母　茂壮媳妇！

丽　仙　（吓一跳）啊！婆婆，什么事？

〔丽仙还未来得及藏药，茂母已经快步走上，不信任地打量她。

茂　母　我来厨房转转，免得又有——黄鼠狼！

丽　仙　你家格是肚子饿了，我去做饭。

〔丽仙欲去厨房，茂母立即上前端起了药碗，丽仙吓坏了。

茂　母　（阻拦丽仙）这碗是哪样？

丽　仙　哦，是、是药。

茂　母　你病了？

丽　仙　是、是的，我病了，这是我的药。

茂　母　我尝尝就晓得了。

丽　仙　不行，你家不能喝！（上去抢）

茂　母　哼！（气愤唱）

是哪样人参鹿茸灵芝草，
你这样鬼鬼祟祟把药熬？
馋嘴的媳妇私心重，
偷吃了独食不长膘。

（将丽仙一把推开）

丽　仙　（上去抢）婆婆，你真的不能喝。

茂　母　你喝得，为哪样我就喝不得？

丽　仙　因为……

茂　母　（冷笑着）因为有毒！格是？

丽　仙　（赶紧点头）是呢、是……

茂　母　（气急）呸！我看你的心比毒药还毒！我今天就是要气死你，我就是要喝你的大补药。（推开丽仙，举碗一口气喝下）

丽　仙　（呆住）你真的喝了？（瘫软在门口，害怕得全身颤抖）

婆婆甲　（赶紧捂住自己的嘴）……

茂　母　（感觉无异样）哪里有毒？我看你是满嘴编瞎话！刚想对你好，你就装神弄鬼！（气愤下）

〔丽仙提心吊胆地观察茂母走下。

〔老草医画外音："时间未到，等时间一到，人就要一命呜呼！"

丽　仙　啊！天啊！那、那我该怎么办？草医、老草医——

〔一个霹雳打下，丽仙惊慌失措地冲出。

〔幕后合唱：

"阴差阳错惹惊骇，
一念之差降祸灾。
纵然委屈不把她爱，
命大于天定要挽回来。"

〔切光。

五

〔光启。风雨夜，丽仙像疯了似的到处找老草医。

〔老草医出现，又是喝得酒醉。

老草医　小媳妇，你怎么啦？

丽　仙　老草医，可找到你家了。都说你是妙手回春的华佗再世，你快救命呀。

老草医　（不紧不慢地）哦，你喝了水莽草了？哈哈……

丽　仙　不是我，是我婆婆喝了。

老草医　（意外愣住）什么？你婆婆喝了！

丽　仙　她弄错了，以为是补药，给喝下去了。

老草医　（不相信地）弄错了？我跟你说过这水莽草喝下去是会命逍遥的。

丽　仙　老草医，我好害怕呀。

老草医　那你还要看着她喝下去？

丽　仙　因为、因为我跟婆婆她……

老草医　（明白地）哦，明白了，自古婆媳是天敌嘛。

丽　仙　（惊慌）不是、不是这样的。哎呀，我现在急死了，请你家给我个解药方子，好救我的婆婆。

老草医　（想了一下）我告诉你呀，其实这水莽草……是没有解药的。

丽　仙　啊？你是说……我婆婆没救了？

老草医　（唱）都说人心最清楚，

其实人心最难读。

无中生有惹冤孽，

空穴来风陷迷途。

丽　仙　老草医，你要帮帮我呀……

老草医　你也是糊涂呀，这事不能声张。要是说出来，别人少不得追问，知道是你一手煨的毒药，那还不绑你去见官？

丽　仙　（害怕地）啊……

老草医　在乡亲邻居中传出去："媳妇给婆婆下毒"。你就是跳进黄河也洗不清。

丽　仙　（痛心地）呀……

老草医　如果让你家茂壮知道，那他不恨死你？

丽　仙　（痛苦地）我该怎么办呀……

老草医　（思索）本来倒是有一个天衣无缝的办法，就看你愿意不愿意了。

丽　仙　什么办法？

老草医　（眼珠一转）这水莽草其实是慢性毒药，要七七四十九天。

丽　仙　七七四十九天？

老草医　四十九天中，毒性在身体里一点一点发作，但是她自己察觉不出来。待四十九天后，她一命归西，人不知鬼不觉，就算验尸都看不出蹊跷。这不就是命逍遥了嘛。

丽　仙　你家的意思是……

老草医　这四十九天内，你要好好地对你婆婆，百依百顺、言听计从，让她过四十九天神仙般的日子，到时候谁还会猜疑？谁还会怪罪？

丽　仙　如此……

老草医　如此么，就是天衣无缝了，哈哈。

丽　仙　不行，我这心里乱得很啊……

老草医　放心吧，天知地知你知我知！哦，我也不知，我也不知。

〔老草医摇头晃脑地笑着下。

丽　仙　（喃喃自语）婆婆，我一定加倍勤快，加倍顺从，做牛做马、任劳任怨地服侍你度过这七七四十九天！（说完，禁不住哭出声来，隐下）

〔切光。

六

〔光启。歌舞队亮出一块牌子：第一天。

〔清晨，茂母不高兴地走来走去。

茂　母　这个丽仙背着我偷喝大补药，竟然还说有毒，这种谎话都编得出来！我是越想越生气。茂壮也不在家，我连个说话的人都没得，早知道么就不把他撵走了，唉……（又想起）这个丽仙，大小姐脾气，看来不拿出点火色来，她还真是要上房揭瓦啦！

〔丽仙拿笤帚走上。

丽　仙　（麻利轻快，态度整个大变）婆婆，你家早。

茂　母　还早？你看看现在都什么时辰了？

丽　仙　我早起啦，打扫院子去了。

茂　母　那你的意思是怪我起晚了？

丽　仙　没有没有。

茂　母　过了门，就要万事听从婆母，孝敬细心有加。

丽　仙　是啦，我记下了。婆婆，我去做你家最爱吃的“鸡蛋白菜面耳朵汤”。（下）

茂　母　（有点意外）咦？今天怎么变成温顺的羊咩咩了？要是平时，就算嘴上应着，脸上也要丧着。今天竟然还要给我做“鸡蛋白菜面耳朵汤”？

〔丽仙拿厨具上，动手和面、揉面。

茂　母　（不悦地）你看看你揉个面么，袖子比我的还要长！

丽　仙　袖子长短有哪样关系？

茂　母　这关系可大啦。袖子长长是袖手旁观，不想动手只想偷懒。

丽　仙　（一笑）噢，我挽起来就是啦，挽起来。

茂　母　你瞧瞧，挽嘛又挽那么高。露着两条大藕节，格是想勾引别人来啃一口！

丽　仙　（一愣，控制住自己）好，我放下来点就是。这样可以了吧？（边揪面边问）婆婆，你看我揪的“面耳朵”好不好啊？

茂　母　（走到一边自语）咦？要在平时，要么给我个闷头葫芦——不出气，要么就甩个屁股给我——转身走。今天这么好的忍耐是真是假？我再试试，看她装得了几时？（看丽仙切菜）哎呀呀，你看你这切的是白菜丝么，还是顶门杠？

丽　仙　粗了？好嘛，我切细点。

茂　母　啧啧啧，细么又切这么细，格是要来塞我的牙缝缝？

〔丽仙手握菜刀，强忍控制，平静下来，放下菜刀，打鸡蛋。

茂　母　你瞧你瞧，这是在打蛋吗？手上软绵绵呢，一点力气都没有，真是娇生惯养！

〔丽仙用力，蛋壳碎裂，用筷子调鸡蛋，声响很大。

茂　母　停！你把碗敲得当当作响，什么意思？格是心里有气不高兴？

丽　仙　婆婆，我没有这个意思，我只想把鸡蛋调得均匀，煎出来的蛋花才香呢。

〔丽仙煎蛋，颠锅，蛋差点掉出。茂母欲接，丽仙麻利地用锅铲接住。定格。

〔众婆婆画外音："不老、不生、不碎、不焦，不咸、不淡、不腥、不泡！"

丽　仙　（端碗）婆婆，你看我做得怎么样啊？

〔众婆媳羡慕的画外音："嗯，好香呀！"

茂　母　哦……（不置可否地）这下我倒没有什么好说的啦。

〔众婆媳幕内笑声："哈哈哈哈……"

〔切光。

七

〔光启。打出牌子：第十天。

〔茂家后院。

〔茂母上，发现院子门没有关好，赶紧去关。

茂　母　哎哟哟，咋个院子门也不关好！我那鸡都要跑出去了。放手给她管点事，就毛手毛脚的。咕咕咕，回去，咕咕咕……哎，我的那只下蛋的老母鸡呢？咕咕咕、咕咕咕。（捡起一根鸡毛，寻思着）

〔另一表演区出现三个婆婆。

婆婆甲　茂壮妈，你家媳妇提着只鸡往河边走了。

茂　母　她要整哪样？

婆婆乙　肯定是要杀鸡孝敬你了嘛。

茂　母　孝敬我？为哪样要偷偷摸摸地去河边？

婆婆丙　哦哟，她格是拿去卖钱？我家儿媳妇就干过这种事。

茂　母　她敢！那是我家下蛋最得力的老母鸡。

〔三婆婆隐去。茂母一副要兴师问罪的样子。丽仙走回。

丽　仙　妈，你家咋个站在这里，这里风大。

茂　母　我再不来这个后院么，只怕黄鼠狼要把我呢鸡，全部偷掉啦。

丽　仙　黄鼠狼？哦，原来是有黄鼠狼，怪不得……

茂　母　怪不得？你装样得很！我来问你，我下蛋的老母鸡去哪儿了？

丽　仙　哦，你是说老母鸡呀。我看它死在圈里，怕它有病，传给其他鸡，就把它拿去埋了。

茂　母　埋在哪里？

丽　仙　哦，在河边正好遇上了卖东西的货郎，他说死鸡不能埋在河边，帮我带到更远的地方去埋，我就把鸡给他啦。

茂　母　货郎？哼，那他给了你多少钱啊？

丽　仙　钱？什么钱？

茂　母　编瞎话你脸不红心不跳。卖我的下蛋鸡存私房钱！

丽　仙　妈，你不要冤枉人，我没有。

茂　母　那你把死鸡挖出来我瞧瞧！

丽　仙　你……

茂　母　没有话说了吧？茂壮才走，你、你就按捺不住，和货郎勾勾搭搭！真不要脸！哼！

〔丽仙委屈掩面跑下。三个婆婆走出。

婆婆甲　茂壮妈，你刚才那个话，怕是有点过头啦。

茂　母　过头啦？

婆婆乙　是过头啦，你平白无故地咋个说丽仙跟货郎有私情？

茂　母　（有点理亏）唉，我也不是有心这样乱说，可一生气，就管不住这张嘴了。

婆婆丙　（一惊一乍地）哎呀，丽仙刚才哭着跑了，她不会想不开吧？

婆婆甲 千万不要出什么事呀！

茂　母 （一惊，音乐起）哎哟，不会吧，不会说两句就想不开吧……真是急人，等我上房头去望望。（焦虑、担忧地下）

〔切光。

八

〔光启。傍晚，村口古树旁。丽仙惆怅走上，望着远方。

丽　仙 （自语）茂壮，你在哪里呀……

〔另一时空出现茂壮，也在想丽仙。两个人在两个时空的心灵对话。

茂　壮 丽仙，你好吗？

丽　仙
茂　壮 我真想你呀……（二重唱）

眺远方迎风把夫望
　　　　　把妻想，

想茂壮对月依树旁
想丽仙对月推门窗。

有千言万语要诉衷肠
有万语千言要对你讲，

诉衷肠，话到嘴边难开嗓
难开嗓，纵有思念也枉然。

〔丽仙、茂壮两人咫尺天涯，相互“端详”。

茂　壮 （唱）问丽仙，你为何秀发蓬蓬乱？

丽　仙 （唱）我哪还有心情来梳妆。

茂　壮 （唱）你怎么面容渐消瘦？

丽　仙 （唱）我茶不思来饭不想。

啊——你心中的丽仙是何样？

茂　壮 （唱）你温婉贤良菩萨心肠，

丽　仙 （唱）你能否一生不变此评讲？

茂　壮 （唱）你一生善良美好，我一世爱在衷肠。

丽　仙　（唱）茂壮啊，丽仙——并非——你所想！

茂　壮　（唱）我所想，我所想，我想的就是早日回家乡。
回家乡回家乡……

丽　仙　哎呀，不要、不要，你不要回来！

茂　壮　怎么，你不想见我吗？

丽　仙　我想见你，可又不敢见你呀（痛苦地）……

茂　壮　丽仙，等我回来……（隐去）

〔媳妇甲画外音传来："茂壮媳妇，不好了！你婆婆上房头，从梯子上摔下来了。"

〔老草医画外音："药效开始发作了！"

丽　仙　（担心地）婆婆——（冲下）

〔切光。

九

〔光启。亮出牌子：第二十天。

〔几个婆婆媳妇在茂壮家门外偷听、偷看。

婆婆甲　咋个了？咋个啦？

婆婆乙　唉，茂家婆婆摔伤了腰，久病床前无孝子呀，更何况是媳妇。

媳妇甲　这个丽仙的命也真是不好，她婆婆要是从此起不来，么就够她受了。

媳妇乙　这下就不只是灶前灶后铲锅巴，而是端屎端尿做牛做马了。

〔床榻前，丽仙端药碗来给茂母喂药。

丽　仙　婆婆，你家该喝药啦。

茂　母　我不喝，闪了一下腰不要紧。

丽　仙　（着急地）不行，你家的病可不轻，（觉得失言）哦，我是说伤筋动骨一百天……你家要好好调养。

茂　母　哎呀，我不喝。

丽　仙　要喝的，一定要喝的。

〔二人推搡间，"哐啷"一声，茂母抬手不小心把药碗打落，两人都呆住。丽仙转而急忙收拾下，茂母于心不安了。

茂　母　（看着自己的双手，有些内疚）哎呀，老了老了，手脚不听使

唤了……（唱）

推搡之间太鲁莽，

想要解释口难张。

〔丽仙端饭菜上。

丽　仙　婆婆，我给你做了菜稀饭，格是尝一口？

茂　母　（觑着眼睛）熬得还不够化。

丽　仙　那要不要吃点鸡蛋羹？（端过来）

茂　母　你放了姜。

丽　仙　噢，那就喝点鸡汤吧？

茂　母　（看看）太烫。

丽　仙　那我吹一吹，吹一吹。（认真吹）

茂　母　（唱）养身卧床看她忙，

心生感动对热汤。

丽　仙　（唱）焐冰寒，捧热汤，

冻三尺，融化难。

茂　母　（唱）日复一日她忍让，

暗自佩服她胸膛。

丽　仙　（唱）心怀愧疚该忍让，

再多责难理应当。

茂　母　（唱）婆婆做派今要改，

做到和气又慈祥。

丽　仙　婆婆，不烫啦，你家尝尝。

茂　母　嗯。（尝一口，点点头，露出一丝笑意）

〔茂母示意丽仙坐下。丽仙有点受宠若惊，小心翼翼地坐下。两人距离太远，慢慢靠拢，终于坐近身边。

茂　母　丽仙，这些日子你也累了，你也喝点。

丽　仙　（愣住，意外）婆婆，我不累——

茂　母　丽仙，人家说，日久见人心。这些日子我看出来了，你真的是好媳妇，倒是我这个做婆婆的太不讲理了……请你……原谅。

〔丽仙呆住，百感交集。

〔幕后伴唱：

“听婆婆一席真心话，
冰雪融阴天见彩霞。
婆媳俩执手看泪眼，
说不清是酸、是甜、是苦还是辣？”

茂　母　丽仙，你过门的时候，我们茂家连个见面礼都没有给过你。那天我在集市上看见一只翡翠玉镯，很是配你，等我攒够了钱，就去把它买回来……

丽　仙　婆婆，丽仙什么都不要。听说南山有人采到过灵芝，灵芝能治百病，我一定要去寻找。如若治不好婆婆的病，我永世不得安生。

茂　母　丽仙你在说些什么话，没有这么严重。

〔丽仙转身见到幻象中的牌子：第四十天。她急冲下。

茂　母　丽仙！（跟下）

〔切光。

十

〔光启。婆婆队媳妇队上。

婆婆队　（数板）稀奇稀奇真稀奇，
脚跟底下长胡须。
霸道婆婆变和气，
茂家媳妇把头低。

媳妇队　（数板）新鲜新鲜真新鲜，
东边太阳出西边。
婆婆攒钱买玉镯，
媳妇舍命上南山。

〔众人对远方喊“丽仙”下。

〔丽仙急上。

丽　仙　（唱）四十天已过催人命——
急疯了丽仙一路狂奔。
日日喊天天不应，
夜夜求佛佛不灵。

面对夸奖难受领，

听到称赞不欢欣。

越夸奖，越自恨，

越称赞，我越心惊！

争分秒不能再坐等，

上南山恨不得乘风穿云。

（疾走在山间，唱）

满目山花无心赏，

潺潺流水向何方？

心如焚肝似煎跌跌撞撞，

攀石崖爬陡坡惊惊慌慌。

（在荆棘灌木中艰难挣扎前行）

〔幕后伴唱：

“日出到日落，

夜晚泛星光。

刺扎不觉痛，

摔倒不知伤。”

〔画外音：“灵芝，灵芝在哪里……”

〔找不到灵芝的丽仙身疲力尽，从山坡摔下。

〔切光。

十一

〔音乐中转化。光启。丽仙躺在床上，茂母坐在床边细心喂药。

丽　仙　（醒来）婆婆……

茂　母　丽仙，你醒过来了！

丽　仙　（很内疚）婆婆，我没有找到灵芝……

茂　母　丽仙呀，灵芝哪有这么好找的。再说，我也用不着。你太累了，应该好好休息调养。来，喝点鸡汤。（喂丽仙鸡汤，少顷，从怀中拿出一个小包递过去）丽仙，你看——

丽　仙　（丽仙打开，呆住）玉镯？

茂　母　丽仙，这算是我们茂家补给你的见面礼。

丽　仙　（感动地）婆婆……

茂　母　好啦好啦，不说啦，你赶紧躺下歇息吧。（退下）

丽　仙　（颤抖着拿玉镯）天哪！我该怎么办呀……这是第几天了？

〔高台上亮出牌子：第四十八天。

丽　仙　四十八天了！（惊）这么说婆婆危在旦夕！老草医，你在哪里？

〔似梦似幻老草医出现。

老草医　我——在——这——里。这四十八天你做得很好，就快大功告成了。

丽　仙　四十八天，这漫长的四十八天啊，曾经我觉得它太长，现在又觉得它太短……要是没有那碗水莽草，这一切该有多好啊……

老草医　唉……已经熬了这么多天，只差最后一天了，你就让自己解脱了吧。

丽　仙　不，我只求能挽回婆婆的性命，让我做什么都愿意，求老草医帮我。

老草医　（打趣地）小媳妇，只怕你婆婆的名字已经上了阎罗殿的生死簿了。

丽　仙　啊！那怎么办？

老草医　（开玩笑）那阎罗殿的事可不归我管，你要去问问判官老爷答不答应。（欲走）

丽　仙　阎罗殿？判官老爷？

老草医　（感觉不对劲，又返回）哎，你不会真的要去吧？

丽　仙　（下决心地）我……（挣扎起身）我这就去！

老草医　（自语）我是乱说的。疯魔了、疯魔了……

〔切光。

十二

〔幕后伴唱：

“恍若梦境闯地府，
飘飘忽忽奔酆都。
倘能改得生死簿，
宁可一死把罪赎。”

〔光启。阴风阵阵，冥府出现。四小鬼翻跟头出，阎罗殿判官随后出场。一个慵懒不失精明的判官形象。

判　官　（念）阎罗五殿一判官，

专司审判众幽魂。

明断人间糊涂案，

胜似神明坐阴堂。

〔小鬼们围在身边。

判　官　今天还有什么未曾发落的幽犯吗？

小鬼甲　没有了，判爷。

小鬼乙　判爷的办事效率，那在阎罗十殿中是首屈一指呀。

判　官　不是有句话吗？要让人家来少敲一扇门、少找一个人、少画一个钩、少一个冤魂。

小鬼甲　判爷说得好，说得好！

〔远远传来丽仙喊声："判爷哪里？判爷哪里？"恍惚寻找上。

小鬼乙　咦，好像有人在喊门。

小鬼甲　时辰已过，不要管她。

判　官　查看生死簿，是否有遗漏？

小鬼甲　（翻看）判爷，没有呀。

判　官　都说世人皆怕死，小鬼持牒去勾魂，往往都要费尽周折。今天倒好，来了个主动要死的。

丽　仙　判爷——

小鬼甲　来者何人？

小鬼乙　为何私闯冥府？

丽　仙　小女子丽仙，有急事要面见判爷。

判　官　事情缘由，你慢慢讲来。

丽　仙　小女子今日敢闯冥府，只为救婆婆生还。因为我，婆婆误喝毒草药汤……

判　官　你到此何意？

丽　仙　我愿意用我的性命换回婆婆生还。

判　官　这人间生死那是阎罗早定，怎可随便更改？

丽　仙　婆婆命不该死，该死的是丽仙我呀。

判　官　此话怎讲？

丽　仙　丽仙难忍婆婆的刁蛮，一时任性采来水莽草熬成药汤……

小鬼甲 哎呀，想毒死你婆婆？

小鬼乙 真真的狠毒呀！

丽　仙 丽仙本想自己喝下，一了百了。不料……

判　官 不料你婆婆自己把它喝下去了？

丽　仙 是、是这样。

小鬼甲 哈哈哈，世上竟然有这等事？

小鬼乙 小媳妇编瞎话，眼睛都不眨。

丽　仙 判爷，到了今日，丽仙也不想再去辩解。四十九天来我心存侥幸，丽仙罪不可赦，如今只求赎罪，让我登上断头台。

判　官 你想求死？

丽　仙 以死抵罪！

判　官 罢罢罢，我看你如此痛苦，我就写了你的名字上去。

小鬼甲 （小声提醒）判爷，这怕是不行。

判　官 （不理会，手持判官笔）来呀，铡刀伺候！

小鬼甲 判爷，这样的纤纤弱女子，用铡刀是不是死得太难看了？

判　官 哦，那你们说用什么？

小鬼乙 用水莽草嘛，再赐她一碗水莽草呀。

丽　仙 丽仙只求喝下马上就死，不要等那七七四十九天。

判　官 那好办，加大剂量！上最浓最稠的水莽草毒药汤！

〔小鬼抬药碗出，丽仙接碗，看药汤百感交集。

丽　仙 （唱）水莽草摇摇曳曳，
五味汤清清幽幽。
一切因你而起，
终了由你来收。
第一天强颜欢笑学忍受，
第十天面对责难自愧疚。
二十天婆婆诚心来牵手，
四十天急上南山把解药求。
曾经盼四十九天早结束，
到如今——
一时辰、一刻钟、一弹指、一刹那，

时时刻刻、分分秒秒，我只求时光能停留。
留住那心甘情愿的苦和累，
留住那诚心诚意的愁和忧。
留住这以心换心手牵手，
留住这笑中带泪同船舟。
只可惜，
此生无缘为人母，
此生无法共白头。
我、我、我——
未活够，
未爱够，
未笑够，
未美够。
临死才把生悟透，
但求来生再从头！

〔众小鬼都被感动。

小鬼甲 哎呀，这人间情真是难懂了！判爷，这水莽草还喝不喝呀？

判　官 （念）人之生死，
皆因缘起；
斩断无明，
了脱轮回。

〔判官隐去。

〔丽仙将药汤一饮而尽，小鬼们抬丽仙，放到卧床上。

〔切光。

十三

〔灯光复明。烟雾散尽，梦境消失。

〔老草医在另一侧出现。

老草医 解铃还须系铃人，我去叫茂壮回家咯。

〔丽仙躺在床上，茂母在她身边给她擦着额头上的汗。

丽　仙　（睡梦中惊醒）婆婆！

茂　母　丽仙，你做噩梦了。

丽　仙　（有些迷糊）梦？不，这不是梦，现在是什么时辰了？

茂　母　马上就要到子时啦。

丽　仙　子时一过，我就要走了！

茂　母　丽仙，你在说什么胡话呀？你再睡一下，等天一亮，我们一起去村口接茂壮去。

丽　仙　茂壮真的回来啦？

茂　母　是啊，他辞了工就要回来，从此你们小两口好好地过日子。

〔丽仙突然对着茂母跪下。

丽　仙　婆婆，我对不起你，今日就是我们婆媳分别之时……

〔茂母怔住。

茂　母　分别？

丽　仙　你还记得你抢着喝下去的那碗药汤吗？那其实是水莽草！喝下去七七四十九天，就要命归黄泉！

茂　母　什么？

丽　仙　这些日子我备受煎熬，生不如死，一心只想挽回婆婆性命。如今我已在判官老爷那里，用我的性命为你改写了生死簿。子时一过，我就该走了……

茂　母　（听完，头晕）这这这，到底是怎么回事呀？

丽　仙　（唱）婆婆——

一口气说出来通达心底，
好似那一盆清泉退淤泥。
茂壮走（我）怨心仇心难启齿，
喝错药（我）假心私心怕人知。
日煎熬（我）烦心担心痛心起，
到如今唯有一片悔心痛别离。
四十九天迈步千斤重，
生亦死来死亦生。
抛开那怨心、仇心、假心、私心、烦心、担心、痛心和悔心，
换回来一片真情真性、真性真情，真情真性的真我心！

茂　母　丽仙啊——（唱）

你那里声泪俱下自扪心，
我这里肝肠寸断徒伤悲。
回首望过去心中愧，
今日里我要痛心说一回。
悔不该处处为难让你累，
悔不该支走茂壮耍虎威。
恨自己忘了当年做媳妇苦，
恨自己熬成婆婆把俗随。
为什么好人不能共和美？
为什么不要安宁要是非？
为什么做错之后才懊悔？
为什么难得的美满要成灰？

〔更鼓又敲。

丽　仙　这声声更鼓是在催我上路啊！

〔传来更鼓阵阵。茂母上前拉住丽仙。

茂　母　（唱）紧抓手不放松泪眼相看，

丽　仙　（唱）擦干泪拜婆婆哽咽相依。

茂　母　（唱）我要与你黄泉路上做个伴！

丽　仙　（唱）有这番情义何惧生别死离？

〔幕后伴唱：

“若有来生再相聚，
还做婆媳不分离。”

〔子时更鼓敲响。婆媳紧抱不放手。

丽　仙　子时到了。（起身，似要离去）

茂　母　（拉住丽仙）不不不！

〔更鼓又响。

丽　仙　丑时了！（与茂母又抱紧）

茂　母　（有些诧异）丑时了？

〔鸡鸣。

丽　仙　寅时了？

茂　母　卯时了？

〔四十九天的牌子在倒计时里慢慢消失。

丽　仙
茂　母　四十九天过去了，过去了……过去了……（相视，顿时有点不自然地放开了对方）

婆婆队　茂壮妈！

媳妇队　丽仙！

婆婆甲　你家茂壮已经到村口了！

丽　仙　这是怎么回事？怎么回事……

〔丽仙、茂母劫后余生，忐忑。

〔老草医飘然上。

老草医　（吟唱）身居老林修性情，
　　　　无事琢磨草药经……

丽　仙　（追问）老草医，这水莽草到底有没有毒啊？

〔众人也追问。

老草医　要问这水莽草嘛……（唱）
　　　　四十九天散迷雾，
　　　　众问水莽有毒无？

婆婆队　（唱）无的时候他说有。

媳妇队　（唱）有的时候却道无。

众　人　（唱）无还是有？有还是无？

老草医　（唱）无无有有、有有无无，
　　　　有无之间谁人能品读？

众　人　（回味）有无之间谁人能品读……

婆婆丙　茂壮妈，茂壮回来啦！

〔众人迎接茂壮归来。

茂　壮　妈！

茂　母　茂壮，你回来了！

〔婆婆队纷纷示意茂母，茂母才示意茂壮过去看丽仙。

茂　壮　丽仙！

丽　仙　茂壮！

茂　壮　丽仙，我在回来的路上，就听说你和妈互敬互爱，相处得像母女一样，我真高兴呀！

〔丽仙和茂母相望有些尴尬。老草医上前，将婆媳二人手拉在一起。

老草医　这多亏有了水莽草呀。哈哈……

媳妇甲　茂壮妈，以后你可不要再把人家小两口分开了啊！

茂　母　哦，不会了、不会了！

媳妇乙　你有事么，就不要老去喊茂壮了！

茂　母　（有点委屈）那我去喊哪一个嘛？

婆婆甲　喊老草医了嘛！

婆婆乙　对对对，喊老草医。

老草医　喊我干什么嘛？我又不是她儿子！

〔众人笑。

媳妇丙　你们看，水莽草开花了！

〔众人欣喜地发现，舞台逐渐亮起来。

〔幕后合唱：

“水莽草，水莽草，
水里长来水里漂。
叶儿翠，花儿妖，
漂来漂去自逍遥…… ”

〔切光。幕落。

——剧　终

《水莽草》由云南省玉溪市滇剧院2012年7月在聂耳剧院首演，导演谢平安、熊源伟，冯咏梅饰演丽仙。剧目入选国家艺术基金2016年度大型舞台剧和作品滚动资助项目、中宣部第十三届精神文明建设“五个一工程”。

作者简介

杨　军　女，1974年出生，云南元江人，彝族，一级编剧。云南艺术学院戏剧学院院长，学科带头人，硕士生导师，教育部高等学校戏剧与影视教学指导委员会委员，云南省戏剧家协会副主席。

·话　剧·

戏　台

毓　钺

时　间　军阀混战的年代。

地　点　德祥大戏院后台。

人　物　大嗓儿——男，大裕斋包子铺的伙计。

侯喜亭——男，五庆班班主。

吴经理——男，德祥戏院的经理。

洪大帅——男，进了京的军阀。

六姨太——洪大帅的六姨太。

金啸天——男，京剧名角儿，铜锤花脸，正大红大紫。

凤小桐——男旦，五庆班的当家青衣。

徐明礼——男，教化处处长。

卫队长——男，洪大帅的贴身卫队长。

刘拐子——男，地头蛇。

德　哥——男，班子里的鼓佬。

福　子——男，班子里的琴师。

剃头的、伙计、班子里的文武场、兵卒、卫兵、兵痞等若干。

〔天幕分隔前后台。该剧的实际表演区是后台。天幕后，是看不见的戏台，当戏台的灯光开启时，这里可以隔着天幕，看到模糊的光晕、人影，听到声音。表演区是后台一个比较宽敞的公共活动区域，左右各有房门，通向化妆间、休息间，摆放着一些作为演员临时休息用的桌椅，沿墙排放着一些衣箱、盔头箱等，衣架上挂着五颜六色、长长短短的戏服。

〔幕前。

〔一声满宫满调的闷帘导板：

“枪挑了汉营中几员上将，

虽英勇怎提防十面埋藏——”

〔大嗓儿嘴里念着锣鼓经，神气十足地迈着台步上。他左手提着一个送饭的大提盒，右手端着一摞盛包子的小笼屉，身围一个油渍渍的大围裙。围裙和提盒上印着“大裕斋包子铺”的字样。

〔大嗓儿走到台前，拉足了架子还要接着唱，嗓子却出了一个很难听的劈音儿。

〔一个挑担子剃头的上。

剃头的 （哈哈一笑）哟，怎么茬儿，闷回去了？

大嗓儿 （特正经地，唐山口音）今天的嗓子没遛开。不行，差行市。

剃头的 那是，您要是遛开了，人家杨小楼、谭鑫培、盖叫天什么的都得要饭去了。

大嗓儿 你当怎么着，真让他们要饭去！（又拉了个架子，学楚霸王）乌骓呀，乌骓——

剃头的 （躲）免了免了，您赶紧送包子去吧，凉了人家不给钱。

大嗓儿 （不服气地）哪天哥哥我真红了，吓你们一跳！

剃头的 这是往哪儿送啊？

大嗓儿 德祥戏院。

剃头的 这两天那儿唱什么呢？

大嗓儿 没什么劲。一个稀汤寡水儿的小班子。那个旦角儿长得比我姥姥还胖，比我三舅妈还丑，还唱什么荀派！

剃头的 行了，一天到晚地听蹭戏，还挑。

大嗓儿 那咋的，咱这肚囊子里有玩意儿。听得多见得多，你说哪出戏咱不会吧。

剃头的 行了行了，留着在澡堂子里唱吧。

大嗓儿 说什么呢！

剃头的 哎，大嗓儿，我听说五庆班要到德祥戏院唱三天？

大嗓儿 没错，下月初一。牌子都挂出来了。

剃头的 这可是大班子。

大嗓儿 （神秘地）知道这回谁要过来搭班儿？

剃头的 谁？

大嗓儿 金啸天。

剃头的 （一愣）金啸天？真的？大名角儿啊！眼目下红得发紫。

大嗓儿 那是。

剃头的 人称活霸王!

大嗓儿 那是。

剃头的 他那票价是多少?

大嗓儿 (打量了一下)你呀?光剃头不吃饭,攒一个月吧。

剃头的 (一咬牙)那我就攒一个月!听一场金啸天,值!

大嗓儿 来来来,你先听我给你唱两口,给你顺顺耳朵。

剃头的 免了免了。

大嗓儿 我学金啸天那是一绝。

剃头的 知道知道,唐山楚霸王!

大嗓儿 我是乐亭人。

剃头的 那也差不多。

大嗓儿 刚才我那两口,就是正宗金派的《霸王别姬》。(唱)“枪挑了汉营中……”

〔忽然,一声炮响,震得山摇地动。

大嗓儿 (一惊)什么动静?

〔接着枪声大作。

剃头的 (听清楚了)趴下,炮弹!

〔大嗓儿的提盒倒了、包子飞了,与剃头的一起连滚带爬地躲着。他们一个头顶着一个笼屉盖,一个头顶着一个洗头的破铜盆。

大嗓儿 谁和谁……又打起来了?

剃头的 那谁知道……完了、完了!

大嗓儿 什么完了?

剃头的 金啸天听不成了。

大嗓儿 说什么丧气话,谁说听不成?

〔又是一声爆炸声。

〔大嗓儿和剃头的二人忙趴下。

剃头的 你看看,你看看,这还听戏?!

大嗓儿 不懂了吧,自古以来,穷吃穷喝穷看戏。打归打、唱归唱。不管谁坐进紫禁城,都得听戏。

剃头的 你就瞎掰吧。

大嗓儿　（摆手）听！停了。

剃头的　（听了听）真的，没声儿了……

〔安静。

〔街上传来洋鼓洋号的吹奏声。

〔二兵卒，拿着两面大帅旗上。

二兵卒　（边走边吆喝）换旗子！换旗子，各家各户换旗子！洪大帅进城了——（下）

〔切光。

〔光启。

〔德祥戏院后台。

〔厅堂瓦亮，正中供着梨园老祖的龛位。

〔衣箱衣架，盔头把子，琳琅满目。

〔胡琴声、喊嗓子声、单皮声间或传来。听声音就知道这是京戏班子的后台。

〔吴经理抱着一摞旗子，带着两个伙计上。

吴经理　（给伙计分发着旗子）挂上，前前后后的都挂上，能挂多少面挂多少面。（下）

〔伙计甲打开一面花里胡哨的大帅旗。

伙计甲　（看了看旗子上的图案）这东一条、西一道的，什么意思？

伙计乙　（歪着脑袋看了看）兴许是人家龙脉风水图。

伙计甲　这个圈儿是什么意思？

伙计乙　八成是他们家的祖坟地。

伙计甲　别瞎说，这可是大帅旗。好好挂上，就当辟邪了。

〔伙计乙挂旗子。

〔凤小桐身着精致的长衫、围着鲜艳的围脖、手里提着一个精致的小手箱，女性化十足地上。他摘掉礼帽，轻轻坐下，打开一个小镜子，拿出一块干净的手绢，轻蘸着脸上的尘汗。

伙计甲　（对伙计乙，喊）起。

〔一面旗子升了起来。

凤小桐　（顺着声音看过去，看到了旗子）这是什么呀？

伙计甲 风水图。

凤小桐 （认真地）哪出戏上用的呀？

伙计甲 就眼下这出。

凤小桐 这三天里……没这戏码儿呀？

伙计乙 （笑道）凤老板，不是我说，这出戏您还真不会。

凤小桐 （纳闷儿地）哪出戏我不会？

伙计甲 这戏可热闹，要嗓子还要身段。

凤小桐 什么戏呀？

伙计乙 我给您比画比画。（手舞足蹈，外加倒口）欢迎欢迎，欢迎大军进城，英明的大帅，救了我们百姓！

凤小桐 （更糊涂了）这是什么呀？

伙计乙 （嘻嘻一笑）不会吧。这叫夹道欢迎。临街铺面都得派人出去，连蹦带跳，还得从心里透出高兴劲儿来。

凤小桐 怎么看着跟耍猴儿似的。（回身坐下，继续整理）

〔吴经理上。

吴经理 （搓着手，心情大好地）老天爷保佑、老天爷保佑——（看见二伙计还在挂旗子）还挂旗子呢？好好，快挂快挂。这又是枪又是炮，我还以为黄了呢，没想到一天没耽误。五庆班照开戏，金老板照来。（回身看到神龛）我也拜拜这位梨园老祖吧。（拜毕，转身看见凤小桐）这不是凤老板吗，您到了？

凤小桐 您是……

吴经理 不记得了？

凤小桐 记性不太好，您是……唱什么的？

吴经理 吴德贵，咱这戏园子的。

凤小桐 哦……想起来了。吴经理。

吴经理 叫我小吴。

凤小桐 好几年没进你们德祥戏院了。

吴经理 三年了。那年的正月十五，您和余老板在这儿唱的全本《红鬃烈马》，轰动九城啊。

凤小桐 您记性真好。我七叔他们到了吗？

吴经理 七叔？

凤小桐　我们侯班主。论辈分是我七师叔。

吴经理　来了，都来了。侯班主正在前面儿见那些报馆的呢。这回您和金啸天金老板同台，动静比上次还大。

凤小桐　我三哥现在比我红。

吴经理　三哥？

凤小桐　金啸天。我们一科出来的，是我三师哥。

吴经理　三哥三哥。

〔伙计甲过来，掏出一个大纸卷。

吴经理　这是什么？

伙计甲　标准像，说也让挂起来。

吴经理　（打开，看了看，交还给伙计甲）挂，找显眼的地方挂。

凤小桐　（也看了一下）这是谁呀？

〔伙计甲下。

吴经理　洪大帅。

凤小桐　唱什么的？

吴经理　他……人家这位爷不唱戏。

凤小桐　脸盘子倒是不小。

吴经理　人家是带兵的。

凤小桐　带兵的？那就跟咱爷们儿没关系了。

〔侯喜亭边向后面作着揖边上。

侯喜亭　（外场地）谢谢了，谢谢诸位抬举。台上伺候，台上伺候。

吴经理　打发走了？

侯喜亭　（抹着汗）这出算唱完了。还真累人。

凤小桐　七叔辛苦。

侯喜亭　我就给你们打杂儿的命。街上还好走吧？

凤小桐　还行，就是乱点儿。

侯喜亭　（对吴经理）经理呀，咱这票卖得怎么样？

吴经理　好极了！三天前就卖光了。外边儿这一乱，我心里直突突。没承想牌子一挂，不到一上午，全光！

侯喜亭　真的？

吴经理　那还有假！

侯喜亭 （松了一口气）真难哪！这么个大班子，拖家带口上百张嘴，又赶上兵荒马乱，这碗开口饭吃得容易吗！

吴经理 错不了您哪。五庆班，金老板，可是大招牌。当然，还有咱凤老板。

凤小桐 （一笑）行了，别找补了。这回我就算给我三哥跨刀了。（拿起小箱子）帮我叫两笼包子。

吴经理 记着呢，大裕斋，老规矩。您是素三鲜，外加一盘炸灌肠。来了我给您送过去。

凤小桐 免了，去招呼我三哥吧。（下）

吴经理 （掏出怀表看了看）金老板该到了吧，我早就派车去接了。

侯喜亭 你别催他。

吴经理 哦，我知道。（神秘兮兮地比画了一个抽大烟的手势）您得把这口儿弄足了。

侯喜亭 （低声）这您也知道？

吴经理 成天滚在这里头，东一耳朵西一耳朵，什么不知道。

〔伙计甲急匆匆上。

吴经理 正说呢。接来了？

伙计甲 他……金老板他……

吴经理 怎么了？

伙计甲 您……大发了。

侯喜亭 什么大发？

伙计甲 （比画了一下抽大烟）这个……弄大发了。

〔吴经理、侯喜亭二人都愣了一下。

吴经理 人呢？

伙计甲 叫不醒，也起不来，还……吐了一地！

侯喜亭 起不来了？

伙计甲 拽都拽不起来！

〔静了一下。

吴经理 （一把抓住伙计甲）这事儿还谁知道？

伙计甲 （摇了摇头）没人。

吴经理 绝对不许往出说！谁敢透出半个字儿我就废了谁！

伙计甲 明白，您放心。（下）

侯喜亭 （气得猛一拍桌子）这个金啸天！我的话音儿还没落呀！废了谁？我恨不能先把他废了！

吴经理 您别说气话，先说眼下，票都卖出去了，这么大的动静，怎么办呀？

侯喜亭 实在不行……那只能改戏。

吴经理 改戏？三天的票一下卖光，那可都是冲他来的。

侯喜亭 （又捶了几下桌子）这是要毁我呀！

〔伙计乙跑上。

伙计乙 （紧张兮兮地对吴经理）刘拐子来了。

吴经理 （愣了一下）他来干什么？

伙计乙 那谁敢问？

吴经理 快去账房，封个红包。

〔伙计乙跑下。

侯喜亭 谁呀？

吴经理 惹不起的主儿。前门楼子往南，都是这位爷的地盘儿。

〔刘拐子上。一脸横肉，左手拄着一个拐，右手揉着两个大铁球。身后跟着两个打手模样的大汉。

吴经理 （抖身一变，满脸笑容，疾步上前，请了一个鞭鞭式式的安）八爷，您今儿闲在。

刘拐子 （四下看了看）小吴啊，你这儿红火啊。

吴经理 托您老的福。有什么事儿招呼一声，我过去就是了。

刘拐子 你能把金老板也带过去？

〔吴经理心里不禁抖了一下。

刘拐子 你小子还有点儿本事，把金啸天弄来了，有点儿热闹。

吴经理 （有点儿张口结舌）您……抬举。（转身介绍）这是五庆班侯班主。

侯喜亭 （只得上前，尽量外场地）侯喜亭。

刘拐子 幸会。五庆班，大名头。

侯喜亭 借您这码头混口饭，还得请八爷多关照。

刘拐子 好说，有我在，出不了事儿。

吴经理 前两天又是枪又是炮的，还真吓坏了。

刘拐子 他们放他们的枪，咱听咱的戏。两码事儿。

侯喜亭 您圣明。

刘拐子 金老板呢？我今儿可是冲他来的。

侯喜亭 他……

吴经理 他刚在前门下的火车，正往这儿赶呢。

刘拐子 金老板，有玩意儿。去年我专门儿赶到天津，听了他一出《探阴山》，好，真好！台底下真炸窝呀。

侯喜亭 您夸他。

刘拐子 今儿个是什么戏码儿呀？

吴经理 今儿是头场，弄几折热闹的。

刘拐子 金老板呢？唱哪出？

侯喜亭 他……（一时语塞）原本是……

刘拐子 （一皱眉）什么叫原本是？听好了，我可是冲他来的！

侯喜亭 是是。

刘拐子 到底唱哪出啊？

侯喜亭 （有点儿哆嗦地）《霸王别姬》。

刘拐子 （点头）对路。要说唱霸王，杨小楼之后也就是他了。（起身）今儿晚上饱饱耳福。（对吴经理）还是老样子。

吴经理 错不了，靠台口的六张八仙桌，都给您留着。

刘拐子 （对侯喜亭）我说侯老板，咱爷们儿可是懂戏的，可别稀汤寡水。

侯喜亭 哪儿的话，您来了，那肯定都得铆上。

〔伙计乙上，递给了吴经理一个红包。

吴经理 （将红包放在刘拐子面前）给底下人喝茶。

刘拐子 （一摆手，起身）今儿这就免了。散了戏去丰泽园叫一桌，算是我请金老板宵夜。

吴经理 这可受不起……

〔大嗓儿提着大提盒、托着一摞笼屉，吆吆喝喝地上。

大嗓儿 包子来了，趁热啦，慢回身……（莽莽撞撞地差点儿撞到刘拐子）

刘拐子 （大喝一声）瞎眼了！

大嗓儿 谁瞎……（抬头看见刘拐子，愣在原地。嗓子里发出了一个怪声，几乎尿裤子）八八……八……

吴经理 （急忙上前，为刘拐子掸拭）没蹭上油吧？（呵斥大嗓儿）冒冒失失的干什么呢！

大嗓儿 （已经吓晕，跪地，连打自己嘴巴）我瞎眼，我瞎眼……

〔吴经理、侯喜亭送刘拐子下。

大嗓儿 （爬了起来）今天出门儿左眼皮就跳。哪炷香没烧对呀！（提起食盒，拖着几乎不听使唤的腿脚下）

〔吴经理、侯喜亭复上，二人面面相觑。

吴经理 （急得直转）金老板要真爬不起来，这娄子可大了。

侯喜亭 （咬牙愤恨地）这是要砸我牌子呀！

吴经理 有什么办法?!

侯喜亭 （一跺脚）我就是抬，也得把他抬来！（下）

吴经理 多带俩人，蒙上脸，别让人看见。（追下）

〔静场片刻。

〔六姨太一身男装，遮头盖脸，披着一个大斗篷上。她东张张西望望，紧张而又觉得一切都很新鲜。听到有动静，她下意识地躲到一个衣架后。

〔大嗓儿上。

大嗓儿 （四下看看无人，脱下围裙，塞进一个角落，念叨着）慢慢吃，我找个地方听戏了。（顺手抄起一把道具剑，掂了掂，又摆起了架子，口念锣鼓经，亮相，唱）“力拔山兮气盖世，时不利兮骓不逝……”

〔六姨太探头探脑地转出。

〔大嗓儿一转身，手中的剑差点儿顶住六姨太。两个人都吓了一跳。

六姨太 请问这位老板……

大嗓儿 您……也来两屉包子？什么馅儿的？

六姨太 不吃包子。（轻声地）我找人。

大嗓儿 找谁？

六姨太 金啸天，金老板。

大嗓儿 今天都是冲他来的。

六姨太 （急切地）您看见他了吗？

大嗓儿 还真没看见。

六姨太 在哪儿能找到他？

大嗓儿 （四下看了看）哪儿能找到他？

六姨太 我的时间很紧……能帮帮我吗？

大嗓儿 帮你什么？

六姨太 我想马上见到他。

大嗓儿 开了戏不就看见了嘛。

六姨太 那就没机会了！

大嗓儿 什么叫……没机会？

六姨太 我是说，我想……尽快见到他。

大嗓儿 你是干什么的？

六姨太 我是……我是他……徒弟。

大嗓儿 徒弟？不对吧？（打量了一下六姨太）你这样……也就唱个旦角儿呀。

六姨太 是，旦角儿……

大嗓儿 金老板唱黑头啊，你跟他学什么？

六姨太 我……什么都学一点儿。

大嗓儿 票友？

六姨太 就是那意思。

大嗓儿 听你口音也不是本地人？

六姨太 是挺远的地方……

大嗓儿 大老远的来都来了，着什么急呀，就等着呗。

六姨太 我没多少时间。

大嗓儿 人家是角儿，只能你等人家，不能让人家等你。你不就是个票友嘛！

〔忽然，幕后传来哨子声和吆喝声："闲人闪开……戒严了。"

大嗓儿 （愣了一下）出什么事了？

六姨太 （大慌）糟了、糟了！他追来了！

大嗓儿 谁追来了？

六姨太 （一把拉住大嗓儿）千万别说你在这儿见过我！（躲闪地下）

〔大嗓儿一阵糊涂。

〔卫队长领着一队兵卒上。

〔大嗓儿吓得退下。

卫队长 （布置）前前后后仔细检查，闲杂人等不许进出。（下）

〔二兵卒四下检查着。

〔凤小桐从化妆间里出来，已经上了妆。

凤小桐 什么事儿，乱哄哄的。

兵卒甲 （看见凤小桐，有口音）呀，出来了个小娘儿们。还怪俊的。

凤小桐 （后退）你们是……干什么的？

兵卒乙 你看我们像干什么的？

兵卒甲 我们就是来看你的。

兵卒甲 （稍愣）你说他是男的还是女的？

兵卒乙 女的。

兵卒甲 我怎么看着像带把儿的？

兵卒乙 胡扯，带把儿的能这模样？

兵卒甲 检查检查？

兵卒乙 检查检查！

〔二兵卒逼近凤小桐。

凤小桐 （后退）别胡来，惹急了，老娘我可不客气。

兵卒甲 老娘？

兵卒乙 女的！（说着要伸手摸）

〔吴经理跑上。

吴经理 二位老总，怎么回事，有话咱好好说。

兵卒甲 你是谁？

吴经理 我是这儿管事的。有什么话您冲我说！

兵卒乙 一边儿站着去！

〔幕后传来一声："立正——"

〔徐明礼上。他戴着金丝眼镜，显得文质彬彬。

〔二兵卒立正敬礼。

徐明礼 （站定，四下看了看，很欣赏地）德祥戏院，老戏园子，还真是越来越有模样了。

吴经理 （认出）徐处长……

徐明礼 （扶了一下金丝眼镜）吴经理。

吴经理 是，是我。您有日子没过来了。

徐明礼 事情多。

吴经理 您还……挺好。

徐明礼 我有什么不好的。

吴经理 我是说……这外边儿不是又打枪打炮了嘛。

徐明礼 （一笑）你还挺关心时局。打枪打炮那是免不了的，能跟上形势就好。

吴经理 那照旧尊您一声处长……没错吧？

徐明礼 这么跟你说吧，不管谁来，我还是我，处长还是处长。戏台上除了角儿，总还要有四梁八柱。明白吗？

吴经理 明白。

徐明礼 所以呢，不管是哪位大帅来，哪位执政上，总要有人做具体工作，目的都是一个，为民谋福祉嘛。

吴经理 是是。都是我们的米饭班主。

徐明礼 你们这些人，思想不要太陈旧。送你一句救命的话，时局变化很快，要紧跟，明白吗？

吴经理 是是，紧跟。

徐明礼 如今的洪大帅，那是一位很英明的领袖。

吴经理 是是，我们也都是这么……说的。

徐明礼 （落座）说正经的吧。你们这儿来了一个大戏班子？

吴经理 五庆班。

徐明礼 还请了金啸天？

吴经理 （顿了一下）对。

徐明礼 是这样的。洪大帅胜利进城，要全面地庆祝一下。我们处里安排了一系列活动。大帅不知道怎么听说了你们这里的事。这三场戏，大帅府全包了。洪大帅要亲自光临。

〔吴经理一时没缓过神儿。

徐明礼 这可是你们的荣幸。

吴经理 荣幸，真是太荣幸了。可就是……

徐明礼 有什么问题吗？

吴经理　嗯……票都……卖了。

徐明礼　这是大问题吗？我让他们贴个告示，退票！

吴经理　退票？那……钱怎么办呀？

徐明礼　就知道钱！天下都是人家的了，差你这几个钱？唱好了，给你们个双份儿！

〔吴经理点头。

徐明礼　钱不是问题，关键戏要唱好。特别是金啸天，有多大劲儿使多大劲儿。一点儿不许掺水！

〔侯喜亭带着两个伙计，拖架着金啸天，一路歪斜地上。

〔金啸天的头上蒙着一块布，捂得严严实实。他浑浑噩噩，人事不省。

侯喜亭　找个屋，让他躺下！

徐明礼　怎么回事？

吴经理　（急忙挡住）没什么！

徐明礼　这是谁呀？

吴经理　这是……班子里的一个武行，练功的时候摔伤了。

徐明礼　武行？

〔金啸天被架进休息间。

吴经理　（遮掩着）骨头没伤着吧？快找个郎中看看。（挡住徐明礼，拉过侯喜亭）我给您介绍一下，这位是五庆班的侯班主。（对侯喜亭）这位是徐处长。

徐明礼　久闻大名。

侯喜亭　处长……关照。

吴经理　洪大帅要来听戏。

侯喜亭　（吓了一跳）啊？

徐明礼　不要说听戏。

吴经理　是……堂会。

徐明礼　也不要说堂会。处里已经专门研究过了，对外口径是说庆祝胜利，与民同乐。

吴经理　对对，与民同乐。

徐明礼　金老板在吗？我可是他的铁杆儿戏迷。

侯喜亭 他刚到。

吴经理 还没来。

徐明礼 嗯？到底来了没有？

吴经理 刚到旅馆。

侯喜亭 还没过来。

徐明礼 那就晚点儿再说吧。（拿起包）我先过来看一下。还会有人过来安排治安警备之类的事情，你们该配合的都要配合。还是那句话，这既不是一般的听戏，也不是普通的堂会，这是大帅进城以后一个重要的活动。只能搞好，不能搞坏。我可把话说在前面了。先这样吧。（下）

〔吴经理和侯喜亭都停顿了一下。

侯喜亭 （还是有点儿蒙）这是……怎么一出呀？

吴经理 听了半天您没听明白？刚打进城的那位大帅要来这儿听戏。三场全包了。

〔侯喜亭还有些懵懂。

吴经理 唱好了人家给双份儿！

侯喜亭 （眼睛一亮）双份儿？

吴经理 没听人家说嘛，天下都是人家的了，钱算什么。（一拍脑袋）金老板！哎哟！怎么样？能唱吗？

侯喜亭 你自己看看去吧。够呛！

吴经理 够呛也得唱啊！

侯喜亭 换戏行不行？

吴经理 人家也是冲角儿来的。您敢回戏？那可都是别着盒子炮的。

侯喜亭 （一脸苦相）怎么什么事儿都让我赶上了——

吴经理 （向休息间看了看）金老板怎么就弄高了？

侯喜亭 （低声地）老婆跟人跑了。

吴经理 啊？跑了？

侯喜亭 不是家里那原配，那个跑不了。这是上海百乐门一个唱歌的。当时我看着就不是事儿。不听啊。人一掉进这里边儿，就出不来呀。

吴经理 跟谁人跑了？

侯喜亭 那还用打听？不是有钱的就是当官儿的。咱这样儿的反正没人跟着跑。

吴经理 （看了看屋里）您看这样儿……晚上能缓过来吗？

侯喜亭 我刚才给他灌了点儿大蒜花椒水，是个偏方。

吴经理 管用吗？

侯喜亭 肚子里的东西倒是都吐出来了，像是有缓儿。

吴经理 阿弥陀佛！救命了！他今天真要是上不去，明年的今天，弄不好就是咱们的周年。（欲推休息间的门）

侯喜亭 （拦住）您去也没用，让他自己缓缓。

〔吴经理和侯喜亭轻手轻脚地下。

〔静场。

〔休息间的门被打开，金啸天走了出来。

金啸天 （如大梦初醒，大大地伸了个懒腰，晃晃悠悠还有点儿走不稳。挪到一个桌边坐下，胡乱地喝了一口凉茶，四下看了看，口齿不清地）这是哪儿……（掐了掐人中穴）乱了，真乱了……（靠在椅子上又有点儿昏昏欲睡）

〔六姨太蹑手蹑脚、寻寻觅觅地上。她还是遮头盖脸的大斗篷，四处张望着。

〔金啸天闭着眼睛喘了一大口粗气。

〔六姨太一回头，看见了金啸天。慢慢凑近。端详了一下金啸天。掏出一张照片，对照了一下，猛地发出了一声尖叫，激动得咬住了手指。

〔金啸天还是昏昏然。

六姨太 （小心翼翼又激动万分地靠近金啸天）金老板……啸天——

金啸天 （歪过头扫了一眼）你是谁？

〔六姨太扔掉斗篷，露出了真容——妖冶的旗袍，浓妆艳抹。她从手袋里掏出化妆品，快速地补了补妆。

六姨太 啸天呀，我的啸天呀，我终于见到你了……我太高兴了！（几乎掉泪）

金啸天 （斜了一下蒙眬的眼睛，恍惚了一下）翠屏！是翠屏吗？

六姨太 翠屏？

金啸天 你回来了，我就知道你会回来的。

六姨太 我不叫翠屏。

金啸天 （揉了揉眼睛）你……你不是？你是……

六姨太 我叫兰花。

金啸天 兰花。

六姨太 我是天底下最爱你的人！你的唱片我每一张都有，你在报纸上的照片每一张我都剪下来。上次你在武汉唱戏，大帅正在河南打仗，我冒着枪林弹雨赶到了汉口，就为看你。可是晚了一天，你走了……你听见了吗？

金啸天 你说什么？

六姨太 你……好好看看我行吗？

金啸天 我每天都好好看她，可还是跑了……头天还跟我亲亲热热，一睁眼，人没了。一句话都没留下。

六姨太 你说的是那个……翠屏？

金啸天 别跟我再提她！

六姨太 不说她了。我在这儿，我在你身边，只要你喜欢，我就不会跑，永远不会跑。

金啸天 置房子置地买首饰，这几年挣的那点儿嚼裹全给她了，就是条狗也该喂熟了……

六姨太 我有，我给你，只要你愿意，我什么都给你。（从包里掏出一沓银票）你看，这是银票，最大的银号，我的私房钱，你都拿去。

金啸天 我要钱没用了。

六姨太 （掏出一小盒）看这个，二十克拉的大钻。还有这个，多大的祖母绿。这是大帅占天津的时候，从一个逃难王爷那儿弄来的，说是当年皇上钦赏的。喜欢都给你。

金啸天 （上口韵白）人去楼空，身外之物还有何用？

六姨太 （一捂胸口）太有韵味了。

金啸天 我现在只想醉生梦死。

六姨太 我陪你。我天天躺在你的身边！你说吧，你要什么？

金啸天 我就想要大烟……

六姨太 你早说呀。（又掏出一包）你闻闻这个。（在金啸天的鼻子前面过了一下）

金啸天　（眼睛忽然睁开了）好土！

六姨太　那当然，最好的云土。

金啸天　（一把拿过，贪婪地闻着）好玩意儿！

六姨太　你要是喜欢，要多少我给你多少。

金啸天　你可太招人喜欢了！

六姨太　（激动得欲晕倒）哦！你终于喜欢我了。

金啸天　（闻着烟土）喜欢，喜欢！

六姨太　（贴向金啸天）我现在就伺候你点两泡儿？

金啸天　（眼睛亮了，上口）哦？当真如此？

六姨太　保证让你舒舒服服。

金啸天　果然如此？

六姨太　（迷乱）我太喜欢了！

金啸天　（看着烟土，来了精神，起身）来来来！搀扶与我。

〔六姨太搀着金啸天走进休息间。

〔静场片刻。

〔洪大帅带着卫队长和卫兵上。洪大帅一身便装。

洪大帅　（四下看着，和大嗓儿一个口音）这就是那什么……戏园子？

卫队长　报告大帅，这就是德祥戏院，今天晚上就在这儿看戏。

洪大帅　跟咱老家的那唱戏的地方是不大一样。有窗户有门还有房顶。有点儿意思。

卫队长　（拦住洪大帅）我检查检查。（像狗一样，抽动着鼻子，四下闻着）

洪大帅　有什么危险味道没有？

卫队长　（抽动鼻子闻着）有旧衣服味儿……有樟脑味儿……还有……包子味儿……

洪大帅　什么包子味儿？

卫队长　像是三鲜馅的。

洪大帅　这帮臭戏子，还吃三鲜馅包子！（摘下礼帽扇着）还真他娘走热了。给我宽宽衣。

〔两个卫兵上前，帮洪大帅脱下了长衫。他长衫里面穿的是一件没袖的粗布大汗褟儿，又土气又滑稽。

〔两个卫兵分别从背后抽出两个大蒲扇，给洪大帅扇着。

卫队长　（又耸了耸鼻子）这股香水味儿……好像是……

洪大帅　像什么？

卫队长　像是……六姨太的香水味儿。

洪大帅　六姨太？不会吧……我出来的时候她还遛狗呢。

卫队长　也许是……一个牌子的？

洪大帅　我说，给你们加个任务，把我这几个姨太太都盯严点儿，城里头花花绿绿的，别他妈让我戴绿帽子。

卫队长　是。（又抽动了一下鼻子）

洪大帅　又怎么了？

卫队长　有人抽大烟。

洪大帅　那算个屁事，现在哪儿有不抽大烟的！有没有定时炸弹什么的味儿？

卫队长　没有。

洪大帅　那就行了。再去四处看看。

卫队长　是。（带卫兵闻着下）

〔洪大帅看什么都新鲜，一时间童心大起，饶有兴趣地东摸摸、西弄弄。

洪大帅　（拿起了一个刀枪把子，晃了晃）呀？纸糊的？这他妈的怎么打仗！哈哈！闹了半天戏台上都是假的呀。

〔大嗓儿嘴里念着锣鼓经，晃晃悠悠地上。

洪大帅　（从箱子里抓起一个布娃娃）哈，还有个吃奶的。

大嗓儿　（看见了，大喊一声）放下！

洪大帅　（吓一跳）怎么了？

大嗓儿　你知道那是什么吗？

洪大帅　这不……就是个假孩子吗？

大嗓儿　（蝎蝎螫螫地接过）假孩子？说什么呢！这是喜神娃娃，在戏班儿里这是神，是祖师爷的化身，那是得供着的，您提溜着玩儿？我的活祖宗！（放回到神龛上，煞有介事地拜了几拜）

洪大帅　（笑了）有意思，什么都是假的，还挺有讲究。（转身坐在了一个箱子上）

大嗓儿　（回头看见了）起来！

洪大帅　又怎么了？

大嗓儿　那是盔头箱。

洪大帅　什么是盔头箱？

大嗓儿　哪儿来一棒槌呀！（对洪大帅）盔头箱，有讲究的。除了小花脸，这盔头箱子谁也不能坐！

洪大帅　哈，还有这事儿！规矩还真不少啊?!

大嗓儿　你是干什么的？

洪大帅　我？我是来听戏的。

大嗓儿　是不是也跑来想见金老板呀？

洪大帅　差不多。

大嗓儿　好嘛，这么会儿碰见俩了。我跟你说，你要想等，找个没人地方踏踏实实地坐着等。戏班里的规矩多，别乱摸乱动。

洪大帅　哦……我说，你是哪部分的？

大嗓儿　（没听明白）哪……部分？比你强点儿，京城票友。哎？听口音，咱们是老乡啊。

洪大帅　你哪儿的？

大嗓儿　乐亭的，东关外十八里店。你呢？

洪大帅　还真不远，俺滦县的。

〔见到老乡，洪大帅和大嗓儿二人一阵欢喜。

大嗓儿　在家里不常听戏吧？

洪大帅　听嘛戏！都他妈打仗了。

大嗓儿　那倒也是。我跟你说，这地界儿，跟咱老家那边儿围个大席棚听大口落子完全是两码事。讲究多、规矩多，知道吗？

〔这时，从休息间里传出了有节奏的响动。

洪大帅　（听了一下）怎么好像……有人咣当床啊？

大嗓儿　不会吧，谁上这儿咣当床来？

〔休息间里的声音继续。

洪大帅　不是咣当床？

大嗓儿　（多知多懂地）估计是那帮武行在那儿压腿呢。

洪大帅　哦……

大嗓儿　没听过那句话吗，台上十分钟，台下十年功。

洪大帅 我看你懂得还不少啊。

大嗓儿 那是，台上台下这点儿事儿，绝对一清二楚。您说什么规矩吧，咱懂；你说哪出戏，咱知道。穿什么戴什么挎什么拿什么，什么场面什么调门儿。上台走几步，没我不门儿清的。

洪大帅 （听得一愣一愣）那今天晚上唱哪出戏呀？

大嗓儿 《别姬》呀。

洪大帅 别什么鸡？

大嗓儿 （大为惊诧）没听过？

〔洪大帅摇了摇头。

大嗓儿 这出戏都没听过？你可也太生点儿了。

洪大帅 哪么家的事儿？

大嗓儿 《霸王别姬》，楚霸王。

洪大帅 楚霸王？

大嗓儿 西楚霸王。

洪大帅 （一拍大腿）哎呀奶奶的，你早说呀！楚霸王！哎呀呀！跟你说，过去的人里我最喜欢的两个，一个是常山赵子龙，一个是楚霸王。厉害呀。没人打得过！

大嗓儿 那当然，要不怎么叫霸王呢。

洪大帅 那个楚霸王在台上穿什么戴什么？

大嗓儿 那可太讲究了。

洪大帅 你都知道？

大嗓儿 太知道了！你好好坐这儿，我好好跟你说。说这楚霸王从上到下……

〔休息间里突然传出六姨太不雅的叫声。

洪大帅 这是什么动静？

大嗓儿 管他呢。那是人家喊嗓子呢。

洪大帅 喊嗓子？

大嗓儿 嗓子不喊开了怎么唱？

洪大帅 （下流地笑了）要不都管你们叫戏子，连喊嗓子都跟叫那什么似的！

〔休息间里的声音又起。

洪大帅 不对，真像是叫……叫那什么！

大嗓儿 你个棒槌！戏班里连女的都没有，谁和谁叫……叫那什么？

洪大帅 戏班子里没女的？

大嗓儿 您别老赶了行不行？正经大戏班儿里怎么会有女的？

洪大帅 那台上的那些女的都哪儿来的？

大嗓儿 那都是男旦。规矩大了！你当是咱老家那边儿的大口落子？男的女的一块儿来。

洪大帅 （侧耳听了听）这不……明明是一个娘儿们出的声吗？

大嗓儿 那是小嗓儿，男旦唱女的，要用小嗓儿。（学了一下）

洪大帅 怎么听怎么像叫……叫那什么呢……

大嗓儿 您别打岔了行不行！咱们说哪儿了？

洪大帅 楚霸王。

大嗓儿 对，楚霸王，穿什么戴什么。

〔洪大帅还歪头听声。

〔大嗓儿把他的脸摆正。

大嗓儿 你闹猫呢？听它干什么，听我的！咱说楚霸王。

洪大帅 （缓了缓神）说楚霸王。

大嗓儿 楚霸王勾什么脸儿知道吗？

〔洪大帅摇了摇头。

大嗓儿 听好了，霸王勾的脸儿叫无双脸儿。然后从上到下说，勒头，顶霸王盔，两边儿垂大黑千金，挂忠孝带，搭白护领，扎霸王靠，黄靠绸，黄箭衣彩裤，脚穿黑厚底儿，腰间一口龙泉剑。这就是楚霸王。

洪大帅 （以为神）你行呀！都知道？

大嗓儿 我是谁！您找对人了！

洪大帅 你老弟怎么称呼啊？

大嗓儿 人都叫我大嗓儿。

洪大帅 嗓门儿大。

大嗓儿 没错儿。

洪大帅 就是……说你还能唱？

大嗓儿 怎么叫还能？那是太能了！

洪大帅 来两口儿!

大嗓儿 真想听?我给你来两口儿,告诉你,平常日子我还不露呢!

洪大帅 来呀!

大嗓儿 (嗽了一下嗓子,一端架子,唱)枪挑了汉营中几员上将……

洪大帅 好,挺有劲。

大嗓儿 (更来劲,接唱)虽英勇怎提防他十面埋藏……

(唱着唱着,由京剧串成了大口落子)

洪大帅 (乐得直拍手)这家伙,唱得太有味儿了!

〔凤小桐上。

〔大嗓儿正好迎面顶上。

凤小桐 (差点儿笑出声)行了。我说,你也不看看四周围都是干什么的。你能在这儿比画吗?

大嗓儿 您笑话。

凤小桐 (看了看洪大帅)怎么,你们送个包子还俩人儿啊?

洪大帅 (两眼直勾勾地盯着凤小桐)这是谁呀?

大嗓儿 (拉住洪大帅)这是凤老板。

凤小桐 看见我三哥没有?这晚儿了还不见人哪。

大嗓儿 不少人等他哪。

凤小桐 我这么早就来了。他倒好,不露!

大嗓儿 说得是。

凤小桐 怎么着,真得是前面儿开了戏再勾脸儿?我得问问七叔去。谁不知道谁呀,要什么角儿脾气!(过场,下)

洪大帅 (直盯着凤小桐下的方向)小娘儿们长得还不错。

大嗓儿 什么小娘儿们!人家是男的。

洪大帅 男的?

大嗓儿 我不是告诉你了吗,戏班里没女的。

洪大帅 弄成这个样……是男的?

大嗓儿 你跑这儿找媳妇来了?真是男的!

洪大帅 倒胃口。

〔凤小桐大惊失色地退上。

凤小桐 (惊吓地)呦,怎么横着膀子就进来了……什么人哪?

〔大嗓儿和洪大帅都愣了一下。

凤小桐 快叫人儿挡挡。（下）

〔大嗓儿上前，一望，顿时吓得矮了半截儿。

〔洪大帅欲上前。

大嗓儿 （一把拉回洪大帅）哪儿去，快躲！

洪大帅 什么人？

大嗓儿 惹不起，快躲！（跑下）

〔洪大帅独自留下，兴趣依然。他往脸上挂了一个胡子继续东摸西看。

〔刘拐子带着打手，怒冲冲地上。

刘拐子 （大喝）有喘气儿的没有！出来！

〔侯喜亭、吴经理、二伙计都闻声跑了出来。

吴经理 八爷，您这是……

刘拐子 你还认得我是谁呀？

吴经理 您这说哪儿话，我不认识谁也得……

刘拐子 （用手里的拐杖戳着吴经理）我是谁？我是谁？

吴经理 （后退）八爷、八爷……

刘拐子 八爷？不敢！我是你孙子。

吴经理 （腿一软）您别吓唬我。

刘拐子 你还知道害怕！（继续戳着吴经理）耍我呀，拿我打镲呀？

侯喜亭 （上前解劝）八爷，您老消消气儿。

刘拐子 （转向侯喜亭）啊，五庆班，大班子是吧？你以为当年给西太后唱过戏，就怎么着了是吧？在我这儿，我高兴了叫你一声侯老板，不高兴，你就是一坨屎，就是一坨狗屎！

侯喜亭 我们……哪儿得罪您老人家了？

刘拐子 （拿出一张告示，摔在侯喜亭和吴经理的面前）这是什么？退票！三场全都退票？干什么？这是你们家的炕头啊，想怎么折腾怎么折腾？这是北京大前门外！什么都得有个规矩！

侯喜亭 您听我说，这事儿不能怪我们。

刘拐子 告示是你们贴出去的，怎么着，还怪我呀？我帖子都撒出去了，朋友也都招呼了。你们回戏？拿我当什么了？

吴经理 告示不是我们要贴的。

刘拐子 谁贴的？

吴经理 是……徐处长让贴的。

刘拐子 哪儿蹦出个徐处长。

吴经理 教化处，徐处长。

刘拐子 什么他妈教化处，不认识。我今儿就找你！

吴经理 我们谁都惹不起。

刘拐子 你就惹得起我是吧？我是一软柿子，是吗？

吴经理 您这是哪儿的话。借我俩胆儿我也不敢得罪您哪。是大帅府把这园子包了！

刘拐子 大帅府？放屁！大帅府早空了！我眼睁睁看着那帮孙子出的永定门。

吴经理 是新来的……洪大帅。

刘拐子 （火气又涨）红大帅？还他妈绿大帅呢！

〔洪大帅一扭头，向前走了一步。

刘拐子 我这人不霸道，我要的是个规矩。就算是西太后，听戏去颐和园，什么人供奉咱管不着。这前门外的场子，谁买票谁听戏。

吴经理 现在不是革命了嘛。

刘拐子 放他妈屁！革了命就抢我戏票啊？什么红大帅绿大帅，不就弄几条破枪吗？插上尾巴就是猴儿啊！

〔洪大帅在一旁挑了一下眉毛。

吴经理 您可别乱说。

刘拐子 说怎么了？从八国联军算起，东一拨儿西一拨儿，大爷我见多了。牙都没长齐呢就都奔金銮殿，算个屁！都他妈是兔子尾巴，哪个也长不了！

洪大帅 （转了出来，嘴上还挂着三花脸的小胡子，打量了一下刘拐子）骂人骂得怪狠的。

刘拐子 这叫狠哪，难听的还没骂出来呢。

洪大帅 那你就骂。憋着多难受。

刘拐子 你谁呀，哪儿跑出这么一个三花脸来？

洪大帅 你过来，过来过来。（撩起大褂转过身）你看看我后边儿有尾巴吗？看看有吗？

〔刘拐子愣了一下。

洪大帅 看清楚了没有？我这尾巴是长的还是短的？

〔众人都有点儿蒙。

吴经理 （冲上去拉住洪大帅）你干什么呀，这是刘八爷！

洪大帅 （看了看吴经理）你又是哪部分的？

刘拐子 （推开吴经理，对洪大帅）你他妈是谁呀？跟我耍把式？

洪大帅 耍把式？他们这儿的家伙什儿都是纸糊的，不好耍。（从腰里掏出一把小手枪）看看这是什么？这可是真的。一枪一个窟窿眼子。不信让你看看。（说着，抬手一枪）

〔刘拐子一捂胸口，晃了一下，倒地。

洪大帅 （哈哈笑了）看见没，一枪一个窟窿眼子。

〔在场的人全定住了。

〔休息间的门开了，六姨太露出了头。她一眼看见洪大帅，吓得捂住了嘴，又悄悄地缩了回去。

〔卫队长带着卫兵跑上。

卫队长 出什么事了！注意警卫！

〔卫兵们如临大敌，纷纷掏枪。

洪大帅 （对卫队长，指了指倒在地上的刘拐子）把他裤子扒了，看看他的尾巴有多长。

卫队长 （走近刘拐子，看了一下）报告大帅，他死了。

〔众人都倒吸了一口凉气，退后。

洪大帅 （上前踢了踢刘拐子）死了？便宜了他。拖出去喂狗。

卫队长 （指挥卫兵）拖出去喂狗！

〔卫兵拖走刘拐子。

〔吴经理腿一软，瘫坐在地。

〔凤小桐干呕了一声，跌跌撞撞地跑下。

洪大帅 （若无其事地收起枪，拍了拍衣服）你说，我出来散散心，还碰见了这么个怄气的王八犊子。

卫队长 咱们回府吧。

洪大帅 我再看看，这个地方儿还挺新鲜的。（想起）对了，你们不是有

个什么名角儿吗，一会儿拉出来让我看看。（说罢，晃晃荡荡地带着卫队长等人下）

〔静场。所有人都如同焊在了原地。

〔休息间的门又轻轻地开了。六姨太披着斗篷，遮着脸，探头看了看，轻手轻脚地绕过众人，溜下。

〔侯喜亭挪了一下脚，但动不了。

吴经理 （看了看刘拐子躺倒的地方，也如梦中）刘八爷，那可是刘八爷……

侯喜亭 这也太瘆人了……下辈子我要再吃这碗开口饭，我是您孙子。

吴经理 先别下辈子了，想想这三场怎么对付过去吧。（清醒了一下，一凛）金老板！

侯喜亭 什么？

吴经理 他刚才说，要见咱们的角儿！

侯喜亭 （也拍了一下脑门子）他……他还那儿躺着呢！

吴经理 快看看去！

侯喜亭 （动了一下，腿一软）您扶我一把，我这腿……有点儿转筋。

吴经理 （撑了一下，滑坐）我这儿也不太听话。

侯喜亭 （对伙计甲）进去看看。

〔伙计甲走进休息间，惊叫一声，跑出。

侯喜亭 怎么了？

伙计甲 他、他怎么又瘫了！

〔侯喜亭、吴经理同时跳起，冲进休息间。

〔休息间里传出一阵杂乱声。

〔侯喜亭拿着半包烟土走出来。

侯喜亭 （跳着脚）哪儿来的？这是哪儿来的！来的时候里里外外我摸了好几遍。没有了。这是打哪儿出来的！

吴经理 比刚才还厉害……

侯喜亭 这不是毁我嘛！谁干的这缺德事儿啊！我就操他个八辈儿祖宗！

吴经理 再……再，再灌点儿花椒水？

侯喜亭 到这份儿上了，就是把一棵花椒树塞嘴里也没用了！

吴经理 完了，完了……这回死定了。（哭语）我还有仨孩子呢！最小的刚断奶。

〔静场。

侯喜亭 （尽量冷静地）别急，想办法……不是就看看吗？（想了想，对伙计乙）去，把老赵叫来。

〔伙计乙下。

吴经理 老赵？

侯喜亭 我们这儿的一个架子花。

吴经理 干什么？

侯喜亭 （抖出机灵）出来顶一下。反正他谁也不认识，打个招呼，过一关算一关。

〔徐明礼带着几个兵卒急匆匆上。

徐明礼 （气急败坏地吼道）彻底检查彻底检查！决不能再留隐患！（看见吴经理和侯喜亭，劈头盖脸地）你们这是怎么搞的！什么地痞流氓的都往里进！出了安全问题那事儿就大了！让你们小心小心，今天是重大活动。还给我出了事儿！好在今天大帅的心情好，没追究。真要是追究起来你们吃不了兜着走，我也吃不了兜着走。那就不是死一个人的事了！

〔吴经理、侯喜亭已经有些麻木。

徐明礼 你们这些人，除了戏台上那点儿事，脑子里怎么什么都没有！听好，我再跟你们说句正经的，必须给我认真记住！根据大帅府秘书厅的指示，三天的庆祝活动要落实一个八字方针：隆重、喜庆、安全、靠谱。听明白了吗？

〔众人点头。

徐明礼 我说的什么？

吴经理 靠谱儿！

徐明礼 八个字！就记住一靠谱啊？

吴经理 八个字——

徐明礼 隆重。

吴经理
侯喜亭 隆重。

徐明礼 喜庆。

吴经理
侯喜亭 喜庆。

徐明礼 安全。

吴经理
侯喜亭 安全。

徐明礼 靠谱。

吴经理
侯喜亭 靠谱。

徐明礼 （累出一头汗）跟你们做点儿事真累！丑话说在前面，这三场戏只能演好不能演坏。再出娄子，大帅再掏枪，我可谁也救不了。

〔伙计乙上。

伙计乙 （对侯喜亭）回班主，老赵他……来不了。

侯喜亭 怎么？

伙计乙 他一听就……吓尿裤子了。

侯喜亭 尿……

徐明礼 什么事儿？

〔正在这时，洪大帅手里拿着一个戏里用的令旗，晃晃悠悠地上。

徐明礼 （急忙立正敬礼）报告大帅，我在布置工作。

洪大帅 你布置你的，我玩儿我的。（兴致勃勃地晃着令旗）

〔众人谁也不敢动。

〔大嗓儿上。他不知道刚才发生了什么事情，只觉得气氛有些诡异。大嗓儿抬眼看见了洪大帅，绕过众人，上前照着洪大帅的秃脑袋拍了一巴掌。众人都吓了一跳。

洪大帅 啊，老乡儿。

大嗓儿 （将洪大帅拉到一旁）你怎么还在这儿晃悠呢？还玩上瘾了？

洪大帅 （看着大嗓儿，哈哈一笑）你哪儿去了？告诉我，（晃了晃令旗）这是做啥的？

大嗓儿 你怎么看什么都新鲜？那是令字旗，放下放下！不是你要着玩儿的！

〔众人都看愣了。不知道大嗓儿和洪大帅什么关系。

大嗓儿 （将洪大帅拉到一边，低声地）今天这儿的阵势有点儿不大对头，别玩儿了，赶快走。

洪大帅 我还想听你唱两口呢。

大嗓儿 瞧你这小模样吧，你花多少钱就听我唱！就算当年皇上爷想听我唱那也得问个价儿！（转身欲走）

洪大帅 着什么急走啊？

大嗓儿 我事儿多着呢，没那么大工夫陪你。回见吧您哪。（下）

洪大帅 （望着大嗓儿背影）呀？他还给皇上爷唱过？啊，我知道了！（转身对侯喜亭）过来！

〔侯喜亭颤颤抖抖地挪步上前。

洪大帅 他就是……你们这儿的那个角儿吧？

侯喜亭 您……认识他？

洪大帅 聊了半晌儿呢。懂得多，唱得也有味儿。我们挺对脾气。他真的给皇上唱过？

侯喜亭 他……

洪大帅 （一瞪眼）唱过没有？！

侯喜亭 我们这戏班儿……当年进过宫……应过差。

洪大帅 （大乐）好，忒好了！这就对了！

侯喜亭 （脑子一片蒙）什么就……对了？

洪大帅 我现在也是皇上了，对不对？

侯喜亭 是、皇上……

洪大帅 皇上听什么我就得听什么！对不对？

侯喜亭 对对。

洪大帅 我们还是老乡，他是乐亭的，我是滦县的，对不对？

侯喜亭 对对……

洪大帅 今天晚上就听他的了！让他好好地给我唱！

侯喜亭 唱……什么？

洪大帅 楚霸王呀！我就喜欢楚霸王你知不道啊？

侯喜亭 知道……

洪大帅 那你犯什么糊涂呀！

侯喜亭 不糊涂！

洪大帅 好了。回家吃饭去，吃完饭看大戏，听他给我唱楚霸王。来人哪，起驾！（下）

〔侯喜亭愣在那里半天没醒过神儿。

徐明礼 （上前，也有些疑惑地）那是……金啸天吗？

侯喜亭 （愣磕磕地）不是。

徐明礼 不是？那是谁呀？

侯喜亭 不认识。

徐明礼 不认识？大帅都点了他的戏了，你、你不认识?!

〔侯喜亭大蒙。

徐明礼 那人到底是谁呀？

吴经理 那是……结壁儿大裕斋包子铺的。

徐明礼 什么？

吴经理 送包子的！

徐明礼 送……（也愣住了）怎么出来一个……送包子的？

〔在场的没人知道。

徐明礼 送包子的……

吴经理 咱们甭理这茬儿。

徐明礼 （瞪眼）什么？甭理这茬儿？大帅刚刚点了他的戏，甭理这茬儿？你想找死我不管，我还不想找死！把他找来。给他扮上。

侯喜亭 扮、扮上？干什么？

徐明礼 你说干什么，给大帅唱楚霸王！

侯喜亭 唱……处长，您老是行家，这戏……不是谁都能唱。

徐明礼 这话你刚才怎么不跟大帅说呀？还什么进宫当过差。不是你说的？

侯喜亭 （脑袋已成木头）我说什么了？

徐明礼 你连自己说了什么都不知道啊！（原地转了两圈）就欠他妈给你们一人来一个窟窿眼子！

〔侯喜亭吓得后退。

徐明礼 （苦笑了两声）卖包子的……（转对吴经理和侯喜亭）这是大帅钦点，那就是任务，就是圣旨，知道吗？卖包子的，他就是掏大粪的，也得把他弄上去！你们也都看见了，杀个人跟喝凉水儿似的！真要是出了事儿，你们都得给我垫背！（下）

〔吴经理和侯喜亭伫立原地，久久无语。

吴经理　（神情木讷地）明年的今天，肯定是我的周年。

侯喜亭　（似在自语）我今年五十，我师父走那年，也正好五十……

〔静场。

〔大嗓儿摸摸索索地上。

大嗓儿　我那俩笼屉落这儿了，我回来……

〔吴经理下意识地挥了挥手。

〔大嗓儿靠边儿溜下。

〔吴经理和侯喜亭同时醒悟，跳了起来。

侯喜亭　（喊一声）就是他！

〔吴经理和侯喜亭追下，复将大嗓儿挟持而上。

大嗓儿　怎么了？我就是……回来拿笼屉。

吴经理　坐坐。（将大嗓儿按坐）

〔侯喜亭和吴经理围着大嗓儿，看猴儿似的转了一圈。

大嗓儿　（有点儿糊涂）这是……做啥呀？

侯喜亭　您……怎么称呼？

大嗓儿　他们都叫我大嗓儿。

侯喜亭　大嗓儿……好，大嗓儿。

吴经理　您是……怎么认识大帅的？

大嗓儿　大帅？什么大帅？

吴经理　就是……洪大帅。

大嗓儿　他是干什么的？

吴经理　他是……你刚才拍脑袋的那个人，你知道他是……

大嗓儿　跑这儿看热闹来的。整个儿一棒槌。什么都摸什么都动，让我好熊了他一顿。要不是看老乡的面上，我一脚踹出他去。

〔吴经理和侯喜亭二人听得一怔一怔的。

侯喜亭　（试探着）您还给他……唱戏了？

大嗓儿　露了两口儿，听傻眼了都。一个土老坦儿，听过啥！（起身）

吴经理　哪儿去？

大嗓儿　我去找我那俩笼屉……

吴经理　您就别老找那俩笼屉了！坐下坐下。（将大嗓儿按坐）

侯喜亭　（近前坐下）我说这位爷……唱过什么？

大嗓儿　（回身看了看，没人）您……问谁呢？

侯喜亭　我问您，您唱过什么？

大嗓儿　我？唱过什么……戏台上看过的，下边儿就都哼哼两句。

侯喜亭　跟谁学过？

大嗓儿　跟谁学呀？台上怎么唱我就怎么唱呗。

侯喜亭　平时都在哪儿唱啊？

大嗓儿　天坛墙外边儿，还有筒子河边儿上，老有那么一伙子人。

侯喜亭　（看了吴经理一眼）票友。

吴经理　（对大嗓儿）《霸王别姬》这出戏您熟吗？

大嗓儿　唱烂了的戏，谁不熟。

侯喜亭　唱过整出儿吗？

大嗓儿　什么整出儿不整出儿，只要没人拦着就一直往下唱呗。

〔吴经理和侯喜亭同时揉了一下脸。

吴经理　听我说。今儿晚上这出《霸王别姬》，您来。

大嗓儿　什么？

吴经理　今天晚上这出戏，您来。

大嗓儿　说笑话也不挑个地方。

吴经理　您看我像说笑话吗？

大嗓儿　像啊，可不是说笑话嘛。

吴经理　我不是说笑话！今天这您得上台。

大嗓儿　上哪个台？

吴经理　（一指）就您身后这戏台。

大嗓儿　（起身）您别拿我找乐子行不！

吴经理　哪儿去！

大嗓儿　我拿笼屉去。

吴经理　坐下！告诉你，这是钦点！

大嗓儿　点什么？点包子？什么馅儿啊？

吴经理　不是点包子，是点你的戏！

大嗓儿　点我的……戏？

吴经理　今天晚上您得上台。

大嗓儿　（拍了拍脑袋、晃了晃头）咱们两个现在有一个脑子不清楚。（抬起手在吴经理眼前晃了晃）您没事儿吧？

〔吴经理刚要说话，侯喜亭推开了他。

侯喜亭　（尽量和蔼地）在下侯喜亭，五庆班的。

大嗓儿　我知道您是谁……

侯喜亭　不瞒您说，我还真没少吃您的包子。这条街上，数咱们大裕斋的包子好吃。皮薄馅儿大，一咬一汪油儿。

大嗓儿　那是。祖传手艺。

侯喜亭　您听我说，它是这么回事……今天呢……是个日子。

大嗓儿　什么日子？

侯喜亭　它是……如来佛祖的生日。

大嗓儿　如来佛的生日是四月初八呀。

侯喜亭　您还什么都知道。不是如来佛祖，是……是咱们梨园老祖李三郎的成道日。

大嗓儿　这还真不知道。

侯喜亭　那就太好了。我这班儿里呢……有个规矩，那是老辈儿留下来的，每逢这日子，晚上的头出戏，得找一个票友挑梁。

大嗓儿　找谁呀？

侯喜亭　找您呀。

大嗓儿　（糊涂了）不许这么逗人玩儿。

侯喜亭　我有那工夫吗？

大嗓儿　（起身）我还拿我那笼屉去。

〔侯喜亭和吴经理同时伸手将大嗓儿按住。

吴经理　这是大帅……

侯喜亭　是梨园老祖的旨意！

大嗓儿　还有这旨意呀？

侯喜亭　喝口水，慢慢说。咱这包子铺紧挨着德祥戏楼，近水楼台，没少在这儿听戏吧？

大嗓儿　那倒是，（看了看吴经理）只要没人儿轰我。

侯喜亭　跟您说实话，自小我也是从听蹭戏长大的。要是不见外，您就叫我一声七哥。

大嗓儿 我哪儿敢跟您论辈分！

侯喜亭 那有什么，谁让咱们敬的是一个祖师爷呢。您喝着。（给大嗓儿倒茶）

〔大嗓儿松弛了下来。

侯喜亭 您平日里，是喜欢老生啊，还是喜欢铜锤啊？

大嗓儿 都能唱两口。

侯喜亭 好，文武昆乱不挡。

大嗓儿 不敢这么说。

侯喜亭 看您这意思，台上这点儿事肯定都门儿清？

大嗓儿 那倒是……知道点儿。

侯喜亭 一听说话就是行家。

大嗓儿 听得出来？

侯喜亭 在这行里滚了半辈子，是不是行家一搭茬儿就知道。

〔大嗓儿听着很受用。

侯喜亭 听您这意思，肯定会几出。

大嗓儿 都是一帮票友，瞎唱呗。

侯喜亭 您可别这么说。咱们梨园那位老祖，唐明皇李三郎，真说起来，那也是票友啊。

大嗓儿 那倒是啊。

侯喜亭 往近了说，涛贝勒知道吧？

大嗓儿 知道。

侯喜亭 红豆馆主听说过？

大嗓儿 侗五爷？

侯喜亭 行家！没错，侗五爷，红豆馆主。那都是票友。多大的名号！名角儿大腕儿到他们面前都得毕恭毕敬。我赶上过一回涛贝勒府的堂会。您知道陪他唱的都是谁吗？王瑶卿、程继仙、言菊朋。

大嗓儿 真的？

侯喜亭 亲眼所见！票友唱大戏，自古有之。就拿您说吧，像《霸王别姬》这号熟得不能再熟的吃饭戏，对您这样的大票友来说，那算什么？

大嗓儿 那倒是挺熟的。

侯喜亭 我敢说，您闭着眼睛都能拿下来。

大嗓儿 不就那几段儿吗？

侯喜亭 我看您身上也挺利落。

大嗓儿 楚霸王，就这架子。（比画了一下）

侯喜亭 好。地道！太地道了！金老板也不过如此。

大嗓儿 您笑话我呢吧？

侯喜亭 我，堂堂五庆班班主，能胡说八道吗？

〔大嗓儿基本被蒙住了。

侯喜亭 喊两嗓子那是过瘾。可真要玩儿那得往讲究了玩儿才行。

吴经理 今天还真是个好机会。

侯喜亭 对咱票友来说，千载难逢！

吴经理 德祥戏院大戏台，五庆班的四梁八柱，凤小桐凤老板陪您唱虞姬。多体面！

侯喜亭 往后再出门儿您就不一样了，不管进哪个票房，您就都是爷了！

大嗓儿 （被忽悠住了）照您这么说……还真像是天上掉馅饼了！

侯喜亭 那还用说！我看着都眼馋。

大嗓儿 可是我……没上过这么大的台呀！

侯喜亭 这还管台大台小？给皇上唱戏咱也能演皇上啊。这戏您又熟，谁怕谁呀，帘子一挑，您就当玩儿了。

大嗓儿 照您这么说……我真的来一把？

侯喜亭 我们干这个是为了吃饭，您不就是为了过瘾嘛。

大嗓儿 怎么像做梦啊?!

侯喜亭 咬一下手指头。

〔大嗓儿真咬了一下手指头。

侯喜亭 不是做梦吧？

大嗓儿 不是。

侯喜亭 您就来吧。错不了。

大嗓儿 我没行头啊。

侯喜亭 那还用得着您自己备呀，我整个五庆班都是您的底包。（对内喊）出来俩人儿！

〔伙计甲、乙上。

侯喜亭 准备行头，伺候这位爷勒头勾脸儿。

伙计甲 （看了看大嗓儿，二乎了一下）勾……什么脸儿？

大嗓儿 楚霸王，那是无双脸儿。

侯喜亭 瞧见没有，这就是名票儿。

〔伙计甲、乙领大嗓儿下。

吴经理 （上前作了一个揖）侯爷，还是您行。

侯喜亭 （口吐白沫，基本瘫了）我他妈这是说什么呢！

吴经理 您这是救命呢！

侯喜亭 （喘了几口气，对后面）德哥、福子！过来一下。

吴经理 谁呀？

侯喜亭 我们的鼓佬儿、胡琴。上一棒槌，我总得交代一下啊。

吴经理 这儿就交您了，我到前边儿看看去。（下）

侯喜亭 （打了自己一嘴巴）我这是干什么呢！

〔德哥拿着鼓键子、福子提着胡琴上。

德　哥 什么事儿七哥？

侯喜亭 你们坐。有个事儿交代一下。今天晚上，你们金三哥不上了。

德　哥 改戏？

侯喜亭 戏不改，还那出。

福　子 换谁呀？

侯喜亭 （愣了一下）我还真不知道他叫什么？！

〔德哥和福子都愣了一下。

德　哥 唱谁呀？

侯喜亭 还能唱谁？《霸王别姬》里能出窦尔敦吗？

德　哥 啸天呢？

侯喜亭 别打听了，今儿晚上没他事。今儿就当唱票友戏了。

德　哥 票友？

福　子 谁呀？这么大范儿？

侯喜亭 大裕斋包子铺，送包子的。

德　哥 （一愣）我说班主儿，您这是……撑着了吧？吃了几屉包子？

〔凤小桐上。

凤小桐 七叔，屋里勾脸儿的那是谁呀？

侯喜亭　（已经无力重复）又来一个……

凤小桐　那不是三哥呀！

福　子　大裕斋包子铺的。

凤小桐　包子铺的……勾脸儿干什么？

福　子　今天晚上是您的霸王。

凤小桐　（愣了一下）他的……都有毛病了吧？

福　子　票友。

凤小桐　怎么着，咱们今天……改捧票友儿了？谁定的？这么大台面儿咱……傍一票友？七叔啊，您不怕丢份儿哪。

侯喜亭　（怒）你们谁份儿大？你们谁份儿大谁到前边说去！刚才就在这儿，眼睁睁地崩了一个。那摊血还没干呢！你们谁想回戏我都不拦着，自己说去，谁能立着回来算谁命大！

〔凤小桐、德哥、福子三人都不说话了。

侯喜亭　我这半天儿嘬了多少瘪子你们知道吗？什么也甭说了，人家手里有枪！我这儿拜托几位，也算难为了。今儿晚上就是他了。能兜住尽量兜住。哪怕丫唱成王八蛋样儿，也好歹拱过去。要不然咱们都别想出这个门儿。

〔凤小桐、德哥、福子三人无语。

侯喜亭　还愣什么？等着上菜呢？去吧！

〔凤小桐、德哥和福子下。

侯喜亭　（艰难地撑起身子）要有大烟，我也真想抽一口……（挪下）

〔静场。

〔休息间的屋门被推开，金啸天软绵绵地走出来。

金啸天　（伸了个大懒腰，口齿不清地）人呢？怎么一转眼儿人没了？（踉跄了一下）我这腿怎么直打软儿啊……（抽了抽鼻子）这土倒真的是不错，抽一口顶三口……（又打了个哈欠，听了听）还挺静的。我是不是来早了？来早了……得，回屋再迷糊会儿去。那丫头还真挺能折腾。（跌跌撞撞地下）

〔伙计甲、乙领着化好装的大嗓儿上。

〔大嗓儿顶盔戴甲，走起路来有点儿打晃。

伙计甲　您走几步，看看哪儿不合适。

大嗓儿 （适应着）行，还行。

伙计乙 头勒得紧不紧？

大嗓儿 紧点儿好，到台上别掭了头。

伙计乙 您倒什么都知道。

大嗓儿 你们甭管了，我在这儿活动活动。

伙计甲 您就先活动着，有事儿叫我们。

大嗓儿 （指了指茶壶）换壶茶吧。

伙计甲 行啊您哪。给您来壶香片，您润嗓子。（拿起茶壶，对伙计乙一笑）戏还没唱，谱儿先摆上了。

〔伙计甲、乙哂笑着下。

〔大嗓儿第一次如此穿戴，慢慢地活动着，横横竖竖地摆弄着，自我感觉逐渐地良好了起来。

〔六姨太上。还是大斗篷遮着。

〔大嗓儿只顾自己耍着。

六姨太 （一眼看到勾了脸的大嗓儿，激动地一咬手指头）你扮起来更精神了！

大嗓儿 （看了看六姨太，韵白）你待怎讲？

六姨太 （又晕了）难怪人家都夸你，真的太威武、太漂亮了！

大嗓儿 （得意地）果真如此？

六姨太 我骗你干什么？活脱脱的一个楚霸王！谁也比不了。

大嗓儿 （京剧韵白）当真如此？

〔六姨太点头。

大嗓儿 果然如此？

〔六姨太点头。

大嗓儿 啊哈！啊哈！哦哈哈哈……

〔六姨太激动得差点儿晕倒，扑将上前。

大嗓儿 （躲了一下）你是何人？

六姨太 你说什么？

大嗓儿 来将通名。

六姨太 别跟我唱戏了。（近前）我都准备好了，细软也都收拾了。今天晚上戏一完，我就跟你走。

〔大嗓儿没听明白。

六姨太　那老东西最近看我们看得特别严。你可千万别耽误。我都计划好了，先在你的旅馆里躲两天，风头过了再走。

〔大嗓儿愣愣地看着六姨太。

六姨太　你怎么了？就跟不认识我似的。

大嗓儿　你是……

六姨太　（脱掉斗篷，摘下帽子，露出妖冶的真容）看清楚！你这个没良心的。

〔大嗓儿眼睛花了一下。

〔六姨太一推，将腿已经有点儿软的大嗓儿推坐在了椅子上。

六姨太　（抚弄着大嗓儿，极尽风骚）我现在什么都做不下去，睁着眼睛闭着眼睛，全都是你。真不知道失去你我会是什么样子。

〔大嗓儿已经蒙了。

〔六姨太一撩旗袍，坐在了大嗓儿的腿上，两条白刷刷的大腿在大嗓儿的眼前晃着。

大嗓儿　（恢复了口音）你这是……做啥呀？

六姨太　（愣了一下）你说什么？

大嗓儿　这是怎么了？

六姨太　你不许吓唬我！你学谁的腔调不行啊，学他的？那老不死连打呼噜都是这味儿，恶心死人了！（搂住大嗓儿）我还是喜欢听你的楚霸王。那才是真男人的味道。

〔大嗓儿周身僵直，呼吸急促。

六姨太　（笑了）你怎么了？看你这样儿，就跟没碰过我似的。怎么，勾上脸儿就真是楚霸王了？你还是你，我还是我。（拉起大嗓儿的手放在自己的大腿上摩挲着）我能给你的都给你，我只要你真心地爱我，知道吗？

〔大嗓儿已经昏头涨脑。

六姨太　我不能多待。晚上在旅馆等我。我把该安排的都安排好了。你一定要记住。（起身穿上斗篷，盖好头脸。俯身亲昵地吻了大嗓儿一下，一阵风似的飘下）

〔大嗓儿愣磕磕地坐在那里，周身僵直。

〔稍静片刻。

〔吴经理上。

吴经理 （看见大嗓儿）呀嗬，扮上了？（围着大嗓儿看了看）您这脸盘子还真不小，勾上脸还真像那么回事。

〔大嗓儿恍恍惚惚，手不由自主地还在刚才六姨太放腿的那个位置上摩挲着……

吴经理 （奇怪地看着大嗓儿）怎么了？

大嗓儿 八成是个梦……

吴经理 （笑了一下）我看差不多。

大嗓儿 （晃了晃头，清醒了一下，四下看了看）刚才这儿有个人……

吴经理 谁呀？

大嗓儿 一个女的……

吴经理 （四下看了看）哪儿有女的？

大嗓儿 真没看见？

吴经理 在哪儿呢？

大嗓儿 刚才……就坐我腿上了。

吴经理 （笑了）咱这梦别都堆到一块儿做，先做一个再说下一个。

大嗓儿 先做……哪个？

吴经理 照照镜子，楚霸王，您现在是角儿了！

大嗓儿 （摸了摸头脸，看了看身上）我是角儿了？

吴经理 您祖上积了功德喽！这么大的五庆班给您托着，您老人家往台中间儿一站，这梦哪儿找去！

大嗓儿 我真的……要站台中间儿了？

吴经理 站起来，活动活动。

〔大嗓儿起身，走了几步，拉了拉架子。

吴经理 好！楚霸王！金老板也不过如此。

大嗓儿 真的？

吴经理 您就踏踏实实上台。咱一夜成名，也未可知。

大嗓儿 （有点儿来劲了，一扯嗓子）乌骓呀——

吴经理 行了，留着劲儿台上用。快把您那袍子穿上去。说话开演了。

大嗓儿 什么叫袍子呀，那叫箭衣，黄箭衣，外扎霸王靠。丁是丁，卯是卯，一点儿都不能错。

吴经理 对对，您懂。您内行。走您哪。（送大嗓儿下）

〔卫队长上。

卫队长 （直着脖子）有人没有！传达指示！

〔侯喜亭、吴经理、德哥、福子、二伙计都跑了上来。

吴经理 什么事儿？

卫队长 都站好了，传达指示。今天咱是庆祝胜利，要突出喜庆。大帅指示，楚霸王要披红挂绿。

侯喜亭 怎么个……披红挂绿。

卫队长 楚霸王要穿大红袍子。传达完毕，向后转！（忽然又抽了抽鼻）嗯？怎么还是有那个香水味儿？（四处找了找，像狗一样地循着味儿下）

德　哥 他说什么？

吴经理 让穿红袍子。

德　哥 楚霸王……穿红袍子？哪儿有的事儿啊！

福　子 是啊，那不成钟馗了？

吴经理 各位老板，已经到这份儿上了，咱就什么都别说了。好歹糊弄过去。

德　哥 我说七哥，咱们干脆改唱《嫁妹》得了。

福　子 这不是胡来吗？

侯喜亭 什么都别说了。（对伙计甲）去，找一件。

伙计甲 找……哪件？

侯喜亭 哪件都行！只要是红的！

〔伙计甲顺手从衣架上扯出了一件红袍。

伙计甲 这行吗？

吴经理 行，行！红的！

德　哥 （看了一下）这不是《法门寺》刘瑾的那身儿。

吴经理 刘瑾就刘瑾吧。

福　子 那可是太监。

侯喜亭 （已经没了力气）是红的不是？是红的不就行吗？就它！拿进去，让他穿上。

〔伙计甲、乙拿衣服下。

德　哥　（嬉笑怒骂地）好嘛，大太监刘瑾。明朝的。整个儿一穿越呀。

福　子　难怪虞姬自杀了，老公成太监了。不死等什么。

德　哥　干脆咱们来个连台本儿，说这楚霸王到了乌江边儿上没自刎。一怒之下净了身，潜入汉宫，策反了萧何，杀了韩信。

侯喜亭　（一拍桌子）行了，哪儿那么多怪话儿！就你们明白?！有本事前边儿说去！

〔众人收了声。

吴经理　已经到了这步，什么话也别说了，都忍忍！

德　哥　行啊，咱们把嘴都缝上。

吴经理　缝上，缝上，咱们都缝上。

〔大嗓儿扯着大嗓门儿，拿着那件红袍子，吵吵嚷嚷地上。

大嗓儿　这是谁的主意？能这么胡闹吗！开玩笑也不挑个地方？

〔众人一愣。

吴经理　怎么了？

大嗓儿　（举着袍子）这是怎么回事？让我穿这个？

吴经理　让您穿您就穿。

大嗓儿　胡闹！这是谁的?《法门寺》刘瑾的！勾红脸儿，没髯口，那是大太监。

德　哥　这位倒真门儿清。

大嗓儿　今天改戏了？

吴经理　没改戏。

大嗓儿　那这是干什么？

吴经理　这是命令。

大嗓儿　谁的命令也不行啊！一码是一码！不能胡来！宁穿破不穿错，这是规矩。

侯喜亭　行了！这儿谁不比你明白！

大嗓儿　（毫不示弱地顶上）明白还这么干？这还是五庆班吗？穿这个上去，那是楚霸王？你不怕丢人，我还害怕现眼呢！

侯喜亭　我跟您说，今天晚上要不穿着上去，您也好我也好，谁都过不去。

大嗓儿　（一梗脖子）那就让他来！奶奶个尿的！看他怎么招呼！

〔卫队长东闻西闻地上。

〔众人静了一下。

〔卫队长推开吴经理，闻到大嗓儿跟前停下，抽动着鼻子，上下闻着，闻了身上又闻脸上）

大嗓儿　你……闻什么呢?

卫队长　你胆子不小啊，偷到我们家大帅的头上来了!

〔众人不知出了什么事。

卫队长　今天一进来我就觉得味儿不对，闹了半天是你呀。

大嗓儿　什么……是我?

卫队长　抱着揉搓了吧?还亲脸蛋儿了是不是?老实交代!

大嗓儿　交代什么?

卫队长　有没有那么回事?

大嗓儿　我听不明白……

卫队长　（勾手一拳，打在了大嗓儿的肚子上）我让你明白一下!

〔大嗓儿嗷的一声，疼得弯下腰。

〔众人围上。

卫队长　（掏出手枪）都给我抱着脑袋，蹲下!

〔众人都吓得蹲下。

卫队长　（上前薅住大嗓儿，用枪顶头）说吧，什么时候勾搭上的?

大嗓儿　（已蒙）什么时候?

卫队长　不说我就崩了你!

大嗓儿　有话好好说行不行。

卫队长　说吧，身上的味儿是哪来的?

大嗓儿　身上的味儿……我身上什么味儿?

卫队长　你身上有什么味儿自己不知道?自己闻!

大嗓儿　（闻了闻自己的袖口）我、我……出来之前，刚、刚……切了三十斤葱。

卫队长　那我闻出来了!往下边儿说!

大嗓儿　下边儿、下边儿……案子下边儿还有几十斤肉。

卫队长　这就对了!你小子的麻烦来了!说说吧，怎么回事?

大嗓儿　说……什么?

卫队长 就说说那肉的事儿吧。

大嗓儿 这事儿……不好往出说。

卫队长 干都干了，还不能说？

大嗓儿 我们这行儿……有行规。

卫队长 你个屎！干他妈这种事儿还有行规！（用枪敲着大嗓儿的脑袋）

大嗓儿 老板不让说。

卫队长 我现在就崩了你信不信！

大嗓儿 （吓得身子一缩）那肉不新鲜！

卫队长 你奶奶的，在外边儿偷嘴，还嫌肉不新鲜？说，你碰没碰？

大嗓儿 是我扛进来的……

卫队长 这就对了。

大嗓儿 是老板让干的！

卫队长 什么？你们老板也搅和进来了？他干了没有？

大嗓儿 他自己不上手！

卫队长 那都谁上了？

大嗓儿 谁赶上谁上呗……

卫队长 我的娘，这六姨太……行了，今天就拿你先开刀！把裤子脱下来！

大嗓儿 做啥？

卫队长 治你们这种人办法就一个。（收起手枪，拔出一把牛耳尖刀）脱裤子！

大嗓儿 （捂住裤腰）干什么？

卫队长 （用手试着刀刃）死不了，疼一下。（瞄着大嗓儿的裆下，上前）

〔大嗓儿捂着裤腰满台乱躲起来。

〔徐明礼上。

徐明礼 （见状也一惊）怎么了？出什么事了？

卫队长 我抓住了！

徐明礼 抓住什么了？

卫队长 （将徐明礼拉到一旁，低声地）六姨太。

徐明礼 什么？

卫队长 大帅一直不放心那六姨太，让我盯着点。这下子抓了个现行！

徐明礼 谁呀？

卫队长　（指了一下捂着裤腰的大嗓儿）就这龟孙子。

徐明礼　他？（噗地笑了）不可能。

卫队长　我这鼻子错不了。

徐明礼　（笑道）绝不会。六姨太不会找他，他也够不着。

卫队长　怎么讲？

徐明礼　实话跟你说，他就是一送包子的。

卫队长　送包子的？

徐明礼　别的事儿我不敢担保，这事儿我敢担保。没他份儿。

卫队长　浑身上下都是六姨太的香水味，连腮帮子上都有。

徐明礼　这是戏班子，有点儿香水儿算什么。

卫队长　他说了，赶上谁是谁。

徐明礼　您放心。绝不可能。（低声地）就算有，今天也不能动。今天这戏他得唱。大帅亲自点的。你把他打坏了，上不了台更麻烦。

卫队长　便宜他了？

徐明礼　听我的，庆祝胜利要紧。（走向众人）起来起来，有点儿误会，没事了。

〔众人起身。

〔大嗓儿还捂着裤腰，腿一软，险些摔倒。被伙计甲扶住。

徐明礼　红袍子有了吗？

吴经理　（拿起红袍子）有有。

徐明礼　（看了看）这不是……《法门寺》里的。

吴经理　您懂戏。楚霸王穿这身儿……

徐明礼　（下意识地叹了口气，又急忙收住）形势在变化嘛。要跟上，跟上！（回到一本正经的样子）穿好，准备开戏。

〔徐明礼拉卫队长下。

〔伙计甲一松手，大嗓儿一侧歪，险些趴倒。

吴经理　（扶住大嗓儿）没打坏吧？

大嗓儿　（全蒙着）到底出什么事了？

吴经理　没事，误会。（把衣服举了举）赶快穿上。

大嗓儿　（看了看）那是《法门寺》……

吴经理　您还想挨刀子啊？

大嗓儿 （吓得一退）不不！我穿，我穿……

〔吴经理让伙计甲将大嗓儿扶下。

吴经理 （对侯喜亭，担心地指了指大嗓儿下的方向）行吗？

侯喜亭 不行能怎么着？

吴经理 是不是……大概其地也得走一遍？

侯喜亭 （定了定神，对众人）陪着他，把戏捋一遍。哪儿上场、哪儿张嘴，大概其就行。

〔众人下。只有吴经理留在台上，一阵瘫软，跌坐。

〔一片诡异的静默。

〔休息间的门打开了，金啸天伸着懒腰走出来。他身子软绵绵的，意识也不大清醒。

〔吴经理闭眼喘着气。

金啸天 （坐在了吴经理身边）几点了？

吴经理 （转头看见金啸天，眼睛一下睁大了）您醒了？

金啸天 脑袋还有点儿沉。

吴经理 （如见救星）老天爷，您可醒了！

金啸天 没耽误什么吧？

吴经理 这前边儿后边儿都乱了营了！

金啸天 什么事儿乱营了？

吴经理 这一两句话……您醒了，可是太好了！阿弥陀佛，万事大吉。

〔这时，幕后传来了大嗓儿的声音：“你们看我这么着行不行？乌骓呀！乌骓——”

金啸天 （愣了一下）这是谁呀？

吴经理 这是霸王……（一捂嘴）

金啸天 又来一霸王？什么意思？一出戏几个霸王？

吴经理 他是……他是……

金啸天 怎么着，戗行啊？

吴经理 您说的，谁敢戗您的行啊？

金啸天 嫌我唱得不好明说，可别给我摆家伙山。

吴经理 哪儿能啊！那就是……结壁儿包子铺一送包子的。

金啸天 （匪夷所思地）送包子的跑这儿亮什么嗓子？

吴经理　那是洪大帅……洪大帅的……亲戚。

金啸天　洪大帅谁啊？

吴经理　洪大帅是……

〔吴经理一张嘴已经不够用了。

〔幕后又传来大嗓儿的唱声。

金啸天　你让他歇歇行不行？狼嚎鬼叫的你不嫌乱哪？

吴经理　这都是……花钱来捧您的。

金啸天　（不屑地）花钱捧我的多了，不能什么人都往里边儿带呀。

吴经理　是是。您说得是。

〔后面又传来一声大嗓儿的叫板。

金啸天　（一瞪眼）怎么回事？还真的没人管了？

吴经理　我去管。我去管。要不……您再进去歇会儿，反正时候还早。

金啸天　（严厉地）这是戏园子，不是大车店。要照这么乱下去，往后可别怪我不给您面子。（身子晃了一下，困意袭来）

吴经理　您进去再睡会儿。

金啸天　（神志模糊地）说好了，我谁也不见！合影签字儿的都给我轰出去。（晃晃悠悠地走进休息间）

吴经理　（无力）祖宗，都是我祖宗。

〔虞姬装束的凤小桐气咻咻地上。

凤小桐　这叫什么玩意儿啊！这也太反胃了吧？（一声干呕）

吴经理　吃坏什么了？

凤小桐　七叔！我说七叔——

〔侯喜亭跑上。

侯喜亭　又怎么了？

凤小桐　你们听唱的是什么？

侯喜亭　谁呀？

凤小桐　还有谁！咱那霸王说拉着我过过戏，您听！

〔众人听。

〔幕后传来大嗓儿的唱声，是《霸王别姬》中的某段。先开始的三句还对，唱到第四句，竟转成大口落子了。

〔侯喜亭和吴经理都一愣。

凤小桐 听见没有。就这！

吴经理 怎么转落子了！

〔吴经理和侯喜亭奔下。复将大嗓儿拉上。

侯喜亭 你刚唱的是什么？

大嗓儿 霸王。

侯喜亭 怎么中间儿转落子了？

大嗓儿 不会吧。

吴经理 你再来一下！

〔大嗓儿再次开口，唱到了第四句，又成落子了。

大嗓儿 （自己也听出来了）嗯？真跑了。

侯喜亭 我说，再怎么着也不能转落子呀！

大嗓儿 平常不这样……这么大台面儿，心怦怦一跳……就跳乱了。

侯喜亭 不用紧张，千万别紧张！没什么，一上台天王老子都不管，您就是霸王。

大嗓儿 这我知道。

吴经理 一句一句来，千万别串。

大嗓儿 不串！

侯喜亭 您再试试。

〔大嗓儿再唱，这回唱对了。

侯喜亭 行，就这样儿！

吴经理 （两眼望天）都是我祖宗！

〔伙计甲慌张跑上。

伙计甲 人来了，招呼开戏。

吴经理 （努力振作了一下，高喊一声）开戏——

〔光暗。

〔琴声响起。

〔幕后传来大嗓儿的唱：

“枪挑了汉营中数员上将，
纵英勇怎提防十面的埋伏，
传将令休出兵各归营帐，
此一番连累你多受惊慌。”

〔侯喜亭、吴经理战战兢兢地从两边上，紧张地听着。

〔前三句还顺利，到了第四句，又转成了落子。

〔侯喜亭、吴经理几乎瘫坐在地。

〔时间似乎静止。

侯喜亭 （两眼失神地）完了、完了，咱们离死不远了！

吴经理 （哭）我们家老三刚断奶——

〔忽然，传来洪大帅的声音："唱得还真是不赖！好！"

〔卫队长的声音："大家鼓掌！"

〔整齐的掌声。

〔侯喜亭、吴经理不可思议，不敢相信地相互一望。

侯喜亭 他喊什么？

吴经理 叫、叫好儿了！

侯喜亭 （爬起）这就……行了？

〔洪大帅的声音："你们说唱得好不好？"

〔士兵鼓掌齐呼："唱得好、唱得好、好好好！"

吴经理 （乐得一蹦三尺高）过去了！咱们过去了！

侯喜亭 老天保佑……（腿软了一下，又坐下了）

吴经理 先别坐下，神还没送走，咱这劲儿还得再擎会儿。

侯喜亭 这真的……算是过去了？

吴经理 熬过去了！

〔"舞台"上的声音渐隐。

侯喜亭 （喘息了一下。猛地抬手打了自己的脸一巴掌，五味杂陈）这叫什么东西！我这不是跟着造孽嘛！

〔光暗。

〔少顷。复光明。

〔金啸天从休息间走出来，他大大地伸了个懒腰。

金啸天 什么时候了？差不离儿了吧。（摸了摸脸）哟，我还没勾脸儿呢！这觉睡的，差点儿误事。（又伸了伸腰）行了，扮上去。（走进化妆间）

〔大嗓儿幕后一声："真真的好啊！"上。此时大嗓儿一身披挂，神完气足，像打了鸡血。

大嗓儿　（嘴里念着锣鼓经）锵锵锵锵……叭哒锵！（亮相站定，几乎有点儿不相信）我真上台了，我还真拿下来了！哦哈哈哈！（上口韵白）俺，西楚霸王——（一个亮相）

〔凤小桐干呕着上。

大嗓儿　（看见）妃子啊——（上前欲扶）

凤小桐　（跳开）别碰我！求您了，别碰我！（捂着嘴，干呕着跑下）

大嗓儿　包子馅儿真的不新鲜了？（自得地一笑）这事儿今天我就不管了。（一抖身子，再起范儿）俺，西楚霸王——

〔六姨太溜上。

六姨太　（激动地尖叫一声）太漂亮了！

〔大嗓儿看见六姨太，一愣。

六姨太　（扑上前）你唱得太好了，我从头哭到尾，我恨不得死在你身上。

大嗓儿　（晃了晃头，依然韵白）俺……莫非是在做梦？！

六姨太　我也觉得自己是在做梦，我自己都不敢相信。（像蛇一样地缠着大嗓儿）离你这么近，抱着你、吻着你、听着你唱戏……

大嗓儿　（几乎站不稳了）俺……这是在什么地方？

六姨太　（扶大嗓儿坐下）你就在我身边。

〔大嗓儿两眼发直。

六姨太　（依旧无限缠绵地）只要有你在我身边，我什么都不要了。你听见了吗？

〔大嗓儿浑身僵直。

六姨太　你怎么了？

大嗓儿　（梦魇般地）俺……西楚霸王……

六姨太　哎哟，怎么把你累成这样儿了。好可怜呀！（神秘地）我给你带更好的东西来了。（掏出了一个小包）这比云土还好。这是白面儿。

大嗓儿　你也蒸包子？

六姨太　你又吓唬我是不是？吸一口！吸一口你就有精神了。

〔六姨太将白面儿放在了大嗓儿的鼻子下面，让大嗓儿吸了几下。

〔大嗓儿第一鼻子下去，人便一抖；再吸一下，眼睛睁大，继而浑身一激灵，原地跳起，身子挺直，连蹦带跳地原地转了三个圈儿。

六姨太　有劲儿吧？

大嗓儿　（猛嗽了两声嗓子，唱了起来）力拔山兮气盖世——

六姨太　（又一晕）太美了！

大嗓儿　虞姬在哪里？虞姬在哪里——

六姨太　大王。

大嗓儿　（一把抓住六姨太）妃子啊，妃子——

六姨太　（激动得手足无措）你终于叫我妃子了！我、我也要吸两口！（忘形地吸了两下，一时间，周身一阵乱抖）

大嗓儿　（又吸了一下，手舞足蹈）真真的好哇！

六姨太　（也吸了一下，神情恍惚地）好啊！

大嗓儿　妃子——

六姨太　（形骸大乱）我就是你的妃子！

大嗓儿　好好地搀扶与我！

六姨太　我搀着你。

〔六姨太摇摇晃晃地将手舞足蹈的大嗓儿扶进了休息室。

〔稍静。

〔幕后传来整齐的脚步声和“一二一”的号令声。由远及近。

〔吴经理、侯喜亭闻声出。

侯喜亭　出什么事了？

吴经理　不知道。

〔凤小桐、德哥、福子等人也都闻声上。

〔众人谁也不知道出了什么事。

〔一队扛着枪的兵卒上，分列而站。

凤小桐　哟，这还二龙出水……

〔徐明礼跑上，不停地擦着汗。

徐明礼　出事了，出事了……班主呢？

侯喜亭　（哆哆嗦嗦地上前）在。

徐明礼　人还都在吗？

侯喜亭　在……

徐明礼　都不要离开。

吴经理　出什么事了？

徐明礼　（面色严峻地）大帅……哭了！

〔幕后传来一声“立正”。

〔洪大帅泣不成声地上。

〔众人鸦雀无声。

洪大帅 （号啕地）我的那些个兄弟呀……当年拉杆子的时候，百把多兄弟呀。等过了河，算上我就剩下六个了！打得那叫惨哪……狗剩儿他娘跟在我身边儿，一个炸弹下来，半个身子都被炸飞了……

徐明礼 （小心翼翼上前）您的身体要紧。

洪大帅 这些事儿你们知道吗？

徐明礼 知道，知道。我们处里正在整理文字，准备出一套丛书。

洪大帅 （哭）狗剩儿他娘哦。

徐明礼 （阿谀地）我还写了一首诗，专门歌颂您的辉煌历程。（朗诵）

啊，
是谁从亘古的荒原中走来？
身上披着五色的云彩。
啊，
是谁——
抖落了漫天暗淡的星斗，
看东来紫气荡尘埃！
啊，啊……

洪大帅 （喝）别他妈啊啊了！闹老鸹呢！（一把揪住吴经理）你告诉我，楚霸王后来怎么着了？

吴经理 乌江自刎。

〔吴经理话音没落，挨了洪大帅的一个大嘴巴。

洪大帅 （一把抓住侯喜亭）他过河了没有？

侯喜亭 您、您……说呢？

洪大帅 问你呢！

侯喜亭 没过河。

洪大帅 为什么？

侯喜亭 说是……无颜见江东父老。

〔洪大帅又给了侯喜亭一个更狠的大嘴巴。

洪大帅 （转对徐明礼）这事儿你知道不？

徐明礼　（吓得直退）知道什么？

洪大帅　他们把楚霸王给唱死了！

徐明礼　《霸王别姬》这出戏他就是……

洪大帅　要你们这些东西有什么用？光会吃饭啊？一顿三大碗！（一指）拉出去！

〔两个兵卒上来，不由分说架起徐明礼。

徐明礼　大帅！我在真心地歌颂您！

洪大帅　打二十板子！

〔二兵卒将徐明礼拖下。

〔幕后传出打板子的声音和徐明礼的号叫声。

〔众人随着声音一下一下地哆嗦着。

洪大帅　这戏是谁写的？把他叫出来！

〔没人应声。

洪大帅　跟你们说话呢，把那写戏的给我叫出来！

〔众人哑然。

洪大帅　（掏出枪）都他妈是聋子呀！

侯喜亭　回大帅，回大帅，这是老、老戏。

洪大帅　老戏也是人写的。

吴经理　写戏的人……没了。

洪大帅　没了？跑哪儿去了？

吴经理　死了，早就死了。

洪大帅　便宜他！楚霸王是谁？你们知道吗？那是我心里的大英雄！到了河边儿上就不走了？还自刎了！我当年也让人追到了滦河边儿上。那冯大麻子是吃素的吗？围追堵截呀！我就剩下了六个兄弟，我死了吗？我自刎了吗？我没死！我过河了，还就成事了！

〔这时，休息间里传出了晃床的声音，一下比一下响。

〔众人愣了一下。转头。

洪大帅　甭管他，那是压腿呢！别把俺当外行，戏班子的这点儿事我都清楚！什么也别想蒙我！你们把头都给我扭过来！这个戏这么演，你们是想成心地恶心我呀！

侯喜亭　（上前作揖）大帅，大帅，您这话说重了，打死也不敢。

洪大帅 不敢还这么唱?

侯喜亭 师傅……就这么教的。

洪大帅 那就连你那师傅一块儿毙了!

〔休息间里突然传出六姨太不雅的叫声。

〔众人又是一愣,转头。

洪大帅 有什么可听的!那是喊嗓子呢!

〔休息间里六姨太又叫。

洪大帅 (大吼)把头都给我转过来!别听他的听我的!你们这帮臭戏子,跟窑姐儿也没什么两样儿!就欠用铁丝儿穿上,扔到矿里挖煤去!

侯喜亭 (跪下)大帅高抬贵手,这碗开口饭我们吃得也不容易。求大帅指条明路。

洪大帅 这个戏要改!

侯喜亭 改、改,您说怎么改就怎么改。

洪大帅 楚霸王不能自杀!

侯喜亭 不自杀,不自杀。

洪大帅 他要过河!

侯喜亭 过河?

洪大帅 要见江东父老,东山再起。

侯喜亭 东山再起?

洪大帅 会不会?

侯喜亭 (嘴张了几下)没唱过……

洪大帅 (一举手枪)到底会不会?

侯喜亭 会!会会!

〔休息间里再次传来六姨太不雅的叫声。

洪大帅 (大吼)别他妈喊嗓子了!(提枪一指侯喜亭)听明白没有?

〔侯喜亭点头。

洪大帅 马上改!(打了哈欠)先抽一口儿去。过足瘾了给老子重新演!听清楚没有?

侯喜亭 清楚!

洪大帅 再出毛病可别怪我下狠手。(下)

〔静场。

吴经理 （哆哆嗦嗦地对侯喜亭）……咱……怎么办呀？

〔没人应答。

吴经理 （几乎哭了）各位老板，拿拿主意呀！真把咱们拿小铁丝儿串上了扔煤窑里去……

福　子 这几场的钱咱不挣了，撤行不行？

德　哥 你没睡醒啊！现在还是要钱的事儿吗？

福　子 那根本没这出，让咱怎么唱啊？

吴经理 不唱咱们今天谁也出不去这门儿！

福　子 （哭）我还有八十老母呢！

侯喜亭 （断喝一声）号丧什么！哭管个屁用！

福　子 那什么管用啊？

侯喜亭 （咬着牙）活人不能让尿憋死！

福　子 哪儿还有尿啊，刚才全吓出来了。

侯喜亭 （努力冷静着）不就是胡说八道吗？咱们来。

德　哥 怎么来？

侯喜亭 霸王不别姬。

德　哥 不、不别姬……别什么呀？别窑？那是薛平贵。

侯喜亭 别打岔！他要什么来着？

吴经理 霸王不能死，要照他自己那样儿来。打过江去，东山再起。

侯喜亭 （思索着）那就来！我说，你们记。从虞姬舞完剑开始改。

福　子 怎么改？

侯喜亭 虞姬舞完剑，霸王要哈哈大笑。

凤小桐 他笑得出来吗？

侯喜亭 笑不出来也得笑！大笑之后，走到台中间，念白。

德　哥 没词儿啊？

侯喜亭 加词儿！这么念……俺西楚霸王，一世英勇，焉能丧在他刘邦小儿之手。俺要东渡乌江，见过江东父老，待从头收拾旧山河……

吴经理 这是岳飞的词儿。

侯喜亭 楚霸王都不死了，你还管他念谁的词儿。就这个！念完以后加堂鼓，上八个汉营兵。

吴经理 韩信上不上？

侯喜亭 他说韩信了吗？

吴经理 没说。

侯喜亭 没说就不上。

吴经理 他说了一个什么……麻子。

福　子 冯大麻子。

吴经理 这冯大麻子该是……什么装扮？

〔没人知道。

吴经理 长靠武生？

福　子 脸上画几个麻子？

德　哥 俊扮武生脸上画麻子？那叫什么玩意儿啊?!

侯喜亭 （想了想）我看算了，他要说不像就更麻烦。就上八个兵，过几下把子。让楚霸王把这八个兵一个个地都砍了。然后……然后……

吴经理 然后怎么着？

侯喜亭 然后……霸王喊一声，将士们，跟我过江，咱东山再起。唢呐，起个得胜令，下场。

吴经理 完了？

侯喜亭 你还有什么？接着来？

〔吴经理摇头。

侯喜亭 谁还有更好的辙没有？

〔众人无语。

侯喜亭 那就这个！走一步是一步。都听明白了没有？

〔众人没动。

凤小桐 （慢慢站起身，怪怪地笑了几声）行了，我明白了，毁吧，一块儿毁吧。（走了几步，回身）你们也算是站着撒尿的！（下）

〔一阵静默。

侯喜亭 （缓缓地）什么也甭说了。就照我刚才说的来。

〔众人默默下。

〔大嗓儿不知什么时候走了出来。他一脸怪异的亢奋，拉着胯，走两步腿一软。

吴经理　（扶住大嗓儿）没事儿吧？

大嗓儿　（依然处在嗨高的状态）没事儿！（揉了揉肚子）就是觉得里边儿有点儿空。

吴经理　咬住牙，挺挺，咱们提枪上马，再来一次。

大嗓儿　（回头看了看休息间）还……提枪上马？

侯喜亭　行吗？

大嗓儿　缓一会儿……还行！

侯喜亭　刚才我说的都记清楚了？

大嗓儿　不就这点儿事儿吗？

侯喜亭　不能错。

大嗓儿　错不了……

吴经理　怎么上怎么下的都记住了？

大嗓儿　（噗地一笑）那有什么记不住的？

侯喜亭　那就好。

吴经理　（对侯喜亭）咱们到前边儿看看去。（下）

侯喜亭　（对大嗓儿）您先在这儿喘喘气儿。

大嗓儿　是得喘喘气儿。

侯喜亭　再铆一把劲儿。

大嗓儿　行。有多大劲儿铆多大劲儿呗。

侯喜亭　拜托拜托。（下）

大嗓儿　哈哈，这么舒坦的事儿还用拜托？那就……那就再来一把。（撑着站起，一晕）哎？我怎么这么迷糊啊，这是什么牌儿的面粉哪……不行，要晕！站稳、站稳……（晃晃悠悠地走了几步，腿又一软，歪倒在了一个衣箱后面）

〔一件大袍子落下，盖住了大嗓儿。

〔吴经理跑上。他一边嚷着，一边挨屋敲着门。

吴经理　都精神精神，准备开场！（边喊边下）

〔化妆间的门一开，金啸天走了出来。他已经是楚霸王的脸谱、装束。

金啸天　（整了整冠带，又嗽了一下嗓子）行，还都在家。走着！（稳稳地迈着台步下）

〔大嗓儿鼾声如雷。

〔前台光暗。

〔后面的舞台升光。

〔洪大帅的身影出现在天幕上。

洪大帅 安静了，安静了！这个戏马上就要重演。为什么要重演呢？那是因为他们演错了，戏能胡演吗？演戏是为什么？那是为让咱爷们儿听了高兴！打起仗来更有劲儿！我说得对不对？

〔众人齐呼："大帅英明！"

〔大嗓儿在衣箱子后面鼾声如雷。

〔幕后，传来徐明礼踩着鸭脖子般的声音："祝大帅洪福齐天！"

〔幕后，众人齐声："洪福齐天！洪福齐天！"

〔幕后，徐明礼的声音："祝大帅万寿无疆！"

〔幕后，众声："万寿无疆！万寿无疆！"

〔大嗓儿在箱子后面鼾声如雷。

洪大帅 好，好！开演吧！

〔锣鼓响起。

〔吴经理双手合十，哆哆嗦嗦、念念叨叨地上。

吴经理 老天爷老天爷……千万别再出错了，熬过这一劫、熬过这一劫！

〔侯喜亭也念念叨叨地上。他同样也是哆哆嗦嗦。

侯喜亭 （来到神龛前）祖师爷、祖师爷……

〔徐明礼架着拐、拖着胯上。

徐明礼 （一副惨相）二位，二位呀……全指望你们了。

吴经理 下手够重的。

徐明礼 （语带哭腔）伴君如伴虎。一茬儿接一茬儿的，我容易吗，把吃奶的劲儿都用上了，还是……

吴经理 按他老人家说的，都改了。霸王不死了，人马也都过江了。

徐明礼 （战战兢兢地）千万不能再出错了！

〔大嗓儿的鼾声响起。

〔吴经理、侯喜亭、徐明礼三人侧耳听了听，循声过去，看见了大嗓儿。

吴经理　这是……

侯喜亭　怎么回事？（推了推大嗓儿）

大嗓儿　（推开）搅和什么！再让我睡会儿。（鼾声如故）

侯喜亭　（有点儿糊涂，突然跳起，惊呼）台上！台上那是谁呀！

〔前面传来金啸天的一声叫板。

吴经理　金老板！

〔侯喜亭和吴经理都僵住了。

徐明礼　怎么回事？

吴经理　（周身忽地一凛，僵直）麻烦了！戏怎么改的……他、他什么都不知道啊！

〔侯喜亭木然。

吴经理　完了！（僵立）

〔徐明礼轰然瘫倒。

〔台上琴声响起。传来金啸天的唱声，满宫满调、字正腔圆。

〔侯喜亭慢慢抬起头，身上似乎轻松了。他撩衣坐定。随着金啸天唱段的节拍，轻轻地敲着板眼，微合双目，听得十分专注。

侯喜亭　（品味着，入境）好，好！地道！

吴经理　（梦魇地）死定了——

侯喜亭　（嘘了一声，神闲气定地）好好听！这祖宗留下的玩意儿，真地道！

〔前面传来洪大帅的吼声："怎么一个字儿都没改呀——"

侯喜亭　（不曾有过的坚毅）没改就对了！

〔鸦雀无声。

〔几声清脆的枪声响起。

吴经理　（一抱头，瘫软）完了，开枪了。

侯喜亭　（不疾不徐、十分沉静地）谁都有个死。师傅当年跟我说，他最大的愿望，就是能唱死在戏台上！

〔枪炮声大作。

〔伙计甲跑上。

伙计甲　外边攻城了！（跑下）

〔一发炮弹在近处落下，响声巨大。

〔侯喜亭依旧坐在那里。似无所觉。

〔后面的门开了，六姨太掩着衣襟，紧张地走出来。

六姨太 怎么回事？又打起来了？

〔大嗓儿从衣箱后面爬起。

大嗓儿 （懵懵懂懂地）这是什么动静呀？

六姨太 （看见大嗓儿，扑上去抱住）啸天，赶快带我走。

〔枪炮声由远及近，越来越密集。

〔洪大帅仓仓皇皇地上。

洪大帅 哪儿打炮？哪儿打炮？

〔卫队长满脸是血地跑上。

卫队长 报、报、报告！不好了！黄大帅的人马打进东直门了！

洪大帅 那边儿我有两个团呢！快！把团长给我叫来！

〔卫队长下。

洪大帅 （乱转着）我的机关枪！

〔一兵卒跑上，递上机关枪。

洪大帅 （接过机关枪，一抬头，看见了抱着大嗓儿的六姨太，大叫一声）你这是……娘那个尿啊！我戴绿帽子啦！（扣扳机）

〔枪没响。

洪大帅 （看了一眼枪）什么破枪啊，怎么哑了火了！

〔卫队长跑上。

卫队长 报告大帅，那两个团全跑散了！

洪大帅 顶住！

卫队长 顶不住了！

洪大帅 完了完了！快找我的马！（带着卫队长连滚带爬地下）

〔一声炮弹的尖啸划过，随着炮弹的炸响，天幕被震落。

〔台上的人俯卧。

〔“前面”的戏台终于出现了，灯光照耀下，只见戏台上烟尘弥漫、尘土飞扬。

〔四周忽然安静了。

〔众人依然俯卧着。

〔只有大嗓儿傻愣愣地站在那里，已经魂飞天外。

〔舞台上烟尘落下。金啸天出现了，楚霸王的形象高大巍峨。

〔安静。

六姨太 （惊异地看了看两个楚霸王，蒙了）怎么回事？（惊恐地尖叫一声）戏台上闹鬼了……（一个“倒僵尸”）

〔安静。

〔金啸天慢慢地动了起来，一招一式，名门正派。

金啸天 （响遏行云地一声叫板）俺，西楚霸王！

侯喜亭 （亮亮地喊了一声）好！

〔光渐暗。

〔《夜深沉》的京胡曲牌渐强，慢慢地响彻了整个戏台。

〔谢幕。

〔演员一一上场。

〔大嗓儿上。

〔剃头的出现了。

剃头的 哎？这不是大嗓儿吗？快！趁着人多，再亮儿嗓子！

〔大嗓儿捂着嘴，神经兮兮地摆了摆手。

剃头的 怎么不唱了？

大嗓儿 打今儿以后，谁再跟我提唱戏这俩字儿我就跟谁急！

剃头的 那你不闲得慌啊？

大嗓儿 （神秘地）我现在改学杂耍儿了。（说着，手里变出了一副扑克牌）这叫手彩儿！

剃头的 行啊，长本事儿了。

大嗓儿 下回让你看大变活人。得了，我还得先送包子去。（下）

〔二兵卒拿着旗子上。

兵卒甲 换旗子换旗子！兰大帅进城了——

兵卒乙 为庆祝胜利，午门外广场，举办三天大型演出，与民同乐！

兵卒甲 不唱歌不演戏，三场都是马戏杂耍儿！

兵卒乙 帅府有令，城里所有会杂耍儿的，统统去东华门外集合领命，演好了有赏钱。

〔兵卒甲、乙边喊边下。

剃头的 （突然想起，对大嗓儿下的方向高喊）大嗓儿，你的好事儿又来

啦！（追下）

〔众人谢幕。

〔剃头的追着狼狈而逃的大嗓儿过场。

〔切光。

——剧　终

《戏台》创作于2014年，2015年7月在北京喜剧院首演。导演陈佩斯，主演陈佩斯、杨立新。《戏台》将喜剧形式与京剧传承巧妙结合，呈现出深厚而有趣味的人物和故事，成为一部口碑上佳的剧作，在全国巡演不衰。

作者简介

毓　钺　原名爱新觉罗·恒钺，男，1956年出生，清宗室后裔。早年曾入部队文工团工作，后长期从事戏剧文学的编辑、创作工作。著有舞台剧《宰相刘罗锅》《胡笳》《官兵拿贼》《戏台》等，电视剧《李卫当官》系列、《非常公民》《重案六组》等。

·话　剧·

家　客

喻荣军

题　记

士不可以不弘毅，任重而道远。

——曾子《论语·泰伯章》

时　间　2016年初夏。

地　点　上海城市中心的一座老旧宅院。

人　物　**第一幕**

马时途——男，七十五岁。曾经是刑满释放人员。

莫桑晚——女，六十八岁。曾经是下岗纺织女工。

夏满天——男，七十二岁。

第二幕

马时途——男，七十五岁。退休前是唐山钢铁集团副总经理。

莫桑晚——女，六十八岁。曾经是知青。退休前是上海外国语大学教授。著名翻译家、社会学学者。

夏满天——男，七十二岁。曾是歌剧演员。退休前是上海文广局副局长。

第三幕

莫桑晚——女，六十八岁。大学教授，退休。

夏满天——男，七十二岁。歌剧演员，退休。

马时途——男，七十五岁。

〔关于舞台：整个舞台是一座带有院落的老式平房。它处于上海城市的中心地带，却独立成院。四周高楼环立，这座平房就像是一处世外桃源，显得不真实，格格不入。又像是一处钉子户，虽然面临着折迁，却依然矗立在城市的中心。城市的繁荣与喧嚣时刻对它进行着挤压，可它却是静止的、卓然的，是回忆，是态度，更是坚持。

平房的两边是两个房间，一边是卧室，一边是书房。中间靠后的部分是厨房，卧室和书房是看不到的，或是只能看到一些书架。厨房里有简单的厨具、冰箱等。舞台中央是客厅，客厅并不宽敞，老旧得很。有一张旧的长沙发、茶几和电视柜。客厅的左边放着一张餐桌和几把椅子。舞台的前方连着客厅的地方是廊檐，廊檐下有着短短的走廊连接着一小块花园。花园里种着些花草，生机勃勃，花园的最前方有一张木质的长椅。长椅的一边有着一棵香樟树，枝繁叶茂，荫盖着小花园，对抗着整个城市。长椅的另一边有着钢筋院门通向外面。

透过院门可以看见繁荣而拥挤的城市，高楼大厦鳞次栉比、热闹非凡。残破的院墙上隐约可见一个巨大的“拆”字。

第一幕　1976年马时途从唐山回到了上海

〔舞台的一角光渐起。歌手忧伤地唱着歌。

歌　手　（唱）1976年，

时代变迁风云变幻，
巨人陨落天塌地陷。
从城市的废墟中爬起，
在生活的废墟中跌倒。
天空依旧晴朗，
阳光依旧灿烂。
日子一天一天，
生活平平淡淡。
如果……
生活里没有如果……
我们只有一个1976年……

1976年，马时途从唐山回到了上海……

〔客厅的光起，马时途坐在桌边翻看着报纸，莫桑晚坐在沙发上愣愣地看着他。沙发前面的地上放着一台老式的破旧的英雄牌英文打字机。

〔静场。

马时途 （放下报纸，抬头看了一下莫桑晚）怎么了？

莫桑晚 没怎么。

马时途 那你怎么了？

莫桑晚 觉得你……好陌生。

马时途 是吗？（把报纸放在一边）这报纸要停刊了。

莫桑晚 现在谁还看报纸。

马时途 （抬头看看四周）这房子终于要拆了。

莫桑晚 不拆，留着，也就旧了，老了。

马时途 就像我们俩？

莫桑晚 你什么意思？

马时途 本来是要拆的，结果没拆成，这一过就是四十多年，其实并不合适。

莫桑晚 上辈子欠的吧。

马时途 你欠我的？

莫桑晚 说不上谁欠谁。

马时途 要怪就怪那个时代吧。

莫桑晚 怎么能怪时代呢，错的都是人。

马时途 时代还不都是人为的？所以你一直怪我。

莫桑晚 怪？有用吗？马时途，你别一天到晚地胡思乱想好吧，人这一辈子只能有一种活法，知道吗？就是命，得认，啊！

马时途 命！（稍停）前两天那个在公园里一直教唱歌的老刘死了，今天来了个新的，听说他以前是歌剧院的歌唱家，神经兮兮的，非要教我们唱歌剧。

莫桑晚 （笑）歌剧？

马时途 你去学吧，你应该喜欢歌剧的。

莫桑晚 我？我就是一个下岗纺织女工，我一辈子都没看过歌剧。

马时途 你说，你要是不跟着我，说不定，你会上大学，当教授，也许就会是一个响当当的知识分子。你原来那么洋气的一个人，就是一个仙女。

莫桑晚 马时途，你又来了！我们这种人是成不了知识分子的！

马时途　我当然不行，本来就是工人出身。我说的是你，你以前可是知识青年。

莫桑晚　他……叫什么名字？

马时途　夏满天。莫道桑榆晚，为霞尚满天。你叫莫桑晚，他叫夏满天，你们的名字真是挺配的。你说，你要是嫁给他这样的人，会怎样？

莫桑晚　别胡思乱想了，好吧！（出神地看着远方）

〔静场。

莫桑晚　咦……天晓得。

马时途　（想了一会儿）那次，我要是没回来呢？

莫桑晚　哪次？

马时途　唐山大地震那年，我去唐山出差……我要是在大地震中死了……或者……我当时真的有这样的想法，不回上海，从此消失。

莫桑晚　……

马时途　老天爷有眼，那天晚上我去赶凌晨的火车，半夜里天热得要命，我坐在公交车里，突然就觉得车没命地摇晃起来。我眼看着两边的房子就成了平地……我不停地去救人，把刚刚要到的款也给丢了……我花了一个多月才逃出唐山，回到上海。

莫桑晚　当时我真的以为你死了。

马时途　我要是真死了，也许，对你对我都好。

莫桑晚　（看着马时途）……

马时途　他娘的，你说我冤不冤？发生了大地震，人都死了那么多，公款丢了，非得说我是贪污失职。那是什么情况，命都没了啊，谁还在乎钱？有时候，我真想再回唐山找找，那钱究竟是埋在哪块砖头底下了……不然，我就不会去坐牢，不会一辈子连份正经的工作都没有。你也不会受这一辈子的苦，一辈子抬不起头……也许，你会有个爱你的男人，有个孩子……不像现在，什么都没有，就剩个房子，到老了还要被拆掉……

〔莫桑晚站起来。

莫桑晚　你就在这里瞎想吧，我得去收拾了。

马时途　瞎想？那几年蹲大牢可不就得靠着瞎想打发日子。

莫桑晚　可你早就出来了呀，马时途，醒醒吧！这房子下周就要拆了。现在开发商开的价还算可以，别再拖成了钉子户，就人财两空了。

马时途　住了一辈子，说拆就拆了。

莫桑晚　你就是一个看大门的，有这房子也是托你爸你妈的福，你还想怎样？还好我们俩没有子女，否则这房子早就是他们的了。

〔马时途想了会儿，也站起来。莫桑晚弯腰提起打字机。

马时途　这老式打字机就是重，扔了吧，以前觉得你可能用得着。现在早就没什么用了。

莫桑晚　你买的。

马时途　那我来拎吧。

莫桑晚　不必了，再重，我也拎得动……都拎了一辈子了。

〔莫桑晚提着打字机走到花园里，静静地站着，抬头看着天空。马时途看着她，他随手拿起报纸看了一眼，然后扔掉，走进屋，下。

〔静场。

〔夏满天推门走进花园。他显得很累。他看到莫桑晚站在那里发呆。

夏满天　想什么呢？桑晚！

莫桑晚　噢，没什么，老夏。我就是瞎想想！

〔夏满天坐到长椅上，喘着气，脱下外套。莫桑晚走过去，放下打字机。他们并排静静地坐着。

〔静场。

〔光渐暗。

第二幕　1976年马时途没有从唐山回上海

第一场

〔光渐起。舞台的中央，歌手忧伤地唱着歌。

歌　手　（唱）1976年，

时代变迁风云变幻，

巨人陨落天塌地陷。

把过去的一切全抛掉，
把未来的一切都过完。
爱情说来可笑，
情感藏在心间。
日子全靠打发，
生活没了本钱。
如果……
生活里没有如果……
我们只有一个1976年……

1976年，马时途没有从唐山回到上海……

〔舞台一侧的院门口。夏满天上。他穿着一件风衣，在门口站了一会儿，看了看花园里面，听了一会儿。从风衣的口袋里掏出一大串钥匙，仔细地从中间找到一把，去开门，却发现门是开着的。于是，他推开门，走进花园里，在长椅前站着。

〔夏满天幕内声："门是开着的。"

〔随着莫桑晚的场外声，她从厨房里走出来，身上系着围裙，端着碗筷和点心，放在桌上。

莫桑晚　我在家呢。

夏满天　你应该锁上门的。前两天就听说重庆有个钉子户半夜被人给强制拆了。

莫桑晚　我们不是钉子户……怎么，还没跟他们一起唱歌呢，老刘不是叫你了吗？

夏满天　跟他们？

莫桑晚　又来了。退休十几年了，怎么还乐不到一块去？

夏满天　乐，有什么好乐的。

莫桑晚　怎么说你也是一名党员，从群众中来的。如今，退了休，更要和群众打成一片啊！什么局长、处长，还是科长，没区别的。什么朋友、对头，都过去了。

夏满天　你别光说我，瞧瞧你自己。

莫桑晚　我怎么了？

夏满天　一个堂堂的大学教授、著名学者，现在呢，蛰伏陋室，事不关己，高高挂起，每天柴米油盐酱醋茶，就是一个家庭主妇——

莫桑晚 不好吗？世界很大，与我何干。

夏满天 社会由他，关我屁事。你连学问都不做了，还管我去不去唱歌？

莫桑晚 我是我，你是你，我们不一样。再说，我最看不惯学院里的那帮年轻教授，学问没什么，课题也不好好做，就知道成天地吵吵嚷嚷，好像这个国家欠他们多少似的。

夏满天 看看，这才是国家主人翁的样子。可我们这代人，在这个国家，却始终活得像个客人，都太认相了。

莫桑晚 客人？是你把自己当客了吧！老刘他身体不好，我劝你下次请他来家里坐坐，有什么过不去的坎啊，相逢一笑泯恩仇！难道这仇你还要带到阴曹地府里去？

夏满天 他走了。

莫桑晚 走了？（看着夏满天）走了！

夏满天 昨天晚上，心脏病。

莫桑晚 ……挺好的，有福之人，不遭什么罪。

夏满天 我心脏也不好——

莫桑晚 夏满天，这不吉利的话，不好瞎讲的。

〔静场。

〔莫桑晚盛起一碗粥，放在夏满天的面前。

莫桑晚 我在红豆粥里面加了薏仁米，去湿的，对心脏好。

〔夏满天看着莫桑晚，突然站起来。

莫桑晚 你要干什么？吃饭啊。

夏满天 你知道我早餐就喜欢喝个咖啡吃点面包，可你非得让我吃什么红豆薏仁米。

莫桑晚 没良心的。

〔夏满天生气地走到花园的长椅前，一屁股坐下。

莫桑晚 （远远地喊着）哟，那上面全是露水，还没干，你就坐啊？

〔莫桑晚从桌上拿起一块抹布跑过来，把夏满天轰起来，擦着长椅。

莫桑晚 哟，越来越说不得了，跟个小孩子似的。

〔夏满天又在长椅上坐下。

夏满天 桑晚，你以前可不是这样的，我即便是死在这里，你也会照样写你的书，做你的学问。

莫桑晚 学问？学问有个屁用，能顶得上一斤鸡毛菜？现在，对我们来说身体最重要！噢……小强……刚才来电话了，我说你还没回来。

夏满天 他说什么了？

莫桑晚 他说……他觉得我应该写篇文章，谈谈中国当代知识分子的问题。

夏满天 我们中国当代知识分子怎么了？真是咸吃萝卜淡操心，他在美国还管上我们中国的事情。他没说小莉上大学的事儿？

莫桑晚 是艾米莉，你的孙女叫艾米莉，不是小莉……她挺适应的。

夏满天 挺适应的？可她回到中国却不适应了，这还是中国人吗？

莫桑晚 艾米莉生在美国，长在美国，她怎么会是中国人呢？

夏满天 她中国字都不认识。

莫桑晚 怎么，以前你要死要活非得把小强送出国，现在后悔了？

夏满天 那时候什么社会环境……哪里容得我去选择！

莫桑晚 你是有选择的。好吧，别什么都怪社会。

夏满天 我没怪社会，是时代，没办法。

莫桑晚 你啊，现在是退休了，倒什么都敢说了。

夏满天 我一直都敢说的。

莫桑晚 好，你出息了，连社会也敢说了。那好，你说呀！

夏满天 小强还说什么了？

莫桑晚 没了。

夏满天 那他打电话干什么？

莫桑晚 儿子问候问候父亲。你还想怎么样？已经不错了。

夏满天 我不需要他问候。

莫桑晚 那你需要什么？他们有他们的生活。

夏满天 那我们的生活呢？

莫桑晚 怎么了？这不就是吗？

夏满天 这就叫生活？起床，去公园，回家，吃饭，发呆，睡午觉；继续发呆，吃晚饭，看电视，睡觉。再起床，再去公园，再回家……

莫桑晚 怎么？这难道不是你工作一辈子换来的？

夏满天 我放着四室二厅的房子不住，陪你来这个破地方。

莫桑晚 陪我来？这里不是你的家啊！

夏满天 昨天那里的居委会给我打电话，让我搬回去住，还得要我做小区业委会的主任。

莫桑晚 哟，业委会的主任，多大的官啊！

夏满天 这不是官大官小的事情，我们人老了，退休了，又怎么样，怎么说我们也还是主人。

莫桑晚 主人？那是指人民，好吧！

夏满天 你这是什么话，难道我不是人民，我不是人民的一分子？

莫桑晚 哟，现在想起人民来了。好了，好了，不是你说高楼大厦住不惯吗？

夏满天 这里你喜欢。

莫桑晚 是啊，我是喜欢，我住不惯你局长大人的豪宅。

夏满天 那你说我住不惯？

莫桑晚 你是住不惯。

夏满天 是你住不惯。

莫桑晚 好了，都住不惯，行了吧！四周都是高楼大厦，就这里好，独门独户。

夏满天 城市里的最后一片净土，我喜欢。

莫桑晚 （笑）我也喜欢。

夏满天 可你非得要让我先说。

莫桑晚 好了，喝点儿粥吧，每天早晨我们要是不吵一吵，你是不会吃饭的。

夏满天 谁有闲工夫和你吵！

莫桑晚 我啊。

夏满天 跟你吵没劲。

莫桑晚 怎么？

夏满天 发不出火。

莫桑晚 就你那心脏，你还想发火，歇歇吧。

夏满天 人老了，现在我的脾气好多了。

莫桑晚 你是一头犟驴，得顺毛捋！（笑）就你这脾气！……吃不吃啊？都凉了。

夏满天　我在这儿吃。

莫桑晚　这儿吃？屋外凉。

夏满天　我就在这儿吃。

莫桑晚　好，夏局长大人就在这里吃，全上海的人都在鸟瞰着呢！

夏满天　让他们看好了，我这碗薏米红豆粥可是莫大教授用心熬制的！

〔莫桑晚走进客厅，去加菜和端碗。夏满天和她远远地大声地对话。

夏满天　今天他们还是唱了。

莫桑晚　啊？老刘不是没了吗？

夏满天　没人指挥，没人领唱，他们还是唱了。

莫桑晚　唱什么了？

夏满天　《驼铃》，都哭得稀里哗啦的……（小声地哼着歌）“送战友，踏征程，默默无语两眼泪，耳边响起驼铃声，战友啊战友……”

〔马时途上，他穿着衬衫和西装，提着只包。他摁响了门铃。

〔夏满天停了唱，应声走过去打开门。

夏满天　谁啊？

马时途　我。

夏满天　你是谁啊！

马时途　我……

夏满天　你找谁吗？

马时途　你。

夏满天　我？

马时途　你……是谁？

夏满天　我？我问你是谁呢。

马时途　我是……我是马时途。

夏满天　马时途？谁啊？

马时途　我。

〔马时途一下进了门，把包往地上一放。虽然他尽力掩饰着，但依然能看出他的右腿走路有些瘸。

马时途　（看了看四周）就是这儿。

夏满天　喂，你这人……怎么进来了？……喂，你是谁啊？

马时途 我是马时途。

夏满天 喂!(掏出电话)我报警了。

〔莫桑晚听到动静,从里面跑出来。看到马时途,她有些恍惚。

莫桑晚 老夏,谁啊?

夏满天 一个神经病。

莫桑晚 (迟疑地看着马时途)……

马时途 桑晚——

〔莫桑晚手中的碗突然跌落到地上,哐的一声。她跌坐在长椅上。

〔光急暗。

第二场

〔光渐起。

〔莫桑晚坐在沙发上。夏满天双臂环抱着,靠在屋檐下客厅的门边。马时途站在花园里。

〔静场。

马时途 桑晚——

夏满天 莫——桑——晚。

马时途 莫……莫桑晚。

莫桑晚 你就这么回来了?

夏满天 应该是你就这么有脸回来了。马时途?果然,老马识途啊。我才明白,对,是叫马时途!怪不得刚才听到名字觉得有些耳熟。

马时途 我应该早点儿告诉你,让你有个准备。

夏满天 不是你,是你们,包括我。

莫桑晚 准备?

夏满天 这不需要准备,这样挺好,天大的惊喜。

莫桑晚 四十年,你离开了四十年。现在要我有准备?

夏满天 等等,不是说你在那年的唐山大地震中死了吗?

马时途 是的。

夏满天 是的?那你怎么又活着回来了?活见鬼了吧!

莫桑晚 老夏!

马时途 夏……满天。

夏满天　哟，都调查清楚了啊，连我姓什么叫什么都知道啊！

莫桑晚　老夏！

夏满天　夏——满——天。好，我不说了，你们聊，你们聊。都四十年没见面了，要不要我回避一下？

〔夏满天走到沙发上坐下，他握住莫桑晚的手。

〔静场。

马时途　我，我能先吃点东西吗？饿得慌！

〔莫桑晚看了一眼夏满天，夏满天扭过头去，她拍了一下他的手，站起来，走过去盛了一碗粥。她正准备把粥端出来。马时途一下走进屋里，在桌前坐下。

马时途　谢谢。

夏满天　喂，你！我请你进屋了吗？

莫桑晚　老夏，等他吃完了再说吧。

〔马时途稀里呼噜地喝着粥，就像是在自己的家里。莫桑晚与夏满天看着他。

马时途　（抬起头）四十年了，桑晚。

夏满天　莫——桑——晚。

莫桑晚　说吧。

马时途　说什么？

夏满天　（掏出手机）桑晚，我叫警察吧。

莫桑晚　别急，老夏。

夏满天　喂，一个人，死了四十年，突然又活了，还在跟我们说话，吃饭就像是在他自己家里一样。要不，我打精神病院的电话得了——

马时途　这是我家。

夏满天　你看，没错吧，是得打精神病院的电话吧！

莫桑晚　马……马时途，我不管你怎么就回来了，可首先一点，这里已经不是你的家了，情况变了——

夏满天　对。

马时途　它至少……曾经是——我生在这里，在这里住了二十二年，这是我爸我妈留给我的房子……

莫桑晚　你要是这个意思的话，其实很好办，找个律师咨询一下……

夏满天 喂，你们就开始谈房子的归属问题了啊，这是在谈离婚吗？我到现在都搞不清楚他到底是人还是鬼。你要是人，你得证明你就是马时途。

莫桑晚 是的。是我糊涂了。你不是死了吗？

夏满天 是啊，你死了啊。

莫桑晚 1976年，你去唐山出差，正好发生大地震，你就再也没回来了啊。

马时途 你们就当我是死了吧！

夏满天 这是什么话，死了就是死了，怎么就当是你死了？没死，你还是个人；死了，你就不是人了。

莫桑晚 我不想回忆过去的事……

夏满天 这一大早真是触霉头……我还是先叫警察吧。

莫桑晚 可……你是怎么了？

马时途 我没死。

夏满天 不是废话么。

莫桑晚 那这四十年你去了哪里？

马时途 隐姓埋名，重新做人……给你自由……

夏满天 我怎么听着这么耳熟呢？像台词，演戏呢？

马时途 我对不住你……不能再拖累你。

夏满天 果然是电视剧，还是苦情戏。

莫桑晚 你说得好轻松。

马时途 我知道我这样做不对。

夏满天 这不是不对这么简单，这是情感上的犯罪。

马时途 是的，是一个人对另一个人的伤害。那天事情谈得挺不顺，拖得很晚，他们才把买材料的钱款都给了我。我包里拎着钱，刚走出大门，身后的大楼就塌了……

夏满天 喂，大地震发生在凌晨好不好！就算是个苦情戏，还漏洞百出。

马时途 我赶凌晨的火车……

莫桑晚 都过去了……我也不想听你的故事。故事是你的，你留着吧。

夏满天 你这是卷款潜逃。

马时途 我的腿被砸断了，伤得很重，意识也不清醒，我在病床上躺了七个多月。我在想……

莫桑晚 不用说了。

夏满天 我倒是想听听，他怎么隐姓埋名的。

马时途 死了那么多人，重新登记的时候，我报一个名姓就可以进厂了。那时候乱得很，我说是从乡下来的，无亲无故的……

莫桑晚 你一直在唐山。

马时途 是的。

夏满天 你现在叫什么名字。

马时途 马新仁。

夏满天 你怎么不连姓也改了呢？新人，是啊，重新做人，倒是挺有寓意的啊。

莫桑晚 好了，故事听完了。你走吧。那么多年了，听起来就像是别人的故事。

夏满天 就是别人的故事。桑晚，你不想听听他为什么又回来？老马识途啊，是啊，走的时候，还是年纪轻轻的，现在果真是老马识途了——

莫桑晚 老夏，你干吗这么起劲？

夏满天 我起劲？一个死了四十多年的人突然回来了——他是你的前夫啊，你们离过婚吗？他就这么回来了，我算什么啊？你可是我老婆啊。

马时途 我没有别的意思。

夏满天 那你什么意思？

马时途 你知道老马识途的后面一句吗？

夏满天 你什么意思？

马时途 人老识事。

夏满天 什么意思？你是在讽刺我不识事吗？

马时途 不，我是在说我自己。有些事情到老了还不说明白，我死不瞑目。

莫桑晚 我都明白的！

马时途 你不明白。

莫桑晚 不明白又怎样？

夏满天 都太迟了。

马时途 不迟，莫道桑榆晚，为霞尚满天。

夏满天 那也是说我的啊。好吧，你就死了这条心吧！别现在人死了，心还是活的，那倒是挺悲哀的事情。

莫桑晚 老夏。

夏满天 你干吗总不要我说，难道我说错了吗？你知道他现在是干什么的吗？他那种事都做得出来，一藏就藏了四十年。他的故事，你敢信吗？

马时途 我没什么好隐瞒的，你们想了解什么，我都可以告诉你们。

莫桑晚 没什么想了解的。

夏满天 不，我想了解。你在唐山干什么？那么多年，结婚了吗？有孩子吗？为什么到今天才回来？

〔静场。

〔莫桑晚抬头看着马时途。

马时途 我把款子丢了，也落下了残疾……我索性就在唐山待了下来，一待就是四十年。后来我还是去了钢铁厂工作——

夏满天 那当然，唐山么，当然是钢铁厂。现在谁不知道世界钢铁产量排名，第一是唐山；第二是河北，不包括唐山；第三是中国，不包括河北和唐山……

莫桑晚 老夏！

夏满天 好了，你继续！

马时途 刚开始我还是做销售，那是我在上海就干的活，有油水，我也熟。后来，我做了副厂长、副总经理，十五年前退的休。

夏满天 老婆呢？

马时途 （看着莫桑晚）我一直没结婚。

夏满天 为什么？干得不错啊。

马时途 （看着莫桑晚）不太可能了，无能为力了。

夏满天 那你早该回来了，为什么是现在？

马时途 我现在身体不太好。

夏满天 想找个人照顾。

马时途 没有，我只是想回来。

夏满天 哟，老马识途，落叶归根啊。

马时途 毕竟这是我曾经生活了二十二年的地方。我日思夜想都是这里。

夏满天 怪不得这房子老是晃荡，原来是有人惦记啊。有个问题，你不是三十五岁消失的吗？怎么在这房子里只住了二十二年？

马时途 我父母都是老地下党。父亲新中国成立前夕牺牲了，房子是五二年市里专门分给我母亲的。

夏满天 现在……后悔了？

马时途 不是，是眷恋。

夏满天 说得我都想哭了。

莫桑晚 老夏！

夏满天 他说得挺好的啊！你看，他连自己都感动了。桑晚，你难道不感动？

马时途 小夏，对不起！我比你大，叫你小夏吧！

夏满天 你看我这个样子，像小夏吗？

马时途 夏局长。

夏满天 看来你真把我们了解得很透啊。

马时途 我一直关注桑晚。

夏满天 关注？用监视更合适吧。

莫桑晚 老夏！

夏满天 怎么了？桑晚，你难道不想了解吗？一个男人就这样不明不白地消失了四十年，还一直关注……不，一直监视着你。你就不想知道为什么吗？

莫桑晚 我不想知道。

夏满天 我想知道。

莫桑晚 那你跟他说。我走。（腾地站了起来）

夏满天 还是我走吧，我在这里碍事。

莫桑晚 你要干吗？

夏满天 人家来找你，我杵在这里干什么。

马时途 对不起！二位，我来并无恶意。你们都在场，我还得征求你们的意见。

夏满天 征求我们的意见？你是入党啊还是提干啊？什么意见？说吧！

莫桑晚 征求意见？

马时途 我想回来住两天。

夏满天 住?

马时途 是的。我把我在唐山所有的一切都卖了,我要回上海。

莫桑晚 你要住这里?

夏满天 这房子原来是你的,可早就变更了,你都死了啊。

马时途 你们误会了,我不是来争房子的,我只是想在临死前,还能在这里住两天。一直以来,我一无所有,可这里有我的一切。

莫桑晚 不可以。

夏满天 你住这里,你是要把我们赶走?

马时途 不。

夏满天 那你住哪里?

马时途 我记得这边大的是卧室,那边小的是客房。

夏满天 现在是书房了。

马时途 我加张床。我不会动你们的书的。

夏满天 你是说我们三个人住一起。

马时途 我尽量不打扰你们的生活。

夏满天 三个人住一起,还尽量不打扰?

莫桑晚 你昨天晚上住在哪里?

马时途 静安宾馆。我在上海没亲戚,你是知道的。

夏满天 有,你也不敢去认吧。

马时途 是的,我断绝了所有的联系。

夏满天 那还是别联系的好,别把你们家亲戚给吓死。(笑)摊上了不是。

马时途 我知道,你们完全可以把我赶出去,可是我就是想试试。

夏满天 如果……我说我不同意呢!

马时途 那我……(看着莫桑晚)我……

莫桑晚 你先出去一下吧,我们商量一下。这房子不是我一个人的。

夏满天 这是什么话,难道你要是一个人,就让他住下了?

〔马时途站起来就往外走。

夏满天 喂,能看一下你的身份证吗?谁知道你是新人,还是旧人?

〔马时途站住,掏出身份证递给夏满天。夏满天拿着身份证看了一眼,像是发现了什么,又看了看马时途,然后把身份证还给他。

夏满天 喏，别忘了拿你的包。

马时途 先搁这儿吧！

〔马时途看了一眼莫桑晚，他并没有拿包，他走到花园的门外。

夏满天 你看，他主意定着呢，我让他拿包，他就不拿。

莫桑晚 我了解他，他不是那样的人。

夏满天 （笑）你了解他？那你知道他四十年前为什么离开吗？

莫桑晚 大概吧。

夏满天 大概？可你从来不说。

莫桑晚 你从来不问。

夏满天 我？有什么好问的。

莫桑晚 你觉着呢？

夏满天 觉着什么？

莫桑晚 他要住这里——

〔静场。

莫桑晚 我知道这对你是个意外，你也有意见，我理解你的想法。

夏满天 那你还问我。

莫桑晚 可他的处境，即便我不太了解，可也得慢慢地了解。毕竟人家是客，他一头闯过来——

夏满天 我同意。

莫桑晚 什么？

夏满天 我同意啊，他住下好了，我倒想看看他能玩出什么花招来。

莫桑晚 真的？

夏满天 是的，我同意。不开玩笑。

莫桑晚 你不是赌气？

夏满天 赌气？像他，一赌气，四十年不回家——四十年不回来，不，是消失了四十年。

莫桑晚 我觉得还是慎重点儿吧，得跟他谈——

夏满天 没什么好谈的。

莫桑晚 你！

夏满天 我怎么了？

莫桑晚 好……那我去跟他说？

夏满天 别，我来。我是一家之主。

莫桑晚 你？（笑）好吧！

夏满天 莫桑晚，这时候你竟然能笑，这很伤人的。（一边往外走，一边回头对莫桑晚）不过，我警告你，以后别在外人面前跟我顶嘴。

莫桑晚 不是你说得不对吗——

夏满天 那也不行。

莫桑晚 那以后——

夏满天 打住，知道就行。

〔夏满天走到花园门口。莫桑晚不放心地跟到客厅门口，站住。

夏满天 （打开门）你，马时途，进来吧。

〔马时途进门。

夏满天 以后要明白，房子都是有主人的，非请莫入，知道吗？否则，不但不礼貌，而且犯法，这叫私闯民宅。

马时途 知道了。你们——（看着莫桑晚）你们——

夏满天 （指着自己）看我，我是一家之主。看她没用。

马时途 那——

夏满天 我同意你留下暂住。

马时途 谢谢。

夏满天 （指着自己）谢这里，我决定的，不是她。听明白了吗？是暂住。

马时途 明白。

夏满天 暂住就是你可以先住一两晚，试试。行，再说；不行，走人。上海，法治社会，懂吗？

〔马时途往客厅走，夏满天拦住他。

夏满天 刚才怎么说的来着，非请莫入。

〔马时途站住。

夏满天 （一伸手）好，请吧。不过，暂住，还得有个条件，得付房租。

马时途 （站住）房租？

夏满天 你以为呢！还要干家务。

〔马时途顺手拿起搭在椅背上的围裙，在夏满天和莫桑晚惊诧的目光注视下给自己系上。

马时途 你们家拖把在哪里？

〔光急暗。

第三场

〔光渐起。

〔马时途从外面进来，轻轻地推开门，手里拿着一份报纸。他把报纸放在长椅上，拿起扫帚开始扫地。

〔莫桑晚提着菜篮子走出来，静静地看着他。

莫桑晚 这么早，我还以为你没起来呢！

马时途 老了，睡不着。在这里就更睡不着了……

莫桑晚 让你将就了。那张折叠床原本是我的，我以前在书房晚了，为了不打扰老夏，就睡在那里。老夏睡眠一直不好。

马时途 你真辛苦，写了那么多的书……

莫桑晚 早就不写了。

马时途 为什么？你的书我全看过，有些我也看不懂。

莫桑晚 （意外地）你？（盯着马时途）看我的书？

马时途 （掩饰地）不，偶尔看到的就……夏局长呢？

莫桑晚 他去公园了，每天早晨都去。

马时途 真好。

莫桑晚 你在唐山……早晨会去公园吗？

马时途 不去。那些广场舞、大秧歌，我不会。再说我这腿也不能跳。（稍停）你怎么不去公园？

莫桑晚 不习惯，吵得很。

马时途 是的，你习惯清静，捧本书就能读半天……你妈也是，她最怕吵。那时候我在她面前经过，都要踮着脚的……

莫桑晚 她是资产阶级大小姐出身，你走了以后她一直过来陪着我的。后来，我跟了老夏，她还一直跟我们一起……

马时途 夏局长人挺好的。

莫桑晚 是的，就是越老越小孩子了。他人善良，别看他整天嘴上不饶人，可是心眼不坏。

马时途 看得出来。

〔莫桑晚走到长椅前，坐下，顺手放下菜篮子择菜。

莫桑晚 （看到长椅上的报纸）去买报纸了？

马时途 昨天的《新民晚报》，还有今天的《文汇报》，习惯了。

莫桑晚 习惯？

马时途 看了四十年，走得再远，也像是从未离开过上海。

〔静场。

马时途 你歇会儿吧，我记得你腰不好。

莫桑晚 那是以前，娇生惯养。后来——习惯了，腰反倒好了。（稍停）你……怎么打算的？你……身体……怎么不好了？

马时途 ……肺癌……还行。

莫桑晚 （稍停）那……要当心了。

马时途 （苦笑）我这把年纪，还有什么要当心的？……你还好吧？

莫桑晚 大毛病没有，小毛病很多。

马时途 心情好就行，该怎样就怎样。

莫桑晚 你倒是安慰起我来了。老夏这个人说话……你别往心里去。

马时途 怎么会呢！

莫桑晚 我和他是习惯了，再不吵，生活就真没乐趣了……你当初为什么不回来了？

马时途 我……在唐山把要到的款给丢了，回来他们是不会放过我的。你知道那帮造反派的，我是他们的眼中钉，他们一直找机会整我，就是他们派我去唐山的。

莫桑晚 你不能太累，歇会儿吧。

〔马时途在长椅另一头坐下，看着莫桑晚。莫桑晚看着远方，陷入沉思。

莫桑晚 知道吗……你是因公殉职，厂里后来给了一笔抚恤金。

马时途 真是对不起厂里了。（欲言又止）你……你很想要个孩子，可问题在我，我越来越不行……你就是个仙女，神圣不可侵犯，我却越来越自卑，甚至都不敢碰你，更别说作为丈夫，我都觉得自己不是个男人……可你妈总是跟我说：小马呀，你和桑晚该有个孩子了。

〔静场。

莫桑晚 你以为你很聪明，是吧？

马时途 我想我要是死了的话，你就没有一切烦恼了。房子留给你，你可以找个配得上你的人重新来过。

莫桑晚 （苦笑）……

马时途 你和夏局长不是挺好的吗，他比我强。

莫桑晚 那是要脱一层皮的。

马时途 我知道。

莫桑晚 你知道？

马时途 我也是。

莫桑晚 （苦笑）你也是？

马时途 后来我就想回来，“四人帮”粉碎了，我想他们也不敢找我茬了……可我得知你考上大学了，外语学院……我想等你上完大学再回来，我不能打扰你……八二年你大学毕业留校做老师，我就想回来……可我想再等等，等你工作稳定下来……八三年，我甚至已经买好了火车票，下定决心要回上海，可是我却在《新民晚报》上看到了你和老夏结婚的消息……那张火车票就一直压在我办公桌的玻璃板下面……我一直想回来，可我不能影响你……就这样，你离我越来越远……好久了，我最想的就是这样，能坐在这里，看着你。这次我就不管不顾了。我觉得很对不住夏局长……

莫桑晚 （有些哽咽）那你现在干吗还要回来？

马时途 （指了指胸口）这里……受不了。

莫桑晚 都这么大岁数了。

马时途 夏局长说得没错，人死了，心还活着。（指着胸口）这里全是上海，这房子，还有……

莫桑晚 不说了吧！……先这样吧。

〔静场。

马时途 你……一早去买菜？

莫桑晚 买了几十年了。

马时途 你以前厨房都不进的——

莫桑晚 老夏爱吃虾，晚了就没大个的了。

马时途 以前，你妈总爱买新上市的蔬菜，蚕豆、茭白、蒜薹……

莫桑晚 老夏喜欢吃蛤蜊，他心脏不好。

马时途 以前，你妈总爱做蛋糕，她说不比红房子的差……

莫桑晚 83年，她就过世了。

马时途 你都不知道菜是怎么烧的……

莫桑晚 人啊，有什么学不会的！

〔静场。他们分坐在长椅的两头，各自抬头看着天空。

〔夏满天急急地上，他在门口翻出一大串钥匙，从中找出一把，却发现门是开着的。他推门进来，看到莫桑晚与马时途，愣了一下。于是，他径直坐到了他们中间。

莫桑晚 回来了。

马时途 这么早？

夏满天 没你早。

马时途 我睡不着，出去遛遛。

夏满天 怎么？谈什么呢？继续。

莫桑晚 （站起来）吃饭吧！

夏满天 别啊，是不是我打扰你们的谈兴了？那我走。

〔夏满天说着，却没有起身。

〔静场。

夏满天 哟，真不留啊，那我就还不走了。

马时途 说你呢！

夏满天 我觉得也是。

马时途 说你好。

夏满天 那是自然，你留在这里，还得看我脸色。

莫桑晚 今天公园怎么样？

夏满天 还能怎么样？没人教唱，都快散了。

莫桑晚 都记起老刘的好了？

夏满天 没人提他。

莫桑晚 为什么？

夏满天 本来就没什么好提的。人走了，也就走了。

马时途 老刘是谁？

夏满天 一个唱歌的。

莫桑晚 一个唱歌的？

夏满天 可不就是一个唱歌的。

莫桑晚 你呢，夏局长，还不如一个唱歌的。

夏满天 你什么意思？

莫桑晚 你知道我什么意思。

夏满天 你这有意思吗？

莫桑晚 我也觉得。

夏满天 我专业不比他差。

莫桑晚 可是他还在唱，带着大家唱。

夏满天 大家唱？唱的都是些《小苹果》啊、《爱情买卖》啊，这也叫歌？再说，那些人，有几个能唱得好的？

马时途 你们在说什么啊？

夏满天 与你无关。

马时途 对不起，我就是问问。

夏满天 那也别问。

莫桑晚 老夏！

夏满天 怎么了？我们家的家事，他有什么权利过问？

〔莫桑晚站起身。

莫桑晚 吃饭。（对马时途）我也给你做了。

马时途 谢谢。

〔莫桑晚转身离开。夏满天转头看着她，气呼呼的，把手里的钥匙串弄得直响。

马时途 你带这么多钥匙干什么？

夏满天 没你的事儿。

马时途 我就是问问。

夏满天 以后，跟你无关的事情少问。

马时途 下次我陪你去公园，你教我唱歌。

夏满天 不必了。你？你会唱歌？

马时途 所以才要跟你学嘛！

夏满天 每天回来都是一肚子的闷气。

马时途 她……她说……吵吵生活才有乐趣。

夏满天 她说的？总有一天我要被她气死的！乐趣，有这样气人来找乐子的吗？你怎么就那么聪明，就这么跑了。我倒成了个接手的，真是倒了八辈子霉了——

马时途 她对你挺好的。

夏满天 那你怎么跑了呢？

马时途 我没你优秀，我配不上她。

夏满天 （笑）唔，这理由不错。

马时途 （笑）我不该管你们的家务事。

夏满天 管？你有什么权利？

马时途 不是管，我是瞎起劲……那个老刘？

夏满天 死了。下午我去参加他的追悼会。

马时途 对不起。

夏满天 人又不是你害死的，你道什么歉！

〔莫桑晚在屋里盛着饭菜，她冲着两个男人大声地叫着："吃饭了！"

〔两个男人同时答应着。

马时途
夏满天 知道了。

马时途 知道了，桑晚。

夏满天 莫——桑——晚。

马时途 习惯了，我改。

夏满天 习惯了？四十年还忘不了？

马时途 我没这个意思。

夏满天 那你什么意思。

马时途 只是……习惯。

夏满天 习惯，习惯，习什么惯？（用手掌制止马时途）别，别说对不起，啊！

马时途 ……

〔马时途站起来。夏满天也跟着站起来，突然有些站不稳，一下摔倒在椅子上，手中的钥匙串掉到地上。马时途急忙去扶他。

马时途 夏局长，你当心点儿……夏局长，你怎么了？

〔莫桑晚从屋里冲出来。

莫桑晚 老夏，老夏！

马时途 他怎么了？

莫桑晚　他心脏不好。

马时途　（俯身看着夏满天）夏局长，夏局长！

〔光急暗。

第四场

〔光渐起。

〔客厅里亮着灯，空无一人。

〔莫桑晚上。她手臂上搭着老夏的风衣，从风衣口袋里掏出那大串钥匙，从中找出一把，打开院门。手里拿着钥匙串在院里的长椅上坐下。

〔静场。

〔马时途从书房里走出来，走到莫桑晚面前，站住。

马时途　夏局长怎么样了？

莫桑晚　暂时没事，不过医生说得当心。

马时途　你也挺累的……噢，下午有个电话打过来，你儿子。我说你们会打过去的，我没敢说夏局长的事。我想你们没告诉他，自会有你们的道理。

莫桑晚　噢，他没问你是谁？

马时途　问了。我说是夏局长的朋友，在这里暂住两天。

莫桑晚　他说什么了？

马时途　没说什么……我做了饭。

莫桑晚　（看着马时途）是吗？

马时途　风衣给我吧！（接过风衣和钥匙）夏局长……他为什么总带这么一大串钥匙？

莫桑晚　他喜欢，我跟他说了他也不听。其实也就一把是管用的，其余的都是以前他单位的钥匙……我没地方放，就放在他的风衣口袋里，好拿。

马时途　夏局长很热爱他的工作。

莫桑晚　是的，退了，到现在还没适应呢。什么事都不服，也不服老。

〔马时途走到客厅，打开灯，把餐桌上菜碟上盖着的碗碟拿开。

马时途　我做了几个菜，这边我用饭盒也给夏局长装了，等会儿我给他送去。

〔莫桑晚坐下来看着饭菜。马时途看着她，欲言又止。莫桑晚转头看着他。

马时途 ……那些盐、酱油，瓶瓶罐罐的……还在原来的位置……还是以前我放的位置……

莫桑晚 老夏不进厨房的，我也是后来才学会做的。

〔静场。莫桑晚把头转过去，看着远方。

马时途 你喜欢吃葱烤鲫鱼和四喜烤麸，你尝尝，看看我的手艺有没有退化。我在唐山也经常做的，就是那里的葱没上海的香，烤麸也买不着。

莫桑晚 你不爱吃葱烤鲫鱼的。

马时途 你爱吃——

莫桑晚 （转头看着马时途）老马，不必的。

马时途 就是想做做。

〔静场。他们默默地吃着饭。

马时途 你……儿子在美国？

莫桑晚 是的……不，他是老夏前妻的孩子。他妈过世的时候，他才六岁。

马时途 你和夏局长……

莫桑晚 我给歌剧院做翻译时认识的老夏……

马时途 这我知道，你给歌剧院翻译了好几部歌剧。（稍停）我的意思是……你们为什么不再要个孩子？（沉思着）我以为……

莫桑晚 你以为什么？

马时途 我以为你会重新开始，要个孩子。你应该有更好的生活，我当初只是一个工人，没什么文化，我配不上你。我知道那很难。

莫桑晚 难？你以为你死过一回，别人就不是了吗？你现在回来，算什么？故地重游，叙叙旧情？好了，现在你都看过了。你这么做顿饭，就找回过去的时光与记忆了？

马时途 我……等夏局长的病好了，我就走。他这个样子，你身边没个人，我不放心。

莫桑晚 （笑）四十年都这么过了。

马时途 我以为我这么做，是我弥补过错的机会。你跟着我一辈子是没有出息的，我没出息，可你不能没出息……我是下定决心的。

莫桑晚　（冷笑）决心？你是不是觉得还挺悲壮的？一个英雄？牺牲自己，成就别人？那你就继续牺牲啊，你回来干什么……

马时途　那我明天走。

莫桑晚　（突然发火）走？除了走，你还会什么？

〔静场。

马时途　（欲言又止）我……如果那次我回来了，会是怎样？你能再结婚上大学做教授？你能如此有成就？

莫桑晚　我没想过。

马时途　四十年来，我每天都在想。

莫桑晚　想有什么用？

马时途　你真的从来不想？

莫桑晚　我有老夏，我不允许自己这么想。我现在挺好的，我爱我的丈夫，我有一个家，日子过得挺安稳的……

马时途　这就好。

莫桑晚　是挺好。

马时途　如果我回来了……那时候说不定我就被枪毙了……即便没有那样，也会去坐牢……一个瘸子……我们也不会有孩子……我让你等？

莫桑晚　生活是没有如果的，只能有一种活法。

马时途　可那都是因为人的选择，不是吗？

〔静场。

〔马时途走到书房里，从里面拿出一本旧的相册，放在莫桑晚的面前。

莫桑晚　你不可以乱动老夏的书。

马时途　这是老夏给我的。

莫桑晚　老夏？（稍停）留个纪念，我不能你人死了，就把你的一切都丢了吧。早知道我还是丢掉的好。

马时途　电影票、公园门票、糖纸、香烟纸、粮票、布票……

莫桑晚　你想拿这些来证明什么？那只是一本相册。

马时途　（从相册里拿出一张汇款单）这五十元的汇款单，你没有去取？在1978年，那是很大的一笔钱，你上大学用得着的。

莫桑晚　（吃惊地）我不知道是谁汇的钱，我怎么能用？

马时途 地址是唐山。

莫桑晚 我退回去了，可是又被退了回来，那是个假地址。

马时途 当时你那么缺钱，你为什么不去取那五十块钱？

莫桑晚 （哭着）那是我冥冥之中觉得你兴许还活着！

〔静场。

〔马时途想安慰莫桑晚，却又不敢。

马时途 桑晚，这全是我的错，没有考虑到你的感受，让你受了这么多的委屈……我其实是死过一次的人，四十年来，我把自己当成另外一个人。虽然活着，却只是活着，上班，下班，我忙得不可开交。我是马新仁，那个叫马时途的人早已死了。但是每当夜深人静的时候，我就无法面对我自己，那个马时途又从我身上活了过来……我曾经无数次想立刻回来，可是我发现这早已不可能了，你有家有业……（站起来，拿起桌上的打包盒）我会尽快离开。（对着莫桑晚深深地鞠了一躬）对不起了！我现在给夏局长送饭去，今天晚上，我陪他吧！也算是我为这次给你们带来的不方便赔个不是。（提着饭盒往外走）

莫桑晚 （突然叫住他）你……等等！

〔马时途站住。

〔莫桑晚站起来，走到房间里。良久，她拿出一件旧军装，犹豫着。马时途看到，有些激动。

莫桑晚 我不应该……可就这么拿出来了……本来就是你的，物归原主吧……

马时途 我们结婚时穿的……你还留着？

莫桑晚 是老夏不让我丢，他让我留着，也是个纪念……他也总是让我一直拿出来晒的……今天老夏叮嘱我，让我把它交给你。

〔莫桑晚把衣服递给马时途，自己转身走回房间。

〔马时途看着手中的军装，把它捂在脸上，压抑地哭起来。

〔光渐暗。

第五场

〔光渐起。

〔收音机里正唱着沪剧小调。客厅的茶几旁。夏满天与马时途正在聚精会神地下象棋。

马时途 （马时途举起一枚棋子）将军。

夏满天 慢！

马时途 怎么？

夏满天 你能在这里住下来，得看我的心情。

马时途 那……那我不将了，饶你一着。

夏满天 饶？我能高兴吗？

马时途 不高兴？

夏满天 不高兴我能有心情让你留下来吗？

马时途 那你说怎么办吧？

夏满天 你自己看着办吧！

马时途 你这不是胡搅蛮缠吗？

夏满天 你下棋，你决定。我怎么是胡搅蛮缠？想一想，胡搅蛮缠的应该是你吧！

马时途 你啥意思？

夏满天 我没什么意思，你走啊！

马时途 那我咋走啊？

夏满天 喂，你都走了几十年了，怎么又不会走了呢！

马时途 喂，夏局——

夏满天 喂，就下这一局。

马时途 你这人说话咋这么气人呢！

夏满天 我说话，你生气，气人应该是你吧。

马时途 你啊，就是嘴上不饶人，估计你这一辈子都吃嘴上的亏吧！

夏满天 我只是一个搞声乐的，一辈子吃开口饭，亏不亏当然都是嘴上的。

马时途 你怎么只是一个搞声乐的呢！你堂堂的一个副局长好吧？你说话要是能收一收，估计早就是副市长了，桑晚也要少受气。

夏满天 莫——桑——晚。

马时途 好了，好了，莫桑晚。

夏满天 你还别说，我还真有机会再往上升的。升官又不是什么见不得人的事情。自古以来，中国的文人士大夫从来就是两条路，要不，居庙堂之高；要不，处江湖之远。

马时途 结果呢？

夏满天 就像你说的，坏就坏在我这张嘴上。于是就高不就、远不了了，这就是命。

马时途 现在想想，也许更好？

夏满天 想？想有什么用？可你别说，我还是要说你小子实在太精了，当年一走了之，把一个残局留给我来收拾。赶明儿我也要一走了之，让你也尝尝这个莫桑晚的滋味。

马时途 你别忘了，我们曾经在一起四年多。

夏满天 哟，你算老几，我和她在一起三十四年，起码是你的八倍，算算看，看谁吃的苦多。八倍，我真是倒了八辈子的霉了。

〔静场。

夏满天 怎么了？

马时途 你了解桑晚吗？

夏满天 按时间算的话，比你至少多个七八倍。

马时途 以前呢？

夏满天 什么以前？

马时途 跟你在一起以前。她以前……现在……随和多了。

夏满天 随和？她？你会用词吗？

马时途 你不知道她之前有多傲气？

夏满天 傲气？

马时途 噢，知道了。

夏满天 知道什么？

马时途 她以前可是个不食人间烟火的仙女，她从不下厨房的……（岔开）你看她现在每天早晨都去菜场。

夏满天 不买菜吃什么？

马时途 买菜也许就是个过程，更多的是为了可以和卖菜的小贩讨价还价，生活便有了乐趣。她现在去了银行，你知道她去银行干啥吗？

夏满天 喂，我们家的事情。

马时途 当然，我也不清楚。

夏满天 她的工资，我的工资，总得要看吧！你大小也是个副总经理，怎么连这个都不明白——

马时途 许多老人去银行，就那么点钱，倒腾来倒腾去就有事做了。

夏满天 日子嘛，不就是用来打发的吗？

马时途 日子是用来过的，不是用来打发的。现在就好像我们的日子过不完似的，可其实日子本来就不多……

〔停顿。

马时途 桑晚为什么不写书了？她出过那么多书，翻译过那么多作品。

夏满天 你挺关注她的啊？

马时途 我看上海的报纸，《新民晚报》《文汇报》，那上面总有你们的消息。（稍停）她成功了，我就觉得我这四十年没回来有了意义，可是现在……桑晚，她怎么可以这样呢？

夏满天 怎么可以？

马时途 是的。她怎么可以这样？她是一个著名的社会学学者，她应该有更大的成就，她不可以停下来，她可以做得更好的。

〔停顿。夏满天看着马时途。

马时途 怎么了？

夏满天 马时途，你知道吗？你这样折腾来折腾去，是不是太自以为是了？好像一切都是在你的掌控之下。

马时途 我只是觉得她是一个知识分子，她应该对社会承担更多的责任。

夏满天 她是她，你是你。这就是你的问题。

〔静场。

马时途 那你为什么不去唱歌？

夏满天 什么？

马时途 你为什么不去唱歌？

夏满天 唱什么歌？

马时途 公园，公园啊，我看到你去公园了。

夏满天 你跟踪我？

马时途 别人每次从公园回来，都高高兴兴的。可是你，却是一肚子的火。

夏满天 这关你屁事儿。

马时途 ……你就远远地找一个角落，坐在那里发呆。

夏满天 我喜欢。

马时途 你不喜欢。

夏满天 你凭什么——再说——再说跟他们有什么好玩的。

马时途 这才是问题的关键。

夏满天 什么意思?

马时途 你是局长，是吧?

夏满天 谁在乎啊!

马时途 是啊，谁在乎啊。可你在乎啊!这就是你的问题。

〔静场。夏满天把棋盘一推。

夏满天 这棋你还下不下了?

〔夏满天站起来，他拿过收音机，胡乱地调着频道，歌剧选段《今夜无人入眠》[①]的旋律响起来。

马时途 你都退休十来年了吧?

夏满天 是啊，你不会比我短!

马时途 我退了十五年，那厂也算是我一手帮着建起来的，一砖一瓦我都熟悉，一草一木我都有感情……后来退休了，我再去厂里，认识的人就越来越少。再后来连门卫都不认识我了，不让我进去……过去几十年，我们这代人也是为这个国家卖过命的。从专业角度来说，既算是工人老大哥，也算是知识分子，怎么说也都是国家的主人。可是，现在呢?……去年，厂子倒了，说是产能过剩，

---

① 《今夜无人入眠》是意大利著名作曲家贾科莫·普契尼根据童话改编的歌剧《图兰朵》(Turandot) 中最著名的一段咏叹调，剧情背景是鞑靼王子卡拉夫在要求公主图兰朵猜其身份。

Nes-sun dor-ma! nes- sun dor-ma!

Tu pure,o Princi-pes-sa,nella tua fred-da stan za-guar-di le stel-le che trema-no da mo re e di spe-ran-za!

Ma il mio mi-stere chiu-soin me,il no-me mio nes-sun sapra!

No,no.sul-la tua boe-ca-lo di-ro.quan-do la lu-ce splen-de-ra!

Ed il mio ba-cio sciogliera il si-len zio! che ti fa mi-a!

Di-le-gua,o not-te! tra-mon-ta-te, stel-le! tra-mon-ta-te, stel-le! Al-lal-ba vin-ce-ro! Vin-ce-ro! Vin-ce-ro!

不得睡觉!不得睡觉!

公主你也是一样，要在冰冷的闺房焦急地观望，

那因爱情和希望而闪烁的星光!

但秘密藏在我心里，没有人知道我姓名!

等黎明照耀大地，亲吻你时，我才对你说分明!

用我的吻来解开这个秘密，你跟我结婚!

消失吧，黑夜!星星沉落下去，星星沉落下去!黎明时得胜利!得胜利!得胜利!

说给踢了就给踢了……

夏满天 我们这把年纪，对目前的中国来说可不就是产能过剩。

马时途 是啊，都这把年纪了，背的东西多了，谁都会被累垮的。那为啥不放下一些，轻松上路。

夏满天 上路？往哪里上？

马时途 夏局——小夏——还是小夏吧——我不管了，我就这么叫了——小夏，真的，你教我唱歌吧！（听着音乐）他在唱什么？

夏满天 今朝夜里没人困得着[①]。

马时途 （怀疑地）是吗？……你知道有一首英文歌……叫《田纳西华尔兹》[②]？

夏满天 《The Tennessee Waltz》？

马时途 这歌唱的什么啊？

夏满天 能唱什么？无外乎说一个女的跟老公跳田纳西华尔兹，遇到了她的闺蜜，她把闺蜜介绍给老公。于是，老公就跟闺蜜跑了。

马时途 你能教我唱吗？

夏满天 你？《The Tennessee Waltz》？（打量着马时途）哟，你小子，你觉

---

① 上海方言：今晚睡不着。

② 《田纳西华尔兹》(The Tennessee waltz)：

I was dancing with my darling to the Tennessee Waltz
When an old friend I happened to see
I introduced her to my loved one
And while they were dancing
My friend stole my sweetheart from me
I remember the night and the Tennessee Waltz
Now I know just how much I have lost
Yes, I lost my little darling
The night they were playing
The beautiful Tennessee Waltz
我和爱人跳着一支田纳西华尔兹，一位友人她突然光临，
我把爱人向她介绍，可当他们跳起舞，她竟偷走我爱人的心！
我还记得那夜晚和那田纳西华尔兹，现在知道我已失去很多。
对，我已失去的爱人，那晚正当他们跳起迷人的田纳西华尔兹。

该歌曲首唱者是美国著名歌星帕蒂·佩姬（Patti Page），美国大乐队时代排名第14位的艺人，在这期间共有上榜歌曲39支。最成功的歌曲就是这首歌，1950年11月18日登榜首13周，被列为美国最佳销售单曲之一，甚至被选定为田纳西州州歌。该歌的作曲Pee Wee King是二战以后美国乡村音乐的领军人物，率先在乡村音乐中使用架子鼓与电子乐器。

得我们俩人当中谁是那个闺蜜？

马时途 你想到哪里去了啊？

夏满天 好吧，算我多想了。看不出你还挺洋气的！不过，这歌太老了。

马时途 噢！……就是问问！……想吃什么？今天我给你做。

夏满天 对不起，我不喜欢北方菜。我爱吃桑晚做的。

马时途 咦，谁说做北方菜了？那天我做的菜你不是很爱吃的吗？

夏满天 是吗？那……那是因为我生病。

马时途 有关系吗？

夏满天 你不知道生病会改变人的口味吗？

马时途 知道啊，可我不知道心脏病会啊。桑晚今天买了冬笋——

夏满天 你喜欢吃？

马时途 你想我怎么回答？

夏满天 我喜欢吃。

马时途 塔菜冬笋？

夏满天 简单，但最能反映出一个人的手艺。我不会做菜，但是我会吃。

马时途 知道，你是艺术家。（围上围裙）你知道我以前在上海，象棋是有段位的，厂工会的象棋比赛我总拿第一。

夏满天 我怎么知道，又没人告诉我。

马时途 桑晚没说过？

夏满天 你真是太看得起你自己了。你以为桑晚会跟我提起你？

马时途 从来不提？

夏满天 提，一个负心汉，还能有什么！

马时途 是，还能有啥！

夏满天 喂，我警告你啊。

马时途 警告我？怎么了？

夏满天 以后，你别再跟着我啊！

马时途 公园又不是你家的。你家我都能来，公园我还能有什么去不得的。

夏满天 你这人真是厚脸皮。

马时途 人老，就是有一个好处，皮厚。你知道像什么吗？就像这冬笋，嘴尖，皮厚，腹中空。

夏满天 你果真皮厚，冬笋？你有它嫩？

马时途　（笑）是，我不像，你像。尤其是这嘴，尖刻得很。

〔马时途笑着去剥笋。

〔音乐声继续。莫桑晚上。

莫桑晚　你们……说什么呢？

马时途　说你呢。

莫桑晚　说我？说我什么？

夏满天　你去哪儿了？

莫桑晚　银行。

夏满天　又去银行做什么？

莫桑晚　没什么，就是看看工资。

夏满天　工资不是每个月固定到账的吗？

莫桑晚　我把一些钱从工商银行的账户里倒出来，在建设银行开了个户，那里利息高一点；中国银行的理财产品不错，我把农行那个到期的给卖了，去买了点儿；听说浦发银行的那个支行要搬了，我就把那卡给注销了，换到招商银行来。排了一个上午的队，现在银行里怎么这么多人啊……（看到马时途在笑）你笑什么？

马时途　银行里怎么那么多人？

莫桑晚　什么意思？你们干什么了，这么鬼鬼祟祟的。

马时途　你买的冬笋我来做，塔菜冬笋……

莫桑晚　几点了？我晚了吗？老马，反正你会做，我们不急，啊！

〔马时途笑着端着菜盆进屋。

〔客厅里只剩下莫桑晚和夏满天。

莫桑晚　今天早晨怎么了？

夏满天　没怎么啊。

莫桑晚　做什么了？

夏满天　公园里能做什么？

莫桑晚　没劲。

夏满天　是啊，公园里能做什么？

莫桑晚　公园里什么不能做？我这是关心你。

夏满天　你这是没话找话。

莫桑晚　可不就是没话找话。几十年了，什么都说了，还能说什么，可不就是没话找话。

夏满天 （笑）他说你随和！

莫桑晚 什么？他？马时途？他说什么？

夏满天 他说你现在随和了，那以前要傲成什么样子？他说你以前就是个仙女，不食人间烟火，我怎么就从来不觉得呢？

莫桑晚 你们凭什么说我？

夏满天 是他，不是我。

莫桑晚 （冲着屋里）马时途，你出来。

〔马时途乐呵呵地端着菜盆跑出来。

马时途 怎么了，桑晚？

莫桑晚 桑晚是你叫的？

马时途 莫——桑——晚。

莫桑晚 马时途我告诉你，以后你少在背后说我，你没这个权利，知道吗？

马时途 说——你？说你什么啊？

莫桑晚 你就是一根葱。

马时途 葱？

莫桑晚 ……少跟我在这里装蒜。

〔夏满天偷偷地笑着。莫桑晚生气地转身走进卧室。

〔马时途看着夏满天。

夏满天 你，你看我干什么啊，我又没说什么。

马时途 叛徒！

夏满天 现在你知道莫桑晚的厉害了吧！

〔马时途笑着看着盆里的冬笋，端着盆离开。

〔夏满天看着他们离开，一个人坐在桌边。他拿起那串钥匙，看了一会儿，开始慢慢地一把一把地拆着。

〔光渐暗。

〔《今夜无人入眠》的旋律越来越快，甚至有些宏大的感觉。

第六场

〔随着急促的电话铃声，光渐起。

莫桑晚 （拿着一个无绳电话，接听）喂，你好！……对不起……你能说清楚点儿吗？……不是，我听得清，信号很好。我的意思是……你能说普通话吗？……说吧，你有什么目的……对，人生就应该没有目的，人生只有过程，我们应该享受过程，所谓的终极目的都是虚无的……什么？你不知道我在说什么？……我在说，人啊，宁可去追求虚无，也不能无所追求，哪怕是为了一个虚无的目的……银行账号？这是你的目的？……好啊，一个人知道自己为什么而活，就可以忍受任何一种生活……我是说，你能忍受，这就很好……（用脸颊夹住电话，拿起碗，用搅拌器搅拌着碗里的鸡蛋）好，你说吧……是、是、是……你说，我听着呢……没事儿，你说，你说……有一句是这么说的：当你凝视深渊的时候，深渊也正在凝视着你。当你在听我说话的时候，我也正在听你说话！对不对？……想一想，人终将会被抹去的，就如同大海边沙地上的一张脸……不、不、不，这不是什么变态的想法。再说变态也不是坏事啊，变态是符合人性却背离理性的行为……很好，你也这么认为，一切事物本身就是矛盾的，一切的孤独皆是罪过……

〔马时途拿着报纸，从外面悄悄地上，站在一边看着莫桑晚打电话。

莫桑晚 （继续接听）不，我不孤独，我是说……汇款？……汇到你的账户？……当然，我知道你不是骗子……可只要条件许可，机会成熟，人人都是想作恶的，也就是说人人都可能是骗子……人之初，性本恶嘛……哪个银行？……当然，你怎么会骗我呢，你说我抽到了大奖……是的，当你对自己诚实的时候，世界上就没有人能够骗得了你……是的，我感到难过，不是因为你骗了我，而是因为我再也不能相信你了……记住了，年轻人，青春是你唯一值得拥有的东西，你要珍惜……好，说了这么多，你的老板也不会扣你奖金了！以后有时间你再打过来！……啊，我有时间的呀！再见！……噢，OK，OK，Bye-bye！哟，他还跟我说英语！

〔莫桑晚挂上电话。马时途笑着。莫桑晚看着他，把碗放在桌上。

莫桑晚 人生其实就像是在痛苦和无聊之间的钟摆一样，不停地来回摆动，不是无聊，就是痛苦。

马时途 这才像是你说的话。

莫桑晚 你没跟老夏一起?

马时途 他在帮他们整理谱子，我就先走了。

莫桑晚 整理谱子?

马时途 唱歌的谱子啊，他答应帮公园里的那些人整理。

莫桑晚 他? 老夏? 为什么? 你?

马时途 其实他心里早想着了，只是缺人推一把。

莫桑晚 他这个人什么都要求完美，甚至于苛刻。以前老刘弄的谱子他肯定看不上的……谢谢你。

马时途 谢我干吗!

莫桑晚 没有你，他是不会去的。

马时途 他就是在乎自己的面子罢了。

莫桑晚 那可不是面子，是尊严。他把那看作是知识分子的尊严，比命还重要。

马时途 老夏说这房子，要拆?

莫桑晚 十几年前就要拆了。以前是老夏顶着不让。他说这房子是五二年市政府专门分给烈士遗孤的，是历史保护建筑。于是，他们就不敢拆了。

马时途 不敢?

莫桑晚 因为你爸是烈士。

马时途 因为老夏是局长吧!

莫桑晚 不，是因为老夏。

〔静场。

马时途 噢，我，我今天回以前的厂里了。

莫桑晚 以前的厂里?

马时途 全拆了，就那个龙门架还在，听说要做成剧场。

莫桑晚 生活真的很荒诞，以前人们的生活在那里上演，现在却真的要演戏了。戏是有了，单单生活没了。

马时途 那大门还在，我们第一次见面时的那面墙，早就没了……（稍停）你穿着碎花裙子，还有那辆永久牌自行车。

莫桑晚 （苦笑）永久牌自行车! 是的，是我从舅舅家借的。

马时途　那天阳光真好。我从厂里跑出来，你就站在阳光底下，推着那辆永久牌自行车，整个世界都不一样了……你从朱家角骑到了浦东，我大汗淋漓地从工厂里跑出来，穿着背心，浑身脏兮兮的……

莫桑晚　工人就该是这个形象。

马时途　你来的时候我还正在车床上，听说有人找，师傅就让我出来了。

莫桑晚　是我妈喜欢你，说你老实。

马时途　我妈不放心，说你……不食人间烟火……没人气！

莫桑晚　（笑）不食人间烟火！我在安徽农村下放的时候，我的名字是五个字，那里的人都叫我：小麦当韭菜。你妈倒好，给了我一个六个字的名字：不食人间烟火。

马时途　你把地里的麦苗都当作韭菜了。

莫桑晚　我以前在上海，哪里见过麦苗。

马时途　我去过那村子，我花了一天的时间从上海赶到南京，又花了一天半的时间从南京赶到那个村子……我一进村就去找到生产队长，跟他说我要娶你。他当时的表情是那么的不可思议……

莫桑晚　我给你写的信，你就来了。要不，我就嫁给生产队长的儿子了。

马时途　那天晚上，我住在村里另一个上海女知青的家里。她已然成了一个地地道道的农民，背上背着一个孩子，围着灶台给我做饭，从头到尾不说一句话。她那个男人贼眉鼠眼的，一看就知道不是个好东西。

莫桑晚　那男的是趁她晚上看抽水机的时候强奸了她。

马时途　当时我觉得自己就是孙猴子，我要把仙女救回上海。

莫桑晚　是啊，的确是救。你要不是那么根正苗红，你也救不了我。

马时途　你……还跳华尔兹吗？

莫桑晚　早就不跳了。

马时途　《田纳西华尔兹》。

莫桑晚　什么华尔兹也不跳了。

马时途　我当时并不知道那首歌唱的内容是什么。你经常唱，对牛弹琴。

莫桑晚　我爸从国外带回来的唱片，那时只能偷偷地听。我爸很后悔教了我英语，可我就是喜欢。

马时途 我配不上你。我只是一名工人，虽然我一直在努力，从车间到销售，我拼命工作，可我还是觉得你离我很远……你知道什么时候你离我最近吗？就在那个春天的晚上，在安徽乡下，月光下，你就立在水田边，一边唱着，一边跳着，你的身影就落在水田里，像是两个人在跳舞，美极了……

〔马时途突然开始唱起《田纳西华尔兹》，他唱得有些生硬，却很用心。

马时途 （唱）I was dancing with my darling to the Tennessee Waltz

……

〔莫桑晚听着，有些惊讶。

马时途 （接唱）When an old friend I happened to see

I introduced her to my loved one

……

〔莫桑晚站起身离开。

〔马时途怔怔地看着远方，他虽然没有看莫桑晚，但是他能感受到她的离开。

马时途 （喃喃地）是老夏教我的。（继续唱着歌）

And while they were dancing

My friend stole my sweetheart from me

……

〔光渐暗。

第七场

〔光渐起。

〔莫桑晚在家里来回地走着，显得很着急。

〔马时途和夏满天开心地有说有笑地上。

莫桑晚 （生气地）你们俩跑到哪儿去了？打电话也不接。

夏满天 （掏出电话，看了看）哟，十五个未接电话，我没听到。

莫桑晚 我还以为出什么事了！急死人的。

夏满天 我能出什么事？我不是和老马在一起嘛！

马时途 这事怪我，是我拉他去的。

夏满天　关你什么事，是我唱得晚了。

莫桑晚　唱？唱什么？

马时途　夏局长给大家指挥唱歌，闹得可欢了。

夏满天　什么叫闹得可欢？

马时途　就是很开心啊。

夏满天　是吗？我怎么觉得那帮人兴致不高，他们总跟不上。

莫桑晚　他们更喜欢老刘？

马时途　是你要求太严，我觉得他们唱得挺好。

莫桑晚　你这么认真干吗？大家又不专业，在一起就图一乐。

夏满天　那找我干吗？

马时途　你是艺术家，是知识分子，声名赫赫嘛！

夏满天　知识分子？现在哪有什么知识分子啊，现在都是些知道分子。知识分子得有气节，应该关注社会，批判现实。士不可以不弘毅，任重而道远。可我们呢，只要把生活过好，身体健健康康就行，别的我们都不关心了，怎么能算是知识分子呢，你堂堂一个大厂的副总，难道不是知识分子？

马时途　你别抬举我，我只是一个大老粗。

夏满天　抬举，你现在还觉得知识分子是什么好词啊？现在衡量一个人成功与否的标准是什么？是金钱，你以为是知识啊！

莫桑晚　看看，又杠上了不是。

夏满天　你莫桑晚是个地地道道的知识分子，现在呢？想当年你好孬是个知识青年，下过乡，插过队。咦，说到这里，我倒想问问你这个老知青。那帮人在公园里一天到晚地唱着老歌，说青春无悔，你现在后悔吗？

莫桑晚　后悔又如何？这种情感很复杂，你们俩不明白。

马时途　是不明白，我们都没赶上。

莫桑晚　没赶上？你以为是什么好事啊？

夏满天　那他们在唱歌中找到了什么？回忆？并不美好啊！曾经的青春？被葬送了啊！那个时代那么残酷那么悲惨，究竟有什么是值得歌颂与怀念的呢！

莫桑晚　心理学上把这叫作认知失调。就像是买东西，买之前你会考虑来考虑去。可一旦买了，你就会强化你买的理由。我们也一样，既然如此，又能怎样？难道我们能把那几年给要回来？

夏满天 我今天在指挥他们唱歌的时候，一直在想老刘。

莫桑晚 老刘？

夏满天 他怎么就能如此地有激情？

莫桑晚 老刘比你小，他是知青。

马时途 我看你唱得也很开心啊！

夏满天 开心与激情还是有区别的。不过，我已经跟他们说好了，过两周我要给他们教唱新歌。

莫桑晚 新歌？

夏满天 《今夜无人入眠》。

马时途 老夏，你别搞笑了，那个他们能唱得来的啊？

莫桑晚 他们没人懂意大利语的吧。

夏满天 我想试试。只要你努力，这世上没有办不成的事。接下来有你们烦的了，我要练声，首先自己得恢复，都几十年没唱了……还要重新整理谱子，我要带着他们去参加市里的合唱比赛，这一定会让那些评委们瞠目结舌的。

马时途 我来帮你整理谱子。

夏满天 你识五线谱吗？

马时途 我搞搞复印之类的活还是行的。

莫桑晚 老夏，你会的歌那么多，你干吗非要教他们学这首“今朝夜里没人困得着”？

夏满天 要不就教他们唱《冰凉的小手》？

马时途 《冰凉的小手》？

莫桑晚 一首更难唱的歌剧选段……夏满天，我跟你说，这是你的，不是他们的。

夏满天 是啊，所以我要教他们啊！你放心，我一定能成的，我有方法。（*激动地唱起来*）Ma il mio mi-stere chiu-soin me……

莫桑晚 好了，好了，今天艾米莉打电话来了。

夏满天 小莉？

莫桑晚 她决定明年春天去云南山区支教。

夏满天 支教？她中文都不会，小强不管她？

莫桑晚 小强支持她这么做。

夏满天 真是瞎胡闹，好好的大学不上……

莫桑晚 你可别忘了，他们跟我们可不是一代人哟。老夏，来，你跟我来。

〔莫桑晚和夏满天一起走进厨房。

〔马时途坐在桌边，有些失落。突然，他拼命地咳嗽，有些止不住。

〔灯突然灭了。马时途站起来，他想去开灯。就在这时，他听到夏满天在唱《生日快乐》。莫桑晚端着只蛋糕，蛋糕上插着支蜡烛。夏满天跟在后面。

〔马时途怔怔地站着，无语泪眼。莫桑晚把蛋糕放在桌上。

夏满天 老马，今天是你的生日，生日快乐！

莫桑晚 生日快乐！

马时途 我真没想到我还能过生日，谢谢你们还记得我的生日。

夏满天 打住，不是我们，（看着莫桑晚）是她——（看着马时途）你知道我为什么要留你下来吗？那天我检查你的身份证，发现你的生日和桑晚的是同一天，所以我就留你下来了。我知道你们的生日并不是同一天，因为每年你的生日，桑晚和我都要去静安寺给你烧炷香……

马时途 （感动地看着莫桑晚）桑晚？

莫桑晚 许个愿吧！

〔马时途抑制住自己的情绪，低头许愿，吹灭蜡烛。

夏满天 （开了灯）你许的什么愿？

莫桑晚 说出来就不灵了。

夏满天 那算了。

马时途 我说我希望那年在唐山大地震中死去。

〔夏满天和莫桑晚露出吃惊的表情。

〔光急暗。

第八场

〔光渐起。

〔夏满天穿着风衣，静静地站在台前，他怀里抱着一大沓曲谱。他看着远方，像是在坚持着。他站得有些不稳，甚至要跌倒，可是他一直坚持着。

〔远处飘来《小苹果》的旋律，似有似无。

〔灯光照在夏满天的脸上，全是汗水。他只是一动不动地站着，怀里的曲谱一张张地滑落。

夏满天 （喃喃地）说好的，都要来的，怎么一个都不来？

〔静场。

〔夏满天觉得胸口很疼，他用手捂着，随即一头栽倒在地，怀里的曲谱散满了一地。

〔歌剧选曲《今夜无人入眠》的旋律响起，声音越来越大。

〔光渐暗。

第九场

〔光渐起。

〔莫桑晚手臂上搭着夏满天的风衣，和马时途站在长椅前。莫桑晚的手里拿着一个钥匙环，上面只有一把钥匙。

莫桑晚 一直从老夏的风衣口袋里掏钥匙，都习惯了，否则的话，这钥匙我都不知道往哪里放。

〔莫桑晚看着手中的那把钥匙。他们一起走到客厅。

莫桑晚 其他的钥匙呢？

马时途 老夏拆了。我说了他，所以……早知道就不说了。

莫桑晚 谢谢你……他总算是放下了。这钥匙环还是艾米莉在美国买的，老夏很喜欢。你知道其他的钥匙在哪里吗？

马时途 在餐桌的抽屉里。

〔莫桑晚打开桌上的抽屉，从里面拿出一大把钥匙，她开始一把一把地装着钥匙。

马时途 我很后悔鼓励老夏去公园里给那些人教歌。

莫桑晚 不是你的错。

马时途 如果他不去教歌的话，就不会出事了。

莫桑晚 是他自己要去的。

马时途 他要是不教那首歌就没事了。

莫桑晚 他是必须要教的，我知道他。

马时途 那些人也真是的，不学嘛就不要答应他来教啊。

莫桑晚 也不能怪人家，是老夏自己。

马时途 一百多号人，竟然没有一个人来。老夏就一个人，他一直站在草地上……

莫桑晚 谢谢你陪着他。

马时途 我要是不在场就好了，我该走的……他要面子。

莫桑晚 那不是面子……是尊严。今天我跟学校联系了，对院里的几个课题提出了严厉的批评，课题不应该成为教授们赚钱的工具，一直以来，我们都说大学要提倡自由的思想、独立的精神，可现在的大学却成为了培养精致利己主义者们的乐园，这不应该。他们很意外。

马时途 你不怕年轻的教授们不开心？

莫桑晚 那他们就得努力啊。

〔静场。

〔莫桑晚把那串装好的钥匙放在风衣的口袋里。

马时途 这次我要是没有来找你们，或许……

莫桑晚 其实跟你来不来没有关系，现在人们虽然看上去都活得不错，可是心里却早已锈迹斑斑，都快腐掉烂掉了。人，不应该是这样的；生活，也不应该是这样的。可我们早已习惯了，适应了，习惯这样老去，适应这样死去。我一生都是事不关己，高高挂起，和谁都不争的。以前在学术上我还能有些研究，可是一旦退休，我就远远地躲开了。我一直以为世界是自己的，与他人毫无关系。可是我错了，因为我发现我越来越远离这个社会了，时间久了，就被遗忘了，只有在追悼会上才能让人们又想起来了……老夏不是这样的人，可是他生生地被我拉扯住了！他不服，他不接受！可是我却早已屈服了。当然，你来了，也很好，生活起了波澜才像是生活，否则，与死何异。老夏先我走了，挺好，否则，我真不放心，他这个人不会照顾别人，也不会照顾自己，我真怕是倒了次序……

马时途 你也要照顾好自己，都是一把年纪的人了！我这次真不该来，但我很感激你们，让我看清了自己。其实，那个马时途早就死了，我叫马新仁，我得有自己的生活，哪怕只是一天，也不算太晚。说一句老实话，我到现在才学会了坦然。人啊，只有从容了，才会活得有意义。可一直以来，我的心里都是杂乱无章的，有些东西放在心里久了，也就发霉了，就永远都不会亮堂的。我一直放不下你，其实也是放不下我自己。我是攥紧拳头过生活的，双手握得太紧了，里面只能是空的，只有松开手，才能抓住一切。我自以为我的出走就是放手，却不知道自己原来是攥得更紧。我们遇到困难，总是怪罪于生活，可是生活总是要风生水起的。你看，我活了这么大的岁数，可非得要到了现在才算是活明白……只是又让你受苦了。

莫桑晚 我给开发商打了电话，我同意他们拆迁……可我有一个条件，你会一直住在这里，想住多久就住多久。我跟他们说了你的情况，什么时候拆，由你决定，这本来就是你的房子……他们现在也不急，就同意了。

马时途 （感动地）谢谢……其实我也没几天好住的，不要再成了这儿的钉子户……我准备走了。

莫桑晚 走？

马时途 都收拾好了。你看，我又要走了，这次不是不辞而别。

莫桑晚 去哪里？

马时途 我也不知道去哪里。人生总有归处吧。我想重新来过，任何时候都不晚。

莫桑晚 如果四十年前我们就这样想……

马时途 生活里是没有如果的，就像你说的，它只有一种活法。我们所经历的一切，其实都是生活本来的模样。

〔马时途从桌子底下拿出一份厚厚的剪报，放在莫桑晚的面前，莫桑晚打开剪报。她看着，泪流满面。

马时途 我一直搜集所有关于你的资料，《新民晚报》《文汇报》……所有关于你们的消息，我都剪下来了……你翻译了歌剧，你出的书，你参加活动，你讲的话……可是后来，突然就没有了，我还以为你生病了……我想回来看看……现在好了，这剪报送给你……再见！

〔马时途从房间里拿出包，下。

〔莫桑晚开始演唱《田纳西华尔兹》。

莫桑晚　（唱）I was dancing with my darling to the Tennessee Waltz

When an old friend I happened to see

I introduced her to my loved one

And while they were dancing

My friend stole my sweetheart from me

……

（唱完，怔怔地看着前方）

〔静场。

〔夏满天从书房里走了出来，他看到莫桑晚。

夏满天　怎么还没睡，桑晚，想什么呢？

莫桑晚　没什么，老夏，我就是——瞎想想。

〔夏满天在莫桑晚的身边坐下，莫桑晚把头埋在他的怀里，他们静静地坐着。

〔光渐暗。

第三幕　1976年马时途从唐山回到上海，又走了

〔光渐起。舞台的一角，歌手忧伤地唱着歌。

歌　手　（唱）1976年——

时代变迁风云变幻，

巨人陨落天塌地陷。

在悲伤中听到了笑声，

在苦难中看到了希望。

花谢还会再开，

人生不会重来。

活着含辛茹苦，

活着简简单单。

如果……

生活里没有如果……

我们只有一个1976年……

1976年，马时途从唐山回到上海，又走了……

〔《小苹果》的音乐渐起。花园里的长椅上放着一台录音机，音乐从这里传出来。长椅前放着大小不一的塑料袋和纸箱，还有一台老式的破旧的英雄牌英文打字机。

〔夏满天正随着音乐不停地扭动着，他学着广场舞的动作。莫桑晚从屋里走出来。

莫桑晚 老夏，你不要跳了，烦死了，你好歹也是个艺术家，有些品位好不好？

夏满天 （关上音乐）这音乐不好吗？老百姓喜欢啊，节奏感强，跳跳舞，活动活动筋骨，多好！我劝你也去学学。

莫桑晚 通俗和流行向来强势，但它会消解和模糊艺术本身的标准。长此以往，我们何来有深度的精神生活？

夏满天 听听，听听，这才是一个教授和一个知识分子应该说的话。

莫桑晚 知识分子？现在谁还愿意成为知识分子？你要是知识分子，能去跳《小苹果》？好了，我不和你贫嘴了，我还要给小强做饭呢，放学还要去接小莉，一天到晚忙死了。说正经的，这房子就要拆了，我得再去找他们。

夏满天 你要干吗？

莫桑晚 在这个国家，我是主人，不是客人。

夏满天 这房子迟早是要拆的。

莫桑晚 我就不信这个邪，这个社会，你就得要跟它斗。

夏满天 斗，有用吗？小强不是都把开发商给告了吗？

莫桑晚 不斗你怎么知道？你曾是个歌唱家，好歹也算个名人吧！

夏满天 现在，早就不是了。以前我唱歌剧，现在我在公园里教他们唱《小苹果》。

莫桑晚 艺术的悲哀！

夏满天 你我都这把年纪了，何必这么认真。条条大路通罗马，干吗非得要在一条道上走到黑呢？

莫桑晚 夏满天，你怎么变得这么没有原则了呢？这房子你不住，小强他们还要住呢！小强不是我们亲生的啊！条条大路通罗马，人和人是不一样的，有些人生下来就已经在罗马了！他们是不需要走的。只有我们这些人，没有路，才要靠走的，知道吗？

夏满天 你有你的路，我有我的路。至于适当的路、正确的路和唯一的路，这样的路其实并不存在。

莫桑晚 你别跟我绕来绕去的。

夏满天 这不是你经常说的吗？

莫桑晚 要不我们就当个钉子户，看他们能怎么样。

夏满天 是钉子，不被拔掉，迟早也会烂掉的。

〔夏满天站起来去搬纸箱。

夏满天 那个老刘死了。

莫桑晚 哪个老刘？

夏满天 还能有谁？就是那个文化局副局长，以前也是我们剧院唱歌剧的。

莫桑晚 他倒是一个蛮有理想的人，你跟他一辈子都是死对头。

夏满天 理想？我可不像他。他什么都放不下，退了休，还一天到晚地像个领导似的，跟谁都玩不到一起去，何苦呢！你看，说烂掉就烂掉。

莫桑晚 不，都是钉子，他是被拔掉，你才是烂掉。

夏满天 你什么意思？

莫桑晚 我说世事难料，你还记得马时途吗？

夏满天 谁啊？

莫桑晚 我前夫。我有时候在想，如果大地震那年他从唐山回到上海后没有走，会怎样？

夏满天 那他干吗要回上海？

莫桑晚 他花了七个月的时间从唐山回到了上海，就是为了当着我的面跟我说两个字：离开。

夏满天 生活里是没有如果的，只能有一种活法。

莫桑晚 马时途离开后的第二年，我曾收到过一笔从唐山寄来的匿名汇款。我总觉得马时途又回到了唐山。他只是在我的世界里消失了。

夏满天 消失？

莫桑晚 如果他没有消失，也就没有我们了。

夏满天 那他还是没有消失的好。

莫桑晚 没良心的。

夏满天 也许就有另外一种可能了，不是吗？

〔莫桑晚站起来，她提起地上的打字机，往屋里走。

莫桑晚 别瞎想了，下周就要拆了。

夏满天 这破打字机这么重，又派不上用场，你还总拎着它干什么？

莫桑晚 （头也没回）他买的。

夏满天 他？

莫桑晚 是的。马时途，我前夫。

夏满天 桑晚，要是现在门铃突然响起来，马时途回来了呢？

〔莫桑晚站住，回过头怔怔地看着门口。

夏满天 （笑）你看，瞎想的是你，不是我。

〔夏满天搬着纸箱走进客厅。

〔莫桑晚笑了笑，她走到花园的长椅前坐下。

〔静场。

〔突然，响起了清脆的门铃声。莫桑晚站起来，她走到门口打开门。马时途走了进来。

马时途 你人不是在家吗，锁什么门呢！

〔莫桑晚没说话，她走回长椅坐下。她抬头看着天空。马时途看着她。

马时途 怎么了，桑晚？想什么呢？

莫桑晚 没什么，老马。我就是瞎想想！

〔马时途走到莫桑晚身边，坐下。他们并肩坐着。

〔静场。

〔光渐暗。

第四幕

〔光渐起。舞台的中央，歌手忧伤地唱着歌。

歌　手 （唱）如果……

1976年，马时途根本没去过唐山，
那会是怎样。
生活里没有如果，
活着……
活着一天一天，
活着平平淡淡，
活着含辛茹苦，
活着简简单单。

1976年，马时途根本没去过唐山。（接唱）

喫，1976年。
那是1976年……
1976年，马时途根本没去过唐山。
噢，马时途，
马时途是谁?
如果……
生活里没有如果……

〔光渐暗，音乐渐收。

〔静场。

〔《今夜无人入眠》的主旋律慢慢地响起，在剧场上空里越来越大。

〔幕落。

——剧 终

《家客》创作于2016年，2017年11月10日首演于上海话剧艺术中心。导演周小倩，主演张先衡、宋忆宁、许承先。此剧以奇特的套叠式戏剧结构、多层面的叙事展现了现代人的自我矛盾和人生思考。剧本获得第八届中国戏剧奖·曹禺剧本奖（第二十四届曹禺剧本奖）。

作者简介

喻荣军　男，1971年出生，安徽含山人，剧作家。自2000年至今，创作七十余部舞台剧作品，被国内外几十家剧院翻译成十几种语言的不同版本上演，曾获“曹禺戏剧文学奖”等国内外多项专业奖项。主要话剧作品有《去年冬天》《WWW.COM》《天堂隔壁是疯人院》《谎言背后》《老大》《乌合之众》《家客》等。

·河北梆子·

李保国

孙德民　杜　忠　郭虹伶

人　物　李保国——男，河北农业大学教授。

郭素萍——河北农业大学教授，李保国的妻子。

李东奇——李保国的儿子。

杨茂林——男，岗底村书记。

杨来福——男，岗底村村民，人称“二诸葛”。

梁晓燕——女，河北农大研究生。

王丽红——女，河北农大博士生。

赵　刚——男，河北农大研究生。

赵　丽——女，河北农大研究生。

华　子——男，岗底村农民，农大进修生。

奶　奶——岗底村村民，华子的奶奶。

金　生——岗底村村民，华子的二叔。

三　叔——河东村村主任。

山　根——男，河东村村民。

二　混——男，河东村村民。

护士、研究生、群众若干。

〔字幕：“李保国同志三十五年如一日，坚持全心全意为人民服务的宗旨，长期奋战在扶贫攻坚和科技创新第一线，把毕生精力投入山区生态建设和科技富民事业中，用自己的模范行动彰显了共产党员的优秀品格，事迹感人至深。李保国同志堪称新时期共产党人的楷模，知识分子的优秀代表，太行山上的新愚公。广大党员、干部和教育、科技工作者，要学习李保国同志心系群众、扎实苦干、奋发作为、无私奉献的高尚精神，自觉为人民服务，为人民造福，努力做出无愧于时代的业绩。——习近平”

序　幕

〔音乐起。

〔主题歌起：

“那是谁的身影，脚步匆匆，
他在太行山里走了一生。
那是一片贫瘠的土地，
他用知识绘成风景。
那是一双双焦灼的眼睛，
他用生命换来笑容。
见不得乡亲们还在受穷，
撑着带病的身躯，
汗洒盛夏，血浸寒冬……”

〔歌声中，舞台深处，李保国带着学生，在崎岖的山路上艰难地行走着。

〔歌声中，李保国与群众一起为果树剪枝。

〔歌声中，李保国的汽车奔驰在太行山上。

〔暗转。

一

〔1996年的夏天。

〔灯亮。岗底村。

〔一群准备离乡打工的男人和女人，望着村里，有些恋恋不舍。

〔杨来福手提行李走来。

杨来福　都来了，走！

众　人　……走？

群众甲　来福大哥，您是长辈，又当过果树把式，见多识广。您说，咱岗底村真的没救了？

众　人　是啊，真没救了？

杨来福 但凡有救，我杨来福也不离开岗底！庄稼淹了，山上的果树连根都冲跑了，剩下满山片麻岩……如今岗底村，瞎子闹眼睛，没治了！……你们到底走不走？

众　人 走……走……

〔众人欲走，杨茂林急上。

杨茂林 都站住！（拦住众人）杨来福，一定是你这个二诸葛出的馊主意！

杨来福 穿得起十年破，挨不起一年饿。杨支书，咱岗底本来就是出了名的穷村，加上这场大水把啥都给冲没了。我们出外打工找饭碗，也是为你这个支书分忧，为咱岗底解难，是不是呀！

众　人 是呀！

杨茂林 乡亲们！（唱）

灾后岗底要重建，
此时怎能离家园。

杨来福 （唱）老婆孩子要吃饭，

众　人 （唱）油盐酱醋都要钱。

杨茂林 （唱）咱是土生土长的庄稼汉，
理应将救灾重任担在肩。

杨来福 （唱）你支书能找来救命的饭碗，
我保证不离岗底不出山。

众　人 （唱）大话不能当吃饭，
没真招儿就别把路拦。

杨来福 走！

杨茂林 等等，当然有真招儿！

众　人 真招儿？

杨茂林 你们看！（掏出一张烟纸盒）

杨来福 这是什么？

众　人 一个破烟纸盒……

华　子 我知道，这是一个叫李保国的教授写的。就是几天前，跟着省里的科技救灾组一块来的。那天，他见杨书记双手捂着脸，放声大哭，他就在烟盒上写了这个……

杨茂林 （念）“需要果树管理技术，我可以帮忙……李保国。”

杨来福 李保国？李保国是谁啊？

杨茂林 河北农大的教授。

杨来福 教授？哈哈哈……

杨茂林 笑啥？

杨来福 一个穿着西服、戴着眼镜的教授，只能在教室里耍耍嘴皮子，还果树管理！咱满山片麻岩，压根长不好果树！

众　人 就是。

杨茂林 乡亲们，你们知道前南峪吧……

众　人 知道。

杨茂林 那个村过去啥样，知道不？

众　人 知道！

杨茂林 现在呢？现在人家可是大变样了！就是这个李保国教授，在前南峪扎根十多年，搞小流域水土养护。如今，前南峪土厚了，水多了，山上的片麻岩变成了一座座果园！

杨来福 照你这么说，他还成神仙了？

华　子 前南峪人就管他叫财神！

杨茂林 （下决心地）咱们岗底就请他来！李教授说了，只要答应三个月内把冲坏的路修好，他一定来！

杨来福 修路？三个月……你寻思着这是憋泡尿的事？冲坏的路，一年也修不出来！

众　人 就是！

杨茂林 二诸葛，这是李教授在摸咱们的底，看看咱们是不是真想干事！

杨来福 等等！杨支书，就算是修路，可眼下，乡亲们吃啥、喝啥，怎么修？

杨茂林 来福哥，县里知道咱岗底灾情重，不仅给咱一部分救灾款，而且，还决定以工代赈，支持咱们重建家园！

众　人 （高兴地）这是真的？

杨茂林 当然是真的。乡亲们，明天一早跟我上山修路，让李教授也看看咱岗底人，血性汉子脚底宽，决不是打谷茬子的！

众　人 对，决不是打谷茬子的！

杨茂林 都回吧，回吧。

〔众人下。

杨茂林 李保国，李教授，你可要说话算话呀！

〔暗转。

〔李保国幕内唱：“洪灾后，来岗底，翻山越岭——”李保国、郭素萍和梁晓燕、王丽红等上。

李保国 （接唱）又一次进太行心潮难平。

郭素萍 保国！

李保国 素萍！（接唱）

但只见山石裸露没了绿色，
当年的根据地依然贫穷。
这情景看在眼里心中痛，
必须让这巍巍的太行、革命的老区、受苦的乡亲，脱贫致富变颜容。

素萍，上一次我跟科技扶贫组来考察，我就发现，岗底的气候、光照和水文条件适合种优质的苹果！

梁晓燕 可是，老师……（拿着一块石头）您看，这满山的石头都是片麻岩……

郭素萍 同学们，这儿的片麻岩和前南峪一样，你们李老师有一整套的治理经验，开山挖沟，聚土聚水……保国，你是说也要在岗底培育优质苹果？

李保国 对，培育高科技、无公害的苹果。而且，让它成为岗底的支柱产业！（唱）

刮倒篱笆撞响钟，
要让山里人过上好光景。
培育苹果新品牌，
课题组在岗底扎寨安营。

郭素萍 扎寨安营？

李保国 对！在这儿扎寨安营！

郭素萍 保国，你……

李保国 晓燕、丽红，你们再去察看一下周围的山势，看看土壤，找找水源……

〔梁晓燕、王丽红下。

郭素萍 保国，这儿离保定这么远，儿子东奇正面临着考高中。在这儿扎寨安营，那儿子怎么办？

李保国 让他转到附近的内丘县城上学。我已经让学校给他联系好了。

郭素萍 （一惊，激动地）什么？你……保国，当年在前南峪，刚刚一岁多的儿子东奇就跟着咱们在乡下，一住就是四年，吃了多少苦……保国，咱不能再对不起儿子了！

李保国 孩子是可怜……素萍，家里的事我都听你的，可这回……没来得及和你商量……

〔正在这时，杨来福上。

杨来福 这叫什么事啊，真是中邪了！

李保国 老乡，谁中邪了？

杨来福 还有谁，我们支书杨茂林！（打量）哎，哪个村的，是村干部？

李保国 纱帽翅比韭菜叶还窄……

杨来福 一看，扑棱蛾子命，土里刨食的。（笑）咱乡下人讲的就是个实在，瞎子逮蝈蝈还得先听听呢。我们那个支书倒好，信了一个叫什么李保国的教授瞎煽呼，说只要村里三个月把路修好，他就来帮我们培育优质苹果。这不是胡扯吗？我们岗底满山的石头，啥都不长，他能用一把荞麦皮，榨出二两油来？你信吗？

李保国 你信不信？

杨来福 上坟烧报纸，糊弄鬼呀！不瞒你说，我杨来福种了一辈子果树，岗底村的头号儿把式，可年年苹果下树，比核桃大不了多少，是咱笨吗？不！是岗底的片麻岩压根儿长不好果树……这个李保国不是能耐吗，好，我杨来福看着，他真要在这儿种出优质苹果，我脑袋朝下绕着村转三圈儿！

李保国 （笑）你这话有点儿打不住秤砣了……

杨来福 你不信，就是当着李保国，我也敢叫板！这不，都快累死了，我们支书硬逼着大伙半个月就把路给修好了。我倒要见识见识这个李保国，他怎么能让我们这块没有雨的云彩下雨！（欲走）

〔学生们上。

梁晓燕 李老师，村里的杨书记接咱们来了！

〔杨茂林、华子等匆匆上，群众亦陆续走来。

杨茂林 李教授！李教授……可把你们盼来了！

杨来福 （一惊）啊？你……你就是李保国教授？

李保国 原装货，不带假！（大笑）

杨来福 看走眼了，他这身行头还真带点欺骗性。（急下）

杨茂林 李教授，这是我们村有名的“二诸葛”，鬼点子多，一准儿又和您胡说八道了。

李保国 不，他倒跟我说你杨支书了。

杨茂林 说我什么？

李保国 说你，三个月的修路任务，你硬带着大伙，半个月就完成了。

杨茂林 我是盼着你们早点来呀。

李保国 好，我就冲你真心实意、雷厉风行，我们河北农大课题组，从今天起，就在岗底扎寨安营！

杨茂林 （一惊）扎寨安营？

李保国 对！

梁晓燕 李老师带领我们要在岗底开山造地，治理片麻岩，依靠科学技术，栽植出叫得响、卖大价钱的优质苹果。

杨茂林 栽植出叫得响、卖大价钱的优质苹果？我杨茂林不是在做梦吧……

郭素萍 杨书记，为了让岗底早日脱贫，李老师已经决定，把家就安在咱岗底村，把正在保定上中学的儿子转到内丘县上学！

杨茂林 （感动地）我的好教授！（唱）

扎寨安营，我的李教授，
七尺汉子热泪流。
何所求为岗底抛家舍子，
这样的大恩德我给二位老师磕个响头！

〔杨茂林欲跪，被李保国拦住。

李保国 杨书记！不过，杨书记，我这个人，碌碡滚山，石（实）打石（实），有句话说在前头，你必须答应我一个条件……

杨茂林 条件？

李保国 对！赶哪儿的集，服哪儿的斗。开山、造地、培育果树，每一道工序都必须听我的！否则……（望了一眼杨茂林）我这个人，脾气犟，你听说过吗？有人给我起外号——杠头！

〔众人笑。

杨茂林 中，中！大王管小王，小王管黑桃尖。岗底只要能长出优质苹果，一切都听“杠头”您的！

〔众人又大笑。

李保国 好，从今天起，咱们就登顶看风景，开山放炮，聚土聚水，让这千里片麻岩，变成苹果园！

〔顿时，山上炮声，浓烟滚滚。

〔舞蹈、音乐起。

〔暗转。

二

〔三年以后。

〔灯亮。岗底村苹果园。

〔村里喇叭传出李保国的声音：“乡亲们，我再把幼果套袋的方法、要领给大家重讲一遍，这苹果套袋呀……”

〔华子高兴地上。

华　子 （唱）惊蛰一犁土，岗底出奇迹，
满山片麻岩变成果园十几里。
乡亲们乐得合不拢嘴，
是李教授给俺心里泡了蜜。

还有一件更高兴的事……（向内，喊）奶奶！

〔奶奶、金生上，梁晓燕随上。

华　子 奶奶、二叔，告诉你们个好消息！

奶　奶 啥好消息，华子？

〔李保国、郭素萍上。

华　子 李老师推荐我去农大进修的事，郭老师已经给我联系好了。晓燕姐，明天我就要去报到了。

梁晓燕 真的？奶奶，恭喜您，华子要上大学进修了。

华　子 我做梦都没想到……（转身）李老师、郭老师，谢谢你们！

奶　奶　李教授，郭老师……好人，大好人哪！（唱）

华子三岁成遗孤，
打小没有享过福。
照看一个老奶奶，
拉拽一个笨二叔。
家贫穷中学没毕业，
亏欠孩子误了前途。
不承想来了个李教授，
苦命娃也能进城去读书。

郭素萍　华子，到了学校一定要好好地学。

金　生　娘，华子走了，我咋整？

奶　奶　有点出息！还想拖累华子一辈子不成！都快四十的人啦，就不想着学点本事，养活自己。

李保国　金生，你先跟着晓燕学苹果套袋吧。

金　生　我笨……

梁晓燕　你不笨，我一定教会你。

华　子　晓燕姐是研究生，一准能教会你。

〔群众甲急上。

群众甲　李教授，您快去看看，一套袋，这果柄就断……

李保国　素萍，走，看看去。

〔李保国等随群众甲下。

奶　奶　华子，奶奶帮你收拾收拾，明天好进城。（下）

梁晓燕　（拦住金生）金生叔，（将套袋递给金生）来……

〔梁晓燕、金生二人走近苹果树。

梁晓燕　金生叔，把纸袋打开……

〔杨来福等人上。

梁晓燕　跟着我的动作，套在小果子上，看我的手……

金　生　哎。

梁晓燕　轻一点……

金　生　坏了，我把果柄碰断了！

杨来福　（拾起掉在地上的幼果）你们看看，刚结的小果子，一套袋，不都得碰掉了，这简直是糟蹋年景……

金　生　我笨……（跑下）

杨来福　我当了一辈子果园把式，没听说过苹果套袋！小梁老师，今天，我和大家来，就是跟你们说一声，这苹果套袋，我们不做了！

梁晓燕　（着急地）不做？不行！这“富岗”苹果是已经注册的新品种，必须按李老师规定的一百二十八道工序办！不错，过去是从没有给苹果套过袋，可这是引进的新技术。来福叔，套了袋的苹果防虫害、没污染，而且品质好，长的个儿还大……

杨来福　大，还能大过西瓜？

梁晓燕　你，你不讲理！

杨来福　我是看明白了，人家是带着学生……叫什么课题组，在咱岗底搞试验呢！

〔杨茂林搬套袋箱子走来。

杨茂林　胡说！杨来福，我可告诉你，李教授的套袋技术，是科学，是给咱培育优质苹果，咱不能打着灯笼走瞎道。再说，你杨来福那点把式，早老掉牙了！所以，必须听李教授的！这些套袋箱子，我都搬来了，每个人必须领纸袋。领多少，说！

〔众人不语。

杨茂林　都成没嘴葫芦了？……乡亲们，这些套袋可是李教授花好几万块钱给咱岗底买的，那是人家自己的课题经费！人家为啥呀？人家为啥呀？杨来福，你说说！

杨来福　这不明摆着，无利不起早，等到秋后得成倍偿还呗。

梁晓燕　来福叔，你！……这果袋你爱套不套，可你不能污蔑我们的老师！你们都已经看在眼里了，为了岗底，李老师把家搬到村里，把儿子从保定转学到内丘。他还带着病，一把一把地吃药，没白没黑地干，天天在地里啃凉馒头……他傻呀，他为了什么，他为了什么呀？

杨来福　（嘟囔）他为什么我哪儿知道？

杨茂林　（气急地）住嘴！杨来福，你这块熟红薯，甩到墙上还真成橛了！

梁晓燕　杨支书，既然这样，我们无话可说，等李老师回来，我们马上走，离开岗底！（欲走）

〔李保国上。

李保国 晓燕，我说过，不培育出优质的“富岗”苹果，不让乡亲们过上好日子，我是不会走的！

众　人 李教授……

郭素萍 乡亲们，来福兄弟……（唱）

咱要把优质苹果来培育，
改变观念才能创奇迹。
让科技走进咱的新农村，
庄稼人才能迎来新天地。

杨来福 （唱）郭老师一席话虽然有道理，

归根到底还是咱农民没底气。
你们在城里端的是铁饭碗，
旱涝保收不用急。
咱农民的饭碗是土做的，
遭点风雨化成泥。
咱赢得起来输不起，
一步走错饿肚皮。

众　人 （唱）咱赢得起来输不起，

一步走错饿肚皮。

杨来福 李教授，郭老师，我这个人直肠马肚，就说这果树本来就是好一年赖一季，它跟种庄稼一样，四季交替，风雨有时。你们倒好，这又剪枝、又疏果，刚防了病虫害，这又要套袋，等到秋后果树真要挂不住果咋办？

众　人 是呀。

杨来福 李教授，对不起……（扔下套袋下）

〔众人也纷纷扔下套袋下。

杨茂林 （慢慢走到李保国身边）李教授，都怪我没做好工作，岗底人觉悟低！您放心，家有千口，主事一人，我支部书记支持套袋！我这就召集他们开会。我就不信铁豆子下油锅，油盐不进！

〔杨茂林欲走，李保国拦住。

李保国 杨书记……（唱）

此事不能怪怨你，
更不能抱怨农民觉悟低。
乡亲们谁不想做个好梦，
可炕凉炕热还不托底。
赢得起来输不起，
一步走错要饿肚皮。
这是他们的心里话，
看到实惠方能解惑化忧虑。

杨书记——（接唱）

先租你一百棵果树，
由我单独来管理。
到秋后效益归岗底，
损失由我来补齐。

杨茂林 不，不！李教授，这说啥也不行，您全是为了俺岗底，哪能让您这么办呢？

李保国 就这么办！杨书记，马上去落实。

杨茂林 不，李教授……

李保国 你忘了，一切听我李保国的！

杨茂林 （服从地点头）好吧！（下）

梁晓燕 老师，刚才……您不生气吗？

李保国 （摇摇头）不，他们说的话糙理不糙。山里人常年贫穷，命中一升，不求一斗。他们还不懂得科学，不相信知识能改变贫穷，改变命运……所以，先做给他们看，再带他们干。这些年，无论是治理片麻岩，还是建果园，培育新品种……不就是这样一步步在改变他们的观念吗？

〔郭素萍和学生们都深深点头。

郭素萍 保国，我跟同学们挨家挨户地去做做工作。

李保国 好，我们分头去。

郭素萍 好。

〔众人下。

〔奶奶拉着金生上。

金　生　李教授……

李保国　金生？……大娘！

金　生　李教授，我娘骂我了。

李保国　为啥呀？

金　生　骂我没出息……李教授，您说，我能变得不笨吗？李教授，您就教我套袋吧，别嫌我手脚慢，我好好学，我一定能学会！

李保国　好！金生，我一定教会你。

金　生　好！

〔李保国爬到树上。

〔幕内歌声起：

“果树是课桌，
课堂在山场。
学生是农民，
教授爬树上……”

〔一束光下，李保国教金生套袋。村民们陆陆续续上，感动地望着李保国，大家开始给苹果套袋。

〔音乐起。

〔暗转。

三

〔灯亮。一个月后。

〔课题组住处。

〔赵丽等人拿着课题提纲走来。

赵　丽　晓燕！

〔梁晓燕上。

赵　丽　晓燕，李老师回学校讲课，今天回来吗？

梁晓燕　一准儿回来。

赵　丽　（对身边的同学）怎么样？我没猜错吧。多亏我……晓燕，给技术员培训的讲课提纲，我已经写完了。

众　人　我们也写完了。

梁晓燕 你们哪，怕挨老师训吧……没错，李老师昨天夜里还来电话说，今天回来就要检查咱们的讲课提纲……

〔众人笑。

〔泪水潸然的王丽红上。

梁晓燕 丽红，你怎么啦？你哭什么？……是不是你父亲的病又犯了？

众　人 丽红姐。

〔李保国、郭素萍上。

李保国 同学们！……

众　人 李老师，郭老师，你们回来了？

李保国 回来了。（看见王丽红）丽红，我和郭老师正要找你呢。听说，你父亲又病了？

王丽红 哦，没有……

郭素萍 丽红，我跟你李老师都知道了，是昨天回学院上课，你一个老乡同学告诉我们的。

李保国 你父亲病得很重，急需去市医院做手术，可就是凑不够钱……（拿出银行卡）这张银行卡，你拿着……

王丽红 不，不，李老师……这钱我不能拿，坚决不能拿！上次我父亲到市里检查，还是您给的钱……

郭素萍 丽红，听李老师的话。

王丽红 郭老师，李老师，你们自己舍不得吃，舍不得穿，省下钱来，都贴补给我们。可你们……郭老师，这几年，都没见您去过大商场，您穿的衣服都是打折的……您也是女人，也是大学教授。李老师这件红色冲锋衣还是您在地摊上买的……

李保国 是吗？我都不记得了。我们都上了年纪，整天又钻山沟，穿啥都行。丽红，把钱拿上，回去尽快把你父亲的病治好。老人都不容易，特别是咱们家住在农村的老人，为了供我们进城读书，一辈子省吃俭用，俗话说，子欲孝，亲不待……

王丽红 老师，我……

郭素萍 丽红，把钱拿上。赶紧回去，万一耽搁了，会后悔一辈子的！听话！（递银行卡）

梁晓燕 丽红，你就拿上吧。

众　人　拿上吧。

王丽红　（接过银行卡）老师，谢谢你们啦！（深深地鞠了一躬，下）

郭素萍　快回去吧。

李保国　同学们，果树技术员的培训马上就要开始了，你们一定要认真准备讲课提纲，我要亲自过目！……对，还有，你们的毕业论文，也要抓紧时间，一定要结合我们的实践，选好题目！

众　人　好。（下）

〔杨茂林匆匆上，后面跟着李东奇。

杨茂林　李教授——

李东奇　妈……

李保国
郭素萍　东奇？……东奇你怎么来了？

〔李东奇不语。

杨茂林　李老师，今儿个一大早，我去县城办事，遇见东奇的老师。他正要给您打电话，说东奇跟同学打架了……

郭素萍　打架？

杨茂林　对，我赶忙去中学看看东奇……正好，今儿个是周末，就把东奇领回来了。

郭素萍　东奇，伤着没有，伤哪儿啦？

李保国　（生气地）怎么，你跟同学打架了？（欲发作）东奇！……

杨茂林　（急忙阻止）李老师，孩子……

李保国　杨书记，你去忙吧！

〔杨茂林无奈地走下。

李保国　东奇，你已经长大了，怎么还跟同学打架？

郭素萍　（制止地）保国……

李保国　你知道爸爸妈妈每天有多忙吗？（唱）

扎根太行担重任，
要让乡亲早脱贫。
治理荒山建果园，
没白没黑常常深夜伴星辰。
可你，还来添乱！

郭素萍 保国！……东奇，爸爸妈妈真的很忙，其实，爸爸让你转学，就是想让你离我们近一点，也好照顾你。

李东奇 （突然爆发）你们照顾我什么了？照顾我什么了？你们照顾我什么了?!

郭素萍 东奇……

李东奇 爸、妈，你们真的很崇高啊，你们不断地跟学生讲知识改变命运，知识改变命运。可正当我面临考高中那年，你们却让我转学到这里，你们还怨我跟同学打架。你们知道，我一个人有多孤独吗？（哭了）

李保国 （一怔）东奇……

李东奇 我真羡慕你们的学生，羡慕那些农民，甚至我还羡慕那些果树。你们把温暖、呵护都给了他们，他们天天能看到你们的样子……那天，同学过生日，他爸爸妈妈给他买了那么大的生日蛋糕。可我长这么大，你们陪我过过生日吗？小时候，你们下班，我睡着了；等我醒了，你们又走了……爸、妈，东奇想你们，你们知道吗？（唱）

三个月难见你们身影，
梦中哭醒心空空。
不见妈，不见爸，
望着夜空数星星。
更怕周末同学们回家去，
剩下我一个人孤零零。

郭素萍 东奇！

李东奇 妈……

郭素萍 （唱）哪有爸妈不把儿女爱，
哪有爹娘不懂儿女情。
儿是爹娘的连心肉，
怎奈是你爹你娘偏偏忙不停。
多少回想来看儿抽不出空，
多少回梦见我儿回到家中。
多少回想儿子梦中哭醒，

多少回梦中听见儿轻轻呼唤，
爸爸妈妈叫连声。
我的儿呀！
欠儿的爱爸爸妈妈记心底，
到来日滴滴点点，点点滴滴，加倍偿还爱儿的情！

李东奇 （委屈地）妈！

郭素萍 儿子，都是妈妈不好。

李保国 东奇——（拉住李东奇，被李东奇甩开）

郭素萍 东奇，爸爸的犟脾气你是知道的。虽然他嘴上不说，可他心里一直惦记着你，常常夜里躺在床上，翻来覆去睡不着——

李东奇 （含着眼泪扑到李保国怀里）爸——

李保国 儿子——

〔一家三口拥抱在一起。

〔音乐起。

〔暗转。

四

〔灯亮。晨曦，雨后。

〔岗底，课题组住处。

〔王丽红等人上，正遇梁晓燕拿着雨伞上。

梁晓燕 丽红，李老师又一宿没睡。

王丽红 你说什么？

〔远处，一束光起。雨伞下，李保国正在马灯旁观察病虫害。

梁晓燕 最近果园里发现了病虫害，一连几天，他都在做病虫害的观察。他说，下雨天的夜里是红蜘蛛等害虫活动最频繁的时候……

王丽红 李老师就是这样，老百姓需要什么，他就研究什么。只是老师太辛苦了，该让咱们去做……

梁晓燕 连郭老师要替他，他都不答应。他说要亲自掌握第一手材料……

〔音乐起。众人激动地望着李保国的身影。

〔李保国处光渐暗。

〔这时，赵刚拿着几封退稿信急急走来。

赵　刚　王丽红！

王丽红　赵刚，有事儿？

赵　刚　你们看……（举信）退稿、退稿、退稿……还有你的，（把信交给王丽红等）我们尽心竭力写的论文，都遭到了如此相同的命运。所以，我也在怀疑，咱们现在的论文题目，究竟有没有学术价值？为什么杂志、刊物都不给发表？

王丽红　其实我们写的文章，都是按李老师说的，结合生产实践，有宝贵的实用价值……

赵　刚　没错！我想，我们扎根太行山，帮助农民脱贫致富，是有意义。我们从实践中确定论文题目，农民需要，老百姓欢迎。可是杂志刊物需要的是学术价值，需要论文和当今尖端的理念接轨……

王丽红　是啊，我们目前的选题发表太难了……

赵　刚　所以，我想，我们的毕业论文就是写了，刊物不给发表，怎么办？

梁晓燕　可是李老师的许多论文，都是结合实践，比如《太行山片麻岩的综合开发治理》《太行山板栗的集约化栽培》等等，不都在期刊发表了吗？而且还在全国、全省获得了科学技术进步奖。

赵　刚　可那是李保国呀，博士生导师，知识渊博的教授！我们是谁呀？

〔众人沉默。

学生甲　所以，我的论文一直没有动笔……你们呢？

〔众人摇摇头。

〔李保国、郭素萍上。

李保国　怎么回事，都还没动笔？……梁晓燕，你的毕业论文不是写关于果树地膜覆盖的内容吗？王丽红，你的论文不是想颠覆传统的果树修剪时间吗，多好的题目！

郭素萍　是呀，还有其他人的选题，那可是咱们从实践中不断摸索出来的新东西，多有价值呀！你们为什么还没写呢？

李保国　你们怎么不说话？

〔众人依然不语。

郭素萍　你们怎么啦？

梁晓燕　老师，不是我们不说，是……

李保国 是什么?

赵　刚 我说!老师,我说了,您可别生气……您经常说,我们写论文要接地气,我们的选题,能让太行山绿,能让那里的农民富起来……

李保国 对,对!

赵　刚 可是,人家却说……

众　人 (唱)接地气的课题上不了层次,

脱贫致富的论文没有学术价值。

既不是高精尖更没有前沿意识,

杂志期刊不会登我们白费力气。

李保国 什么,上不了层次,没有学术价值?不对,说得不对!让贫困的乡亲不再受苦,让几亿农民过上小康的日子,这是立天下的大事!如今,山里人还在弯着腰,种着那一块块墙上挂着的地。还在过着种一葫芦收一瓢的日子。我们不该着急吗?不该为改变他们的贫穷日子去担当吗?……所以,同学们,我们不能把眼睛只盯着刊物、杂志,我们要把眼光盯住农民!……老百姓有句土话,萝卜白菜,各有所爱。我想过,这辈子,我李保国成不了大专家,也不想攀登科学上的珠穆朗玛,只要服好务,让老百姓不再受穷,我就心满意足了。就是为这个,我要让李保国变成农民,把更多的农民变成李保国。也就是让教授、科技工作者懂得农民,贴近农民,让农民成为有知识、懂科技的专家,这个转变该是多么大的一篇论文啊!(唱)

一篇论文,

为了一个可喜的改变;

一篇论文,

为了富裕的太行山。

字字句句都是农民的致富路,

章章篇篇都和农民来结缘。

开花结果是父老乡亲的期盼,

春华秋实让农民露出笑脸。

太行山长我的论文就有多长,

太行山宽我的论文就有多宽。

大论文是一幅太行画卷，

好论文就应该写在农民心里边。

把论文写在大地上，

把论文写在这雄伟壮丽、巍峨多姿、美丽富饶太行山。

同学们，这就是我们农大正在走的太行山道路，我们要像接力赛一样，一棒一棒跑下去，一代一代传下去！我们就是要把论文写在太行山上、写在祖国大地上、写在几亿农民的心里！

众　人　把论文写在这太行山上、把论文写在祖国大地上、把论文写在几亿农民的心里！

〔众人簇拥在李保国、郭素萍身边，望着巍巍太行，遐想万千。

〔音乐起。

〔暗转。

五

〔大屏幕上，李保国的汽车在太行山逶迤的山路上奔驰。

〔一束束灯光下，四面八方的山里人都在期盼李保国的到来。

〔村民们的画外音：

“李教授，我是绿岭的高志男，试制纯天然核桃乳的设备和原料已经准备好了，就等您早点过来做试验了！”

“李教授，我是葫芦峪的，我们这儿‘山水林田路’的综合治理，就等着您来做规划哪！”

“李教授，我是南和的，试种红树莓的项目，我们已经准备好了。您什么时候带我们去东三省考察啊？”

“我是秦皇岛的……”

“我是临城的……”

“我是井陉的……”

“李教授，我是平山李家庄的，我们的果树培训班已经办起来了，就等您过来讲课了！”

……

〔幕内主题歌：

“那是谁的身影，脚步匆匆，
他在太行山里走了一生。
见不得乡亲们还在受穷，
撑着带病的身躯，
汗洒盛夏，血浸寒冬……”

〔暗转。

〔医院病房。

郭素萍 保国，你该好好歇歇了！这几个月，秦皇岛、承德、保定……你没白没黑地跑，你都是累病的……快躺下，你不能再这样到处跑了，好好休息……

李保国 素萍，你跟大夫好好说说，让我出院吧。

大　夫 李教授，您不能出院。您的病十分严重，不但患有重度糖尿病，还有严重的疲劳性冠心病，您的血管已经狭窄到连做心脏支架的可能性都没有了。所以，必须卧床休息。（下）

郭素萍 保国，你听到了吧，你的病真的很严重。

〔杨来福穿着西装，提着一个篮子走来。

杨来福 李老师！

李保国 （辨认地）你？……杨来福？

杨来福 是我、是我……

李保国 哎呀，来福，你这身行头……

郭素萍 我还以为是我们学院的教授呢！

〔李保国、杨来福、郭素萍笑。

李保国 来福，你一准是去北京机场，今天的航班出国！

杨来福 对、对，您给我的机票！听说您病了，我咋也得站下看看您……（从篮子里取出食品）您看，眼下山里没啥好吃的，老伴半夜起来给您烙了几张黏饼子……

郭素萍 来福兄弟，快坐下。

杨来福 不了，坐个方便车，捎脚到北京，人家还在门口等着呢……李老师，今天我来，还有一句藏在心里的话，一直想对您说。李教授，我杨来福充其量就是个山沟里的土把式，可您自己出钱给我买了飞机票，郭老师又给我置办了这身西装……李教授，您才是岗底的大功臣，今天让我漂洋过海出国享福。

郭素萍 来福兄弟，你不是去享福！李老师让你这个果园的老把式出国学习新技术，回来当老师！

李保国 没错！来福，往后，你就是岗底，也是太行山不走的李保国！

杨来福 李老师，您想让我变成您，我杨来福下辈子也赶不上您李保国呀！

〔郭素萍、李保国、杨来福大笑。

李保国 行了，来福，既然有车等你，快走吧！只是，我不能亲自送你了……

杨来福 不，不！……李老师、郭老师……（鞠躬，下）

〔桌上电话响起了急促的铃声。

郭素萍 （接电话）杨书记？……什么，你们那儿下雪了？

〔李保国一惊，抢过电话。

〔此时，大屏幕上狂风飞雪。舞台一角，一束光下，杨茂林在打电话。

杨茂林 李教授吗？

李保国 杨书记，我是李保国。

杨茂林 李教授，这大春天的，咋突然下起雪来了，越下越大，咱那果树刚刚长出花骨朵，转眼全给盖住了。

李保国 大雪覆盖面积很大吗？

杨茂林 覆盖面积非常大呀，从东到西……听老人们说，这叫倒春寒。

李保国 没错，雪下一条线，霜冻三月天，是倒春寒！

杨茂林 李教授，您得想个法子！

〔李保国望了望窗外，沉思片刻。

李保国 （对电话）听着，你马上组织大家往山上搬木柴、运秸秆，清除树上的积雪，点燃柴草熏烟，烟越大越好，马上行动！

杨茂林 我马上去。

〔李保国放下电话，一屁股坐在沙发上，手捂胸口。

郭素萍 保国，别急别急，我去叫大夫！

李保国 （阻止）不用。

郭素萍 先吃两片药……（拿药）

李保国 我哪有时间吃药！（站起欲走）

郭素萍 保国，你要去哪儿？

李保国 邢台！

郭素萍 （大惊）你不能去！

李保国 十年不遇的倒春寒，对果树危害最大，再加上降雪的面积大，我担心，整个西部山区的果树全都……

郭素萍 保国，咱一处一处地打电话不行吗？

李保国 不行，我必须亲自到现场察看灾情。

郭素萍 保国，你还住着院哪……

李保国 素萍，如果抢救不及时，措施不得力，也许三两天、一天、几个小时，就会造成无法挽回的损失……

郭素萍 保国，咱也得要命啊……

李保国 ……如果那一片片果树真的都毁了，农民这一年的收成就全完了，我这个专家、教授还有什么用啊！（跑下）

郭素萍 保国！（追下）

〔音乐起。

〔暗转。

〔深夜，村口。

〔李保国与郭素萍急急地上。

李保国 （焦急地）老乡，前边出啥事了？

〔三叔、山根、二混等人上。

山　根 几辆大卡车撞在一起了，把道路堵得严严实实……老乡，今晚上一准走不了啦！

李保国 走不了啦？

三　叔 老乡，别着急！怕过路的冻着、饿着，有热水、方便面。山根，快，给二位泡碗方便面暖和暖和……

李保国 不用……

山　根 这是我们村主任。

〔三叔欲将大衣给李保国披上，突然愣住了。

三　叔 ……李保国教授……这不是李保国教授吗？

〔众人一惊，急忙走近。

众　人 （激动地）对、对，没错！李教授！（与李保国握手）

〔村里有人陆续提着灯笼走来。

李保国 你们?

三　叔 河东村的！李教授——（唱）

那一年苹果树得了根腐病，
您连夜开车来到河东。
三天三夜没睡觉，
一棵树一棵树打药治病。
乡亲们看着都心疼，
秋后树上挂满了果。
全村人心里点亮一盏灯，
咱河东人心里有杆秤，
知恩报恩一辈子忘不了您的那片情……

众　人 是呀！

李保国 （手机铃响，接电话）……对对，杨书记，要快……全村动员，争取时间，连夜运秸秆儿，果园周围的烟越大越好……

三　叔 你们这是要去哪儿?

郭素萍 去邢台。那儿下大雪了，上万亩的果园遭受了倒春寒。这不，李老师要连夜赶到邢台，亲自指挥救灾。

三　叔 这是争分夺秒的大事呀！可又偏偏遇上堵车……

众　人 这可咋办?……

二　混 着急也白搭，只有等明天……

〔三叔等人着急地走来走去。

三　叔 （突然）有了，有办法了！

众　人 有啥办法呀?

三　叔 推墙！

众　人 推墙?

三　叔 对！把我家临街的那面墙推倒，让李教授的车从那儿绕过去。

山　根 对呀！三叔，咱两家院墙挨着，一块儿推倒，让李教授的车宽宽绰绰从那儿过去！

李保国 老乡，不行不行，怎么能为了我推倒你们的院墙呢?

三　叔 李教授，咱们可是一家人啊！再说，三更半夜的，您为谁呀，是为咱老百姓呀！李教授。您把老百姓当亲人，咱老百姓也把您当亲人呀……乡亲们，推墙！

李保国 不行——老乡，不行——

〔众人急下。

〔轰隆一声，传来墙倒的声音。

〔幕内伴唱：

“墙倒下轰然一声，
无怨无悔只为情。
人与人心与心，
相依相连热泪涌。
太行的老百姓呀，
我的农民弟兄！”

〔李保国、郭素萍二人挥手转身下。

〔蜿蜒的红灯笼，乡亲们为李保国送行。

〔暗转。

〔大屏幕上，漫天大雪，远处山上点起一堆堆篝火。

〔李保国、郭素萍在风雪交加的大山里艰难地爬行……

〔大喇叭里传来一个响亮的声音：“乡亲们，告诉大家一个好消息，李教授连夜从保定赶来了！”

〔李保国内声：“乡亲们，只要我们战胜这场倒春寒，咱们的富岗苹果，明年就进入盛果期了，明年就是大丰收！……”

〔音乐起。

〔暗转。

六

〔灯亮。除夕。

〔保定，李保国家。

〔李保国、郭素萍二人，风尘仆仆，提着行囊上。

李保国 （唱）迎着朝阳车轮转，

郭素萍 （唱）彩霞染透太行山。

李保国　（唱）往年春节山里过，

郭素萍　（唱）今年回家吃大餐。

〔李保国、郭素萍进屋。

郭素萍　保国，开了一天的车，累坏了吧，快坐下歇会儿。保国，每年过年咱们都在山里，今年添了个小孙子，咱们回保定全家过一个团圆年。今天是腊月二十九。所以，咱俩得好好商量商量今年这个年咋过。

李保国　对，今天是腊月二十九，明天就是除夕。

郭素萍　没错。

李保国　把儿子一家都接过来，让咱那小孙子早点来，让爷爷、奶奶抱抱小孙子。晚上，咱们全家吃顿丰盛的年夜饭。

郭素萍　好，明天一早我就去超市。保国，你都想吃啥，拉个单子。

李保国　素萍，你说咱给小孙子买点啥？

郭素萍　我早就想好了，给他买两套贝贝童装，还有磨牙玩具。

李保国　好！好！……（笑）

郭素萍　保国，我也想了，一年到头了，你也该添件新衣服了，给你买件红羽绒服，红红火火过大年！

李保国　你呢？

郭素萍　我就不用了。

李保国　你也买一件，今年买个正规厂家的，不要总跑地摊了。

〔李保国、郭素萍大笑。

〔这时，隐隐传来鞭炮声。郭素萍手机响。

郭素萍　（接电话）学校……梁晓燕？……晓燕，对，我跟你李老师刚到家。什么？你们的博士论文都发表了，出版社还给咱出了专刊，叫作“太行山的道路”……太好了，太好了！我一定告诉你李老师……李老师好，可高兴了，就惦记着抱小孙子哪！什么……多住些日子？不行，李老师说，过了年马上回岗底。富岗公司要扩大经营规模，还有技术培训，都要着手……对！……咋，这么早就拜年？什么，今天就是除夕？……今年没有三十……好，好，也祝你们新春快乐！

〔郭素萍呆呆地站在那里。

李保国　今年没有三十？

郭素萍　没有三十……

李保国 今天就是除夕？

郭素萍 今天就是除夕……

郭素萍 唉！都怪我……本来，盼着过年能够回家，给你，还有儿子、儿媳妇、孙子做上一顿丰盛的年夜饭，好好地过个除夕，可谁知……

李保国 素萍，你等着，车上有！

〔李保国匆匆下，拿着两盒方便面走来。他兴致勃勃地打开，泡面。郭素萍潸然泪下。

〔幕后伴唱：

“相看无言语，
鞭炮闹声喧。
两碗方便面，
夫妻过大年。”

郭素萍 （唱）风里来雨里去人生过半，
咱夫妻相濡以沫几十年。
受苦累天天奔波无悔无怨，
实心疼我的保国啊。
你咸菜一块馒头一个是一餐，
盼望着过年为你做顿好饭。
补一补身体解一解馋，
谁承想年夜饭成了方便面。
都怪我匆忙大意不周全，
保国，真对不起，都怪我……

李保国 素萍……（唱）
凝望着妻子疲惫的脸，
为我操劳白发添。
素萍啊，
要道歉该是我道歉，
是保国拖累你受苦颠连。
新婚刚把家门进，
你跟我就去太行山。

工作生活你照顾，
里里外外双肩担。
搬家装修靠给你，
儿子成家你周旋。
你两次手术我没陪伴，
同事代我把字签。
素萍啊，
李保国此生对得起天和地，
唯独亏欠你的没偿还，
没偿还……

郭素萍 （激动地）保国，不说了，什么都不说了……

李保国 素萍，这辈子，我就想干点儿事，干成点儿事，干成点儿对老百姓有益的事。就因为这个，有许多不该遗憾的遗憾，还非要留下遗憾，有许多不该牺牲的牺牲，还必须做出牺牲……

郭素萍 保国，我觉得，虽然有许多的失去，却是难得的幸福！

李保国 素萍，你说得对！来，为我们的幸福干杯！

郭素萍 好，干杯！干！

〔突然，李保国有些心思沉重。

郭素萍 保国，你怎么啦？

李保国 素萍，只是……我们对不起儿子！我们俩都是大学教授，我们带了那么多的硕士生、博士生，可我们自己的儿子却没能考上大学……

郭素萍 是我们耽误了孩子。

〔李东奇提着餐盒上。

李东奇 爸，妈！

郭素萍 （一怔）东奇？

李东奇 我一猜，就知道，我那糊涂的老爸、老妈忘了今天是除夕……

〔李保国、郭素萍笑了。

李东奇 所以，我们包了饺子，买了酒，给你们送来年夜饭！

李保国 我那小孙子怎么没来呀？

李东奇 他们在后面哪！（打开饭盒）爸，妈，快，趁热吃……你们怎么不吃呀?

李保国
郭素萍 吃、吃……

李东奇 (倒酒)来来来,爸、妈,儿子敬你们二老一杯!(举杯)

〔李保国夫妇已经泪水盈眶。

李保国 不,东奇,今天这酒……应该是老爸跟你喝杯道歉酒……这些年……

李东奇 爸,不说了!如今,儿子成人高考已经毕业,也圆了我的大学梦。爸,妈,你们该为我高兴才对!

郭素萍 高兴,高兴——

李东奇 爸、妈——

李保国
郭素萍 儿子!

李东奇 过去,是儿子不懂你们,有过怨恨。现在,儿子长大了,前些日子我走进太行山扶贫,我了解了农民,更懂得了你们!儿子为你们骄傲!爸、妈,今天儿子敬您二老一杯!(跪下)

郭素萍 (激动地)东奇!(扶起李东奇)

李东奇 妈!

郭素萍 儿子!

李东奇 爸!

李保国 儿子!

李保国
郭素萍
李东奇 (举杯)干!

〔此时,大屏幕上,鞭炮齐鸣,礼花漫天。传来一阵阵喊声,那是太行山和各地的人们热情地给李保国夫妇拜年。

众　人 李教授,过年好!

〔音乐起。

〔暗转。

七

〔秋天。

〔果园。村口。

〔华子拿着小喇叭边喊边上。

华　子　乡亲们，咱们采摘苹果，一定要按照规程进行，不能有一点伤损，否则，会影响售价。

〔杨来福上。

华　子　哎，来福叔，出国学习回来了？

杨来福　回来了！华子，我真得好好感谢李教授，人家自己出钱推荐我漂洋过海，出国学习种果树。还真是不学知识，不懂得科学技术，咱山里人就得受一辈子穷。这叫什么？这叫科技兴农！

华　子　（故意地）啊，行呀！孙悟空上趟西天，还成真佛了！来福叔真有点像李保国教授了！

杨来福　（笑了）去你的吧，我下辈子也赶不上李教授呀！

华　子　来福叔，我记着，当初你可没少给李教授出难题。还叫板："李保国要能救得了岗底村，我给他头朝下，绕着村转三圈儿……"

杨来福　你！臭小子……快别哪壶不开提哪壶了。后来见着李教授，我头都不敢抬，还是人家李教授说："来福呀，也别头朝下了，你就围着苹果树转三圈吧！"

〔杨来福、华子大笑。

杨来福　华子，咱这苹果今年的价码……

华　子　价码？保密！

杨来福　这价码还保密？

华　子　说出来怕吓着来福叔……听杨书记说今年最好的苹果，能卖到一百块！

杨来福　一斤？

华　子　一个！

杨来福　（一惊）一百块一个？

华　子　没错，"富岗苹果"，名牌！市场上供不应求……来福叔，咱岗底人不想发财都不行了！

杨来福 这都是托李教授的福……

〔金生提着一篮苹果匆匆上。

杨来福 金生！

华　子 二叔！

杨来福 金生，这是你家园子的苹果？

金　生 是，是……都是李教授手把手教我侍弄的。

华　子 来福叔，如今剪枝、疏果、治害虫、套袋……我二叔都学会了！

金　生 （从口袋里掏出一个红本本递给杨来福）你看这个……

杨来福 （接过）果树技术员？

华　子 没错，我二叔已经是果树技术员了！来福叔，您刚回来，还不知道吧？咱岗底已经有二百多人拿到这个证书了。

〔音乐声起：

“果树是课桌……”

金　生 这都多亏李教授！为教会我这个笨人，他把心都操碎了……我真舍不得他……（难过地欲落泪）

杨来福 金生，你咋啦？

金　生 我舍不得李教授，可他……今天就要走了！

杨来福 （一惊）离开岗底?!

华　子 今天就走？

杨来福 不行，不能让李教授走，一定留他多住些日子。

〔杨来福、华子、金生急急走下。

〔杨茂林追着李保国上。

李保国 老杨……你这是干啥呀，拉拉扯扯？

杨茂林 李教授，今天不走不行吗？

李保国 不行，我还要去绿岭、去葫芦峪……我又不是不回来了。

杨茂林 李教授，咱岗底真舍不得您走！……李教授，咱岗底当年，有雨遍地流，无雨渴死牛。如今，满山的果园，都是您亲手建起来的，不假吧？“富岗公司”也是您一手扶植成支柱产业，这也不假吧？现在富岗苹果卖上了大价钱，而且公司收益已经过亿，这都不假吧？既然您非走不可，有件事，您必须答应我！

李保国 说吧。

杨茂林 公司决定了，送您一个干股！

李保国 （笑）俗话说，人要一句话，佛靠一炷香。有你刚才这几句话，我李保国就没白来岗底。别的，免！

杨茂林 不，李教授……

李保国 杨书记，以后不要再提这样的事。我要是为了挣钱，就不来太行山，也不来岗底了！（欲走）

杨茂林 （拦住）李教授，今儿个您不答应也得答应！

李保国 我说不行就不行！

杨茂林 李教授，这些年，我事事都听您的，今儿个，您听我一回行吗？

李保国 杨书记，知道啥叫“杠头”吗？非像熟了的核桃，找砸！（笑）

杨茂林 （阻拦）李教授，您让我杨茂林说什么好啊，行！股份的事咱不提了，（掏出钱）这两千块钱，您别误会，这是我自己的，无论如何您得收下，就当给孩子买件衣服还不行吗？

李保国 （生气地）杨茂林书记！……（径直走去）

杨茂林 （突然大声喊）李保国要走啦！李教授要离开岗底啦！

李保国 老杨……

〔李保国终于被群众拦了回来。

众　人 李教授！

奶　奶 李教授，你怎么说走就走啊？

李保国 大娘，我还会回来看您，看岗底的乡亲们。

奶　奶 回来，一定要回来，你们走了，大娘想你们哪！（唱）

　　大娘我真心谢恩人，

　　一捧小米给你补补身。

金　生 李教授！（唱）

　　这苹果是您亲手教我种——

杨来福 李教授！（唱）

　　几块红薯怎能报大恩。

〔众人都端着礼物上。

众　人 （唱）你把心掏给太行八百里，

　　你把情送给岗底贫穷人。

山有情人有情情都在心里，

俺认你是咱最铁最亲的好乡亲。

〔李保国望了望礼物，给乡亲们深深鞠了一躬，转身欲走。

众　人　李教授……

杨茂林　好兄弟……这些山货是乡亲们的一点心意，李教授，您就收下吧。

众　人　收下吧！

奶　奶　李教授，今天，你真要空着手离开岗底，我们心里头过意不去啊！

众　人　是啊。

李保国　大娘，我不能收。（又欲走）

〔杨来福走上前。

杨来福　李教授，看来，您真的就这么走了……是啊，您见不得老百姓受苦受穷。搭着工资、带着病，进了太行山，做规划、搞科研，帮着那么多地界开山造地建果园……如今，太行山绿了，山上的苹果红了，咱富岗苹果还卖了大价钱……可你“哧哧”一笑，空着两手，连一个苹果都舍不得拿就走了……这是为啥，为啥呀？

李保国　来福兄弟，许多人也这样问我，是啊，我究竟为啥呀？（唱）

我并非不通情理心愚笨，

李保国也是一个平常人。

娘早逝跟随奶奶艰难度日，

乡亲们一瓢一碗，一布一衫。

恩如泉水，情如火盆。

一辈子怎敢忘本……

一缕春风暖，

多年的梦成真。

党培养我上大学当了教授，

更让我成为一名共产党人。

我知道进太行会吃苦，

我知道扎根深山，朝夕奔波。

无名无利，愧对亲人。

还将一副重担压在身，

我知道穷困山村盼脱贫。
我知道共产党人右手举起，
无怨无悔要为人民。
进大山圆了我报效乡亲梦，
更为这英雄的太行拔掉穷根。
如果说我为乡亲们出点力，
更该说太行山让我成为有用的人。
只要乡亲们不再吃苦，
李保国永远献出一颗心。
情愿把农民变成我，
把我变成一个老农民。

众　人　李教授！

杨茂林　李教授，说一千道一万，不管咋说，东西不收，您不能走！

众　人　对，不能走，不能走，不能走……

〔杨茂林说完，举起一篮苹果递到李保国面前。

李保国　（李保国思考片刻）好吧。我李保国就把这篮苹果带上。杨书记，我要把你们的优质苹果，把岗底人的一份心意，送给至今还贫困的太行山村。让他们也学习岗底，走科技脱贫的路，早一天过上富裕的日子！

〔李保国依依惜别地下。

〔音乐起。

〔暗转。

尾　声

〔灯亮。主题歌声中，屏幕上那辆汽车依然奔驰在太行山上。

〔车内传出人们的对话。

郭素萍：“保国，你该多休息几天……”

李保国：“不，该做的事情太多太多！葫芦峪的开发规划，南和红树莓的推广……还有要把绿岭、岗底的产业扶贫模式和生态旅游推广到整个太行山去……”

梁晓燕："老师，我们都跟不上您了！"

李保国："跟不上也得跟！"

〔汽车继续行进。

〔少顷。

〔突然，郭素萍大声喊叫。

郭素萍："保国！你怎么啦？"

〔所有声音戛然而止。

郭素萍："保国！"

梁晓燕："老师！"

郭素萍："保国！"

梁晓燕："老师！"

众村民："李教授！"

〔音乐强起，沉痛而凝重。

〔字幕："2016年4月10日，李保国教授因心脏病突发，不幸在保定逝世，享年五十八岁。"

〔切光。

〔光起。

〔愁雾中，人们从四面八方赶来。村民们，还有他的学生……眼含泪水，默默地缅怀着、追念着他们的恩人、恩师……

〔画外音："中共中央总书记、国家主席、中央军委主席习近平，对李保国同志先进事迹作出重要批示，指出：'李保国同志堪称新时期共产党人的楷模，知识分子的优秀代表，太行山上的新愚公。广大党员、干部和科技、教育工作者，要学习李保国同志心系群众、扎实苦干、奋发作为、无私奉献的高尚精神，自觉为人民服务，为人民造福，努力做出无愧于时代的业绩。'"

〔主题歌：

"那是谁的身影，脚步匆匆，
他在太行山里走了一生。
那是一双双焦灼的眼睛，
他用生命换来笑容。
那是一片贫瘠的土地，

他用知识绘成风景。

那是一双双焦灼的眼睛，

他用生命换来笑容。

为什么他眼里总含着泪水，

一份牵挂一片真情……”

〔歌声中，李保国乘坐的那辆汽车仍奔驰在太行山上。

〔灯暗。

——剧　终

《李保国》2017年由河北省河北梆子剧院首演，总导演黄在敏，邱瑞德饰演李保国，许荷英饰演郭素萍。剧目获文旅部第十六届文华大奖，入选中宣部第十四届精神文明建设“五个一工程”。

作者简介

孙德民　男，1941年出生，河北承德人，剧作家。创作五十多部戏剧、十多部影视剧，其中《李保国》《塞罕长歌》《雾蒙山》等十部作品入选中宣部全国精神文明建设“五个一工程”，八部作品获文化部文华奖，三部作品获“曹禺戏剧文学奖”。

杜　忠　男，1941年出生，河北崇礼人，一级编剧，发表上演各类剧本六十余部。代表作品有《梳妆楼》《老倌车》《魏象枢》《西太后》《长别赋》《李保国》（合作）等。

郭虹伶　女，1966年出生，河北容城人，编剧，研究馆员。代表作品有《灯魂》《红叶》《剑魂》《李保国》（合作）、《村官三把手》《雪道上的天使》等。

·滑稽戏·

陈奂生的吃饭问题

王宏 张军

时　间　公元1970年—2018年。

地　点　陈奂生家昔日和今天的小院，及主人公的心理空间。

人　物　陈奂生——男，三十岁至七十八岁，普通农民。

傻　妹——二十九岁，陈奂生的老婆，有点缺心眼的外来户。

陈　两——五十四岁，陈奂生的大儿子，县粮库主任，后来当上了粮食局副局长，人们习惯叫他“老大”或“两儿”。

陈　斤——五十二岁，陈奂生的二儿子，农民，后成为网店老板。人们习惯叫他“老二”或“斤儿”。

陈　吨——四十九岁，陈奂生的女儿，现任村委会主任。人们习惯叫她“老三”或“吨儿”。

马丽霞——四十五岁，陈斤的媳妇，小商贩。

刘和平——四十九岁，陈吨的丈夫，乡村小学代课老师。

王本顺——男，三十一岁至七十九岁，原生产队队长，农民。

吴书记——男，四十岁，县委书记。

纪检干部甲、乙，县委干部，医护人员，吹鼓手及村民若干。

序　幕

〔2018年，初春。

〔陈奂生家今天的小院。

〔幕内乡村大喇叭里的广播声：“听众朋友们，今天是2018年3月8日，星期四，现在播送《环球日报》记者张军为纪念改革开放四十年所做的系列报道《民以食为天》。文章称，联合国食品权利问题特别讲述者德斯楚特日前在联合国大会上指出——现在世界上有十亿人在忍受饥饿带来的困扰，平均每六秒钟就有一个儿童饿死……全球粮食危机的严重性今后不可能下降……”

〔广播声中幕启。一束定点光下，病弱的陈奂生裹着一件老棉袄，微闭着眼睛，独坐在太师椅上。

〔幕内广播声继续着："民以食为天，国以民为本。考古证实，中国人于六千年前就发明了水稻人工种植技术，可历朝历代老百姓的吃饭问题却一直都是令统治者头痛的大事……始于公元1978年的改革开放，解决了十几亿中国人的吃饭问题，这是共产党人创造的又一个世界性奇迹……"

陈奂生 （喃喃自语）吃饭，吃饭……吃饭是个问题，问题不是吃饭，不是吃饭问题……我陈奂生现在是吃不了饭了，中大奖了，食道癌，大夫说，晚期了……不说了，七十八岁了，没病也是晚期了……（向小院外望了望）我有病这话可不敢让儿女们听见，他们都忙，告诉他们就等于给他们添了心病，谁也替不了我，没必要。更不能让王本顺那个老家伙听见，他就爱看人笑话……王本顺，狗日的，我这辈子，倒霉就倒霉在他身上。1970年，对，七零年，他撺弄我跟个要饭的女人成了亲，让我这个童男子破了身，用现在的话……怎么说来着？对了，节操碎了一地……

〔"人民公社"时期的歌声传来。

〔暗转。

一

〔1970年，初春。

〔光启。陈奂生家昔日的小院。

〔歌声延续，陈奂生缓缓站起来，人陡然变得年轻了。

〔他懒洋洋地端起饭碗。远处，出工的钟声响起。

陈奂生 还敲钟，饭都吃不饱，哪有力气下地呀？

〔傻妹上，抢过陈奂生的饭碗撒腿就跑，被陈奂生大声喝住。

陈奂生 站住！

傻　妹 嘿嘿，啥事呀大哥？

陈奂生 啥事呀？那是我的午饭！

傻　妹 嘿嘿，是你的，给我吃不行呀大哥？（欲走）

陈奂生 站住！我的饭凭什么给你吃呀？你傻呀！

傻　妹 嘿嘿，我傻，别人都说我傻……（转身又要跑）

陈奂生 站住……

〔陈奂生与傻妹在院里兜着圈子，陈奂生抽冷子一把将她抱在怀里。

陈奂生 我的饭，我的！

傻　妹 我的，我的……

〔陈奂生与傻妹两人僵持着。王本顺上。

王本顺 干什么呢！调戏妇女呀？陈奂生，你个老光棍长能耐了？

陈奂生 我的，我的！

王本顺 什么你的？你抱着就是你的？那我抱着还是我的呢，行吗？

傻　妹 行！

王本顺 什么？

傻　妹 只要有吃的，我就跟你！

王本顺 啊？她……（对陈奂生）她是哪儿来的？

陈奂生 我哪儿知道？

傻　妹 我是从苏北来的！

王本顺 你到我们这儿来干什么？

傻　妹 干革命！

王本顺 干革命？那也得有具体工作呀！

傻　妹 我有工作！

王本顺 啥工作？

傻　妹 要饭！

王本顺 要饭？你跟谁一起来的？

傻　妹 我男人！

陈奂生 那你男人呢？

傻　妹 给我买好吃的去了！

王本顺 噢，去了多长时间了？

傻　妹 六年半！

陈奂生 六……咳！（对王本顺）她这是叫人甩了？

傻　妹 胡说！是我把他甩了！（擤鼻涕，甩掉）甩了！

〔王本顺上下打量着傻妹。

傻　妹 嘿嘿，你看上我了？带我回家呗！

王本顺 去！我家里有媳妇！

傻 妹 有媳妇怕啥？还多我一个呀？

王本顺 你……你先到一边歇歇……（把陈奂生拉到一边）陈奂生，好机会呀。

陈奂生 什么好机会？

王本顺 老天爷给你送媳妇来了……

陈奂生 队长，别开玩笑了！找媳妇我也不能找个外来的……

王本顺 不找外来的？咱村里有人跟你吗？说。

陈奂生 报告队长，我可以负责任地说，咱村里……没人跟我。

王本顺 那不结了。给我说句实话，你想不想女人？

陈奂生 报告队长，我可以负责任地说，王八蛋不想！

王本顺 那不结了！哎，再给我说句实话，你觉得她长得怎么样？

陈奂生 她……（打量傻妹）她这脸上全是泥，啥也看不见。

王本顺 你仔细看看，透过现象看本质……

陈奂生 本质更看不见。

王本顺 你别看肤色，你看这轮廓，有腰有胯，屁股大，能生娃娃！奂生，你捡着便宜了！

陈奂生 队长，你别看她是个要饭的，说不定她还看不上我呢。

王本顺 你也太没自信了……我问问她。（对傻妹）大妹子，你想嫁人吗？

傻 妹 嫁人？我嫁人有条件！嘿嘿。

王本顺 那你说，啥条件？

傻 妹 吃饱饭！嘿嘿。

王本顺 吃……成了！（对傻妹）大妹子，我问你，他要负责供你吃饭，你同意嫁给他吗？

〔傻妹凑上前看了一眼陈奂生，然后使劲点头。

王本顺 你看！陈奂生，我再问你一句，你什么意见？

陈奂生 队长，我怎么感觉这姑娘脑子有毛病呀？

王本顺 脑子没毛病能看上你呀？

陈奂生 ……也对，脑子有毛病又不耽误生孩子，我愿意。

王本顺 我说陈奂生，既然你没意见，那这事我就做主了，你俩现在就成亲！

陈奂生 现在？

王本顺 （小声地）趁现在她还饿着，吃饱了就反悔！

陈奂生 也对……队长，那也得履行个手续呀！

王本顺 手续好办，本人是生产队队长，法律上的事我说了算。你们俩，把手伸出来，伸手！

〔陈奂生与傻妹不知所措地伸出手。

王本顺 （从腰间摸出一枚大红色的公章，放在嘴上"哈"了一下，在两人手上各盖了一个大印）成了！

陈奂生 这就成了？

王本顺 还缺什么？

傻　妹 拜堂！

王本顺 拜堂？明白，这红白喜事我内行呀……不行，妹子，那叫"封、资、修"呀，不能搞……

傻　妹 不行！没拜堂不行！

王本顺 成！这儿也没别人，我小声喊着，你俩照着做！

〔王本顺小声、快速地喊着，陈奂生与傻妹照着做。

王本顺 一拜天地，二拜高堂，夫妻对拜，送入洞房！礼成……齐活了！

傻　妹 光拜堂不行，还要白糖！

王本顺 还拜堂？这不刚拜完吗？

傻　妹 白糖！吃的，白、糖！

陈奂生 她要吃糖，队长，供销社里有白糖……（欲下）

王本顺 回来！你个榆木脑袋！先入洞房，再吃白糖！万一反悔，全都白忙！

陈奂生 ……那行，入洞房是大事，我再问问清楚，万一人家……大妹子，我家穷，没钱，你看咱俩……

傻　妹 啰唆什么？快点吧进洞房吧！我还等着吃饭呢！

陈奂生 ……哎！

王本顺 （把陈奂生与傻妹推入屋内，放下门帘）嘿！瞧咱这事办的，地道！我就是活雷锋呀！哈……（顺手拿起陈奂生的饭碗，边吃边下）

〔音乐声中，光影变化。陈奂生疲惫地打开门帘，走了出来。

陈奂生　天呀，我好像是做了个梦耶……（咬了自己一口）哎哟！不是梦！我不是处男了……我有媳妇了！我陈奂生有媳妇了，我陈奂生有媳妇了……（唱）

光棍的日子难打发，
心里头结了个大苦瓜。
今天喜鹊叫喳喳，
嫦娥来到我的家。
虽说这嫦娥有点傻，
可从此苦瓜变甜瓜。

哈……

〔傻妹系着衣扣从屋里出来。

陈奂生　（拉着傻妹的手）妹子，第一次，我这是第一次……

傻　妹　嘿嘿，我也是第一次……

陈奂生　你不是有过老公吗？

傻　妹　嘿嘿，和你，第一次。

陈奂生　噢……大妹子，我还没问你叫什么呢！

傻　妹　傻妹！

陈奂生　傻妹？

傻　妹　嘿嘿，（四处找那碗饭）饭呢？

陈奂生　（四下看着）哎？刚才还在这里……没准叫队长吃了……

傻　妹　啊？（突然大哭起来）啊……

陈奂生　大妹子，别哭！现在家家都缺粮食，我有，我存着好几斤大米呢，都给你吃。从今往后，咱俩好好过日子，我保证饿不着你，将来你给我生仨孩子，三个，加上你我，大队里就会分给咱五份儿口粮！五份儿呀！我都想好了，不多不少就要三个娃，连名字我都起好了，老大的名字叫一两，咱省着吃；老二叫一斤，咱论斤吃；老三叫一吨，咱放开了吃！

傻　妹　嘿嘿，大哥，你真想要三个孩子？

陈奂生　真的！我现在就想要！

傻　妹　成！嘿嘿，你等着！

〔傻妹快速跑出小院，瞬间推上了一辆吱呀乱响的木质小车，车上站着两个高低不一的孩子，大孩子怀里还抱着一个。

陈奂生 这是？

傻　妹 三个，嘿嘿，一个不少！（对孩子们）叫爹！

孩子们 爹……

傻　妹 吃白糖喽……

〔怪异的音响。陈奂生瞬间晕倒。

〔暗转。

二

〔2018年，初春。

〔陈奂生家今天的小院。

〔光影变化，回到现实空间。陈奂生裹上老棉袄，又坐回到太师椅上。

陈奂生 （哼唱）“从此我苦瓜变甜瓜……”呸！什么苦瓜甜瓜？我就是个傻瓜！大傻瓜！陈两，陈斤，陈吨……我说想要仨，她就不多不少，一次性地给我带来三个，唉……

〔在陈奂生的眼前，三个长大的孩子显现。

陈　两 我是陈家老大，我叫陈两。

陈　斤 我是老二，我叫陈斤。

陈　吨 我是老三，我叫陈吨。

陈　两
陈　斤 爸……爸……爸……
陈　吨

陈奂生 别叫了，叫得我头疼……

〔三兄妹隐去。

陈奂生 （自语着）一吨零一斤一两，孩子是够数了，可粮食更不够数……活该，谁让你占人便宜了？吃饭，吃饭……吃饭是个问题，问题不是吃饭，不是吃饭问题……（慢慢闭上眼睛，打起呼噜）

〔幕后，老三陈吨的声音传来：“爸！爸……”

陈奂生 咋还叫呀？噢，是老三和女婿回来了？哟，这我得打起精神来，

装好人……（艰难地站起身，出门收拾着花盆里的庄稼）

〔老三陈吨骑电动车带着老公刘和平上。

陈　吨　（停车）爸，我回来了……爸，你去医院了吗？

陈奂生　去了。有医疗保险，看病不花钱，我为什么不去？

刘和平　查过了吗？不是癌症吧？

陈　吨　（瞪了刘和平一眼）滚一边去！爸，没事吧？

陈奂生　没事儿，医生说我比牛都壮实。

刘和平　那就好，我家的牛刚刚病死……

陈　吨　（对刘和平）滚一边去！会说人话吗？爸，没事儿就好。（看花盆）哎呀，爸，你怎么把花盆里都种上玉米了？我种的多肉呢？

陈奂生　多肉？噢，我吃了，一点肉味儿都没有。我拔了，种玉米，玉米好吃。

陈　吨　你……你呀，一辈子都是个庄稼汉。

陈奂生　谢谢夸奖，我吃的就是这碗庄稼饭。

陈　吨　唉……对了，饭，爸，我给你买的早点，快吃吧。

陈奂生　又给我买饭，不知道我吃不了呀？我食道里……

陈　吨　什么？你说什么？食道？食道怎么了？

陈奂生　我……我是说……我食道里装满了！

陈　吨　什么食道里装满了？食道不存东西，那是胃！

刘和平　胃是松紧带，经拉又经拽……（见陈吨拿眼睛瞪自己）我没说话。

陈　吨　（把早点递给刘和平）拿厨房热热去。

刘和平　哎。（拿早点下）

陈奂生　吨儿，你对人家和平态度好点不行呀？净欺负老实人……对了，我说你这个村主任大忙人，今天咋有工夫回家了？

陈　吨　爸，我有事儿跟你商量。

陈奂生　说。

陈　吨　爸，你坐下。爸，你也知道，现在全国到处都在大搞美丽乡村建设……

陈奂生　我知道。

陈　吨　咱村都落后了，这次我好不容易给南方投资集团谈妥了，由他们投资，在咱村建一个集种植、观光为一体的大型现代化生态农业园区……

陈奂生 我知道。

陈　吨 国家的土地政策实行三权分置，农民有自主权了。咱这个生态农业联合体，农民可以以土地入股，将来村民还可以吃工资，拿分红，享受退休待遇……

陈奂生 我知道。

陈　吨 知道你还不签字？爸，现在全村可就等你一个人了，咱家那块地在规划区的中间横着，你都成钉子户了……

陈奂生 我说大主任，你就别给我费这口舌了，该干吗干吗去吧。我就钉子户了，怎么了？房子你可以强拆，这地你可挖不走，我的承包权，连党中央都说了，农民承包的土地，五十年不变。再延长三十年，我的地我说了算。

陈　吨 爸，你可别犯糊涂……

陈奂生 我一点不糊涂！我比你有老主意。现在的年轻人不知道怎么想的，拿土地当负担，为了出去打工挣点快钱，宁愿让地荒着，造孽！吨儿呀，咱是农民，有啥都不如有自己的土地踏实。地给了别人，以后啥情况就不好说了。哪有这么好的事？还工资？还分红？还退休？万一以后政策变了，公司黄了，你就彻底退休了！你拿什么吃饭？

〔刘和平上。

刘和平 拿碗吃吧……

陈　吨 你……

刘和平 我滚一边去？

陈　吨 爸，现在的问题不是吃饭！

陈奂生 吃饭的问题不是现在！

刘和平 现在不吃又凉了……

陈　吨 滚一边去！爸，吃饭不是问题！

陈奂生 问题就是吃饭！

陈　吨 不是吃饭问题！爸！你应该活在21世纪！

陈奂生 没错！22世纪我肯定活不到！

陈　吨 爸，你应该往远处看……

陈奂生 我就是打远处走过来的！

陈　吨 老糊涂，你真是个老糊涂了！

陈奂生 你……

陈　吨 爸，对不起，我……

陈奂生 用不着。闺女，你说什么我都不怪你。因为你年轻，你不知道，不知道挨饿的滋味！

陈　吨 爸……我真不知道，我不明白，吃饭在你心里为什么这么重要？吃饭是个问题吗？

刘和平 对，可以在网上订餐呀，饿了就上“饿了么”，各种美味送到家……（见陈吨拿眼瞪自己，打嘴）我怎么又多嘴呀？

陈奂生 （念叨着）吃饭不是问题，问题不是吃饭吗，你……唉，怪她，都怪她呀……

陈　吨 你说啥呢，怪谁呀？

陈奂生 怪你那个缺心眼儿的傻妈！想当初她省了一口又一口才没让你饿死！所以你才不知道挨饿的滋味！

陈　吨 我妈？

刘和平 就是我的丈母娘……

陈　吨 滚一边去！

刘和平 哎。（推电动车下）

陈奂生 （独自念叨着）农业园区，土地入股，吃工资，拿分红，享受退休待遇……我分不清哪是虚的、哪是实的，哪是真的、哪是假的。吨儿啊，你是村里的领导，要是为了完成任务，为了面子工程糊弄农民，那你就是当年的王本顺，你这个村主任也得被撤职，也得被撸下来！（独自念叨着）七零年，那是1970年，我忘不了……

〔光影变化。一束光打在陈奂生身上，他脱下老棉袄，口中喃喃自语着，进入遥远的回忆之中……

〔暗转。

三

〔1970年，夏季。

〔光启。陈奂生家昔日的小院。

〔陈奂生脱下棉衣，又回到年轻时代，他拿起一个空空的米袋，走入小院中。傻妹迎上。

陈奂生 （望着傻妹，摇摇头，把米袋扔在桌上）傻妹，不是我人缘儿不好，总见借不见还，亲爹亲妈人也烦呀……

傻　妹 （端起桌上的一碗粥，双手递给陈奂生）嘿嘿……

陈奂生 这是你的那份儿，你怎么又没吃？

傻　妹 （拿起桌上的水罐咕嘟咕嘟地往嘴里灌，然后笑着擦了下嘴，打了个嗝）呃，嘿嘿，又饱了……

陈奂生 不行！这老喝凉水哪行呀？（把饭碗递给傻妹）吃！

傻　妹 不吃！孩子把你的吃了，你没吃了，你要死了，孩子们吃谁？

陈奂生 唉！你……傻妹，你说你嫁给我干啥？

傻　妹 吃饱饭。

陈奂生 可你吃不饱呀？

傻　妹 今天吃不饱，还有明天……

陈奂生 明天还吃不饱呢？

傻　妹 我会要饭，我要给你吃……

〔陈奂生望着傻妹，突然失声哭了起来。

傻　妹 （上前紧紧抱住陈奂生）大哥……你别哭，我还有，我还藏了一缸米！一大缸米！（扒开破烂，拿出一个茶壶大的小罐）看！一大缸！嘿嘿。

陈奂生 傻妹……（指着小罐）你们那儿管这叫什么？

傻　妹 大缸！

陈奂生 你……别管叫什么了，加点野菜，多加水，够全家人饱一顿吧！

傻　妹 够！嘿嘿，又饱一顿！

〔王本顺上。

王本顺 陈奂生！在家吗？

陈奂生 在！

〔傻妹抱小罐下。

王本顺 陈奂生，我听说你家又没粮食了？你呀，就是个漏斗户，填不满的窟窿！

陈奂生　人都是漏斗，上面进下面出，女娲娘娘造人的时候就这么设计的。

王本顺　她就不该给你设计个屁眼儿，多少粮食都叫你糟蹋了。

陈奂生　她就不该给你设计这张破嘴，满嘴里没人话。

王本顺　陈奂生，你别搞错了，我是队长，你就这样给队长说话？

陈奂生　我错了，我该给你磕头下跪。去年水灾，今年丰收，我求你少往上交一点，多给社员留点口粮吧……

王本顺　你这是什么思想呀？咱村是全乡的交粮大户，回回都是受表扬的。

陈奂生　表扬？队长，我就怕你说这两个字。上头一表扬，你就多交粮。上头一表扬，你就多交粮。粮食都叫上级表扬没了。

王本顺　陈奂生！你这是反动言论你懂不懂？多交粮怎么啦？多交粮是咱农民的义务！要知道世界上还有三分之二的受苦人在等着咱去解放！多交一吨粮，填平太平洋；少喝一口粥，救活全欧洲；节约一滴油，解放全地球！

陈奂生　队长，过去你也就是扯扯淡，现在扯大了，还扯上地球了？我肚子都饿瘪了，没劲儿跟你扯……

王本顺　哎哟！你看，让你搅和得我都把正事忘了。

陈奂生　正事？你还有正事呀？

王本顺　大事！县委刚调来的吴书记，要来咱村。

陈奂生　又要表扬你呀？

王本顺　不是……

陈奂生　那他来做什么？

王本顺　来吃饭。

陈奂生　县委也没口粮了？

王本顺　胡说，吴书记是下来搞调研的，说要到村里最穷的人家吃饭。

陈奂生　吃穷人呀？那不越吃越穷吗？

王本顺　你……吃饭只是个由头，人家要访贫问苦，发现问题……

陈奂生　这我就明白了，你带他去嘛，带领导去最富的人家吃嘛。

王本顺　我说你耳朵有毛病呀？领导要到最穷的人家吃饭！

陈奂生　对嘛，往常领导也说去最穷的人家，你不都安排到最富的人家去了吗？

王本顺　我说你……这回不一样！这回我没权安排。吴书记拿去了咱村的户籍册，他在上面拿笔随便圈了一家。

陈奂生 随便……他不会圈了我家吧？

王本顺 我也这么想，可他随便一圈，偏偏圈的就是你家！

陈奂生 妈呀，这也太随便了……队长，快点吧，我家不行，米也没有，菜也没有，这不给咱村丢人吗？不行，坚决不能来我家。这样，你就说……说村里没有陈奂生这个人，户籍上搞错了……

王本顺 把户籍都搞错了，我这个队长还要不要当了？

陈奂生 那你说……我死了……对，就说我，已故！

王本顺 不行，你死了，你家里还没别人了？

陈奂生 那你说……我们全家，集体已故。

王本顺 都死了？怎么死的？

陈奂生 饿死了……

王本顺 呸！那你还不如说我死了呢！

陈奂生 那你说……

王本顺 说什么说？人家吴书记马上就到，说什么也晚了！快，杀只鸡。

陈奂生 杀鸡？

王本顺 咱家有鸡吗？

陈奂生 我倒是属鸡的……

王本顺 我还是属猪的呢！

陈奂生 那就杀你……

王本顺 滚！陈奂生，我要是指望你，咱村早就变成黑典型了！（对台侧，击掌）上！

〔几个村民答应一声，瞬间端上六盘饭菜，还有个村民搬来一个大米缸，米缸里盛着冒尖的白米。

陈奂生 啊？这么多吃的？队长，这都是哪儿弄来的？

王本顺 这都是街坊邻居凑的。看，这只鸡，张阿大家的；鸭，李幺妹家的。全是两条腿的……

陈奂生 好，既然大家把两条腿的拿来了，我也不能落后，我贡献个四条腿的！

众　人 啥？

陈奂生 桌子！

众　人　哈……

王本顺　笑啥！你们以为这是给陈奂生个人帮忙呀？这是给集体撑门面！（对陈奂生）我说，等会儿吴书记来了，你可千万不能照实话说，要说这些饭菜全是你为他准备的。

陈奂生　行，他自己也吃不了这么多，我先替领导尝尝……

王本顺　住手！啥菜经得住你那血盆大嘴呀？站远点！

陈奂生　（眼热地看着缸里的大米）这缸米……完事儿能留给我吗？

王本顺　你想得美！待会儿吴书记来了，你要再说吃不上饭，那就是和领导唱反调！听见了吗？要说好！大队好，生活好，干部好，吃得好……

陈奂生　行，我就说……

王本顺　大队好，生活好，干部好，吃得好！

〔村民甲跑上。

村民甲　队长，吴书记到了。

王本顺　快请！

〔吴书记和一名县委干部上。

王本顺　（抓住陪同人员的手）吴书记好！

县委干部　你搞错了。（指吴书记）这才是吴书记。

吴书记　（主动打招呼）王队长是吧？初次见面，请多关照呀。

王本顺　哪里哪里，吴书记关照，吴书记关照。

吴书记　我刚上任，来看看乡亲们……

王本顺　谢谢吴书记！向吴书记学习！吴书记，这位是我们陈家村的陈奂生同志……

吴书记　陈奂生同志，你好呀！

陈奂生　大队好，生活好，大队干部吃得好……

〔王本顺轻轻踢了陈奂生一脚。

陈奂生　不对，是……大队好，生活好，干部干不好，吃得挺好……

吴书记　陈奂生同志，你别紧张。我今天来啊，就是想了解下村里的生产情况、粮食产量，老百姓能分多少口粮？口粮够不够吃？

王本顺　够吃。（指米缸）你看，冒尖呀。

吴书记　（打断）我问他。陈奂生同志，你说说。

陈奂生 大队好，干部好，吃得好，喝得好……

王本顺 总算说对了一次。

吴书记 陈奂生同志，我可听说，你是这村里著名的漏斗户，怎么突然就冒尖了？

陈奂生 我……

王本顺 （打断）吴书记，眼见为实。你看，这就是陈奂生家的日常生活，四菜一汤……

陈奂生 对，我家天天这样吃……

吴书记 是这样吗？

陈奂生 胡说八道！

吴书记 你说什么？

王本顺 他说……胡吃八造。他家就这样，粮食多了就胡吃八造，不知道节约……

吴书记 哦，是这样……（转悠着看院里的摆设）

王本顺 （悄悄对陈奂生）照我说的说！

陈奂生 我凭什么？

王本顺 你……

陈奂生 要我听你的话，（指着那个米缸）一会儿书记走了，你把这些米给我。

王本顺 ……行。

陈奂生 看我的。

吴书记 （指着那缸米，对陈奂生）这些米都是你的？

陈奂生 是，都是我的。（对王本顺）怎么样？

〔王本顺竖起大拇指。

吴书记 （看菜，闻味）嗯，这鸡炖得不错，你炖的？

陈奂生 不是，这是张阿大家……

吴书记 张阿大？这不是你家的？

王本顺 是他家的！

吴书记 那他怎么说是张阿大家的？

陈奂生 这真是张阿大家的！（见王本顺指了指米缸）啊，张阿大家的，就是我家的。

吴书记 为什么？

陈奂生 张阿大是我亲儿子……

吴书记 你不是姓陈吗？

陈奂生 对，我姓陈，我亲儿子姓张……

吴书记 啊？这怎么回事儿？

王本顺 他……是这样，他姓陈，张阿大是他前妻带来的，他前妻的前夫姓张。

吴书记 （笑了，故意地）这关系还挺复杂。哎，这只鸭好像是李幺妹家的吧？

陈奂生 不可能，鸭子是我家的。

吴书记 这盘子上刻着字呢，李幺妹。

陈奂生 李幺妹是……是我亲闺女！

吴书记 这又不对了，你姓陈呀？

陈奂生 对，我姓陈，我亲闺女姓李……

吴书记 这又是怎么回事儿呀？

王本顺 是这样，他姓陈，李幺妹是他前妻带来的！他前妻的前夫姓李。

吴书记 噢……你几个前妻呀？

陈奂生 我也不清楚，我……

王本顺 他三婚！

吴书记 三婚？

陈奂生 我……（见王本顺又指了指那个米缸）对，我三婚，结了又离，再结再离，这几年光忙活这事儿了。

吴书记 （无奈地）那好，先吃饭吧。（招呼众村民）来，一起吃吧。

王本顺 （兴奋地）哎，吃饭，吃饭……吴书记，咱以水代酒，祝贺丰收！大家欢迎吴书记讲话！

吴书记 还要讲话？行，（接过水杯）我讲两句，我这个人呀，有三怕，哪三怕？我一怕刚刚在大会上吹了牛皮，转眼就让现实给踢了屁股；二怕老百姓当着你的面夸奖你，一转眼他就骂你是王八蛋；这第三怕，我怕老百姓怕我这个官员，老百姓一旦怕官了，那我们这个国家的未来就可怕了！今天，我又有了第四怕，我怕我耳聋眼瞎，走到哪儿都被人蒙。被人蒙了，自己还到处得意洋洋地赞美形势一片大好……我讲完了，吃饭！

〔借吴书记讲话的当口，陈奂生与众村民及悄悄上场的傻妹、孩子们迅速扫光了桌上的饭菜。

吴书记 （望着桌上空空的盘子）……挺快呀！

陈奂生 吴书记，你请……

王本顺 你让书记吃盘子呀！

吴书记 ……正好，我不饿。（从兜里掏出钱和粮票）陈奂生同志，这是两斤粮票和两块钱，是我们这次的饭钱。谢谢你！（对县委干部）走吧。

陈奂生 吴书记，你，你一口没吃呀……

王本顺 （对众村民）你们！你们搞什么鬼！

吴书记 （回头）王本顺！鬼在你身上！（走过去用手戳破米缸上的纸壳，米迅速流了下去）王本顺，你不顺呀！我告诉你，就在你到处张罗我这顿饭的时候，我跑了十户人家，十户。陈家村像老陈家这种情况的有九户，十分之九呀。十分之九的村民家严重缺粮，而你，却忙着多收、多交，争锦旗、放卫星！王本顺，共产党早晚会败在你这种人手里！

〔吴书记与县委干部怒冲冲下，王本顺追下。

〔光影变化。音乐起。

陈奂生 哈……哈……吴书记走了，王本顺想给他留个好印象，可他把王本顺给撸了！哈……该！回到县里，吴书记冒险改变了全县的征粮政策，为老百姓留足了口粮……

〔傻妹抱着米缸兴奋地跑上。

傻　妹 老大！斤儿！吨儿！咱有米了，咱家有米吃了——（抱着米缸疯了似的跑下）

〔收光。

四

〔2018年，初春。

〔陈奂生家今天的小院。

〔音乐起。光影变化。回到现实空间。

〔光复明。陈奂生呆呆地站在原地，缓缓套上老棉袄。

〔陈吨显现。

陈　吨　爸……

陈奂生　（自说自话）有米吃了，可以放开肚子吃饱了！傻妹她真的敞开了肚子，她没等到白米下锅，就把生米一把一把地往嘴里塞，塞进去了满满两大盆呀！吃完，她又抱着水罐喝凉水，喝了满满一罐子……水泡开了生米，她的胃……炸了……等我把她送到医院，医生说她……说她内脏大出血，已经不行了……临走，她抓着我的手说……三个，三个……

〔傻妹显现。

傻　妹　大哥，三个，三个……

陈奂生　我知道她的意思，她想说的是她那三个孩子，她怕我会舍了你们。我对她说：你放心走吧，有我就有他们，我向毛主席保证！

傻　妹　（开心地笑着）嘿嘿……（隐去）

陈　吨　（从心底痛唤着）妈——

陈奂生　吃饭不是问题……可自从你妈走后，我带着你们三兄妹，天天睁开眼睛看见的，都是吃饭问题……

陈　吨　爸……

陈奂生　1978年12月，党召开了三中全会，村里开始分地了，咱农民的好日子来了！可咱这地方地少人多，有人就提出：我和傻妹没登记，不是合法夫妻，三个孩子都是外乡人，外乡人不能分地！还有人提议，要把你们撵走，撵走……

〔光影变化。暗转。

五

〔1979年，夏季。

〔光启。陈奂生家昔日的小院，桌子上放着傻妹的遗像。

〔那个时代的歌曲或新闻广播声传来。陈奂生穿上棉袄，回到过去。

陈奂生 （仰面朝天，手里拿着两个木棍虚拟地敲着鼓）咳咳，咳咳……

〔王本顺与村民甲、乙走进陈家。

王本顺 哟，奂生，手里又没个鼓，你这瞎比画啥呢？

陈奂生 手里没有，我心里有。联产承包，要分地了，我高兴！我得把这股子高兴劲儿告诉傻妹，让她看见！

王本顺 我说老哥，你想分地想糊涂了吧？傻妹都死八年多了，她能看见？她在哪儿呢？

陈奂生 她在你身后边。

王本顺 （本能地回头，突然发现了傻妹的照片）哎哟妈呀，你成心吓唬我呀？

陈奂生 我吓唬你干什么？

王本顺 陈奂生，你请我来就为吓我这一跳？

陈奂生 王本顺，你错了。今天我请你来喝酒吃肉。（进屋端出酒菜，摆在傻妹的遗像下）本顺，吃！

王本顺 你这是请我吃饭呀，还是给她上供呀？

陈奂生 死的活的一块吃吧，哪这么多讲究？来，都把酒满上，我先敬一杯！本顺，今天当着傻妹的面，你说说，你凭啥……对，还有你们，你们凭啥说我们俩不是两口子？凭啥说三个孩子没户口不能分地？

王本顺 这……陈奂生，鸿门宴呀？奂生，这事儿不是我一个人有意见……

陈奂生 我问你，我只问你，你为什么？

王本顺 为地。人多地少，谁不想多分一点。

陈奂生 可你当过队长，你有觉悟！

王本顺 觉悟不长粮食。奂生，我知道实情，你们俩根本没登记，没登记就不合法……

陈奂生 没登记？不合法？那当初是谁说的：本人是生产队队长，法律上的事我说了算！

王本顺 我，我那就是随口一说……

陈奂生 不对！你不是随口一说，你还拿大队的公章在我俩手上各盖了一个大印，有这事吗？

王本顺 我……

村民甲 王本顺，你还盖章了？

村民乙 顺子，真有这事儿？

王本顺 有什么呀？我说陈奂生，你就编吧，谁信呀？我王本顺会把大印盖在你手上？

陈奂生 （把傻妹的照片揭开，露出又一张照片，照片上是两只伸开的手，手心里盖着圆圆的印章）你敢说这不是你盖的？大队的印章在你的裤腰带上拴着，我能去偷来盖上？

王本顺 你……陈奂生，你可真有心机……

陈奂生 有心机？不过当初我不是为了防你，我是怕傻妹反悔，连手都没敢洗，当天就带她进了县城，花一块钱在人民照相馆照了这些照片！这是我昨天专门去放大的。（掀开另一张，照片上是陈奂生与傻妹肩并肩的半身照）本顺，是不是夫妻，这能作证不？

王本顺 这……陈奂生，这也不能说明问题，你没扯结婚证，大伙就不承认你那三个孩子！

陈奂生 不承认？那我问你，你爷爷你奶奶有结婚证吗？

王本顺 ……没有。

陈奂生 还是呀！你爷爷你奶奶没结婚证，你爹不还是你爹？

王本顺 有没有结婚证不碍事，关键是我爹是我奶奶亲生的！

陈奂生 你爹是你奶奶亲生的？

王本顺 哎。

陈奂生 你奶奶生你爹的时候你看见了？

王本顺 我……

陈奂生 没看见吧？那我也不承认！连你是你爹的我都不承认！

王本顺 我不是我爹的我是谁的？那你说谁是我爹？

陈奂生 这得问你娘，咱村这么多老爷们儿我哪知道？

王本顺 你！你骂人！

陈奂生 骂人我可不敢，桌子上这些好酒好菜，你们随便吃随便喝，我就是想请你们几个放那三个孩子一马！给孩子口饭吃！（突然举着酒杯跪在地下）我给你们磕头行不行！我叫你爸，我叫你们奶奶行不行！

王本顺 陈奂生，你起来！

陈奂生 乡亲们，村里的干部群众我都说通了，就你们几个了，今天当着大伙的面，我俩再补个婚礼，让大伙当证婚人。傻妹，来呀！（拉起镜框中的傻妹跪下拜堂）一拜天地，二拜高堂，夫妻对拜，共入洞房——

〔吴书记上。

王本顺 吴书记！

众村民 吴书记，你怎么来了？

吴书记 我正好下乡路过。乡亲们，陈奂生的事，我听说了。他替别人养了三个孩子，仁义啊。乡亲们，他们这是事实婚姻，法律照样予以保护，地照样得分给人家。乡亲们，你们说对不对啊！陈奂生，这是政府发给你的土地证。（掏出包里带着国徽的土地证郑重地递给陈奂生）

陈奂生 谢谢吴书记！

吴书记 你把它保存好。

〔王本顺与两个村民对视着，低下头。

〔镜框中的傻妹走出来。

傻　妹 （上前）大哥，我们真的有地了吗？

〔光影变化。陈奂生走进一束定点光下，从怀里拿出一个大红的土地证。

陈奂生 （冲天空大声呼喊着）有了！咱有地了！总共是十三亩六分！傻妹，咱有土地了，这土地证是吴书记亲手发给我的，共产党给的。你看，带着国徽的土地证！

〔傻妹捧过土地证，哽咽着，拿着镜框下。

〔收光。

六

〔光复明。

〔2018年，初春。

〔陈奂生家今天的小院。

〔陈吨扶陈奂生坐下。

陈　吨　（端过早饭）爸，咱不说了，吃饭吧！闺女喂你……来，张嘴……

〔陈奂生张开嘴，陈吨拿一把小勺将饭送进陈奂生的嘴里。陈奂生使劲咽着，但最终还是吐了出来。

陈　吨　爸，怎么了？你，你这是……

陈奂生　我没事儿，我不饿……（吐）

陈　吨　不对……爸，你的体检报告呢？我看看……

陈奂生　丢了，早丢了。没病我留那些东西干啥？

陈　吨　好吧，爸，土地入股的事你再考虑考虑……

陈奂生　放心吧，我不考虑。

陈　吨　你……那我先走了。

陈奂生　你干啥去？

陈　吨　我去医院！（匆匆下）

陈奂生　吨儿，你也有病了？没病去医院干什么！

〔汽车刹车声，老二陈斤一手拿着一个手机，边打边与媳妇马丽霞上。

陈　斤　喂喂，刚才停车呢！喂，你给的地址对吗？快递送了三次都说查无此人，没事情拿我开涮是不是？我陈斤做网店一天进出十几万，我在乎你那一千两千？（换另一部电话）喂，老孙呀？要账呀？对不起，我爹快不行了，我得回家送他最后一程。对，货款我回去就给你打。放心，我陈斤做网店一天进出十几万，我在乎你那万八千的？对，我这边很快，我爹这人很通情达理的，说不定一两天就死了，不会耽误你很长时间，再见……（挂电话）忙呀，忙得我嘴都抽筋了……

马丽霞　活该，你那张嘴就该给你缝上，胡说什么呢？你爸好好的，到你嘴里成快死的人了，你缺德不缺德呀？

陈　斤　没办法，对付这些要账的就得打悲情牌，越惨越有杀伤力。我实话告诉你，我爸都死过三回了，不在乎这一回。

马丽霞　陈斤，你不会也说过我爸死了吧？

陈　斤　我老丈人？死过，不止一回。

马丽霞　你！你怎么不说你死了呢？

陈　斤　废话，我都死了谁还给我送货呀？行了，快回家吧。

马丽霞　等等，陈斤……这个家你多长时间没回了，这门咋进呀？

陈　斤　咋进？抬腿就进。（冲内喊着）爸！我回来了！（进门）这不进来了吗？

马丽霞　佩服，你这人没啥长处，就是脸皮厚。

陈　斤　行了，照我说的办，这事关系到咱的下半辈子……

陈奂生　谁在门口呢？

陈　斤　爸！

陈奂生　哟，这是哪来的客人呀？

陈　斤　爸，我是陈斤，您的二儿子。

陈奂生　陈斤？听说过……

陈　斤　（对马丽霞）叫爸呀！你这儿媳妇，越来越没规矩。

马丽霞　爸……

陈奂生　这是……

陈　斤　我媳妇，马丽霞。

陈奂生　马丽霞？名字倒是有点耳熟。你们俩找我有事吗？

马丽霞　有事儿……

陈　斤　没事儿！想爹了，就是来看看你，来孝敬孝敬你。（把一堆礼品放到桌上）前几年忙创业忙赚钱，顾不上爹。现在想明白了，爹比钱重要。

陈奂生　不对吧？钱比爹好使。进商店，给钱能买东西；你给人个爹，那是找揍。

马丽霞　这话好像是你说的？

陈　斤　咱爹记性真好……不对，还是爹重要，钱是王八蛋，花了还能赚；爹是家中宝，丢了没处找……

陈奂生　行了，别白话了！说吧，什么事？

马丽霞　地的事……

陈奂生　地？

陈　斤　（冲马丽霞）瞎说什么？（对陈奂生）爸，还没吃饭吧？你看我给你买的什么……内蒙古的牛肉干，天津卫的大麻花，城隍庙的五香豆。来，我亲自喂你吃……

陈奂生　我吃不下……

陈　斤　这是儿子的一片孝心，吃不下也得吃！张嘴！（掰开陈奂生的嘴，硬塞）

陈奂生　（咽不下，吐不出，噎得直翻白眼）呜……呜……

陈　斤　（对马丽霞）看看，看把咱爸感动的，都流眼泪了！

陈奂生　（剧烈咳嗽着，终于把食物吐出来）要死了，要死了……

陈　斤　听听，激动得要死……

马丽霞　我看着不像呀……

陈　斤　我的爸爸你哪懂？爸，别激动，再来一口……

陈奂生　呸！滚！你给我滚！

陈　斤　为什么？

陈奂生　为什么？喂什么我吐什么！

马丽霞　算了，别兜圈子了，给爸实说了吧。

陈奂生　夜猫子进宅，无事不来。我就知道，你给我买吃的是为了吃我！

陈　斤　爸，天地良心！还真不是你想的那个事，我这次来，一不要钱，二不要物……

陈奂生　要命呀？

陈　斤　爸，你看你说哪儿去了？咱爷儿俩虽然没有血缘关系，可感情还是有的，最起码户口本上还是一家人嘛，我这次来，是想要回我的那块地……

陈奂生　地？

陈　斤　对，当初承包土地的时候，是按人头来的，我的那块我有权处理。

马丽霞　对，咱村不是要搞新型农业托拉斯了吗，陈斤想拿地入股，吃工资，拿分红……

陈奂生　你的那块地？你的哪块地？你年轻脑子好，你自己回忆回忆，那块地，八八年就被你放弃了……

陈　斤　八八年？我怎么不记得？

陈奂生　八八年，你成家的那一年……

陈　斤　成家？跟谁？

马丽霞　你还跟谁结过婚？

陈　斤　对了，我想起来了，跟你。

〔远处，欢庆的唢呐声传来，陈奂生再次脱下棉袄。

陈奂生 你成家的那一年，地，分了；家，散了……

〔唢呐声渐近，光影变化。

〔暗转。

七

〔1988年，春季。

〔光启。陈奂生家昔日的小院。

〔唢呐声延续，披红挂彩的小院里，一群吹鼓手尽情地吹吹打打着，陈奂生拿着喜糖冲观众撒着。

陈奂生 吃，吃喜糖！今年我家打了7892斤稻子，是全村收得最多的，没有之一！我家老大考上了大学，我家老二成亲，三喜临门呀！哈……（撒糖）

〔突然，幕后传来桌子翻倒、盘子摔碎的声音。

陈奂生 这是怎么了？（对吹鼓手）乐队还有这个项目？

吹鼓手 我们会吹，不会砸。

〔短暂的停顿过后，吹鼓手们继续演奏。年轻的陈吨跑上。

陈　吨 爸！爸！（对吹鼓手）哎呀！别吹了！走吧，都走吧！

〔吹鼓手们相互看看，吹奏着下。

陈　吨 爸，你快看看去吧，嫂子娘家人把咱桌子掀了！

陈奂生 把咱桌子掀了？为啥呀？

陈　吨 他们说咱家的酒席穷对付，看不起娘家人！

陈奂生 穷对付？没有呀！我定的菜单，全是好菜呀！

陈　吨 爸，你都定的啥菜？

陈奂生 大葱烧豆腐，小葱拌豆腐，菠菜炒豆腐，油炸臭豆腐！

陈　吨 怎么全是豆腐呀？

陈奂生 还有海鲜你没看见？

陈　吨 啥海鲜？

陈奂生 虾酱炖豆腐！

陈　吨 那还是豆腐呀！

陈奂生 豆腐豆腐，都有福嘛。有讲究！

陈　吨　我不懂什么讲究，反正人娘家人不干了，新嫂子都和我二哥动手了。

陈奂生　动手了？那还得了，你二哥没吃亏吧？

陈　吨　我赶着来叫你，没看到实际战况。爸，你快去看看吧。

陈奂生　我不去，结婚是大喜事，在喜宴上都敢掀桌子，这不野蛮人吗？我去了万一搂不住，就我这暴脾气动起手来，不挨揍才怪。

陈　吨　你就不怕我二哥挨揍？

陈奂生　你二哥吃不了亏，他心眼儿活泛，打小就会来事儿，真打起来他早跑了……

〔陈奂生正说着，陈斤穿着一件没了袖子的西装上，脸上青一块紫一块。

陈奂生　（见陈斤，心疼地）我说老二，你怎么没跑呢？

陈　斤　她八个表姐抓着我，我跑得了吗？爸，你这是成心搅我的局呀！你昨天说的好菜一个没上！

陈奂生　啥菜没上呀？

陈　斤　翡翠烧银条！

陈奂生　上了！

陈　吨　翡翠烧银条，翻译过来就是——菠菜炒豆腐！

陈　斤　那迎风十里香呢？

陈奂生　也上了！

陈　吨　油炸臭豆腐！

陈　斤　那叫迎风十里臭！结婚有上这道菜的吗？还有，清蒸王八蛋呢？在哪儿呢？桌上有王八蛋吗？

陈奂生　怎么没有？桌上打人的都是王八蛋！

陈　斤　爸！你就别再强词夺理了！我知道你抠门，没钱的时候你抠，现在咱都万元户了，你还抠。办喜事能穷对付吗？你故意要我难堪是吧！

陈奂生　斤儿，你听我说，结婚是为了过日子对不对？这些年，咱家的日子是好过了，可你大哥要去上大学，你妹妹还没出嫁，咱得省着点对不对？省下的钱不还是你们的？我……

陈　斤　你少来这套！我要是你的亲儿子你不会这样！难怪人家说：后爹没好东西！

陈奂生 陈斤！（眼前一黑，身体晃了一下，坐在了地上）

陈　吨 爸！大哥！大哥你快来呀！

〔陈两跑上。

陈　两 怎么了？那边的葫芦还没摁下，怎么这边瓢又起来了？爸，你怎么了？斤，你说啥了？

陈　斤 我没说啥。

陈　吨 他说……后爹没好东西！

陈　两 （对陈斤）你说的？

陈　斤 我……我说的。

陈　两 混蛋！（一拳将陈斤打倒）

陈　斤 怎么了？怎么了！老天爷呀，今天是什么日子！是我结婚的日子还是我挨揍的日子？

陈　两 陈斤我告诉你，只要我还活着，咱爸还活着，我就不许你说后爹这个词！

陈　吨 爸，你别跟他一般见识，爸，我替他给你赔罪……爸……

陈奂生 我不怪他，他说的也是实话，当你们的爹，也许我不配……

〔穿着红袄的马丽霞上。

马丽霞 陈斤！我妈说了，要么你离开陈家，要么我离开陈家！

陈　吨 嫂子，你啥意思？

马丽霞 我啥意思？让陈斤跟你们分家！我们单过！

陈奂生 分家？

马丽霞 （对陈斤）我数三下你就要做出决定，一、二、三，你同意了，分家！

陈　斤 我说马丽霞，你也太霸道了，这么大的事儿你不让我想想？

马丽霞 我数一、二、三了！

陈　斤 你敢再数一遍！

马丽霞 一、二、三！

陈　斤 我听你的好了。

陈　吨 （上前拉住陈斤的手，可怜兮兮地）二哥，你真要跟爸分家吗？你连妹妹都不要了吗？

陈　斤 妹，哥有媳妇了，有媳妇我就不是你哥了！（推开陈吨，欲拉马

丽霞下）

陈　吨　二哥——

陈奂生　老二，我答应过你妈，死也不离开三个孩子。如果你要分家，我也告诉你，分了家……你可就没家了……

陈　斤　我决定了，和马丽霞去闯深圳，挣大钱！

陈奂生　……那好，既然要分，这个家要按五份儿来分……

陈　斤　五份儿？四个人为什么分五份儿？

陈奂生　多出的那份儿是你妈的，因为她就埋在咱家的那块地里。

陈　斤　……我不要地，我只要钱，你把土地折算成钱给我。

陈奂生　那咱得立个字据。

陈　斤　立就立，我要两千块钱，从此与那块地无关。

陈奂生　……你写吧。

〔陈斤随手写了张字据，放在桌上。

陈奂生　老二，我再说一遍，如果你要分家，你可就没家了……

陈　斤　爸，男子汉四海为家。为了找钱，我可以去周游列国。爸，你放心，我姓陈，不管走到哪儿，你还是我爹……

陈奂生　你是我爹！（猛地咬破了手指，在字据上按下手印）

〔陈斤拿起字据，拉马丽霞下。

陈　两　爸……

陈奂生　两儿……我不想分，我不想分家呀，我是想吓唬吓唬他。可我忘了，我忘了这小子从小就胆大……行了，老大，我多要了一份儿，你妈那份儿，我给你。你要上大学了，将来要当干部，我给你留着地，留着钱。国家干部，你要吃自己碗里的东西，别人的碗不能碰……

陈　两　爸，地我不要，钱我也不要。我去上大学，自己挣学费。毕了业，也不会再回村里来了……

陈奂生　你……我忘了……你拼死拼活地读书，就是为了……走吧，走吧……傻妹，你是真傻，孩子大了，翅膀都硬了，我还能拢得住吗？

陈　吨　爸，我陪着你，我在家种地……

陈奂生　你……

陈　吨　我……

陈奂生　没出息的玩意儿……

陈　吨　你——（委屈地）爸，你就是农民，你还看不起农民！那好，我也走，我打工去！

陈奂生　走呀！走！

〔陈吨哭着跑下。

陈　两　爸……妹妹……（追下）

陈奂生　回来！回……（瘫坐在椅子上）走了，都走了，没人领我的情……地，地……（猛地把分家协议撕碎）都走了我他妈要地干什么！

〔陈斤与马丽霞上。

陈　斤　爸……

陈奂生　干什么？

陈　斤　钱，钱我还没拿呢！

陈奂生　对，钱还没拿呢，我给……（掏出钱甩给陈斤）

陈　斤　再见……

陈奂生　斤儿……

陈　斤　爸……

陈奂生　农民的家不在城里，地，我给你们守着，混不好就回来！

陈　斤　爸，你放心，再回来我就是大款了。

陈奂生　大款？欠款也是款。款爷，一路平安吧……

〔收光。

八

〔光复明。

〔2018年，春天。

〔陈奂生家今天的小院。

〔陈奂生穿上棉袄，又坐回原处。

陈奂生　老二，想起来了吗？钱你早花了，这地还有你的份儿吗？

陈　斤　爸，咱爷儿俩谁的记性不好呀？当初您自己说的，农民的家不在城里。地，我给你们守着，混不好就回来！嘿嘿，我这不是回来了吗？

陈奂生 我记得你还说，再回来你就是大款了？

马丽霞 爸，要按当时万元户的标准，他已经超额完成任务了。

陈　斤 可不，跟我比起来，万元户算个屁！我现在，不说进项，光欠债就有十几万。

马丽霞 可不，他光……你真是厚脸皮呀。

陈奂生 老二，你说你都大款了，还要块破地干什么？你也干不了农活呀。

马丽霞 我们入股，分红，养老，不干活……爸，谁跟钱有仇呀？

陈奂生 噢，那我要是不同意呢？

陈　斤 那好办，咱爷儿俩别红脸……

马丽霞 对，犯不着……

陈　斤 咱上法院打官司。

陈奂生 你跟你爹打官司？

陈　斤 打着玩吧！你请个律师，我请个律师，让他们俩往死里掐，咱爷俩儿又不伤和气。

马丽霞 那诉讼费谁出？

陈　斤 这人家法院有规定，咱赢了官司，咱爸出钱，咱爸赢了官司，咱爸出钱。

马丽霞 怎么全是咱爸出钱？

陈　斤 咱都输了，咱爸还好意思让咱出钱吗？

〔王本顺上。

王本顺 对，打官司！陈奂生，建设生态基地是利国利民的大好事，你凭什么挡大伙的道？你太自私！太不是东西了！

陈　斤 哎，哎！怎么了？什么情况？顺伯，王大队长？下台四十多年了还这么威风？谁挡你道了？谁不是东西了？我还告诉你，谁要是敢欺负我亲爹，我和他没完！

王本顺 你知道什么？你爹成了钉子户，建生态基地的事儿都快让他整黄了。大伙到嘴的鸭子，要飞了！

陈　斤 爹，这就是你的不对了，你把这事儿整黄了，我的事儿不也黄了吗？不怪顺伯骂你，该骂嘛！

马丽霞 陈斤。

陈　斤　……该骂……吗？不该骂嘛！骂人不对！（对王本顺）你凭什么骂人？（回头对陈奂生）不过爹，你做事情也欠考虑。做人可以自私，但你不能影响别人自私。这就像上厕所一样，你方便也要让别人方便，别人方便也不耽误你方便。要是你只图自己方便而不让别人方便，那别人为了自己方便也会妨碍你的方便。我不方便我也不让你方便，你不方便你也不让我方便；你不方便我不方便大家都不方便，你方便我方便大家都很方便……（差点没昏过去）憋死我了。

王本顺　你先去方便一下吧。

陈　斤　（对马丽霞）你听听，给他们这些没文化的人阐述一个哲学道理是多么艰难的事情呀！

马丽霞　什么哲学道理呀？你满嘴都是大便。

陈　斤　滚一边儿去。顺伯，咱别急，现在咱俩是命运共同体。你放心，咱爸爸不是死心眼……

马丽霞　对，咱把话说明白，咱爸爸就会想明白……

王本顺　对，咱……谁跟你咱爸爸？怎么说着说着成咱爸爸了？

陈　斤　你爸爸……

王本顺　你爸爸！

陈　斤　是我爸爸呀！

王本顺　滚！满嘴跑火车，我跟他说。（对陈奂生）爸爸……

陈奂生　哎。

王本顺　我全让他搞糊涂了！陈奂生！你别给我玩这套！我今天就要你句明白话，那份土地转让的合同，你到底签不签！

陈奂生　我不签你能把我怎么样？

王本顺　我……（对陈斤）咱能把他怎么样？

陈　斤　还能怎么样？你还敢打他呀？

王本顺　（对陈奂生）我打你！

陈　斤　住手！你还真打呀？那是咱爸爸。

王本顺　你爸爸！

马丽霞　走吧，顺伯，你走吧！我们的爸爸还是我们来劝……

陈奂生　别走！老二家的！你让他打，反正我没几天活头了，我买了份人寿保险，你让他打死我，保单受益人是你。等等！他打死我之前，你再给他买份保险，等法院把他枪毙了，你有两份收入！

王本顺 我说陈奂生！你怎么变成个无赖了？

陈奂生 我就是个无赖！我是无产者，依赖土地！谁也别想打我地的主意！一辈子别想！（气哼哼地进屋）

王本顺 哎，哎！陈奂生！你……

陈　斤 砸了，全让你搞砸了，你又不是不知道，咱爸爸……

王本顺 你爸爸！

陈　斤 我爸爸吃软不吃硬。

马丽霞 对，好好商量，合作共赢。

陈　斤 我看……现在最重要的是把他支走，他不在了，啥事都好办。

马丽霞 对，让他去城里大哥那里住几天，等他回来，生米就煮成熟饭了！没准咱都吃完了！

陈　斤 好办法！要不说咱俩是两口子呢，双核，双芯，双卡，双待！

〔电话铃声响，三个人都掏出电话，“喂喂”着。

陈　斤 喂什么喂？我的！（对电话）妹妹，是我……

〔陈吨与刘和平边打电话边上。

陈　吨 二哥，你在哪儿呢？

陈　斤 我在家呢！

陈　吨 你在哪个家呢？

陈　斤 我有几个家呀？我在咱家呢！

〔两人几乎背对着背，还在吆喝着。马丽霞扳过陈斤的身子，刘和平扭过陈吨的头，陈吨、陈斤两人相见。

陈　吨 哥？

陈　斤 妹，你这不是白花我话费吗？

陈　吨 （把陈斤拉到一边）哥……咱……（不由自主地哭了起来）咱……

陈　斤 咱怎么了？你哭什么？说话，刘和平欺负你了？

刘和平 我欺负她？你以为有这个可能吗？

陈　斤 不可能！妹妹……

陈　吨 二哥，我去医院了，咱爹，咱爹是食道癌晚期，医生说……医生说……

陈　斤
王本顺　医生说啥？
马丽霞

陈　吨　医生说……（哭）

陈　斤
王本顺　医生到底说啥！
马丽霞

刘和平　（对陈吨）我能说吗？

陈　斤
王本顺　说！
马丽霞

刘和平　医生说……说咱爸的日子没几天了。

陈　斤
王本顺　什么？
马丽霞

刘和平　（把体检报告交给陈斤）你自己看吧。

陈　斤　（迅速抢过来看着）我……我看不懂……

马丽霞　我看看……

陈　斤　我初中毕业我都看不懂，你小学没毕业你能看懂呀！

马丽霞　你！你心里着急冲我发什么火！

陈　斤　通知大哥，快，先通知大哥！（打电话）喂，是大哥吗？我是陈斤……什么？你不是陈两吗？不是？你怎么拿着他的电话？你是谁？同事？有急事你可以转告他？好，那你告诉他，我爸爸病危……我爸爸是谁？我爸爸是他爸爸！喂，喂……挂了？奇怪，大哥的电话怎么在个外人手里？

刘和平　大哥从粮库主任提粮食局副局长了，会不会是他秘书？

陈　斤　不像，秘书会很客气，那人，很凶的样子。

刘和平　那就是个很凶的秘书……

陈　斤　滚一边去。妹，快把咱爸送医院呀！

陈　吨　医生说了，咱爸自己要求的，就在家，只在家，哪儿也不去……

刘和平　咱爸说谁送他去医院他立马喝农药，死也守在这个家里。

陈　斤　……看来我今天回来对了……

马丽霞　人算卦的都说了，你这辈子五行缺德，你是该孝敬孝敬咱爸了……

陈　斤　这些我还不知道？我要你说！好主意都是你出的！现在你当好人了！你五行欠揍！

马丽霞　你五行欠修理！找谁发火呢！拿我撒气呀！

陈　吨　行了！啥话也别说了，啥事也不提了，下一步只有一个事，孝敬爸爸……

刘和平　对，别管后期和晚期，死马咱当活马医！

陈　吨
陈　斤　滚！

王本顺　对，对……我真还不知道这个情况。行了，入股的事也不要提了，等他闭了眼，不同意也得同意了……

陈　吨　（对刘和平）走。

刘和平　干啥？

陈　吨　把家搬回来！

马丽霞　（对陈斤）咱怎么办？

陈　斤　搬家！

〔忙乱的音响，众人急匆匆散去，陈奂生走到屋外。

陈奂生　纸里包不住火，纸里包不住火，最终还是着了……刚才他们说什么？老大不接电话？老大好长时间没回家了，当副局长了，忙了？可再忙也不能忙得让别人接电话呀……我挂着老大……挂着他，老大咋了？你咋了……（念叨着，出门）

〔喇叭里传出广播声："下面广播最新消息：官场再发地震，又一个以人民的名义演戏的大老虎落网！中纪委监察部网站4月9日消息，中国保险监督管理委员会党委书记、主席项俊波涉嫌严重违纪，目前正接受组织审查……村民同志们，你们说，不打老虎还了得吗？连保险都不保险了……"

〔收光。

九

〔光复明。

〔2018年，春天。

〔陈奂生家今天的小院。

〔小院里一片黑暗，陈奂生独自坐在暗处。陈吨与刘和平跑上。

陈　吨　（进屋，出屋）没人，天呀，咱爸这是跑哪儿去了？

刘和平　我有个不祥的预兆……咱爸会不会怕拖累咱们，悄悄地离家出走了？

陈　吨　离家出走？

刘和平　对，一个人，找一个没有人的地方，找一棵够得着的小树，把腰带搭上去，轻轻地走，正如我轻轻地来，挥挥手，不带走一片云彩……

陈　吨　滚！（匆匆跑下）

刘和平　什么事情都要想到，什么事情都会发生……我的意见总是没有人听……（追下）

〔陈斤与马丽霞匆匆上。

陈　斤　（进屋，出屋）没在家？老爷子这是上哪儿去了？

马丽霞　陈斤，他会不会去银行了？

陈　斤　银行？

马丽霞　你想想，老爷子这些年，最少也得存个百八十万的，他会不会知道自己不久人世了，想把钱取出来，留给老大老三呀？你家这老爷子，疼两头，恨中间，你正好处在中间这个位置上……

陈　斤　不会吧？再看不上我他也不能太离谱吧？不会，我的爸爸我了解，走！

马丽霞　去哪儿？

陈　斤　银行！

〔陈斤与马丽霞匆匆下。陈奂生站起身来，摸索着去墙边开了灯。

陈奂生　这些傻玩意儿，没一个想到开灯的。老三是火燎心急，忘了开灯；老二是一肚子心机，他心里根本没灯……老大，老大是啥？

老大是心黑，心黑了，有灯也没用了！双规，这个词我听说过，可我想不到它能和老大连在一起……做个梦都想不到……没脸见人了。（又缓缓走到墙边，关了灯）还是黑了好，等我闭了眼，就全黑了，我看不见别人，别人也看不见我，那多好！谁笑话我也听不见、看不见，再也不会为三个小兔崽子操心了！还有那块地，留了半辈子，留不住了，留不住了……

〔老大陈两上，身边还跟着两个干部模样的工作人员。

干部甲 陈两，你可以在家多待一会儿，但除了你爹不能见别的客人。晚上我们还是要赶回城里。

陈　两 是，谢谢领导关怀。还有，我的事……我不想让我父亲知道。

干部乙 你放心吧，我们什么都不会说，进去吧。

〔三人走进小院。

陈　两 爸，爸！（进屋，出屋）怎么没在家？

陈奂生 开关在墙上。

陈　两 啊？（走过去开了灯）爸……

陈奂生 回来了？昨天我进城找你，你不在。

陈　两 噢，我……我开会去了，一个很重要的会。

陈奂生 啥会这么重要，两儿？

陈　两 两……两学一做……

陈奂生 噢，那这两位同志是……

陈　两 这两位是……

干部甲 大爷，我是陈副局长的秘书。

干部乙 我是陈副局长的……警卫员。

陈奂生 哟，副局长都配警卫员了？副国级呀！

陈　两 特……特批的……

干部乙 老爷子，陈副局长很忙，有什么话您抓紧说，晚上我们还得赶回去开会。

陈奂生 好，谢谢警卫员。

干部甲 陈两，我们在门口等你。（与干部乙同下）

陈奂生 （转身从桌上拿出一只烧鹅和一小瓶酒递给陈两）解解馋吧。

陈　两 哎，好长时间没吃到了……（大口撕着烧鹅）

陈奂生 刚才那个秘书叫你什么？陈两？这个秘书好，对上级不称官职，直呼其名，现在真是转变作风了。

陈　两 是，好作风……好作风又回来了……

陈奂生 放屁！

陈　两 爸……

陈奂生 不叫你官职是因为你被撤职了，直呼其名是因为你被双规了！不对，现在好像叫留置！

陈　两 爸……

陈奂生 你还好意思叫我爸？你也不问问你是打哪儿来的，我老陈家祖祖辈辈清清白白，没出过贪官！

陈　两 爸，你……

陈奂生 别再骗我了，昨天我去了你们单位，保安都告诉我了，他说我们陈副局长是属虎的，赶上打老虎，进笼子了……还警卫员？人家是纪委的，人家怕你跑了！

陈　两 爸……

陈奂生 说，你贪了多少？

陈　两 ……

陈奂生 我问你贪了多少！

陈　两 二百多……

陈奂生 才二百多？那你顶多是个苍蝇呀！

陈　两 二百多……多万。

陈奂生 万？我儿子本事不小。

陈　两 那都是在粮库的时候，卖了粮食，把钱分了……

陈奂生 卖了粮食，把钱分了……二百多万呀！稻谷收购价每斤才一块钱，二百万块钱要卖多少斤粮食呀？多少土地、多少农民、干多少年才能打二百多万块钱的粮食呀？结果让你……粮库掏空了，这要是赶上个灾年，那是要死人的！就为了你……

陈　两 （突然跪了下来）爸——我错了……

陈奂生 老大，你说，为什么？这些年你不缺钱呀，你为什么要向粮库里的粮食伸手呀？两儿，我不是纪委的人，我是你爹，你爹是快死的人了，你跟他说句实话吧！

陈　两　（拧开瓶盖，把酒瓶里的酒一饮而尽，哭着，说着）爸……我，我说实话，我缺钱，我穷，人都说人穷志短，我反而是人穷志大。上大学的时候，我不敢吃一毛钱以上的菜，女同学笑话我，说我抠，我不是抠我是穷！我发誓等我有了钱我要把食堂里所有的好菜吃个遍！后来工作了，看别人穿西装买皮鞋，可我那点工资除了吃饭我买不起皮鞋……再后来看人家买房买车，我事事都落在别人后面。而我又是个天生不服气的人，我人穷志大！我天天都想，为什么我会投胎在一个要饭的傻妈肚子里？为什么我生下来就吃不饱，为什么我比别人学习好、工作努力，可我还是比别人低一头？为什么别人能搞到批件、搞到钢材、搞到花不完的钱！为什么我只能吃那点死工资？我人穷志大，我要把我没得到的东西都要回来……后来我当上了粮库主任，到我有签字权的时候我才发现，粮库里的粮食竟然有那么多！光每年被老鼠糟践的就有数千斤……从那天开始……

陈奂生　从那天开始你就变成了老鼠？

陈　两　粮食……那都是钱，都是钱呀！哈……钱是个什么东西，一堆纸，可它会让我找回面子，找到平衡！找到幸福！所以，我开始向粮食伸手了，从几百斤到几千斤，从几万斤到几百万斤！不断加码、不断攀升、不断翻倍，直到，直到那窟窿大得我都感觉到了恐怖……

陈奂生　那你还不快停下！

陈　两　我害怕了，可我已经停不下来！我有钱了，有房有车，儿子老婆移民澳洲，我已经不需要更多的钱了！可我还是停不下来，只要看到粮食看到钱我就会伸手，无论如何都……都停不下来……我疯了……爸，我疯了……现在我真的知道错了，晚了……

陈奂生　……是我错了，你妈临死的时候说：不管遇到什么情况，都要让你们三兄妹吃饱。从那时候开始我就只管你们吃饭了。我只顾往你的肚子里塞米饭、塞菜、塞肉，我没给你塞进去一颗良心，做人的良心！我给你留着吃的、留着土地、留着钱，我就是没有给你留德！（剧烈咳嗽）

陈　两　爸，你打我吧，千万别气着你，你打吧……打呀！

陈奂生　该打的是我，养不教，父之过……老天爷，你说我该不该打！我该打，该打呀！（左右开弓，打着自己的脸）

陈　两　爸，爸！你打我，打我吧……（紧紧抓住陈奂生的手）

〔干部甲、乙上，陈两慌忙站了起来，垂手而立。

干部甲　陈两，回去吧，家里如果需要，上级还会允许你回来。

陈　两　是。（欲走，回头）爸……

陈奂生　走吧，跟着你的警卫员，回去吧，我等着你……

陈　两　爸……你可不能去黄泉等我呀！

陈奂生　……

〔陈两含泪与干部甲、乙下。

陈奂生　（痛彻肺腑地）儿子……（瘫坐在太师椅上）怪我，还是怪我……老大，其实，其实我早就应该发现，十几年前我就该发现你不地道——2006年，村前面修高速，你花了大钱，当时我就该问问清楚，那钱！是从哪条道上来的……

〔收光，乡村喇叭里传出广播声："我省第二条高速公路过境我村，虽然没有出口，但经我村新建的十公里村道，可直达高速服务站……"

〔暗转。

十

〔2006年，春天。

〔光启。陈奂生家昔日的小院。

〔广播声延续，傻妹拿着镜框，与陈奂生一起待在相框里。

〔陈两与陈吨、刘和平从屋里抬出一张八仙桌，桌上摆满各种美食。

陈　吨　大哥，每次回来你都买这么多东西……

刘和平　大哥有钱，人的自由首先是经济自由，哪像我……

陈　吨　你不自由？

刘和平　自由这两个字怎么写？

陈　两　那你就没偷着藏点私房钱？

刘和平　大哥，你太高估我的胆量了，我哪敢啊。

陈　吨　哥，别听他胡说。妈，我爸六十六了。六十六，吃块肉。大哥买了一大堆东西，孝敬我爸来了！

刘和平　妈，你好好看看你老大，他都当上粮库主任了，在老戏里，那就是粮草官，要命的大差事！

陈奂生　（对傻妹）你是主任的妈妈了。

〔傻妹笑。

陈　两　妈，你这闺女也了不起，党员，村里头民主选举，满票，选上村主任了。

傻　妹　（对陈奂生）你是主任的爸爸啦。

陈奂生
傻　妹　我们两个是主任的爸爸妈妈了。（笑）

〔王本顺上。

陈　两
陈　吨
刘和平　顺伯来了？

陈奂生
傻　妹　这个王本顺又来了。

刘和平　哎，顺伯，今天是我家吃团圆饭，我爸又没请你，你来干啥？

王本顺　我怎么不能来？当初要是没有我，你爸能和你妈成亲吗？

陈奂生
傻　妹　那倒是。

众　人　那倒是。

王本顺　我吃你们的，应该。

陈奂生
傻　妹　没话说。

众　人　没话说。

王本顺　小赤佬。

众　人　嗯？

陈奂生
傻　妹　怎么骂人呢？

陈　吨　我说顺伯……空手来的呀?

王本顺　胡闹，我王本顺是那不讲究的人吗?我能空手来吗?(拿出一双筷子)我自带筷子!

陈奂生
傻　妹　讲究。

众　人　讲究。

王本顺　哎，你爹呢?

陈　吨　饭还没熟，又到地里转悠去了。

〔陈奂生、傻妹隐去。

王本顺　这时候去看啥地呀?不盯着地还会跟人跑了?

陈　两　在我爸眼里，土地就是新媳妇，一天不见，心慌意乱。我爸说了，眼下国家把实行了两千多年的农业税都给咱免了，咱农民要是对不起土地，那还叫农民吗?

王本顺　你这个爸爸呀……他还就是个农民!

〔陈斤与马丽霞上。

陈　斤　(打电话)喂，放心，我这几天没空，等我把农家乐办起来，就你那点钱，我加倍还你!

陈　两　斤儿，你又该谁钱了?

马丽霞　对，要账的这个人是谁呀?

陈　斤　我没想起来。

马丽霞　啊?

陈　斤　要是每个要账的我都能记住，我不成电脑了。

陈　吨　你这是欠了多少人的债呀?嫂子，你不管呀?

马丽霞　我怎么不管?他说做生意，有进就有出。

刘和平　二哥他天天穷忙活，能回来钱吗?

马丽霞　能，出去的都是整数，回来的都是零钱。

王本顺　他这是做生意呀还是做慈善呀?

陈　两　你这样可不是办法。这样，下月，我给你一单粮食生意……

陈　斤　哥，干吗还等下月呀?咱这不正在修高速吗?眼下就有笔大钱等着我去拿呢，等这笔钱下来，我就在这里开个农家乐，发大财!

陈　吨　二哥，你想承包高速公路呀?那可是几百亿的大盘子。

陈　斤　我要有那能耐我还开什么农家乐呀？别闹了，我有正事跟你们商量。

王本顺　斤儿，用得着我回避不？

陈　斤　不用，顺伯，这里边还有你的事情。

王本顺　噢？那我得听听。

陈　斤　顺伯，你家那块地是不是跟我家那块地挨着呀？

王本顺　是呀。

陈　斤　顺伯，好事来了！我打听清楚了，高速路从咱们村路过，把咱的地分成了两半，你家和我家的地都被隔在了路北边，中间没留通道，要绕过去得多走十公里……

王本顺　啊？那咱下地怎么办？天天跑十公里，到地方还有劲儿干活吗？

陈　斤　所以呀，这得有个说法！我打听好了，高速公司有的是钱，他们说可以出高价把地买下来，买下来！听清楚了吗？前边小李村，被征了地的村民可都发大财了。

陈　吨　二哥，你想怎么办？

陈　斤　还能怎么办？卖地呀！

马丽霞　这可是千载难逢的发财机会！顺伯，你说呢？

王本顺　嗯，我觉着也是个好事儿，把地卖了，我带着钱进城跟儿子住，还省得下田折腾了。

陈　斤　聪明人，一看你就是那种……贼里不敢要的贼！

陈　两　斤儿，这事儿你跟咱爸说过吗？

陈　斤　这能说吗？你看我哥，一看就是那种傻子里PK出的世界冠军，天下第一傻，告诉咱爹他能同意吗？

陈　吨　爹不同意，我也不同意！

陈　斤　我说妹妹，你是真孝顺呀还是假孝顺？咱爹都多大岁数了？六十六了，你还想把他拴在地里当驴使呀？

陈　吨　你怎么说话呢？谁爸爸是驴呀？

刘和平　你爸爸才是驴呢！

陈　吨
陈　斤　滚一边去！

刘和平　（嘟囔着）我才是驴呢……

陈　两　妹，老二说的也有道理，老爸六十六了，是不能再把他一个人留到村里了……

陈　斤　可不是吗，你别看他现在好像没什么病，万一哪天心脏堵了，大脑栓了，吧唧就挺过去！

马丽霞　可不，救过来也是个弹三弦的，咱后悔都来不及。

陈　两　咱是得商量商量。这次来，我还真想把他接走……

陈　斤　大哥，光想不行，你有能力，有魄力，快把咱爹接你家去！

马丽霞　对，嫂子孩子都出国了，你城里那么大的房子，就养了条狗，狗都寂寞。

陈　斤　对呀，你养条狗干吗？你养条爹多好！不是，你……

陈　两　行了，我决定啦，今天就把咱爹接走……

陈　斤　对呀，那样狗也有个伴呀。

陈　吨　哥，我先走了。

陈　斤　你干啥去？

陈　吨　证实消息来源！（见刘和平欲跟下）你哈巴狗呀？到哪儿都跟着我……

刘和平　我给你开电动车！

〔陈吨、刘和平下。

王本顺　两儿，你爹……那是头犟牛，不好说服，我看这事儿，悬。

陈　两　没事儿，我了解他。我爹他认死理，我们今天就把这个死理给他讲活了……哎，都过来，咱这么办，第一步，轮流敬酒，我爹也就三杯的量，喝大了啥事都答应……

〔几个人窃窃私语着，陈奂生怒吼着上。

陈奂生　太不像话了！

陈　斤　嘘——来了。

陈奂生　可恶！混蛋！

陈　斤　爸，吃饭吧。

陈奂生　吃什么饭！我吃屎！

陈　斤　吃……他还换口味了？

马丽霞　爸，谁惹你生气了？

陈奂生　修高速的工程队！不给我留通道我怎么下地？欺负人！还拿交通

部吓唬我，交通部在县城哪条街上？你告诉我，我找它去！我找吴书记去！

陈　两　爸，你忘了，吴书记早就过世了……

陈奂生　那我就去找中央！吃着农民种的粮，还不给农民留条道！交通部也欠饿！

马丽霞　爸，这不是交通部的事儿，人家交通部在……

陈　两　嘘——（示意大伙别说话，抢过话头）爸，你说的这事儿大伙都知道了，你别生气，你交给我办。我找工程队，我保证给你办得明明白白的。

陈奂生　咋的？县粮库还管交通部呀？

陈　两　这……管！交通部也得吃粮食呀！

陈奂生　对呀，交通部也得吃粮食，吃粮就得靠粮库呀！两儿，爸这辈子也没求过你，今天算我求你了，一定把这事儿给我摆平了。我也没别的要求，让它给我留个地下通道不耽误我下地就行。你妈就埋在咱那块地里，中间隔着一条高速，那不是让我们夫妻两地分居吗？连条地道都没有我们怎么私通呀？不是，我们怎么沟通呀？

王本顺　奂生，这可不是个小事情，高速路改图纸是大事，建个通道要花大钱，你……

陈奂生　你插什么嘴？我儿子都答应我了……

王本顺　他就是个粮库主任……

陈奂生　粮库主任怎么了？粮库粮库，领导交通部！

陈　两　对！我领导交通部，我说了算，我来办！

陈奂生　（对王本顺）你给我竖起耳朵听听！

〔众人围在桌前，陈两举起酒杯。

陈　两　爸，来，开席！六十六，喝个透，我敬你一杯！

陈奂生　我可没量呀，我大儿子敬酒，没量我也喝，走！透了。

陈　斤　六十六，喝个够！爸，我也敬你一杯，你可不能嫌贫爱富呀！

陈奂生　……行，我二儿子敬酒，不愿意喝我也得喝，走！够了。

王本顺　别，六十六，你欠顿揍，老东西，我也敬你一杯！

陈奂生　好……（有点多了）我三儿子敬酒，我不喝要挨揍！

王本顺 我怎么变成你三儿子了？你怎么不说我是你三孙子呢？喝酒都不耽误你嘴欠！

陈奂生 呃……老大，地的事，拜、拜托你……（欲下跪）我先给你磕一个……

陈　两 别！

马丽霞 这就差不多了。

陈　两 爸，你的事儿我一准办好。不过，我也得求你个事。

陈奂生 说！不用求，儿子求爹办事……还求个㞞呀？直接说！

陈　两 爸，我想把你接到城里住几天……你看……

陈奂生 革命战士是块砖，哪里需要哪里搬！

陈　斤 有门儿！

陈奂生 革命战士是块瓦，就是不去城里耍！

马丽霞 他怎么还有下句儿呀？

王本顺 我说不行吧？

陈　斤 看我们两口子的。马丽霞！

马丽霞 在！

陈　斤
马丽霞 阴阳无敌手！练！

陈　斤 商场打胜仗！

马丽霞 上阵夫妻档！

陈　斤 天王盖地虎！

马丽霞 给钱咱就数！

陈　斤 宝塔镇河妖！

马丽霞 多少都得掏！

王本顺 要劫道呀？

陈　斤
马丽霞 万，图，斯瑞，缶！（边舞边唱）

叫声老爸你听了，
谁人不说城里好？

马丽霞 （唱）高楼大厦有电梯，
上上下下不用跑。

陈　斤　（唱）电磁炉，液化气，

做饭不用烧柴草。

马丽霞　（唱）美食城，小吃店，

想吃什么随便找。

陈　斤　（唱）广场舞，人如潮，

大娘大妈模样好。

马丽霞　（唱）模样好，不显老，

陈　斤　（唱）开放得让人受不了。

马丽霞　（唱）又有钱，又疼人，

陈　斤　（唱）知老知少手还巧。

马丽霞　（唱）爸爸你要娶老伴，

陈　斤　（指马丽霞，唱）

她这模样的随便找！

马丽霞　随、便、找！

陈奂生　滚蛋！

陈　两　一边儿去！

王本顺　三俗！

〔陈吨与刘和平上。

陈　吨　哟，这怎么还唱上戏了？

陈　斤　妹，情况怎么样？

刘和平　据可靠消息，高速路是没有留地下通道。

陈　吨　可高速公司收购土地的消息，纯属假新闻。

陈　斤　不可能，那是他们封锁消息，一亩地一万块，他怕大伙都来卖！

陈奂生　卖啥？

马丽霞　卖地！

陈奂生　卖地？卖地……好呀，怪不得你们都往城里忽悠我，原来你们想卖地呀？好，卖，卖吧！卖地前先把我埋到咱家地里！老大，没想到你也跟他们一样了！？他们混蛋你也混蛋！还糊弄我喝酒？来！（走到墙角拿起一瓶农药）谁陪我干！

王本顺　奂生！那是农药！

陈奂生　不活了，我不活了！（见众人欲扑上来，把瓶子对到嘴边）谁也别过来！地呀，我的地呀！我的命呀！四九年以前我没有一分一厘。四九年，共产党把地分给了我，后来，公社又给要了回去。七九年，政府又把土地承包给我，我手里有地了！心里有底了！站在自己的土地上，我才知道了什么叫——人民！现在，你们要把地卖了，那我就和它一起去！（仰脖喝药）

王本顺 奂生！

陈　吨
刘和平
陈　斤 爸……
马丽霞
陈　两

陈奂生 朋友们，来世见吧……（趴在桌子上）

陈　吨
刘和平
陈　斤 爸……
马丽霞
陈　两

王本顺 奂生！

陈　吨 （疯狂地追打着陈斤）怪你！都怪你！你还我爸，你还我爸……

陈　斤 我……我也没想到事情会闹成这样呀！爸，我不卖地了，我不卖地了！

陈　两 别喊了，送医院！

陈奂生 等等！你们真不卖地了？

陈　吨
刘和平
陈　斤 不卖了！
马丽霞
陈　两

陈奂生 那行，吃饭吧，我还能再喝三杯。

陈　吨
刘和平
陈　斤　爸？
马丽霞
陈　两

陈奂生　（指药瓶子）我没喝药，塞子都没拔。

陈　斤　你……

马丽霞　唉，这玩笑开的！

陈　吨　（哭）爸！你吓死我了，你吓死我了……

陈奂生　哭啥？真把地卖了，就这结果！

王本顺　唉！我这蹭饭的，差点蹭出心脏病来。

陈　吨　我都快神经病了！

陈　两　行了，别说这事儿了，吃饭！

陈奂生　等等！

陈　两　爸，你还有事呀？

陈奂生　两儿，刚才你说的话还算不算数？

陈　两　什么话？

陈奂生　忘了？我那药瓶子呢？

陈　斤　别演了，有话你就说。

陈奂生　你说的，我的事儿你一准办好，命令交通部，给我留条路！

陈　两　我……这事儿……

陈奂生　怎么？逗我玩呢？（找药瓶子）我那药瓶子呢？

陈　两　（下定决心）好，爸，我去，我这就去办。（拎包欲下）

刘和平　我跟你去，人多力量大！

陈　两　哎呀，又不是去打架！（下）

刘和平　打架我更不怕了，大不了就是个……跑嘛！（跟下）

王本顺　奂生，现在可以吃饭了吧？（端起酒杯）

马丽霞　对呀，我都快饿死了。（欲拿筷子）

陈奂生　别吃！

陈　吨
陈　斤　为什么？
马丽霞

陈奂生 等等老大……

王本顺 你……（生气地拿起自己的筷子）不吃了，走了！这年头，蹭饭比要饭都难！（下）

陈　吨 爸，我也代表村委会，去给工程队交涉一下。（下）

马丽霞 咱干啥去？

陈　斤 ……该干啥干啥去吧。（拉马丽霞下）

陈奂生 哎，哎！都走了？这倒省了。

〔光影变化，场上只留下了陈奂生一个人，刘和平走上。

刘和平 爸，村委会不管用，大哥去了就把事情摆平了，工程队答应给咱留一条简易通道。

陈奂生 好！老大真是个人物，连交通部都怕他。

刘和平 哪有的事情？爸，我亲眼看见大哥给工程队的头头塞了五万块钱。

陈奂生 五万？这老大又买房子又送孩子出国，他哪来这么多钱呀……

刘和平 老大卖粮食……

陈奂生 卖粮食？

刘和平 噢，粮库嘛，卖粮食很自然的……

陈奂生 粮库卖粮食很自然的？粮库卖粮食很自然的！粮库卖粮食很自然的？（呜咽）

〔收光。

十一

〔光复明。

〔数天以后。

〔陈奂生家今天的小院。

〔陈奂生从屋里慢慢走出来，怀里抱着个写着“好人吴书记之位”的牌位，他把牌位端端正正地摆放在桌上，又回屋端出来两盘菜、一壶酒，放在牌位前。

陈奂生 （向牌位鞠了三个躬）吴书记，自打你走了以后，我就给你做了这块牌位。你是救苦救难的好人，我一辈子都得供着你……今天，我想请你吃顿饭。我知道，你也不能吃饭了……来，咱喝口酒。吴书记，我敬你一杯。（喝酒，但马上吐了出来）真咽不下去了……吴书记，咱俩是不是快要见面了？我是真想你呀……哎，吴书记，我好像看见你了，你来了？

〔吴书记显现。

吴书记 奂生……

陈奂生 吴书记！你真来了？

吴书记 奂生，你也老了！

陈奂生 老了，七十八岁了。吴书记，你还好吧？

吴书记 好，跟你一样，就是吃不了饭了。

陈奂生 吴书记，可是我临死前有个愿望，就是想请你吃顿饭。

吴书记 请我吃饭？为什么呀？

陈奂生 当年你冒死给老百姓分了救命粮，救了我们一家人的命，就这一件事，大家都会记一辈子。当然，我想请的人不止你一个，我想请当初借给我粮食的人、分给我地的人。连邓小平他老人家我都想请，可我级别太低够不上……吴书记，我还想请那个老头，那个叫袁隆平的老头。他发明的稻种让亩产量翻了好几倍，我感激他，想请他吃饭……

吴书记 全国农民都应该感激他。

陈奂生 吴书记，你看咱说了半天都是吃饭问题，可谁也没吃一口……

吴书记 吃饭，吃饭是个问题，问题不是吃饭。想当年，我是个要饭的娃娃，在苏北，新四军一开饭就吹号。一听到号声我就跑过去，战士们就给我盛饭吃。后来，这号声就印在了我的心里，我就跟着新四军走了，为老百姓能吃饱肚子，打仗去了……吃饭是人的基本需求，追求富裕的生活也是老百姓的基本需求，不满足老百姓的需求，要我们这些官员有个屁用？

陈奂生 是，改革开放四十年了，现在吃得饱了，营养好了，血脂升高了，体重超标了。可是，可是我家老大……他把老百姓的粮食都卖了，换成钱了，装在自己腰包里了……

吴书记 这是病，这是得了食道癌，吃到嘴里也会吐出来……

陈奂生 要吐，要吐出来……吴书记，你吃呀！

吴书记 奂生，吃饭不是问题，不是吃饭问题，问题不是吃饭……（隐去）

陈奂生 吴书记……吴……怎么说走就走了？这人……吴书记，你说得对呀，不该吃的，吃到嘴里也会吐出来……（从怀里掏出几张纸与存折）二百万，一个人吐死也吐不出来这么多，要一家人吐……（仰面朝天）傻妹！那块地，咱守不住了，我决定了，我死了咱俩都埋在那块地里，就算是死守了！

〔救护车的声音传来。

〔陈吨、刘和平、陈斤、马丽霞、王本顺带三个穿白大褂的医护人员匆匆跑上。

陈　吨 快，不管老爷子答应不答应，硬抬。

陈　斤 对，他不走我就把这房拆了，叫几个城管来，强拆！

马丽霞 滚蛋！什么时候了还说混蛋话！

刘和平 进院！

〔一行人进院。

王本顺 奂生……

陈　吨
陈　斤
马丽霞
刘和平 爸……

陈奂生 都来了？真好，都没白养活……要我去医院对吧？

陈　吨 对，马上去。

陈奂生 好，我跟你们走。不走我也没地方去了，这院子不属于陈家了，我把它卖了。

陈　斤 什么？你把房子卖了？

陈奂生 连宅基地，都卖了。

陈　斤 你……

陈　吨 行了，到医院再说！医生，快！

陈奂生 慢！我还有几件大事要交代，办完了马上走。

刘和平 什么事？

陈奂生 刘和平，你大哥的事儿，你不会不知道吧？

刘和平 我……我知道什么？我什么也不知道呀？

陈奂生 你还瞒我？我问你，当年修高速路的时候，你就知道你大哥私自倒腾粮库里的粮食，对不对？

刘和平 我……

陈奂生 你为什么不给我说实话、交实底？

刘和平 我……

陈奂生 如果当时你告诉我，你大哥就不会走到今天，你护着他，你害了他！

陈　斤 刘和平！你就是个混蛋！

刘和平 你混蛋！我告诉你陈斤！我忍你很久了！在这个世界上只有我老婆可以骂我，谁也不能骂我！我为什么不说？我说了传出去，大哥早就进去了！

陈奂生 唉！命，这都是命！

陈　吨 爸，现在不是追究责任的时候……

陈奂生 对，要吐，要吐出来……要补上他掏的窟窿，要为他减轻点罪过！大家都听我说，二百万，老大卖了城里的房子，退赔了八十万。本顺帮我卖了这个宅子……本顺，回来了多少钱？

王本顺 三十万。

陈奂生 八十加三十，一百一十万。还差九十万……我这里有个存折，这是我存了一辈子的棺材本，总共四十万。八十加三十加四十，一百五十万。还差五十万，整整还差五十万……在这个家里，我陈奂生是个外人，你们跟老大是一奶同胞的亲兄妹，你们都吃过老大买回来的好东西，那都是用赃款买的，吃过的，都要还！

陈　吨 爸，我们出三十万。

陈奂生 好，还差二十万。（看陈斤）

〔陈斤看马丽霞。

马丽霞 你看我干什么？

陈　斤 爸，股票行吗？还没解套的。

陈奂生 我只要现金。

陈　斤 欠条行吗？

陈奂生 我只要现金。

陈　斤 我……

刘和平 我！我出三万！

王本顺 你哪儿来的钱？

刘和平 （脱去外衣，身上到处都是用胶带粘着的零钱）吨儿，往下撕，我不怕疼的！

〔陈吨上前撕下一张，刘和平疼得大叫一声。

陈奂生 还差十七万。

马丽霞 我出九万！这可是我娘家给的私房钱，我的一个LV包包呀……

陈奂生 谢谢你的包包，还差八万。

王本顺 奂生，我出五千。

陈奂生 你就算了，回家一后悔，别心疼死你。还差八万！八万，一次，八万，两次，八万，三次……

〔陈两在干部甲、乙的押送下上。

陈　两 爸，你别再逼大家了。我在里面好好干活，那八万我自己还，我拿命都得还上！爸！您去医院吧……

陈奂生 （拿出一张纸）吨儿，土地入股的合同我按手印了，咱不当钉子户了，新时代了，地也要换个种法了……

陈　吨 爸……

陈奂生 不过我有个要求，咱那块地要以你大哥陈两的名字入股，老大出来，工作就没了，他得有份儿养老的钱粮……

陈　两 爸……

陈奂生 （从怀里掏出一小袋种子）两儿，爸要走了，这是我留给你的。别看这一小袋种子，有大用处。将来出来了，就回家里来，当农民。农民的命在土地上，人不亏地皮，地不亏肚皮。有地有种你就能活，有种你再活出个人样来！

陈　两 爸……（跪下）爸，爸爸……下辈子……我还做您的儿子！

陈　斤
陈　吨 （跪地）爸！下辈子，我还做您的儿子
女儿！

陈奂生 下辈子还做我的儿子？行，我考虑考虑吧……行了，都出去吧，我给你妈还有几句体己的话要说，都出去吧……

〔光影变化。众人没有动。

〔音乐起，暗转。

尾 声

〔陈奂生家今天的小院。

〔音乐延续。一束定点光下，傻妹显现。

〔陈奂生站起身来，脱下棉袄。

陈奂生 傻妹……

傻 妹 奂生，嘿嘿，一辈子了，你尽心了，那几个孩子你就别再挂着了。来吧，咱俩，成亲去……

陈奂生 哎！咱，成亲去……

〔欢喜的唢呐声似从天外传来，陈奂生给傻妹披上了一块大红的盖头，竟然一把抱起了傻妹。

〔幕后歌声从远方传来：

“十里红妆十里田，
一顶花轿到门前。
红红火火的好日子，
相亲相爱一百年……”

〔现场的人们似乎突然从歌声里醒来，载歌载舞，尽情地歌唱着……

〔歌声戛然而止，人们向远处回望着，聆听着……

〔乡村喇叭里的声音：“村民陈奂生走了，离开了他又爱又恨的乡土……他什么都没有带走，又似乎带走了太多的东西……关于土地与吃饭的问题，村里的年轻人已无法理解，因为随着城市化的飞快发展，农村土地创造的价值在农民收入中所占的比例越来越少……在遥远的未来，也许传统意义上的农村、农民最终都会消失，可取代他们的又将是什么呢？”

〔钟声响起。

〔乡村喇叭的声音：“村民同志们，新的一天来临了，一个崭新的时代，正在阳光下走来……”

〔歌声再起：

“十里红妆十里田，

一顶花轿到门前。

红红火火的好日子，

相亲相爱一百年……”

〔切光。

——剧　终

《陈奂生的吃饭问题》是根据高晓声小说人物陈奂生新编。由常州市滑稽剧团于2018年8月首演，导演胡宗琪，张怡饰演陈奂生，周蕾饰演傻妹。剧目入选中宣部第十五届精神文明建设“五个一工程”。

作者简介

王　宏　男，1962年出生，山东济南人，剧作家，原总政话剧团团长。代表作品有话剧《冰雪丹心》《士兵们》《生命档案》（合作）、《泉城人家》《茶壶就是喝茶的》《老汤》，吕剧《泉城传说》，京剧《关东女》，评剧《黄显声》，越剧《枫叶如花》，滑稽戏《陈奂生的吃饭问题》（合作）等三十余部。

张　军　男，1979年出生，江苏常州人，剧作家，任职于常州市文化艺术研究所。代表作品有话剧《碰瓷》，儿童剧《飞扬少年》，广播剧《红衣奶奶许巧珍》，滑稽戏《幸福的红萝卜》《高楼下的小屋》《陈奂生的吃饭问题》（合作）等十多部。

·话　剧·

柳　青

唐　栋

人　物（年龄为首次出场时）

柳　青——男，三十六岁，中国当代著名作家，长篇小说《创业史》为其代表作。

马　葳——二十四岁，柳青的妻子。

王家斌——男，三十三岁（序幕十岁），长安县皇甫村农民，基层干部。

王　三——男，六十五岁（序幕四十二岁），皇甫村农民，王家斌的继父。

韩　健——男，三十五岁，长安县委副书记，后任某市副市长。

黄文海——男，二十五岁，团市委干事，文学青年。

彩　霞——二十三岁，皇甫村女青年。

孟维高——男，二十四岁，长安县王曲区区委书记，后为县委副书记。

小　凤——八岁（童年）、二十二岁（成年），柳青的女儿。

刘远福——男，四十多岁，皇甫村农民。

雪　娥——三十多岁，刘远福的妻子。

郭安成——男，四十多岁，皇甫村农民。

快板王——男，四十多岁，说陕西快板的流浪艺人。

老先生，王家斌的母亲，拴喜，有财，庄稼人甲、乙、丙，小伙甲、乙，中年农民，中年妇女，买主甲、乙等。

序　幕

〔幕启。舞台一角。

〔1929年冬。夜晚，滈河滩上的一棵大槐树下，王三挑着灯笼，为趴在磨盘大的石头上写婚书的老先生照明，他身边站着十岁的王家斌及其母亲；王三满心欢喜，不停地扭头瞅着这个捡来的女人，女人则惶惶不安，双手紧紧抓着她的娃。

老先生　（拿起写在红布上的婚书，一句一顿地念）“富平南刘村人王氏，因本夫病故，兼遭灾荒，母子流落要饭。兹值饥寒交迫、性命难保之时，为恩人王三收留。情愿改嫁到长安皇甫村王三名下为妻，所带男娃随继父姓。特立此婚书，永无反悔。民国十八年冬月……”（转对女人）按咱这里的讲究，写过寡妇改嫁婚书的地方，连草都不再长。就只好在这滈河滩上，委屈你了。来，画个押。

〔王三和女人先后在婚书上按下手印。

王　三　娃，你也画一下。

〔王家斌仰脸看着母亲，母亲抓起他的小手蘸了印泥，按下。

王　三　（问老先生）这就成咧？

老先生　这就成咧！

王　三　（对王家斌）娃，叫我一声爹！

王家斌　（又看着母亲，见母亲点了点头，遂小声地）爹……

王　三　（放声大笑）就是这话！走，回去，明儿割二斤豆腐，待客！往后咱就一搭过光景了，一搭创咱的家业……

〔喜庆的唢呐声。

〔暗转。

〔舞台另一角起光。

〔1954年初春。长安县常宁宫的一间窑洞，身穿米黄色背带裤的柳青正在伏案写作。

柳　青　（焦躁地扔下钢笔，大声叹息）唉！创业难哪……

马　葳　（给柳青上茶）你咋又说这话？

柳　青　创业难，写《创业史》也难！一写到梁三老汉捡了个女人，我这笔就卡住了。

马　葳　梁三老汉？噢，你把那个农民王三在小说里叫成梁三老汉了。

柳　青　（焦虑地来回走动）你记得不？咱到这常宁宫窑洞住了多少日子了？

马　葳　差六天，就一年两个月了。

柳　青　……马葳，咱不能再在这里住了，得搬到乡下去。

马　葳　这不就是乡下吗？往东走不远就是皇甫村。

柳　青　还得往下，下到村子里去，跟庄稼人住在一起。

马　葳　啊？（惊愕得说不出话）

柳　青　我想，《创业史》写得不顺，光靠从别人嘴里听来的、从材料堆里看来的、从我这一两年下乡搜集来的那些个素材是不行的。眼下，全国农业合作化搞得热火朝天，皇甫村的农民也成立了互助组，咱就再挪几步，去皇甫村找个地方住下，咋样？

马　葳　你……写小说在哪里不能写，还非要住到皇甫村去？

柳　青　没有金刚钻，就做不成瓷器活。我踅摸这金刚钻还得去泥土里刨。比如，王三老汉的脾性有啥特点？他捡的那个男娃如今是个啥情况？秧苗咋种？牲口咋喂？互助组咋整？庄稼人在新社会咋样创业……

马　葳　（生气地）写，写，你就知道写！咱一家人好不容易在北京安了家，你非得把北京的工作辞了回到西安，那我也就跟着你回；回来脚还没站稳呢，你又把长安县委副书记的职务辞了，从城里搬到这窑洞来写书，我也不得不辞了在省委党校的工作跟着你来；现在，你又要住到皇甫村去。我好说，嫁鸡随鸡，嫁狗随狗，我认了。可咱娃咋办？不上学了？

柳　青　王曲镇不是有个小学嘛。

马　葳　王曲镇离皇甫五六里路呢，叫娃们咋走？

柳　青　看你说的，人家农民的娃咋走，咱的娃就咋走。（转而温和地）我的好婆姨，你刚不是说了吗，嫁鸡随鸡，嫁狗随狗，那就不要跟我争了，咱马上搬到皇甫村去……

马　葳　我不同意！住到村里，你那哮喘的老毛病要是犯了……

柳　青　哎呀，你想那么多做啥！（拿过一只搪瓷盆，把桌上厚厚一摞书稿扔进盆里）

马　葳　你……你要干啥？

〔柳青用火柴将书稿点燃。

马　葳　你疯了，这可是你一年的心血呀！（拿起水壶欲把火浇灭）

柳　青　（一手挡住马葳，一手翻动着火盆）烧了这些不满意的文字，咱重新开始。

马　葳　（无奈地摇摇头）柳青，我……我想跟你谈谈……

柳　青　（笑着）还谈个啥？就再支持你老汉一回，啊？

马　葳　（手一松，水壶落在地上）柳青，你这个杠头！

〔收光。那盆火苗在暗中熠熠跳动……

〔幕闭。

第一场

〔竹板声起。快板王在一束追光中走至幕前。

快板王　（念）打竹板，呱嗒响，

人都叫我快板王；
背个褡裢闲逛荡，
日子全靠嘴一张。
走东村，串西乡，
狗卧半道把路挡；
提起狗来打砖头，
砖头反把手咬伤。
一只麻鞋不成对，
两只麻鞋是一双；
家家烟囱都朝上，
光棍汉炕上没婆娘。
皇甫的破庙常年荒，
是我躲雨的好地方；
哎？这庙咋的变了样？
上前几步看端详……

〔收光。

〔幕启。神禾原下的皇甫村，一座叫“中宫寺”的旧庙在滈河北岸依坡而建。破庙经过修葺，柳青的新家就安在这里。

〔两声枪响，随着爽朗的笑声，柳青手提双管猎枪走上。他叼着烟斗，头戴礼帽，鼻梁上架一副金丝眼镜，穿的还是那身米黄色背带裤。他的通信员拎着一只野兔跟在后面。

柳　青　马葳……马葳……

〔无人应答。

柳　青　（推开院门）马葳……

〔马葳和小凤却从他身后的拐角处走了出来。

小　凤　爸爸……

柳　青　小凤，你们不在屋里？

马　葳　你一出去，我和小凤待在这旧庙里总觉瘆得慌……

柳　青　嗨！这虽是座旧庙，但经过翻新，现在是咱的家了，有啥怕的？你呀，离一个彻底的唯物主义者还有距离。（从通信员手里拿过野兔）神禾原的野兔，够肥，今晚红烧了，改善改善伙食。

小　凤　（拍手欢叫）有肉吃了，有肉吃了……

马　葳　（为难地）这咋做呢？家里连一滴炒菜的油都没有了。

柳　青　没油，去王曲镇买嘛。

马　葳　拿啥买呢？翻修这庙，又给你打了两个书柜，把那点积蓄都花光了。

柳　青　那……那就清炖嘛，清炖也好吃哩。（与马葳、小凤、通信员进院）

〔孟维高带着王三、刘远福、郭安成等人上。

孟维高　（边走边叮咛）柳书记是想通过你们几个，了解了解村上的情况。书记问啥就实话说，覅紧张。

刘远福　孟书记，我还是回去吧，一辈子没见过这么大的官，就是个紧张。

郭安成　我也不想去了，家庭成分不光鲜，怕见干部……

王　三　看你们这两个㞞人，他柳书记又不是老虎，能把咱们吃了？

孟维高　等会儿见了就知道，柳书记是个很随和的人。你们在外面等着，我先进去说一声。（进院）

〔几个庄稼人打量着这座由旧庙改成的宅院，好奇而又纳闷。

王　三　到底是共产党的官员，不怕鬼，不敬神，敢往这庙里头住。

刘远福　把荒了几十年的破庙拾掇成这样，定是花了不少钱呢。

郭安成　人家官大，有的是钱。

刘远福　弄㞗不懂，柳书记是县委副书记，他婆姨也是个国家干部，两口子放着城里的舒坦日子不过，把家安到咱这穷不拉几的皇甫村，图个啥？

王　三　图个啥，这是人家的事，咱就覅咸吃萝卜淡操心了。

〔柳青和孟维高出来。

柳　青　（热情地）乡亲们好！

孟维高　柳书记，我来介绍一下……

柳　青　（打断）我已经不是县委副书记了，更不是书记，你们就叫我柳青、老柳，啊！

孟维高　这位是王三大叔，六十五了。

柳　青　啊，你就是王家斌的父亲？我早就听说你的事了。（转对孟维高）我把他民国十八年捡了个婆姨的事写进了书里。

王　三　（没听明白）你说的啥？

柳　青　（拉住王三的手）老哥，身子骨很硬朗啊，婆姨和娃都好？

王　三　庄稼人，成天在地里摔打，就是坨软泥也摔打硬了。婆娘和娃也都好，婆娘忙屋里，娃忙外头。我是里外都忙。

孟维高　他的儿子王家斌是皇甫乡第一个互助组的带头人，每天忙得不可开交。

柳　青　你没有把王家斌请来？

孟维高　他到眉县买稻种去了，过几天才能回来。

柳　青　去眉县买稻种？啊——

〔王三用异样的眼光打量着柳青穿的背带裤。

孟维高　这位是贫农刘远福，远近的远，幸福的福。

柳　青　（与刘远福握手）远福，好！旧社会幸福离咱远得很，新社会幸福来了就长长远远，是这话吗？

刘远福　哦，是的，是的。

孟维高　这位是郭安成。

郭安成　我……我是富裕中农，成分不好。

柳　青　（握着郭安成的手）党的政策是团结一切可以团结的人，不要自卑嘛。

〔郭安成欲言又止。

〔附近传来几声牛的哞叫。

王　三　柳书记……啊，老柳，我地里还有活呢，有啥事就快说。

柳　青　好，咱们进院子坐。

〔大家走进院子。马葳端茶出来放在石桌上，小凤跟着搬来几张小矮凳摆在石桌周围。

小　凤　爷爷，叔叔，坐！

马　葳　（给柳青眼镜，小声）戴上，你戴上眼镜，还像个样子。

柳　青　我不戴眼镜，就不成样子了？

〔马葳一笑，拉小凤返回屋去。

柳　青　（戴上眼镜）请坐，喝茶！（与孟维高先坐下）

王　三　（蹲下）庄稼人圪蹴惯了。（从脖子背后抽出旱烟锅点上）

刘远福　我也坐不惯，圪蹴下谄活。

郭安成　那我也圪蹴了。（与刘远福都蹲下）

柳　青　（看看孟维高）圪蹴？那我也圪蹴吧。

孟维高　柳书记，没有这功夫的人蹲久了，腰疼腿酸，你还是坐着吧！

柳　青　不就是蹲吗，这谁不会？

〔柳青刚一蹲下，裤子的一根背带挣断，王三几个忍俊不禁。

柳　青　（站起）马葳！马葳……

〔马葳走出屋子。

柳　青　快来给我缝上，啥布料嘛，这么不牢实。

〔马葳手里正拿着针线补衣，揪下线头站在柳青身后就缝补起来。

柳　青　（对王三几个）咱们谝咱们的。请你们来，主要想了解一下互助组方面的事。谁先说？

王　三　互助组的事情多了去，从阿搭说起呢？

孟维高　从哪儿说都行，把你们看到的、听到的、自己亲身经历的，不管是核桃还是芝麻，都咵咵咵地倒出来。

柳　青　对对，比如……

马　葳　好了。（用牙咬断线头，进屋）

孟维高　（望着马葳的背影）马葳嫂子利索得很嘛！

柳　青　那还用说。

〔柳青小心地蹲下，孟维高也只好蹲了下来。

王　三　老柳，我等着你说“比如”呢。

柳　青　啊，比如，乡亲们对农业合作化有没有信心？加入互助组的积极性高不高？目前都有些啥想法？

〔沉默。

孟维高　王叔……

王　三　（狠狠咂了一口旱烟）那我就先说。农业合作化是党的主张，除了少数瞎屄，都没麻达。入互助组就不好说了，有人愿意，有人不愿意，我就不想入。但我儿家斌鼓着叫我入了，他又是互助组组长，没办法，我拗不过他。

柳　青　老哥，你这是为啥？（在膝盖上铺开笔记本）

王　三　为啥？旧社会咱地无一垄，瓦无一片，穷得那个叮当响！托毛主席的福，土改了，刚给咱分了两亩八分地和一头骡子。我正寻思着要美美过一过有地、有耕畜的瘾呢，不料想这瘾刚上来，就搞互助组。要入组就得把地、把骡子一满交了，这不是驴拉磨又转回去了吗？

孟维高　哎，这可不是转回去了。现在咱们农民虽然有了土地，但不是每家每户都有耕畜，每一户的劳力和生产资料也有差别。如果不组织起来搞互助组，势必又会造成富的富、穷的穷，这才叫又转回去了呢。

柳　青　孟书记说得对。走合作化道路，是党现阶段的方针，目的就是要充分调动农民的积极性，让大家共同富裕起来。众人拾柴火焰高嘛！

王　三　那要是有人不拾柴呢？要是有人还往柴火上尿尿呢？我给你说，我的两亩八分地上风上水，抓一把土都能捏出油来；我那头青花骡子膘肥体壮，拉犁、驾辕没有说的，谁能跟我比？我吃亏大了！

郭安成　（嘴一撇）你有啥吃亏的？你那两亩八分地和青花骡子不都是分地主的吗？

王　三　郭安成！你不放屁我还差点忘了。前天你找家斌把我的青花骡子借去拉大车，拉了一晌午不给吃不给喝，还拿鞭子猛抽，骡子后背上两道鞭印到现在还消不下去，心疼死我了！你不入组，倒要借组里的牲口用，我看你就是那个往柴火上尿尿的瞎屄！

郭安成　哎哎，你不要把屎盆子往我头上扣么，你那头骡子好使唤，借用的人不光我一个，咋能说那鞭印子就是我打的？

王　三　你们听听，就因为我那头骡子好使唤，就都借用哩！这就是我入组的好处！照这个理，我婆娘要是年轻俊俏，是不是就都……

刘远福 （打断）三叔，你真是老糊涂了，说话没个眉眼。

柳　青 老哥，喝口水，歇会儿再说。（转问）郭安成，你还没有参加互助组？

郭安成 （支吾着）没、没有。

柳　青 为啥？

郭安成 我……我想再看一看。

柳　青 再看一看？

王　三 （没好气地）看一看共产党这天还能不能变？要是变了还入组干啥！

郭安成 你这话我可担待不起。咱是富裕中农，入不了嘛。

孟维高 谁说的？别说富裕中农，地主也可以入嘛！只要本人愿意，互助组集体通过。

郭安成 王家斌倒是同意我入他的组，可是组里别的人不干。

王　三 我就不同意要你！

郭安成 不要就不要么，远福是贫农里头的贫农，不是也没有入组吗？有啥！

柳　青 老刘，你为啥没入互助组？

刘远福 我想入呢，可咱的地薄，也没有耕畜，怕连累了别的人……

王　三 不是吧？家斌几次叫你入他的组，你把头摇得跟拨浪鼓似的。你还不是怕入组后要天天一大早上工，比不上自个单干，一觉睡到晌午。你这人就是个懒！你穷，那也是懒穷的！

刘远福 三叔，我婆娘都没嫌弃我懒，你操啥闲心呢！

王　三 青蛙找的癞蛤蟆，蚯蚓寻的地蝼蛄，一家子人嘛！

〔雪娥抱着一只母鸡上。

雪　娥 （冲着王三）你说谁是青蛙？谁是癞蛤蟆？

〔王三扭过脸去。

雪　娥 仗着你儿是互助组组长，就欺负我家这个老实疙瘩啊？我和远福可是把你叫叔呢！

刘远福 雪娥，覅说了，你来做啥？还抱着个鸡……

王　三 给柳书记送鸡来了，要不会这么馋火？

柳　青 （急忙）不不，这可不行……（想起身，却一屁股坐在了地上）

哎哟，这腿不听使唤了。

孟维高　一般人蹲久了，腿脚都会发麻。（扶柳青站起）

柳　青　你叫雪娥是吧？心意我领了，但这鸡我不能收……

雪　娥　（脸一拉）想得美！

〔柳青和众人皆愣。

雪　娥　我给你说，我家这只鸡见天下一个蛋，可是刚下的一个蛋软塌塌的没有硬壳壳。我想来想去，肯定是你这两天打枪把鸡给吓出毛病了。这鸡我不要了，你赔我！

孟维高　（厉声）雪娥，胡闹！

刘远福　（低声对老婆）你、你咋丢这人哩。

柳　青　啊，我打枪把鸡给吓着了？实在对不起！我赔，我赔！（说着就在衣袋里摸钱）

孟维高　柳书记，别理她。（对雪娥）还不快回去！

刘远福　（一手抓过鸡，一手拽起老婆）走，走……

雪　娥　（边下边回头）我给你说，今儿吓了我的鸡是小，我可正怀着呢。你要再打枪把我肚子里的娃吓着了，我就住在你屋里、吃在你屋里……

〔马葳闻声掀开门帘，望着雪娥的背影。

孟维高　柳书记，农村有些女人就这样，你别在意。

〔柳青沉默着。

〔马葳放下门帘。

王　三　老柳，孟书记，没事的话，我就走了。

郭安成　我也走了。

柳　青　谢谢你们，咱们抽空再聊。

〔郭安成下。

王　三　（走几步又折回）老柳，你要是没有裤腰带的话，我叫我婆娘扯二尺布给你做一条。（下）

柳　青　（看着孟维高）啥意思？

孟维高　（笑）你这背带裤，庄稼人没见过，怪怪的嘛。

柳　青　哦……（自己也笑了）

〔马葳拉着小凤走出。

马　葳　你们谈完事了？

柳　青　咋咧？

马　葳　小凤上学的事咋弄呢？我的工作咋个安排？

孟维高　啊，忘说了，小凤上学的事已经联系好，就在王曲镇小学。考虑到从这儿去学校的路比较远，把马葳大姐安排在王曲区委做文书工作，这样就方便照顾孩子。

柳　青　维高，你想得可真周到。（拍拍小凤的头）小凤，从小多吃些苦，长大了才会不怕吃苦。

小　凤　爸爸，我不怕吃苦。

柳　青　好，乖娃娃！

马　葳　孟书记，那就谢谢你了！（拉小凤进屋）

孟维高　柳书记，你休息会儿，我走了。

柳　青　等等！（思索地挠着头皮）今天的采访虽然很有收获，但也让我感觉到了一个问题：群众老把我当成县委领导，加上这条该死的裤子，他们心存芥蒂，没有放开来说，是不是？看来，光搬到村里住还不行，靠叫几个人来座谈也不行。必须走进群众心里，他们才会同你交心。维高，你帮我选一个互助组，从明日起，我下到组里去！

孟维高　这……我担心你的身体……

柳　青　不就是个哮喘吗，算啥？（拍拍腰身）战争年代闯过来的，没麻达！

孟维高　那……就去王家斌的互助组，咋样？

柳　青　好，我也是这么想的。（取下挂在屋外墙上的猎枪）这杆猎枪，是我托你找人借的，还给人家。

孟维高　柳书记，你就这么一个爱好，先留下吧。

柳　青　我这个爱好，吓得雪娥家的鸡生出的蛋都成软壳壳了，不改咋行？再说，人家正怀着呢……（与孟维高笑了起来）

〔收光。

第二场

〔追光。小伙甲站在高处，举着用铁皮砸的喇叭筒高喊：“王家斌互助组的乡亲们听着，今上午在家斌屋前的皂角树下分‘百日黄’稻种，每户二十斤，都拿上口袋，赶紧来啊……”

〔幕启。王家斌屋前一棵高大的皂角树下，王家斌正在给本互助组的农民分稻种。小伙甲、乙用杠子抬起秤杆的一头，王家斌拨动着悬在秤杆另一头的秤锤。秤钩上，挂着装有稻种的箩筐，彩霞拿一把葫芦瓢，往箩筐里添加或者舀出稻种。那些嘴里噙着旱烟锅的庄稼人、挑着粪筐的庄稼人、倒背着双手的庄稼人，纷纷围拢过来，好奇而又羡慕地盯着金灿灿的稻种和王家斌手上的秤。

王家斌 （看秤）刚好二十斤！拴喜，拿走。

拴　喜 好咧好咧！（高兴得合不拢嘴，将箩筐里的稻种倒进麻袋，背起就走）

王家斌 下一个，有财！

有　财 在呢在呢！（急忙挤到前面）家斌，把秤给咱看好。

王家斌 （过秤）一十九斤……半，差半斤。

〔彩霞往筐里添了半瓢。

王家斌 又多了二两。

〔彩霞正要往外取，有财一把按住彩霞手上的瓢。

有　财 嘿嘿，不就二两嘛！

彩　霞 这可是稻种，每户二十斤，多点、少点都不行。

有　财 哎，我说彩霞，你又不是我们组的，在这搭掺和个啥！

彩　霞 我来帮个忙还不行吗？

有　财 帮家斌的忙啊？就不知道能不能帮到一个屋子里去。

彩　霞 有财叔，你乱说啥哩……

王家斌 算了算了，多出的二两，从我那一份里扣除。

有　财 还是家斌开通嘛！（背起稻种下）

彩　霞 （朝有财的背影）哼，到眉县买稻种嫌远不去，分稻种了就想占点便宜。

王家斌 不说了。彩霞，来，咱几个对对账。

〔王家斌掏出个小本，和彩霞、小伙甲乙到一边核对。

〔几个庄稼人把手伸进箩筐捏起一撮稻种，放在手心细瞅着、揉搓着，然后轻轻吹去稻糠，将米粒扔进嘴里慢慢咀嚼……

〔柳青走来。他完全变了模样，穿着庄稼人的那种对襟褂子、缅裆裤、圆口布鞋，头上戴一顶旧草帽，一根长杆旱烟锅插在裤腰后……这就是一个地道的关中农民嘛，有谁会去注意他呢？

〔柳青凑到几个庄稼人跟前。那几个庄稼人吐掉嘴里嚼碎的米渣，互相交换看法。

庄稼人甲 这“百日黄”就是好，颗颗大，嚼起来香！

庄稼人乙 嗯，就是不知道这稻种到咱这地方服不服水土？

庄稼人丙 家斌说行哩，咱这儿气候跟眉县差不多么。

庄稼人乙 “百日黄”这么嫽，明年咱也种上点试一试……

柳　青 乡党，你几个说的“百日黄”，得是王家斌买回来的稻种？

庄稼人甲 是的。这“百日黄”从插秧到搭镰收割，只要一百天，比咱滈河滩上的水稻至少早收二十天。

柳　青 得是产量也高？

庄稼人乙 这稻子秆秆不长穗穗长，产量能翻一番呢。

柳　青 啊……买稻种的王家斌是哪一个？

庄稼人丙 （指了指）头上包白毛巾的……（扭头打量着柳青）乡党是哪个村的？咋没见过你呢？

柳　青 啊，路过，路过，看个热闹……

〔雪娥一路小跑过来，喊着：“远福……远福……”

〔柳青走到一旁蹲下，点上旱烟。

〔刘远福其实就在现场，只是一直远远地躲着不想让人看见。听到老婆喊他，这才懒散地走出。

刘远福 喊啥哩？喊啥哩？

雪　娥 喊你个鬼呢！咱家分上了没有？

〔刘远福摇摇头。

雪　娥 你个瓜㞞，我叫你来干啥呢？

刘远福 人家是给本组的人分，咱又不是组里头的。

雪　娥 （大声地）没入组咋咧？捎带着给分几斤稻种算个啥事！

〔王家斌闻声站起。

刘远福 （被老婆推了一把，只好硬着头皮）家斌，我看稻种还剩下些，能不能给我也分上一点？

王家斌　远福哥，刚对过账，除过我的是还剩二三十斤，但这要留着，组里谁家的秧苗万一出不齐茬，得用来补苗。

〔柳青为听得清，蹲着往前挪了挪。

雪　娥　（笑盈盈上前）家斌，做好事就做到底嘛，你本组里头的人吃肉，组外头的喝口汤还不行吗？我家地少，不多要，五六斤就行。

王家斌　雪娥嫂，这次买稻种的钱都是我组里的七户人家凑的，大家立了规矩，只给本组人分……

雪　娥　这是啥规矩呀？都乡里乡亲的，抬头不见低头见，分得贼清做啥！

彩　霞　雪娥姐，没规矩不成方圆，你就不要为难家斌了。

雪　娥　彩霞，你又不是家斌互助组的，把嘴伸得这么长，就不怕闪了舌头！

彩　霞　我就是要为家斌说句话。他这回去眉县，来回六七天，为了把大家凑的钱省下多买几斤稻种，饿了，啃几口从家里带的干馍；渴了，就喝凉水。晚上舍不得花几角钱住旅馆，就睡在车站的砖头地上……回来的时候，他们几个人拉着架子车走了两天一夜。家斌把鞋磨烂了就光着脚走，硬是把一石多稻种从二百多里地外拉了回来。你说，家斌他容易吗？

雪　娥　不是吧？我咋听说他还下过馆子呢。

小伙甲　啥馆子？那是一家烂眼垮茬的小饭铺。那天天冷，我几个进去每人要了一碗五分钱的热面汤，这钱还是家斌哥自己出的。

小伙乙　要我说，除了本组的，就是不能给外人分！

〔有人跟着嚷了起来：“就是的，稻种是家斌弄来的，不能给组外的人分！”“不爬树还想吃果子，哪有这么便宜的事！”……

〔柳青拿出小本铺在膝盖上，不时记上几笔。

〔郭安成走来。

王家斌　好了好了，都别说了。稻种确实还有点剩余，但这事情……

郭安成　（接话）这事情好办！

〔人们把目光都转向郭安成。

郭安成　家斌，这稻种还剩下多少？

王家斌　二三十斤吧。

郭安成　一斤多少钱呢？

王家斌 二角六分。

郭安成 那三十斤就是……七八块钱，算上你这一趟的开销，我给你十块钱，都卖给我。

〔人们都惊住了。

王家斌 都卖给你？这咋成呢？

郭安成 不就是钱嘛，我不白要。

雪　娥 郭安成，你一个富裕中农，来搅和个啥！

郭安成 这人有成分，稻种没成分吧？地没成分吧？我也想有个好收成哩，要不咋对得起土地爷……

雪　娥 羊在山上晒不黑，猪在圈里捂不白！土改没把你拾掇干净，有几个臭钱就屎壳郎翻跟斗——亮你驴日的黑尻子！

郭安成 咋骂人呢？你才是驴日的……

刘远福 （冲上来一把揪住郭安成的衣领）你个哈㞞，敢骂我婆娘……

王家斌 （将两人拉开）别闹了，别闹了！剩下的稻种不分了，谁也别想要！

郭安成 不给算㞞了。（边走边嘟囔）互助组还不是夏天聚、秋天散，能闹腾多久……

〔有人跟在郭安成后面附和着："就是！离了这'百日黄'，还不过光景了？有啥了不起……"

〔柳青站起，望着郭安成的背影。

〔王三背着褡裢赶集回来，走到皂角树下。

雪　娥 （突然往地上一坐，哭喊）不成啊，我今天就得要……王家斌，你今天不给我稻种，我就……我就……

王　三 你就咋咧？要上吊，给，绳子，刚赶集买的！要喝药，给，老鼠药！（从褡裢里先后拿出一把麻绳和一包药，扔到雪娥面前）

王家斌 爹，你干啥哩！（急忙捡起麻绳和药包）

刘远福 （把老婆拉起）你咋又丢人哩！

雪　娥 谁叫你是个窝囊蛋呢！（瞪了王三一眼，小声地）老不死的！

王　三 （没听清）你……骂我呢得是？

王家斌 爹，你就别计较了。

王　三 计较？我不计较就任你叫人欺负，啊？你说你这弄的是个啥事情？把罪受了，把钱搭上，还把人得罪了，落不下好……

王家斌 爹，我是互助组组长，这些事我不做，谁做？

王　三 离了张屠夫就不吃猪肉了？你看你自打当了这个组长，烧得连自个姓啥都忘了，屋里的事不管不顾，成天在外头跑。我有你这个儿就跟没儿一样么！

彩　霞 王叔，家斌干得可是好呢，他的互助组在全区都有名了。他也老惦记着屋里，就是一忙起来……

王　三 （火气更大了）我跟我儿说话呢，马槽里伸出个驴嘴！

王家斌 爹，你今天吃炸药了？

王　三 就是！谁不顺眼我就炸谁，看她还敢打我儿的主意……

〔有人发出嘲笑声。彩霞忍受不了，转身跑下。

王家斌 哎，彩霞……（回头）爹，你这么说彩霞，太伤人家脸了！

王　三 咋？你给我听着：你要敢和她相好，我就不认你这个儿！

雪　娥 哎哎，你屋里的事回去说去。我家漫秧苗的地都拾掇好了，今儿非把“百日黄”稻种拿到不可。王叔，你说句话，叫家斌给我……

〔王家斌憋屈得冒火，扔下手上的秤，冲进屋里砰的一声关上了门，人们惊诧地面面相觑。

雪　娥 （跑去扒门缝往里一看）这娃，躺炕上睡下了！王家斌，你出来，你出来……

〔屋里没有动静。

雪　娥 （使劲推了几下门）王家斌，你少给我耍死狗！我给你说，县上来的柳书记跟我家是邻居，我找柳书记去……

柳　青 （站起）找柳青啊？我就在这儿。

〔众人的目光都投向了这个未曾引起他们注意的庄稼人。

王　三 （靠前几步揉揉眼睛）你是柳书记？

柳　青 王三老哥、刘远福、雪娥，你们好！乡亲们都好！

雪　娥 啊？真是柳书记……

王　三 老柳呀，我都认不得了。你咋穿了这么一身？我还说叫我婆娘给你做条裤腰带呢。

柳　青 有，有。（给王三看自己的布裤腰带）这咱不就一样了吗？

王　三　这……外皮一样，瓤子还是不一样。你是国家人，咱是庄稼人。

柳　青　（一怔，拍拍脑门）等我这瓜熟透了，瓤子也就一样了。（转向雪娥）你家的鸡，这几天下蛋没麻达吧？

雪　娥　（尴尬地）好着，好着……柳书记，我刚才说跟你是邻居，那是说大话呢，你覅见怪。

柳　青　这是实话，咱就是邻居嘛！你说找我，是为稻种的事吧？（不等雪娥回话）远福，去把郭安成叫回来。

刘远福　哎！（下）

雪　娥　柳书记，你把家斌叫出来，叫他把事情给我办了。

柳　青　（对王三）老哥，还是你来叫他。

王　三　他不出来才好哩。这是个啥事嘛！（背起双手气鼓鼓走开）

柳　青　……我试试看。（走到门口）家斌，你出来一下……王家斌同志，请你出来一下。

〔王家斌屋内声："你是谁！"

雪　娥　他是……

柳　青　（制止住雪娥）我是老柳，柳青。

〔王家斌："我不认得你！"

柳　青　你出来咱一见面，不就认得了吗？

〔王家斌："我困得很，睡觉呢！"

柳　青　大白天睡觉？那我就在门口圪蹴着等你，我现在学会圪蹴了。你要睡到天黑，我就圪蹴到天黑；你要睡到明儿天亮，我就圪蹴到明儿天亮。（说罢靠门蹲下）

雪　娥　（喊）王家斌，你牛逼啥哩，他可是县上来的柳书记！

〔屋门吱扭一声开了，柳青因为背靠着门，一下朝后倒去。

王家斌　（急忙扶起柳青）呀，你就是柳书记？

柳　青　家斌同志，我早就知道你了。别的话咱以后再谝，先说今儿分稻种这事，你看怎么收摊子？

王家斌　我……我真的不知道该咋办了。柳书记，你替我拿个主意。

柳　青　主意还得你拿，我可以给你提些建议。

王家斌　柳书记，你说！

〔刘远福叫回了郭安成。

〔王三老汉返回，蹲在一边。

柳　青　我看是这：把剩余的二三十斤稻种，分给村上另外五个互助组的组长，再加上刘远福和郭安成，每人一份。给那五个组长分呢，可以叫他们先试种一下，然后把全组带动起来。刘远福和郭安成呢，他们一再要，说明对你买回的稻种有信心，也想发展生产嘛，咱不要伤了人家的积极性。

王家斌　柳书记，这我同意。

〔雪娥和郭安成脸上露出喜色。

〔王三霍地站起。

柳　青　只是……这二三十斤稻种平均成七份，每份少了点。

王家斌　（一想）是这，我家今年少种些，把我那一份让出一半……

王　三　（大吼一声）你敢！（冲上去指着王家斌）凭啥要把咱家那一份让给不相干的人，啊？

王家斌　爹，你听我说……

王　三　（打断）我不听！你个瓜㞞要敢这么弄，就要进这个家门！（冲进屋去，将门关上又拉开，探头冲着柳青）老柳，你能得很么，你给我儿出的好主意！（用力把门关上）

柳　青　看看，我把你爹给惹毛了。

王家斌　没事，我爹就那脾气，我跟他再慢慢说道。

雪　娥　柳书记，你真是个好人！家斌兄弟，嫂子错怪你了……

〔王家斌摆摆手。

郭安成　柳书记，家斌兄弟，这这，这叫我咋说呢……

柳　青　你就说说，刚才说互助组是“夏天聚、秋天散”，啥意思？

郭安成　那是别人说过的话，我拿来撒气呢！我说要把剩余的稻种全买了，那也是气话。十块钱呢，我咋拿得出来？

柳　青　那你觉得互助组咋样？就说家斌这个组。

郭安成　好，好，干实事呢！也没有嫌弃我。

柳　青　那你现在想不想加入互助组？

郭安成　我……我这富裕中农的成分……

柳　青　成分是对过去家业的划定。走社会主义农业合作化道路，每个人都有同等选择的权利。家斌，你说呢？

王家斌　（对郭安成）你只要想入，我要！

郭安成　（一愣）那……我入，我入。

王家斌　好！（握住郭安成的手）往后你就是组里的人了，大家齐心干事儿！

柳　青　刘远福，你呢？

刘远福　我……（看看雪娥）我们回去商量一下。

雪　娥　对对，我们商量一下再说。

王家斌　远福哥，雪娥嫂，商量好了就说一声，我这个组欢迎你们。

〔有人发泄着不满愤然离开："哼！啥样的歪瓜裂枣也入得了组……"

雪　娥　（指着那人的背影）你看，你看么……

王家斌　五个指头还不一样齐呢，组里难免有人会想不通，我来给他们做工作。

柳　青　（拍拍王家斌的肩膀，对众人）乡亲们，大家说家斌这个互助组组长当得好不好？

庄稼人甲　好，好么！

柳　青　那他好在哪里呢？

庄稼人乙　为大家干事么。

柳　青　对！为大家干事，大公无私，团结群众，就能创业。咱庄稼人办互助组，就是为了摆脱贫困。今天是互助组，明天还要办合作社，也许后天又会是别的样式。但目的都是一个，要让咱庄稼人富裕起来……我呢，把家安在了皇甫村，就是咱皇甫人了，希望乡亲们能接纳我……

庄稼人甲　你不会哪天尻子一抬，又走了吗？

柳　青　不会不会，我尻子生根，就长远扎在这搭了！（问庄稼人甲）老哥，你屋在阿搭？

庄稼人甲　（用手一指）就那间草房。

柳　青　咱到你屋去谝一谝。

庄稼人甲　好么，走！

〔柳青跟庄稼人甲下，众人散去。

王家斌　哎，柳书记，我跟你去……

〔王家斌欲下，彩霞复上。

彩　霞　家斌……

王家斌　（止步）彩霞……

彩　霞　我来和你商量个事。

王家斌　啥事？

彩　霞　刚听说西安的棉纺厂要来咱村招工，你说我报不报名？

王家斌　（一怔）这事得你自己拿主意。

彩　霞　人家想听听你的意见嘛。你说去我就去，你说不去我就不去了。

王家斌　这……这事你咋想的？

彩　霞　进城当工人，我觉得这是个机会；可是我又怕离你远了，不好见面……

王家斌　（不知如何回答）这这……我现在还有事呢，咱回头再说，回头再说……（跑下）

彩　霞　（气得一跺脚）王家斌……

〔收光。幕闭。

第三场

〔幕后快板王的快板声由远及近：

“竹板响，嫽得太，
说说关中的八大怪：
老婆帕帕头上戴，
家家房子半边盖，
板凳不坐蹴起来，
老碗和盆分不开；
面条宽，像裤带，
锅盔大得赛锅盖。
油泼辣子一道菜，
秦腔吼声震天外……”

〔幕启。柳青的家，院里院外。院外大门一侧，可见一辆绿色吉普车的尾部。

〔雪娥挎着菜篮从坡上下来。

雪　娥　（回头瞅了一眼，自语）真是的，鳖有鳖路，蛇有蛇路。这人眼睛不行，嘴可会说得很……（看见吉普车）咦？柳书记家门口啥时卧了个这东西？（好奇地上前欲用手摸）

〔快板王上。

快板王　耍动！

雪　娥　啊……你吓我一跳！

快板王　这家伙跟骡马一样，一碰尻子惹毛了，小心尥蹶子蹿出去。

雪　娥　（赶紧退后）我的个妈呀，差点把麻达捅下……喂！（叫住快板王，塞给他一个窝窝头）

快板王　（闻了闻窝窝头，接着打起竹板，念）

皇甫也有几大怪：
窝窝头里拌野菜，
婆娘都把搅团爱；
老汉噙个旱烟袋，
女娃嫁人不对外，
树上喜鹊一排排。
柳书记，更是怪，
城里不待乡下来，
婆姨娃娃一起带；
破庙一修当住宅，
汽车就在屋前摆，
哧溜一下比马快……

〔快板王边说边下。

〔柳青骑着自行车从外面回来。

柳　青　雪娥……

雪　娥　柳书记……

柳　青　（望着快板王的背影）说快板的这人是谁？

雪　娥　他呀，姓王，是咱村西头的，没儿没女，光棍一个。旧社会被国民党队伍拉过壮丁，后来眼睛咋就不行了；这几年都不在村里住了，拿个快板到处要饭。他快板说得好，都叫他“快板王”。

柳　青　哦……他刚才说："汽车就在屋前摆，哧溜一下比马快"，这是在说我吧？

雪　娥　他见啥编啥，谁都儴哩！哎，柳书记，你放着汽车不用，咋老是骑个自行车？

柳　青　骑惯了，方便。（看着雪娥的菜篮）又剜野菜去了？啥菜？

雪　娥　蒂儿菜。王宝钏苦守寒窑十八年，吃的就是这。

柳　青　那我要尝尝，我拿土豆换。

雪　娥　换啥哩，都给你，我再剜去。

柳　青　哎不行不行，一定得换，正好昨天陕北老家来人带了些土豆。（朝内喊）马葳……马葳……

〔马葳走出院门。

马　葳　你回来了……啊，雪娥……

雪　娥　马葳姐……

柳　青　（把菜篮给马葳）蒂儿菜，中午给咱炒了；把那袋土豆装上些，给雪娥家送去。

马　葳　哎！（接过菜篮进院）

雪　娥　柳书记，这咋行？你家那么多口人吃饭呢，有点土豆还给我……

柳　青　这你就见外了。俗话说，远亲不如近邻。咱离得这么近，拿几个土豆算啥。哎，你家的秧苗出得咋样？

雪　娥　这"百日黄"就是好，秧苗又齐又旺，秋上定是好收成……（内疚地）柳书记，我……唉，我那天咋就昏了头呢，拿鸡蛋的事找你的茬子……

柳　青　你这"茬子"找得好，把我叫灵醒了。（拿下挂在自行车把上的一个袋子）雪娥，我找懂的人问了一下，这鸡下软壳壳蛋的原因，是缺钙。

雪　娥　缺钙……钙是个啥？

柳　青　钙嘛，是一种营养成分。我刚到王曲集市上找了一些人家不要的骨头和鸡蛋壳碾成粉末末，你把它拌在鸡食里，鸡吃了就能补钙。

雪　娥　呀，柳书记，你真是个有心人！

〔马葳提着一篮土豆出来。

马　葳　雪娥妹子，咱走。

雪　娥　哎呀这么多！马葳姐，我来提。

马　葳　我送送你，顺便看看你屋子。

雪　娥　这咋好意思呢！柳书记，谢谢，谢谢了……

柳　青　一家人不说两家话，有空常来。

雪　娥　哎！（感激地挽起马葳的胳膊，下）

〔屋内传来幼儿哭声，柳青急忙放好自行车，进院。

柳　青　小凤，小凤……

〔小凤端着一只碗出来。

柳　青　你弟弟咋哭了？

小　凤　他饿了，我去厨房给熬点糊糊。

柳　青　你会熬糊糊？

小　凤　会，我妈教我的。

柳　青　（心疼地拍拍小凤的脑袋）小凤真乖！爸爸忙，让你这么小就做大人的事。

小　凤　我妈说了，爸爸越忙，爸爸的书就越能写好。

柳　青　啊？你妈真是这么说的？

小　凤　嗯！

柳　青　（期待地）你妈还说了啥？

小　凤　我妈还说……你是个杠头。杠头是啥意思呀？

柳　青　（一愣）……快熬糊糊去吧，啊。

〔小凤去了厨房。

柳　青　（自语）说我是杠头……（欲进屋）

〔黄文海出现在院门口。

黄文海　请问，柳青老师在吗？

柳　青　我是柳青，你是……

黄文海　（惊喜地）老师您好！我叫黄文海，是团市委的干事。

柳　青　哦，你好！找我有事？

黄文海　（谦卑地）我读过您的小说《种谷记》《铜墙铁壁》，太崇拜您了！我非常爱好文学，很想成为一个作家。今天特意来，想拜您为师，能收下我吗？

柳　青　拜师不敢当！但你想成为作家，很好，很好！来，坐！

黄文海　（坐下，从包里拿出厚厚一沓书稿）老师，这是我刚写完的一部长篇小说，请您指教。

柳　青　（接过书稿）长篇小说？写什么的？

黄文海　写的是农村土改。

柳　青　土改？好题材呀！你参加过土改工作？

黄文海　没有。但我家是农村的，就是皇甫东边的黄家庄。我听说了很多关于土改的故事，又看了一些材料，利用三个月的闲暇时间写成了这部小说。

柳　青　啊……

黄文海　我想请老师看过后写篇序言，再给出版社写个推荐信，争取尽快出版。

柳　青　我会认真拜读，然后咱们再交换意见。（放下书稿）你以前写过短篇小说或者散文吗？

黄文海　（摇摇头）这部长篇是我的处女作。

柳　青　我提个建议，你可以先写一点短篇，不必急于写长篇小说；同时呢，在年轻的时候一定要做好三个方面的积累……

〔黄文海急忙拿出笔记本记录。

柳　青　一是知识的积累，要多读书，文学的、哲学的、历史的，包括一些杂书，都要读，使自己的大脑成为容纳各方面知识的宝库……

黄文海　就是……谁说的那句："读书破万卷，下笔如有神"……

柳　青　唐代诗人杜甫说的。但"破书"一本也不要读！读书应有选择，就跟吃饭一样，要讲究营养，还要干净卫生。二是生活的积累，这对一个作家非常重要，要用你的听觉、嗅觉、心灵，身体力行地去观察和体验生活，捕捉素材，这就好比酿造葡萄酒一样，你采摘的葡萄越多，酿出的酒就越多；葡萄的品质越好，酒的品质也就越好……

黄文海　老师，您说得太好了！

柳　青　三呢，是思想的积累。一部作品的高度最终一定是思想的高度，善于发现问题、思考问题就是一种思想积累；思想积累得厚实了，才会对生活、对人生、对社会做出深刻认识和独到见解……

黄文海　（边记边自语）"……善于发现问题、思考问题就是一种思想积累……”

柳　青　小黄，这些都是我的体会，不一定对，你没必要每句话都记下来。

黄文海　老师，您说的太重要了，我要记下来，好好学习……老师，我还想请您推荐几本书。

柳　青　正好，我前几天回作协给业余作者讲课时开过一个书目，好像还有一份……（拿出夹在笔记本中的一张折叠纸）这上面，托尔斯泰、肖洛霍夫、巴尔扎克、莎士比亚等名家的代表作都有，还有中国的四大古典名著，以及鲁迅、巴金、茅盾、曹禺、老舍等人的作品，你可以先读这些。

黄文海　（接过）谢谢老师！老师，我还有一个问题……

柳　青　请说。

黄文海　您为什么要辞去县委副书记，拖家带口地从西安市搬到这乡下来住？

柳　青　你觉得奇怪？

黄文海　是的。我听说您是为了写一部小说，可是写小说就一定得住到乡村来吗？

柳　青　当然不一定了。但对我来说，要写好这部作品，就必须放下一切，跟庄稼人泡在一起；就好比潜水员，只有沉到水底，才能打捞起想要的东西……（发现黄文海一副懵懂的样子）哦，这你以后会慢慢理解的。

〔彩霞上。

彩　霞　柳书记……

〔柳青站起。黄文海也倏地站了起来。

彩　霞　（看见黄文海，一怔）你咋在这儿？

黄文海　我来向柳青老师请教写作的事。（走到彩霞跟前）我正要去找你呢，上次给你说的城里招工的事，马上就要开始了，你考虑好没有？

彩　霞　我……还没有想好。（对柳青）柳书记，你这里有事，我过会儿再来。

柳　青　没事没事，我们已经谈完了。

黄文海　老师，那我就先走了。谢谢您的教诲！（深鞠一躬）

柳　青　不必，不必。

黄文海　（经过彩霞身边时小声地）我在河滩大槐树下等你。（下）

柳　青　你们……认识？

彩　霞　上小学在一个学校，他比我高两个年级……柳书记，你可能还不认得我吧？我是……

柳　青　彩霞同志嘛！那天分稻种的时候，你帮王家斌过秤，我就在跟前呢。

彩　霞　柳书记，我……这么冒昧地来找你，真有点不好意思。

柳　青　咱一个村上的，有啥，你说。

彩　霞　是这事，城里棉纺厂要在咱农村招一批女工，你看我是去，还是不去？

柳　青　这事，你为啥要来问我？

彩　霞　我想来想去，就信你。再说，你是领导，水平高嘛。

柳　青　（哈哈一笑）我是说，你问过王家斌没有？你俩的关系，家斌给我说了。

彩　霞　我问过他，他叫我自个儿拿主意。可是我就想知道他是啥想法，他又不说。

柳　青　那你为啥非要知道他的想法？这说明你心里放不下他，得是？

〔彩霞低头搓弄着衣角。

柳　青　既然这样，你俩为啥不把这层窗户纸捅破，把关系确定下来？听家斌说，你们这事都拖了好几年了。

彩　霞　三年多了。他爹看不上我，家斌呢，做啥都干脆利索，就这事总含含糊糊的。我都二十三了，真不知该咋办。（抹泪）

柳　青　（想了想）你给我一句话：是不是如果王家斌愿意把你们的关系确定下来，你就不进城当工人了？

彩　霞　（点头）嗯！

柳　青　那好，我找家斌问问。家斌这小伙子真是不错……你也不错，我希望你们两个成哩！

彩　霞　我就是这意思。柳书记，你说说他，他听你的。

柳　青　好，我说说他。

彩　霞　那我就走了。柳书记，麻烦你了。（下）

〔柳青忽然急喘、咳嗽，小凤闻声跑出，抱着一件旧军用呢子大衣。

小　凤　爸爸……

柳　青　小凤……

小　凤　我妈说你一咳嗽就是犯病了，要赶紧加衣服。

柳　青　（接过大衣）小凤真乖！爸爸没事，没事。去写作业吧。

〔小凤进屋。

〔柳青正要披上大衣，见孟维高陪同韩健进院，便顺手将大衣放在凳上。

孟维高　柳书记，你看谁来了！

柳　青　（一怔，惊喜地）韩健！

韩　健　老柳！

柳　青　（与韩健紧紧握手）哎呀，啥风把你吹来了？

孟维高　韩健同志刚从陕北调到咱们县，担任县委副书记的工作。

韩　健　你辞职留下的这个坑，没想到叫我来填了。

柳　青　这好嘛，皇甫离县里不远，咱们又可以经常见面了！（朝内喊）马葳，马葳……（突然意识到）啊，看我这记性，她上别人家去了。你先坐，我去弄点茶水。

孟维高　柳书记，我去沏茶。

柳　青　那好，茶叶罐罐就在……

孟维高　我知道，就是不知道你家存折藏在哪儿。（进屋）

柳　青　（笑）这个小孟，我家存折上那几个钱，还用得着藏吗？老韩，坐。

韩　健　（坐下）老柳，你咋穿这么一身？

柳　青　入乡随俗嘛。刚来时穿了条背带裤，村里人把我当猴看呢。

韩　健　你……是不是生活上有些困难啊？一大家子人住在乡下，你和马葳又没有了机关福利……

柳　青　困难个啥！有吃、有穿、有房住，蛮好，比起十多年前咱们在陕甘宁边区那阵，不知好到哪里去了。

韩　健　噢，那时你我同在边区文化协会工作，也都写一些文学作品，我记得当时你写了一篇小说，叫……

柳　青　《地雷》。

韩　健　对对，《地雷》！那时候你就成天爱往下边跑，不是去绥德农村就是去115师和129师的前线连队，写了不少作品，现在又将写出新的大作。可我呢，终究不是那块料，没能坚持下来，惭愧啊！

柳　青　哎，这叫革命分工不同。人尽其才，物尽其用，做领导和行政工作可能更适合你。

韩　健　（摆摆手）你这是安慰，安慰……（蓦地发现那件大衣，拎起）哎，这不是当年日军的呢子大衣吗？

柳　青　这大衣还是你送给我的。

韩　健　我？我啥时候送过你这大衣？

柳　青　你这是贵人多忘事。一九四五年冬天在瓦窑堡，你见我老是哮喘，就送了这件大衣叫我御寒……

韩　健　噢——想起来了，想起来了！当时为纪念抗战胜利，边区政府把缴获日寇的一些物资发给我们做慰问品，给我发的就是这件大衣……（拎起大衣抖了抖）这料子，这做工，好东西啊！（将大衣披上）其实，我的身材穿着它比你合适。老柳，谢谢你给我保管了这么多年……

柳　青　哎哎……（一把将大衣拿过）这就是个娃，带了这么多年也该跟我姓了，你别想再要回去！

韩　健　不还就不还么，看把你小气的……

〔孟维高上茶。

孟维高　柳书记，韩书记，喝茶。

韩　健　（端茶看、闻、抿）呀，上等龙井么！你还有这么好的茶？

柳　青　我咋就不能有好茶？这龙井是去年九月在北京开文代会时，周总理送给我的！

韩　健　（刚喝下一口，差点噎着）啊？周总理送的？那……能不能给我一点，做个纪念。

柳　青　行，给你一半，走时带上。（对孟维高）你也坐。

韩　健　那就沾你的光了。维高，我要和柳书记谈点事，你……

孟维高　（正要坐下，又起）好，我到外面去转转。（下）

〔柳青诧异地看着韩健，那意思是说：谈什么事？还要孟维高回避……

韩　健　老柳，我今天来，主要是看看你这个老同事、老战友，同时呢，咱们这种关系我就直说了，是想对你提个醒……

柳　青　好嘛，你说。

韩　健　我一到县委上任，就听说了你两件事，一个是说你到皇甫来，给自己弄了套大别墅。我刚才让孟维高带着在外面看了一圈，什么别墅？就是个破庙收拾了一下嘛。这完全是瞎说，就别理它了。另一个，是说你叫王家斌把稻种分给了富农……

柳　青　是一户富裕中农。

韩　健　这个这个……党在农村的政策是依靠贫农、下中农，团结中农……（看见柳青犀利的目光，急忙改口）哦，你是老领导了，政策比我清楚。我的意思是说，合作化刚刚开始，地主富农肯定不甘罢休，斗争形势依然会很复杂，我们要站稳立场，小心犯错误啊！

柳　青　咋？给富裕中农分了点稻种，激励他加入互助组，该不会是立场问题吧？

韩　健　富裕中农……毕竟还不是富农嘛。

柳　青　那要是地主、富农想加入互助组呢？

韩　健　按照政策，这可不行！

柳　青　党的政策，也是从实践中来的嘛。如果地主、富农经过改造，也想走合作化道路，为啥要拒绝呢？

韩　健　老柳，咱们今天不讨论这个。我给你提前通个气：互助组顶多再搞半年，就要进入初级合作社了；初级社搞上一两年，又要进入高级社。形势逼人，咱们当领导的，不得有半点闪失啊。

柳　青　我现在不是领导，我是皇甫村的庄稼人！（站起）这互助组……就好比一个娃娃，路还没走稳呢就要跑，能顺顺当当跑到初级社、高级社吗？

韩　健　老柳，社会主义革命，要的就是快，这你应该明白。

柳　青　我不明白，这违反科学发展规律！

韩　健　老柳，你是个作家，是到农村来体验生活的，何必操这份心？

柳　青　我首先是个共产党员，凡是党员应尽的责任，我都得尽，否则这作家也当不好！

韩　健　（沉默了一会儿）老柳，我该走了，下回再来看你。

柳　青　既然来了，我陪你到村里转转……

韩　健　（看看手表）没时间了，下午县委还有个会。今天没见到马葳，请问她好。（径直走下）

柳　青　（喊）维高！

〔孟维高上。

柳　青　送送韩书记。

孟维高　（欲下又返回）哎，给韩书记的茶叶……

柳　青　不给他！

孟维高　（一怔）好，好。（下）

〔马葳从雪娥家回来，脸色忧郁。

柳　青　马葳，你咋了？

马　葳　（叹口气）雪娥家咋穷成那样呢？屋里啥都没有，炕上的被子都破成絮絮了，灶火只有一盆野菜、一马勺谷糠……

柳　青　（心情一下沉重起来）共产党不光要把贫苦农民从旧社会解放出来，还要让他们过上好日子才行啊……马葳，往后咱们有吃的、用的，就多给雪娥家送一些，雪娥还怀着娃呢。

马　葳　（点头）嗯！

柳　青　另外我想，把上面配给我的这辆吉普车退回去，咱不要。

马　葳　把车退了？为啥？

柳　青　那坨铁疙瘩，我看着就不顺眼。村里人看着肯定也不顺眼，人家把它都编到快板里去了。

马　葳　你管别人说啥哩！按你的级别，也应该配车。你去县上、省上开会办事，不能老是挤公共汽车，要么就骑个破自行车，遇上刮风下雨我还不放心呢……这事，我不同意！

柳　青　马葳，这事，你就再支持我一回，啊？

马　葳　再支持你一回？你还有完没完？

柳　青　（嘻嘻笑着）你提醒得好，还有呢。俗话说，兄弟同心，其利断金；那咱夫妻同心，同样其利断金。写《创业史》工作量太大，最好能有个帮手。我看，你就不要在区上当文书了，回家做我的秘书，成不？

马　葳　（忍无可忍）柳青，你太过分了！你把县委副书记辞了，把通信员辞了，现在又要退车，还要把我最后一个小小的工作岗位也给拿掉……你想过没有，我不在区上上班，小凤上学都莫得人陪……

〔屋内幼儿啼哭，小凤走出。

小　凤　爸，妈，你们别再吵了……（走到母亲身边）妈，你要是不到区上上班，我一个人去学校，能行。

柳　青　小凤，我的乖孩子……（屋内幼儿又哭）宝宝别哭，爸爸来了，来了……（难掩小凤带给他的喜悦，一颠一颠跑进屋去）

马　葳　（朝屋内喊）柳青！我要跟你谈谈……

柳　青　（从门后伸出脑袋）该做饭了。

马　葳　你……你这个杠头！

〔收光。

第四场

〔王曲镇集市。

〔一身农民装束的柳青手挎竹篮，出现在熙熙攘攘的集市。他边走边看，眼前卖小吃的、卖家禽的、卖农具的、卖草药的、捏面人的、看相算卦的……一切都令他感到新奇而有趣。

〔一个捡粪的老农（庄稼人甲）迎面走来，边走边用铲子铲起地上的牛粪放进背后的竹篓。

柳　青　老哥，是你啊！

庄稼人甲　呀，柳书记，你也赶集来了。

柳　青　我来逛逛。最近好吗？

庄稼人甲　好，好……（见柳青伸手要跟自己握，慌忙把手背到身后）握不得，握不得，我这拾粪的手，脏得很。

柳　青　这怕啥？（正好发现地上有一块牛粪，直接用手捡起）这块牛粪干了。（将牛粪放进庄稼人甲的竹篓，再次伸出手去）

庄稼人甲　（双手与柳青紧紧相握）哎呀柳书记，你这么大的官，没把我们庄稼汉当外人。

柳　青　我就怕乡亲们把我当外人哩……（看看周围）老哥，我请教你个事，那些做买卖的，两个人把手互相伸到袖筒里……叫个啥？

庄稼人甲　啊，这叫捏码子。

柳　青　捏码子？

庄稼人甲　就是商量价钱呢，不想叫旁人听见，买卖人在袖筒里捏弄手指头，捏来捏去，就知道对方是啥价了。

柳　青　咋捏呢？你会不会？

庄稼人甲　会么，打小就跟我爹在牲口市上给财东家买骡马，捏得溜着呢！

柳　青　老哥，那你教我一下行不？

庄稼人甲　柳书记，你学这做啥？

柳　青　我就想知道这码子咋捏。走，咱去个人少的地方……（拉着庄稼人甲下）

〔郭安成背着一袋粮食上，他选了个地方把粮袋放下，怕被人发现似的睇溜了一圈。

郭安成　（试着叫喊）卖——米哩……颗颗又圆又白的“百日黄”大米……（忽然看见了什么人，慌忙拉低草帽蹲下）

〔王家斌急上，四处寻找着谁。郭安成尽管把自己隐蔽起来，但还是被王家斌发现了。

王家斌　安成哥！

郭安成　（只好站起）家斌……

王家斌　我一听就是你的声音。看见我爹没有？

郭安成　你爹？没有，没有。

王家斌　有人看见他牵着我家那头青花骡子到集市上来了……我去那面找找。你要是碰见了，来给我说一声。

郭安成　好，好呢。

〔郭安成看着王家斌离去，松了口气，正要继续叫卖，却见王家斌又匆匆折返回来。

王家斌　哎，我听你刚才喊啥哩，卖米呢得是？

郭安成　（支吾着）家斌，我……

王家斌　（从郭安成的袋子抓起一把大米）真是卖米呢！郭安成，你咋能弄这事？

郭安成　这、这不是去年省下一点稻谷嘛，碾成米想换几个钱用……

王家斌　胡日鬼！国家对粮食实行统购统销政策，咱互助组的人要在这事情上带头，你有多余的粮，为啥不卖给国家？

郭安成 卖给国家的钱……比集市上少么。

王家斌 钻到钱眼里去了！你加入互助组那天柳书记是咋说的？你是咋保证的？都忘了？

郭安成 我、我没忘，不就是要齐心嘛，不给咱组丢人嘛。

王家斌 都记着呢？（指着郭安成的米袋）那你这……

郭安成 （心里不平地）我不卖了，回去自个吃！（扛起米袋就走）

王家斌 哎哎，你还来脾气了……（摇摇头，下）

〔一中年农民挑着鸡笼上，一身体较胖的中年妇女跟在其后边走边嗑瓜子。

中年农民 （放下鸡笼叫卖）卖——鸡呢，下双黄蛋的九斤黄母鸡……

〔柳青上。

柳　青 （回头招手）老哥，你慢走，抽空上我屋里喝茶！

中年农民 （喊）卖——鸡呢，五更打鸣的九斤黄公鸡……

〔柳青已经走过了，闻声折回到中年农民跟前。

柳　青 乡党，这鸡咋样？

中年农民 你看么，冠子红，爪子壮，母鸡下的是双黄蛋，公鸡打的是五更鸣。

柳　青 母鸡，这母鸡是啥价钱？

中年农民 是这……

〔中年农民伸出手来，柳青也生涩地把手伸向对方袖筒。

中年妇女 （突然插过来推开中年农民的手）你能弄啥？我来！

柳　青 （一愣）你……

中年农民 （退后）我婆娘，她当家。

柳　青 这这……

中年妇女 看把你木囊的！（说着就把柳青的手拉进袖筒）

柳　青 （难为情地扭脸自语）老哥，你咋没教我跟女人咋捏……

中年妇女 你叨叨啥哩……行不行？

柳　青 噢，行，行。

中年妇女 成交！（把手抽出）鸡你挑，钱给我！

柳　青 大妹子，对不起，我不买了。（转身欲走）

中年妇女 哎哎！（一把拽住柳青）码子都捏好了，为啥不买？

柳 青 （笑着）我、我想试一试……

中年妇女 （眼一瞪）你试啥哩？占我便宜呢得是？

柳 青 不不，你要往别处想，我也就是……试一试。

中年妇女 啊？你还说试一试……

中年农民 人家不买就算了，你嚷嚷个啥。

中年妇女 （转身冲丈夫发火）你婆娘的手叫人白捏了，你还说算了，我咋嫁你这么个瓜㞞！

〔柳青对中年农民摆摆手，趁机溜走。

中年农民 （憨厚地笑着）我看那人也不像个坏人。再说，你手跟猪蹄蹄一样，有啥捏的。

中年妇女 啥？我手是猪蹄蹄？（一巴掌拍掉丈夫头上的草帽，转身发现柳青不见了，急忙去追）你还想溜……

中年农民 （往反方向指）那边！

〔中年妇女又折回追下。

中年农民 （捡起草帽，自语）哼，说我瓜㞞，我一看那人就不一般……（挑起鸡笼跟下）

〔几声骡马嘶鸣。王三老汉背着手上，身后跟着两个买主。

买主甲 他叔，我再给你添五块钱，行不？

买主乙 我添八块！

买主甲 我添十块！

买主乙 我添十二块，就是这话！

买主甲 （冲买主乙）你跟我争啥嘛！

买主乙 那你跟我争啥？

王 三 你们两个都要争了，再添二十块我都不卖！我那是啥骡子？高高大大、油光闪亮的青花骡，听话，好使，在神禾原上要是能找出超过它的，我把王字倒过来写！

买主甲 王字倒过来写，那还是个王字嘛！（与买主乙悻悻地下）

〔柳青上，他头上的草帽檐子耷拉下来，几乎遮住了整个脸。

柳 青 （尽量变着声腔）老哥，那头青花骡子可是你的？

王 三 （背对柳青蹲下吸烟）我的。

柳　青　卖吗？

王　三　不卖拉到集上干啥。

柳　青　啥价？

〔王三头也不抬，伸出一只手，柳青会意地把王三的手拉进袖筒。两只手捏了几番，柳青抽出手来。

柳　青　老哥，你这价硬得很么！

王　三　就看你识不识货。

柳　青　这么好的骡子，为啥要卖？

王　三　我卖，你买，就覅问为啥了。

柳　青　那你卖骡子，你儿知道不？

王　三　关他个屁事！

柳　青　这头青花骡是王家斌互助组的，王家斌是你儿子，咋能跟他没关系呢？

王　三　（猛一愣怔，站起）你是……

柳　青　（摘下草帽）王老哥……

王　三　啊？老柳！咋是你呢？

柳　青　我刚遇到村上人，说你在这搭卖骡子，就寻过来了。

王　三　哎呀你那码子捏的……我还以为是个老手呢。

〔王家斌急上。

王家斌　爹……柳书记……

柳　青　家斌来了。

〔王三立马沉下脸来，扭头就走，王家斌上前拦住他。

王家斌　爹！你为啥把青花骡拉到集市上来卖？

王　三　为啥？都是你们逼的，卖了省心！

王家斌　爹，我是互助组组长，你这么做，叫我这脸往哪儿搁？这组长还咋当？

王　三　你的脸、你的组长值钱还是我的青花骡子值钱？啊？骡子自打入了组，就跟旧社会的长工一样没黑没明地叫人使唤，鞭子没少抽，饿没少挨，你看看瘦成啥了？啊？

王家斌　爹，你是太心疼青花骡了，其实也没有你说的那么严重，前天还给青花骡过过秤呢，只比入组前掉了一斤多……

王　三　一斤多？（比画着）一斤多这么大一坨肉呢？掉了，你不心疼，我受不了，受不了！

王家斌　爹，我往后管严一些，叫组里人注意就是了。

王　三　你能管个屁！把十几头耕畜拴在一间马房，马房又黑又小，喂料又不均匀。有两头耕畜病了，一头死了，你以为我不知道？我可不想叫青花骡也遭这罪，还不如卖了去！

柳　青　（上前）家斌，你爹说的问题，我看要想办法解决。耕畜对庄稼人太重要了，要是养不好，互助组也就搞不好。

王家斌　对的，以前各家的耕畜都是自己养，现在放在一起，确实缺少经验。

柳　青　（对王三）老哥，我知道你是在气头上，你心里肯定是希望家斌好，希望互助组好。

王　三　老柳，你高看我了……我家的事情你能不能不管？你不管，我就拾掇得了他王家斌！

柳　青　（笑）你家的这些事，说大了也是国家的事；我是国家的人，咋能不管呢？

王　三　（一下顶上了火）你管，你管，你官大压死人！可这回我就不让你，这青花骡，我就要卖！（气冲冲下）

柳　青　（对王家斌双手一摊）看看，我又把你爹惹毛了。

王家斌　没事，他是做给我看的，他咋舍得把青花骡卖了呢？

柳　青　这就好！家斌，我看是这，咱俩搬到饲养圈去住上几天。

王家斌　搬到饲养圈去住？

柳　青　对！我想……

〔那个卖鸡的中年妇女风急火燎地跑上。

中年妇女　（一把拉住柳青）可找到你了……

柳　青　（还以为是因买鸡捏码子的事，哭笑不得）大妹子，我刚才真的是……

中年妇女　（打断）再要说了！我刚知道你就是住在皇甫村的柳书记，赶快赶快……

柳　青　（觉出异样）咋？

中年妇女　皇甫村的雪娥来赶集，没料想提前生了，羊水都出来了。

王家斌 啊？她老汉——刘远福呢？

中年妇女 远福在屋里没来。我是杨柳村的，雪娥的表姐，刚巧碰上了。（着急地）柳书记，你官大能耐大，赶紧帮个忙！

柳 青 人在哪里？快带我去！

中年妇女 走！

〔柳青带着王家斌跟中年妇女跑下。

〔收光。

第五场

〔追光，快板王出现。

快板王 （念）打竹板，说雪娥，
大街上生娃谁见过？
柳青找了个架子车，
和家斌一起日急慌忙把雪娥拉到了卫生所。
医生一看直发火，
指着柳青就数落：
“你这个老汉没眉眼，
你婆娘差点就完蛋！”
柳青顾不上做解释，
忙前忙后一头汗。
这事先表一小段，
下面说说饲养圈……

〔光区变换，饲养圈内：
柳青、王家斌和几个农民给饲养圈安装窗户；
柳青手提马灯，跟着饲养员给耕畜喂料；
柳青、王家斌在认真听取饲养员和几个农民谈耕畜饲养管理经验，柳青不时在本子上记着……

快板王 （念）饲养圈里马灯明，
柳青编了个《耕畜饲养管理三字经》。
三字经，讲得清，

饲养员，手脚勤，
水草料，给均匀；
圈常垫，讲卫生，
日光足，空气通，
四季药，防疫针。
对母畜，多照应，
配好种，看发情；
驴配驴，马配马，
驴马配，下骡娃。
用耕畜，要计划，
乏不套，饱不打。
有的人，觉悟低，
对耕畜，不爱惜。
这样做，损集体，
集体富，都有利，
集体穷，都没戏；
人人爱，个个管，
耕畜壮，大发展；
亩亩地，都增产，
穷和白，早改变……

〔暗转。

〔饲养圈内外。

〔王家斌拍打着衣服，从饲养圈走出。

王家斌　柳书记，出来歇会儿吧。

柳　青　好，歇会儿。（边朝外走，边在小本上记着什么）

王家斌　（给柳青拍着身上的灰尘）这饲养圈又脏又臭，柳书记，让你遭罪了。

柳　青　哎，我长知识了！没有在饲养圈里的这七八天，我哪知道耕畜饲养管理还有这么多的窍门。（喝了口王家斌递上的水）家斌，下一步，你有啥打算？

王家斌 进终南山割竹子！

柳　青 进山割竹子？

王家斌 我合计过了，去上十来个人，按来回六天算，把割下的竹子扎成扫帚背到集市上卖了，能挣七百五十块钱呢！

柳　青 七百五十块？不少哩！你这主意好，先前买稻种解决了粮食产量问题，现在把饲养圈也拾掇好了，再割竹子弄些收入，互助组的事情就好办了。

王家斌 把人逼的了嘛！明年一开春，置农具、添耕畜、买种子，都得花销呢。

柳　青 不急，一样一样干。等钱够了，咱就在滈河上修座桥，过来过去就方便了；咱还要建工厂，买机器，给家家户户拉上电灯……

王家斌 柳书记，有你领头，我看这些事都能弄成。

柳　青 咋是我领头呢？我就是个写字的嘛。马上就初级社了，不久又要进入高级社，都得你继续领着皇甫的庄稼人往前走哩。

王家斌 我王家斌几斤几两，咋敢往那儿想……柳书记，你说这互助组刚刚焐热就要初级社了，还很快要进入高级社，是不是急了点？心急咋能吃得了热豆腐呢？

柳　青 咱今天不说这个，我想跟你说说彩霞的事。

王家斌 彩霞……人家已经进城当工人去了。

柳　青 她是怀着对你的失望走了。她走之前托我给你带话，你咋就死活不说一句人家想听的呢？是你爹不同意的原因？还是你看不上她？

王家斌 ……柳书记，我给你说实话，彩霞这一走，我才知道心里还是放不下她。可是几年了我都没有把这事应承下来，不是我爹的原因，主要还是我……

柳　青 你咋？

王家斌 这几年，我把全部心思都放在集体的事情上了。因为我知道自己是个啥，要饭的嘛，差点饿死冻死。如今翻身了，还当了互助组组长，乡上、区上都看着我呢，你柳书记也看着我呢，我一定得干出个名堂来……彩霞呢，念过小学，又有些花哨，我怕答应了又顾不上经管她，万一把人家拖累了……

柳　青 （拍拍王家斌的肩，动情地望着远处）把人民群众的事包揽在自己身上，为集体的事业操心、伤脑筋，以至于完全顾不上家庭和私事——这是上一代共产党人在二十年战争中赢得人民信赖的重要原因……家斌，我明白你了，我从你身上看到了上一代共产党人的影子，这是多么的可贵呀！

王家斌 柳书记，我还差得远哩。我和彩霞的事让你这么操心……

柳　青 好事多磨，顺其自然，就是这话！

王家斌 好！（看着柳青手中的笔记本）哎，柳书记，你是写书的，可是你成天跟我们在一搭，咋不见你写呢？

柳　青 我习惯晚上写。就好比是汽车，白天你们给我加饱了油，晚上我再开着走……（一抬头突然发现什么）这这……正说着呢，人咋就来了……家斌，我到圈里去看看。（急忙进到圈里）

王家斌 谁？谁来了……

〔彩霞上，她穿一身崭新的女工服。

王家斌 啊？彩霞……你、你咋来了？

彩　霞 （见没有别的人）想你了，来看看还不行吗？

王家斌 彩霞，你……

彩　霞 看把你吓的！厂里派我们女工在跟前几个村子帮着收棉花，我请了个假，就寻你来了，顺便把给你做的一双布鞋捎来。（从布袋取出两双布鞋）我给柳书记也做了一双，你捎给他。

王家斌 好，好。（接过鞋子）

彩　霞 把你的穿上试试。

王家斌 （欲试又止）啊，不试了，等脚上穿的磨烂了我再换上。彩霞，谢谢你！

彩　霞 谢？把我当外人啊？

王家斌 你……你不是都离开咱皇甫村了嘛。

彩　霞 腿在我这儿，嘴在你那儿，你啥时候想好了说一句话，我离开了也能回来。

王家斌 （激动与顾虑掺杂在一起）我咋听说……你参加招工……是团市委的黄文海帮的忙……

彩　霞 你耳朵还尖的不成！可是你想错了，黄文海想帮，我没让他帮，我是自己考上的。

王家斌 真的?

彩　霞 我打上小学的时候，就讨厌黄家庄的这个同学。（白了王家斌一眼）哼，还吃醋呢!

王家斌 我、我就是随便这么一问。

彩　霞 解释啥?我还怕你不吃醋哩……好了，我只有半天假，得赶紧回去。（故意地）我走了……走了……我真的走了……

王家斌 哎哎，不急，等一下!（慌忙跑进去拿出一个水葫芦和一个馍）来，吃口水，喝个馍。

彩　霞 （抿嘴笑）这水是吃的?馍是喝的?

王家斌 （更慌乱了）噢，喝水（给的是馍），吃馍（给的却是水）。

彩　霞 （忍不住咯咯大笑）又说反了……（静下来，眼睛火辣辣地盯着王家斌）家斌，我喜欢你的就是这，有时灵醒得很，有时又瓜得可爱……但我也恨你哩，恨你明明心里有我，为啥就不敢端出来?你怕啥呢?

王家斌 （局促地）就是，我、我怕啥呢?怕啥呢……再怕就没有了……（突然抓住彩霞的双手）彩霞，我想叫你回来!

彩　霞 回阿搭呢，我心就一直叫你勾着，在皇甫没走……（顺势扑到王家斌怀里）

〔柳青走出。

柳　青 （见状急忙掩面回撤）啊呀呀呀……

彩　霞 柳书记……（害羞地扭头跑下）

王家斌 哎……（回头）柳书记……

柳　青 不是说“我走了，我走了”嘛!

王家斌 （嘿嘿笑着）柳书记，鞋，这双是你的。

柳　青 （接过鞋）嗯，彩霞手艺不错，你看这鞋底纳的……家斌，这事成了!（用鞋底在王家斌屁股上一拍）还不快去送送。

王家斌 哎!（跑下）

〔黄文海上。

黄文海 柳书记……老师……

柳　青 小黄!（顺手把鞋放在身旁的土台上）

黄文海 团市委领导得知您这些天住在饲养圈里，编了个……什么什么……

（一时叫不出来）

柳　青　《耕畜饲养管理三字经》。

黄文海　对对！领导特意安排我来采访您，给报纸写篇通讯。正好，我可以当面听听您对我那部长篇小说的意见……（拿出相机）老师，趁现在光线好，先给您拍个照。

柳　青　（连连摆手）算了算了……

黄文海　老师您别客气。来，抱上这捆料草，做出要去喂耕畜的样子……

柳　青　（陡然厉声地）我不拍照！

〔黄文海吓了一跳。

柳　青　（缓和下来）小黄，你还不了解我——不接受采访、不上报纸宣传自己、不拍新闻照片，这是我给自己定下的规矩，请你谅解。

黄文海　那……我这篇通讯稿怎么写？

柳　青　就不写了嘛！要写，就写写王家斌、写写饲养员和乡亲们。

黄文海　领导说，一定要写您……

柳　青　我说，一定不能写！下山后，我给你们领导去个信……（席地而坐，招呼黄文海坐到跟前）你那部小说我读完了，正想着怎么跟你谈呢。你来了，咱们就聊聊。

黄文海　谢谢老师！（拿出笔和本子）

柳　青　我算了下，二十六万五千五百多字，你说只用了三个月的闲暇时间，能一个字一个字地写出来，也是很不容易的事。第一次写长篇小说嘛，难免会走一些弯路。

黄文海　（心头一紧）老师，您是不是认为我写得不行？

柳　青　恕我直言，你过于注重编织一些离奇古怪的故事，而缺乏对生活的深刻描写，缺乏对人物的精细刻画，也看不到时代背景下尖锐的矛盾冲突……

黄文海　老师，您能不能说得具体一点？

柳　青　比如，对地主的描写就过于脸谱化了，一看就是个坏人……

黄文海　（打断）怎么？难道要让地主一看就是好人吗？

柳　青　不能这么说。地主也是人嘛，要写出人性的真实性和复杂性；再比如对土改工作队的描写，同样不能把他们写得完美无缺、无往不胜，你看看书画印章，美就美在那斑斑点点的残缺……

〔黄文海错愕地看着柳青。

柳　青　（语重心长地）小黄啊，依我的体会，文学创作一定要有生活的真实——就是看有没有这回事；还要有艺术的真实——就是看像不像这么回事。要将这二者天衣无缝地捏把在一起，靠的是技巧。所以呢，作家的肩上压着一根扁担，一头挑的是生活，另一头挑的是艺术，而这根扁担，就是写作的技巧……土改是一场波澜壮阔的斗争，很值得写，但一定要写出土改的时代精神来。

黄文海　（情绪低落地）这么说，我的小说是不能出版了？

柳　青　先放一放吧。我下山后把书稿寄还给你，等你思考成熟了，再做一些大的修改，然后我再帮你看看。

黄文海　（合上笔记本，站起）老师，给您添麻烦了，我就不多打扰了。（四下望望）老师，您有没有看到彩霞来过这儿？

柳　青　彩霞？来过，来过。（有意从土台上拿起两双布鞋）彩霞来给王家斌送了双她亲手做的布鞋，也有我一双。

〔黄文海盯着鞋子，脸色一阵凝固。

柳　青　你看，给王家斌的这双鞋垫子上，还绣了一对鸳鸯。这鸳鸯绣得……

〔黄文海心里五味杂陈，扭头走下。

〔柳青笑了笑，把鞋放回土台。

〔刘远福上，他身后跟着雪娥和马葳。

刘远福　柳书记……

柳　青　远福……雪娥……马葳，你咋也来了？

马　葳　你多少天没回家了，带的药够吗！（给柳青一个药包）

柳　青　啊，真是的！

雪　娥　马葳姐可是心疼你哩，天天念叨！

柳　青　我是她老汉，她不念叨我念叨谁呀？

马　葳　（在柳青背上拍了一把）看把你兴狂的！

柳　青　（笑）雪娥，你产后还不满一个月，这身子……

雪　娥　嗨，咱农村人生娃，不就跟鸡下了个蛋一样么！

刘远福　柳书记，我和雪娥今儿来，是要参加王家斌的互助组。

柳　青　你们想好了？

刘远福 想好了！柳书记，不瞒你说，前些时就怕互助组这事长不了，弄来弄去又散了摊子，就没敢入。他们说我不入组是因为我懒，尽是胡捏哩。

柳　青 那现在呢?

雪　娥 托毛主席的福，我家地里的“百日黄”水稻收成好得很，穗穗有一尺来长！眼见王家斌把互助组搞得越来越风光，啥事都有人帮，我们是相信共产党的政策了……

刘远福 相信社会主义了！

柳　青 相信共产党，相信社会主义，这就对了！

刘远福 柳书记，还有个事……

雪　娥 （抢说）我那娃娃还没有名字呢，求你给娃起个名字。

柳　青 行！就叫……“相信”吧，刘相信！

刘远福 好得很！（感激地）柳书记，那天在集市上要不是你，雪娥和娃就麻达了……

柳　青 那天啊，人家都把我当成了你——雪娥的老汉。

马　葳 我没意见。

雪　娥 那我可就占便宜了！

刘远福 柳书记，这你就吃亏大了……

〔几个人大笑。

〔收光。

第六场

〔1958年夏。柳青家外景。

〔这个不平凡的夏天，热浪席卷着滈河两岸，只见到处是红旗招展，到处是“大跃进”的标语——“人有多大胆，地有多高产”“一天等于二十年，共产主义在眼前”“公共食堂万岁”……在喧天锣鼓声中，皇甫村的高音喇叭播放着雄壮豪迈的歌曲《大跃进的歌声震山河》……

〔柳青身穿中山装，手提皮箱，刚从国外出访归来。眼前的景象令他仿佛进入了一个陌生境地，显得十分错愕。

〔马葳和小凤开门出来。

马　葳　（欣喜地）老柳，你回来了！

小　凤　爸爸！（一头扑到柳青怀里）

柳　青　小凤……（亲昵地拍了拍小凤）

马　葳　快进屋吧。出版社来信了，催你《创业史》的稿子呢。

柳　青　噢……

〔王家斌上，腋下夹着一卷黑布。

王家斌　柳书记……

柳　青　家斌！（对马葳）你们先去，我跟家斌说说话。

〔马葳接过箱子，和小凤进院。

王家斌　柳书记，你出国一二十天，看看咱这搭花里胡哨的，成啥样子咧！

柳　青　是啊……

王家斌　（叹口气）大跃进呢！吃食堂呢！砸锅炼铁呢！胡吹冒撂呢！（指着那些标语）成天喊着要放卫星，就是吹牛皮么！你不吹，就说你思想有问题。我是咱皇甫公社的社长，那些吹牛的话我说不出口。今天一大早就把我叫到县上训了一顿，这不，还给我颁了一面黑旗。（将那面黑旗抖开）

柳　青　黑旗？（拿过黑旗）这面料不错么，还是灯芯绒的。

王家斌　柳书记，你知道，我王家斌从土改到互助组，再到初级社、高级社，从来就没有落后过，拿红旗拿得手都软了。这回咋就没眉没眼地拿了个黑旗！

柳　青　这有啥？把它挂起来。

王家斌　还挂起来？叫我这脸往哪儿放？

柳　青　叫我看，这恰恰是对你的表扬，说明你没有吹牛撒谎！

王家斌　（突然悟了过来）欸，是这个道理……

柳　青　家斌，在这个时候，要能站着，也要能圪蹴下，才算好汉；光能站着不能圪蹴下，那是二杆子。

王家斌　柳书记，我明白了。

柳　青　那你先忙，我回屋了。（进院）

王家斌　（对着黑旗自语）嘿嘿，柳书记说了，你这是表扬我呢；我把你挂到屋里去，天天晚上睡觉前看上你几眼……

〔王三老汉气呼呼上。

王　三　我还没死呢，你就想在屋里挂黑旗？

王家斌　爹……

王　三　不听老人言，吃亏在眼前，这回撞南墙了吧？啊？

王家斌　我咋撞南墙了？

王　三　当我不知道？把黑旗都领回来了，全县都出臭名了！

王家斌　我不在乎，反正我没有做错啥事。

王　三　我就知道又是柳书记给你撑腰呢，柳书记给你个梯子，你就往天上爬啊？我可不想今天见我儿拿回来个黑旗，明天再叫人家把我儿整扆一顿。咱一家老小安安稳稳地过日子，有啥不好？啊？从现在起，咱这个社长不干了，就是这话！

王家斌　看你说的，我是大家选出来的，咋能说不干就不干呢？

王　三　我是你爹，我说啥就是啥！

王家斌　我是你的儿子，可我也是党的人，不能啥都听你的。

王　三　啊？（气得直哆嗦）你……你娃如今膀子硬了，就不听我的话了，啊？民国十八年阴历十月大雪天，就在这滈河滩上，要不是我收留了你娘母两个，早就把你饿死、冻死了……自打有了你，我把你看得比亲生的还亲，有一口米先给你吃，有一尺布先给你穿；屋里穷成那样，为供你念书把我的寿材都卖了……这你都忘了吧！

王家斌　爹，我都记得呢！正因为咱过去受下的那些苦，因为你对我和我妈的好，我才这么使劲地干。这是在报答新社会，也是在报答你……

王　三　报答我？

王家斌　土改那年给咱分了两亩八分地，你高兴得又哭又笑，回到屋里把土地证往墙上一钉，拉上我和我妈，三个人跪下来就给毛主席像磕头。磕毕，你对我说：“娃，好好的，长大了给毛主席争光，给咱庄稼人争气！”这是为啥？

王　三　为啥？毛主席是咱的大救星么！

王家斌　对么！我就是要给毛主席争光，给咱庄稼人争气呢。你咋就……

王　三　我我……我不是担心我娃嘛……

王家斌　爹，柳书记对我说过，咱这么大个国家，又刚开始搞社会主义，哪能没有点闪失。咱担心个啥！

王　三　我……（寻找借口）我这旱烟袋空了，我找远福吃烟去。（转身就走）

王家斌　爹，我这就到王曲镇给你买烟去！（跟下）

〔孟维高陪同韩健上。

孟维高　柳书记……柳书记……

〔柳青内应声："是维高啊！"出门。

柳　青　（已经换了衣服）哟，老韩也来了！（握手）

孟维高　韩书记现在上调到市里担任常务副市长了。

柳　青　我知道了，你不是也调到县委担任副书记了吗？好，都是好事！进屋里坐。

韩　健　不了。就几句话，说完，我还要赶回去开会。

柳　青　那好，你说。

韩　健　我到市里后，主要分管文化、作协这一块，咱俩又在一条线上了。现在各行各业都在放卫星，咱这一块也得放呀，而且要放得比别人高！老柳，你是名人、是大作家，你的态度很重要，所以啊，我想请你带个头。

柳　青　带头？咋个带法？

韩　健　我昨天参加市作协的座谈会，不少作家都表了态，有的说一天要写三万字，有的说一年要写六部长篇小说，还有人说要在三年之内超过鲁迅，很是振奋人心哪！只是他们的影响力不能跟你比，要想带动全市乃至全省的文艺工作者，还得看你的卫星怎么放！

柳　青　这卫星我放不了！我一天只能写一千来字，有时连一千字都不到。

韩　健　老柳，这也就是叫你写篇文章、表个态的事嘛。

柳　青　叫我去撒谎、吹牛，误导别人？我没工夫弄这事！

韩　健　（笑笑）你有时间去写那个跟你毫不相干的什么……耕畜三字经，怎么就不能配合大跃进运动写一篇文章？

柳　青　（严厉起来）这在本质上是完全不同的！写《耕畜饲养管理三字经》，是我作为一个共产党员应尽的责任，也是我作为一个作家的生活积累。而你们现在放的这些个卫星，是自欺欺人、荒唐可笑的……我这次随作家团出访欧洲几个国家，也没听说那里的作家要“放卫星”。他们的主流文学创作，也是奉行体验、大众、真诚的原则。

孟维高 韩市长，柳书记当年编写的那个《耕畜饲养管理三字经》，至今都还有用……

韩　健 （不满地看了孟维高一眼）老柳，我今天特地来见你说这事，是出于我们之间的特殊关系，希望你能支持我的工作……

柳　青 （与韩健握手）我就不支持！（进院砰的一声关上了门）

韩　健 （尴尬、窝火地）唉！这个人……

〔暗转。

〔一束追光起，快板王走出。

快板王 （念）打，打，打连枷，

十亩地，种红花。

一头种的大红花，

一头种的小红花。

一个女子来摘花，

一个小伙乐开花。

“姨——姨——

把你女子嫁我吧。”

“去——去——

我女还不到十八！”

“姨——姨——

我把你女先号下。”

“去——去——

没钱就耍说这话！”

〔另一束追光起。柳青在挑灯写作。

快板王 （念）前头这段是谝闲，

下面一段归正传。

柳青通宵不合眼，

一写写到鸡叫唤；
灯油熬干一盏盏，
磨秃的水笔一把攥；
马葳给他来擦汗，
小凤给他扇蒲扇；
饿了伸手抓炒面，
渴了端水眼不看——
呀！
把墨水喝到嘴里边……

〔柳青隐去。

快板王 （念）五九年，四月间，
神禾原上艳阳天。
多年心血得回报，
《创业史》第一部出了版！
滈河哗哗喜浪翻，
羊羔咩咩牛撒欢；
喜鹊喳喳叫声甜，
桃花开了一抹烟。
我今儿也是心里颤，
吃了碗岐山臊子面。
听说柳青想把我管，
我来他屋前转一转……

（欲走又回，道白）噢，忘说了，王家斌和彩霞在柳书记的撮合下成了亲。彩霞从工厂回来当了妇女主任，去年还生了个大胖儿子呢……

〔柳青闻声出门。

柳　青 乡党，你等一下！

〔快板王站下。

柳　青 （走到快板王面前）你快板说得好么！走，进屋里坐坐。

快板王 咱这号人只到人家门口，不进屋里。

柳　青 你的情况我知道一些，咱不能一辈子都这么过。现在人民公社了，你应该安顿下来。

快板王 安顿？谁要呢？

柳　青 我来介绍你入社。我再找个医院，看能不能把你的眼睛治好。

快板王 （摇头）我这眼睛……咋能好呢？

柳　青 我把你的情况问过医生了，医生说很可能是白内障。要是这，就有希望。

快板王 （浑身一颤）得是？

柳　青 （掏出几张钞票塞到快板王手里）拿上，买碗热面吃。

〔快板王感激得不知说啥，特意为柳青打了阵全套花式竹板，柳青高兴得连连鼓掌。

〔快板王下。乡亲们拥来，王三、彩霞等人手上拿着新出版的《创业史》。

王　三 老柳，你把我都写到书里头去了，还写了咱两个在集市上捏码子的事，我叫彩霞念了一下，那梁三老汉把我像扎了嘛！

〔柳青笑着，把王三拿倒了的书纠正过来。

雪　娥 人家都说，书里头还有我两口的影影呢，有个叫高增福的就像我家远福。没料想这辈子还能进到书里头，这把人羞的！

刘远福 （对雪娥）羞啥哩？这是柳书记看得起咱。

郭安成 柳书记，我也看出来了，里头有些事是说我呢，但给我留情面了，把我写得比书里的郭世富好。唉，我这个人，总想睡觉梦见周公、走路遇见财神，不可能么！

彩　霞 （把《创业史》抱在胸前）柳书记，我看这书里的梁生宝就像是王家斌，徐改霞就像是我。他们两个总是磕磕绊绊的，最后到底走到一搭没有？

柳　青 这个，我在第二部里会有个交代。但不管他俩最后能不能走到一搭，你和家斌有情人终成眷属，这就是现实生活的喜剧。

彩　霞 我和家斌的事，还得多谢柳书记呢！

柳　青 我得感谢乡亲们，感谢皇甫这方水土！我接着还要写第二部、第三部、第四部，还得依靠大家……

〔乡亲们叫好，离去。

〔王家斌拿着一张汇款单上。

王家斌　柳书记，《创业史》稿费的汇款单，我给你取回来了。

〔马葳闻声从屋里走出。

马　葳　稿费？出版社把稿费寄来了？（惊喜地拿过汇款单看）

柳　青　家斌，问你个事，公社筹建机械厂的事，进展得咋样了？

王家斌　建机械厂的事，县上批了，就是缺钱，一时半会还弄不成。

柳　青　（思索着）噢……马葳啊，多少钱？

马　葳　（高兴地念汇款单）一万六千零六十五元！老柳，这下咱家的困难可就都解决了！

柳　青　马葳，我……我跟你商量个事。

马　葳　（顿住）……

柳　青　咱把这笔稿费，捐给公社。

马　葳　你、你说啥？

柳　青　公社建机械厂，正缺钱用，这一万六千元能解燃眉之急。

王家斌　柳书记，这可是你自己挣的稿费呀……

柳　青　要是没有这方水土给我生活的滋养，我哪能有这笔稿费？这事就这么着！

王家斌　那……也不要都捐吧，至少留一半给家里。

马　葳　对，给家里留一部分……

柳　青　不，一分也不留。（从马葳手里拿过汇款单）

马　葳　（急了）柳青，我、我想跟你谈谈！

柳　青　谈谈，你总说要跟我谈谈，这事还谈个啥？（一回头，发现王家斌正欲溜走）家斌！

〔王家斌只好站住。

柳　青　（郑重地双手递过汇款单）王家斌同志，请把这笔钱交给公社党委！

王家斌　这……好！（接过汇款单，下）

〔马葳坐在石凳上抹泪。

柳　青　马葳，多好的事情，哭啥呢！（蹲在马葳身边，像哄孩子似的）马葳，你没听乡亲们都在夸你吗？说你人好，善良，是个热心肠，还说你……

马　葳　（打断）家里这么缺钱，外头的账还欠着几百块呢！亲戚们也都缺钱，上个月你哥大老远跑来借钱我们都拿不出，你哥生气走了。还是我从社里借了二十元钱，撵到原上给了你哥。当时你哥的眼泪哗哗地淌，我心都快碎了……现在，好不容易来了些钱，你却全部捐了……

柳　青　是啊，这钱来得是不容易！你和娃们跟着我来到乡下，吃了苦，受了罪，我自己也耗费了六七年的心血……可是现在，集体比咱家更需要这笔钱……

马　葳　别再说这些话，我没法和你过下去了！我走！我走……（跑进屋去，关上了门）

柳　青　（推了推门，门从里面闩上了）马葳，你听我说，咱两个都是穷苦出身，又都是很早就参加的革命，这点觉悟还没有吗……马葳，你是知道的，写《创业史》，那就是我的命，这命里不能没有你。你走了，我的命就剩下半个了，第二部还咋写呢？

马　葳　（屋里声）你走开！我不听你说……

〔咣当一声，门开了，马葳提着箱子跨出门槛。小凤追出。

小　凤　（哭着抱住马葳）妈妈，你别走……

柳　青　看看，你把娃吓着了……（诚恳地）马葳，捐稿费的事，我没有跟你好好商量，让你一时想不通，这是我的错。不过，家里的生活开销，我也不是没有考虑，还有几篇作品的稿费很快就会寄来，留下能够花一阵子。

〔马葳扭过脸去。

柳　青　马葳，咱不是说了吗，今后你帮我搜集素材，我教你写作知识，我把你要读的书目都开好了……噢，你还记得咱们看过的黄梅戏电影《天仙配》吗？咱就跟戏里唱的（用陕北话道白）：“你耕田来我织布，我挑水来你浇园。寒窑虽破能抵风雨，夫妻恩爱苦也甜……”

马　葳　（哽咽着）柳青，你这个杠头……（手一松，行李落在地上）

〔柳青哈哈大笑，张开双臂将马葳和小凤搂在怀里……

〔收光。

第七场

〔1964年盛夏，一场暴风雨刚过。

〔王家斌屋前那棵高大的皂角树下，一条红布横幅上的字格外醒目——清政治、清经济、清思想、清组织。

〔柳青头戴草帽，身背帆布挎包，骑着那辆破旧的自行车上。迎面遇到彩霞急匆匆跑来。

彩　霞　柳书记!

柳　青　彩霞……

彩　霞　这几天咋就找不着你……

柳　青　我到周边几个村子搞了几天调查。有事?

彩　霞　你快去劝劝我爹！我爹他们带了家伙，要去阻拦“四清”工作组的车进村，还说要把车掀翻!

〔王三老汉、刘远福、雪娥等人手里拿着镢头、铁锨等家什气冲冲上。

柳　青　王老哥，你们这是……

雪　娥　把人气扎了！工作组说家斌是“四不清”干部，弄到县上去交代问题，两天两夜了还没回来。

刘远福　今儿工作组又来搞家斌的材料，听说还要动员群众揭发你哩。

王　三　这整人呢嘛，我们去把工作组的车给掀翻!

彩　霞　爹，这么一弄，就把事情闹大了。

王　三　闹大就闹大，怕啥!

彩　霞　我怕把事闹大了，对家斌、对柳书记不好么……

柳　青　老哥，彩霞说得对。咱这么做，是用别人的错误来惩罚自己，划不来。大家都回去，回去，啊!

〔彩霞也劝，刘远福、雪娥等人返下。

王　三　（叹口气，指着横幅）这又整事了！老柳……以往，是我不让家斌干，后来家斌把我说道通了，我想叫他好好干呢，你也给他指路着呢，人家却又不叫他干了，这是咋弄的吗？我气不过啊……

柳　青　老哥，咱肚子里能装下三碗米饭，还装不下这一口气？我还是那句话，不管遇到啥事，咱都要相信共产党。

王　三　咱相信么！不瞒你说，我王三过去见啥恨啥：肚子饿的时候，恨正端着老碗吃饭的人；身上冷的时候，恨穿得暖和的人；想女人的时候，恨那些炕上有婆娘的男人……后来，吃的、穿的、婆娘，我都有了，我不恨了。但如今又叫我添了一恨，恨那些成天踅摸着整人的人！（双手一背，下）

〔王家斌上。

王家斌　柳书记……

柳　青　（还沉浸在王三老汉的话里）……

王家斌　柳书记……

柳　青　（转身）家斌！你回来了。

王家斌　他们叫我回来拿点衣服，说在那里的时间可能要长一些。

柳　青　啥问题呀？

王家斌　他们要我……（欲言又止）反正说我是“四不清”干部嘛。

柳　青　是不是叫你揭发我？

王家斌　……我咋能胡说呢？我不说，他们就不撒手……

柳　青　家斌，这几天我到邻近几个村调查，发现这场“四清”运动就像竹竿子打枣，把农村干部队伍打得七零八落。咱东边的黄家庄，五个支委全都成了“四不清”，八个党员七个被开除了党籍，这种搞法咋行？我找工作组去！

王家斌　不能去！你这直筒子脾气，跟人家戗戗起来，对咱没有好处。

柳　青　那我咋能眼看着连累你呢！

王家斌　啥叫连累？哪一回遇到事，不是你在护着我和乡亲们？这回，我们保护你保护定了，大不了再去要饭嘛。

〔彩霞上。

彩　霞　你要饭，我跟你一搭去！（拉住王家斌的手）

〔柳青感动地拍拍王家斌的肩。

〔马葳神情忧郁地走来。

柳　青　马葳……

马　葳　你回来了。

〔王家斌和彩霞回避，下。

柳　青　你和娃们好着？

马　葳　……不知为啥，我心乱得很。看这架势，你不会有事吧？

柳　青　有事没事，那也由不得咱们……（沉浸在思考之中）马葳，这几天我一边搞调查，一边想了很多——互助组、初级社、高级社、人民公社，这一路下来老是风急火燎、跌跌撞撞，总感到哪里有点问题。啥问题呢？我又说不上来。我就想，若干年后，这条农村合作化的道路还能不能走下去？还要不要走？该不该走？怎么个走？往哪儿走……

马　葳　啥光景了，你还是多想想自己的事吧！我咋听说人家工作组在整你的材料……

〔天空滚过一阵沉闷的雷声。

柳　青　我就是个写书的，能整个啥？（望着远天，忧心忡忡）看样子，还有更大的暴风雨要来……我担心，《创业史》的后几部还咋个写下去……

〔暗转。

〔1967年年初。

〔柳青被关在一间由库房改成的"牛棚"。从狭小的窗口可以看见外面有一棵腊梅树，正盛开着金黄色的花朵；几缕阳光从窗户缝隙间洒进，形成几根斜状光柱。"棚"内墙上，挂着一块游街挨批用的木牌，木牌上写着"打倒黑作家柳青"，柳青两个字用红笔打了×。

〔柳青面对桌上的一沓白纸在写什么，却写不下去；他的哮喘病又犯了，急促地喘息、咳嗽。

〔黄文海进来。

柳　青　（光线太暗，没能认出）……谁？

黄文海　是我……黄文海。

柳　青　（一怔）黄文海？听说你当了市作协"革委会"的副主任。来这儿干啥？

黄文海　昨天对您的游街批斗，我怕您吃不消，特意来看看。

柳　青　（摆摆手）都是些学生娃么，我不怪他们，不怪他们。倒是你，来了我正好问问——你为啥要揭发我呢？

黄文海 这……都知道我是您的学生，不揭发……过不了关。

柳　青 那你为啥不实事求是？你记在本本上的那些我说过的话，是我掏心掏肺与你谈的一些创作体会，咋就成了我的罪状？

黄文海 （无法回答）……

柳　青 （有些激愤地）你认为我是一个黑作家吗？你说！

黄文海 记录您跟我谈话的那个本子，被我的一个同事看了，是他拿去揭发的……我很害怕，我还年轻，我要进步，就……

柳　青 哦……那我就劝你一句：人，具有了觉悟和思考的能力，这才称得上是真正的进步。

〔黄文海习惯性地掏出本子。

柳　青 你就别再往本本上记了！能记在心里的，才是有用的。

〔黄文海只好将本子收起。

柳　青 我问你，你是不是对我没有帮你出版那部长篇小说有意见？

〔黄文海不敢抬头。

柳　青 是不是因为在彩霞的事情上，我站在王家斌一边而怨恨于我？

黄文海 我……昨天，看到您在凛冽的寒风中被押在卡车上，脖子上挂着这块木牌游街时，我后悔了，真的后悔了……不知道您能不能原谅我？

柳　青 （沉默片刻）在这场运动中，咱们都是磨难者。对于年轻人来说，一切磨难都是成长的过程，只有经历了这些，人心才会变得善良，胸怀才会变得宽广……（朝黄文海伸出手去）

黄文海 （深感意外，羞愧地握着柳青的手）老、老师，您还认我这个学生吗？您说我还能不能成为一个作家？

柳　青 高尔基说，文学就是人学。我认为这话至少有两个意思，一是文学必须以人为描写中心，二是真正的作家必须是一个灵魂干净、精神崇高的人，是一个大写的人！（说罢又补上一句）借用别人的一句话：每块木头都能雕刻成佛，只要去掉多余的部分。（转身慢慢走到桌前坐下）

〔黄文海朝柳青深鞠一躬，下。

〔柳青又是一阵咳嗽。

〔外面传来一声粗喊:“韩健,过来!”

柳　青　(一怔)韩健?

〔韩健进来,一手抱着被子,一手提着装有衣物和洗漱用具的网兜。

柳　青　哟,你也进来了?

韩　健　给你做伴来了。

柳　青　(接过韩健的被子)你这么大的领导,给我做伴,委屈了。

韩　健　老柳,别再挖苦我了……(见柳青把被子挨着他的铺,急忙阻止)哎哎,我不挨你睡。

柳　青　咋?嫌我脏?

韩　健　我怕你身上有……

柳　青　有虱子?(被惹毛了)对!我是个庄稼人,身上就是有虱子,而且很多,咬死你!啥时候了,你猪黑还嫌老鸦黑!

韩　健　(把被子抱到对面)我是人民内部矛盾,跟你不一样。

柳　青　那我就是敌我矛盾了?谁说的?

韩　健　(指着那块木牌)名字都打上红叉叉了,还“谁说的”!

〔柳青这才意识到自己的处境,摇头叹息。

韩　健　(坐在地铺上)老柳,不是我说你,当初你放弃了那么多,把家搬到皇甫,辛辛苦苦写了个《创业史》,结果成了挨批的靶子。

柳　青　你不懂我,不懂……正是由于我与皇甫的庄稼人有了朝夕相处的机会,才深切感受到了一种不可抗拒的力量,这就是他们要过好日子的强烈愿望!那么共产党靠什么让老百姓过上好日子?是党的政策,是党员的形象,要看这些人怎么去引领群众。所以,我在《创业史》中塑造了一个新时代先进共产党员的农民形象,他就是梁生宝!

韩　健　现在批判的就是说你丑化梁生宝,你为什么要让梁生宝买稻种时在车站想徐改霞?先进人物怎么能想女人呢?

柳　青　那你有没有过想女人的时候?英雄也有七情六欲嘛,何况梁生宝和徐改霞是正常的恋爱关系。

韩　健　反正人家说你这是一部反党小说。依你的水平和能力,要是在延安的时候就像我一样弃文从政,或者当初不要辞去县委副书记职务，肯定官做得比我大，现在……顶多也就是个内部矛盾。

柳　青　你，还是不了解我。一个作家，最忌讳的就是迷恋宦海升迁、跪求金钱富贵。否则，一定会沦落为媚俗下作的马屁精和谎言编造者，绝对成为不了人民的作家……曾经有一段时间，我小心翼翼的，就像提着一篮鸡蛋赶集，人家敢碰我，我不敢碰人家，生怕把鸡蛋打了。可是到头来这篮鸡蛋还是打了，为啥呢？我后来想明白了：你要苟且偷生，这篮鸡蛋就不会打；你要想接近真理、实事求是，就必须承受打鸡蛋的痛苦！

韩　健　不管咋样，好汉不吃眼前亏，你就认个罪，先扛过这阵再说。

柳　青　这是啥话！当初参加革命时，把生死都置之度外了，现在为了一时好过，咋就连骨气都可以不要？（从墙上取下那块牌子）我不是黑作家，我没有反党，我不认罪！（将牌子丢到地上）……《创业史》难免有不足、有缺陷，过些年后回头再来看这部小说，不足和缺陷也许更大，但起码现在，我尽了一个作家的良心！

〔静场。

〔外面有人喊："韩健，准备上会！"

韩　健　（猛地站起）这这……刚进来就要上会？

柳　青　你不是内部矛盾吗？怕啥？

韩　健　（禁不住擦汗）一想到那个场面，我、我就……

柳　青　我看你是官做得越大，腿肚子越软。（从地铺上拿起那件军用呢子大衣）外面冷，把这个穿上。

韩　健　（一看，像触电似的躲开）啊不不，这东西你怎么还留着？

柳　青　咋了？

韩　健　我的罪状之一，就是说我藏匿日军物品，汉奸行为呀！老柳，你可千万别说这东西是我的，千万……

柳　青　（给韩健定心）这东西是当年边区政府发给我的战利品，咋会是你的？（自己将大衣披上）这跟你没有任何关系！

〔韩健松了口气。

〔外面喊声："韩健出来，上会！"

柳　青　等你回来，我再好好给你开导开导。

韩　健　你？开导我？

柳　青　我以庄稼人的身份，给你讲一讲水稻是咋样种出来的，竹子是咋样扎成扫帚的。你要是感兴趣，我还可以给你讲一讲骡子是咋生出来的……

〔韩健一脸茫然，紧张地走出。

〔突然，“牛棚”一侧的窗户被人推开，王家斌从窗口跳下。

王家斌　（小声）柳书记……

柳　青　……家斌，是你。

王家斌　（与柳青紧紧拉手）柳书记，我来看看你，想你啊！

柳　青　我也很想念乡亲们啊！你爹、彩霞、远福、雪娥……大家都好吗？

王家斌　都好，都好！大家排着队要来看你，我给劝了回去，我一个人都代表了。

柳　青　（感激地抹抹眼泪）家斌，你来了正好，我得麻烦你帮我做一件事。

王家斌　柳书记，你说。

柳　青　现在这情况，我看一时半会是回不去皇甫了。我想请你把这些日子村里发生的事情都记下来，也就是帮我尽可能地搜集些素材。

王家斌　柳书记，你现在这处境……身体又不太好，我看就先别想这事了。

柳　青　没办法。创业史，就是咱庄稼人的苦难史、奋斗史；创业精神，就是咱这个民族自强不息的精神。写这部书，已经是我生命的一部分，不完成第二部，我对不起皇甫的乡亲们，对不起千千万万的农民兄弟啊！

王家斌　那好！柳书记，从搞互助组起，我是跟着你一步步成长起来的，你心里咋想的，不说我都能知道。可是……眼下乱成了这样，这摊子还收拾得住吗？

柳　青　迎合和盲从，造成了咱们国家的精神灾难。找到真理不是一件容易的事情，往往要经过反复的错误和挫折才有可能。等到了下一个时代，也许又会右，也许会更左；当走不下去了，就会回过头来再寻找正确的路。咱对未来，要有信心！

王家斌　柳书记，咱信心一满有着哩！

柳　青　（拉住王家斌的手）家斌啊，人生的道路虽然漫长，但紧要处常常只有几步，特别是当人年轻的时候。

王家斌　（重复着）人生的道路虽然漫长，但紧要处常常只有几步……

柳　青　尤其是现在，这紧要处的几步一定要走好呀！

王家斌　（重重地点头）柳书记，我记下了！

柳　青　你马葳大姐的情况怎么样？

王家斌　马葳大姐最近情绪很不好，老说想跟你谈谈。我把她带来了。

柳　青　啊？（急切地）她在哪儿？

王家斌　这里以前是个堆放农具的库房，我经常来，那堆杂物后面有个小门。（迅速去移动那堆杂物）

柳　青　等等！让我收拾一下……她喜欢我戴眼镜。我的眼镜呢……

〔柳青手忙脚乱地摸到眼镜戴上，整了整衣襟衣扣，坐好。

〔王家斌移开杂物，果然露出门来。王家斌把门轻轻拉开，忧郁而又憔悴的马葳抱着一个布包，慢慢走进。

柳　青　（忍不住发出哭声）马葳……

〔王家斌走出。

马　葳　（看着柳青，弱声）老柳，我想跟你谈谈……

柳　青　好，谈谈，谈谈。你还好吗？娃们好吗？

马　葳　他们叫我揭发你，逼我跟你划清界限、跟你离婚。

柳　青　马葳，你受罪了；你跟着我，真是受大罪了！（把马葳搂在怀里）

马　葳　老汉，我不跟你划清界限，不跟你离婚；我就是死了，也还是你的鬼……

柳　青　咱不许说“死”字！只要你和娃们都平平安安，一切都会好起来的。

马　葳　可是我……从来没有像现在这么害怕孤独，我感觉好像掉进了一口井，一口深井，四周黑得什么也看不见……

柳　青　咱不害怕！你看窗外那棵正在开花的腊梅树，其实人跟树一样，越是向往高处的阳光，它的根就越要伸向黑暗的地底，从那阴冷潮湿的深处汲取往上生长的力量。

马　葳　（摇摇头）我的花已经凋谢，怕是够不着阳光，也伸不到地底了。

柳　青　马葳，不要悲观，有我呢！等我从这儿出去，咱们好好地过日子，就像那《天仙配》里唱的——（动情地用陕北话道白）：“你耕田来我织布，我挑水来你浇园。寒窑虽破能抵风雨，夫妻恩爱

苦也甜……”（泣不成声）

马　葳　老柳，不哭，不哭……快板王托我带话给你，他的眼睛经过这么长时间治疗，能看见东西了。

柳　青　（惊喜地）啊？他能看得见了？

马　葳　他这些日子老是到家门口打快板，说不知道该咋样谢忱你；我说你别打了，老柳不在家。他知道你的事了，抱头哇哇地哭，人都哭晕了……

〔隐隐传来清脆的竹板声。

柳　青　老王……（激动地满屋子跑着寻找这声音）

〔恢复了视力的快板王出现在一束追光里。

快板王　（念）打竹板，说柳青，
柳青跟咱一条心。
你看他——
粗布粗衣老农头，
烟锅端在手里头；
和咱盘腿坐炕头，
创业致富他领头；
吃亏的事走前头，
享受的事溜后头；
风里雨里泥里头，
脚印留在地里头；
把根扎在土里头，
百姓揣在怀里头；
庄稼人写到书里头，
《创业史》化在命里头；
困境面前不低头，
一身正气硬骨头；
大写的人字在魂里头，
大写的人字在魂、里、头！

〔快板王的竹板越打越激昂，直至狂放不已。

柳　青　（呼喊）老王——你应该替我谢谢皇甫的乡亲们，没有他们，哪有我柳青啊……

〔快板王隐去。

柳　青　马葳你看，一个盲人都能重见光明，咱还有啥迈不过的坎？咱们到这个世界上来，只有几十年的时间，咱不能与世沉浮，只能以十分稳健的步伐，踏踏实实地走这只有一回的路程！

马　葳　（欲言又止）……

柳　青　马葳，你要振作起来，支持我把《创业史》第二部写完。奥斯特洛夫斯基说："人的一生可能燃烧也可能腐朽，我不能腐朽，我要燃烧起来！"即使死了，你和乡亲们也一定要把我拉回皇甫……

马　葳　（捂住柳青的嘴）不许你说"死"……（慢慢将怀里的布包放在桌上）

柳　青　这是啥？

马　葳　给你的……（异样深情地看着柳青）老汉，我要是实在撑不住了，你不要怨我……

柳　青　咋能撑不住呢？这还是共产党的天下，是人民的天下！

马　葳　……我……该走了。

柳　青　（扶了扶眼镜）你还没说我戴上眼镜咋样呢。

马　葳　（微微一笑）嗯，好看。

柳　青　好，回去照看娃娃们吧。

马　葳　（走几步，回头）老汉，来抱抱我……

柳　青　婆姨……（上前动情地将马葳紧紧抱在怀里）

〔天空响起一声炸雷。

〔暗转。

〔雷鸣电闪中，传来小凤撕心裂肺的哭喊："爸爸！妈妈跳井了……妈妈跳井了……"

〔"牛棚"里，一束追光打在柳青身上。

柳　青　（惊呼）啊？马葳……

〔小凤的哭声渐远："妈妈……妈妈……"

柳　青　（捶胸顿足）马葳，你咋能这样？咋能这样啊……（想起什么，急忙将桌上的布包打开）

〔马葳出现在一束追光里。

〔柳青从布包里拿起一个厚厚的笔记本。

马　葳　老汉，我为你搜集的一些素材，都记在这个本本上，你看有没有用。

〔柳青从布包里拿起打满补丁的衬衣。

马　葳　这件你穿了十年的衬衣补好了，记得要勤换洗。

〔柳青从布包里拿起一个用信笺装订的本子。

马　葳　这是咱家的记账本，日常开销每一分钱我都记在上面。

〔柳青从布包里拿起药瓶。

马　葳　你的哮喘病越来越厉害了，记住每天要按时吃药……

〔布包里还有东西，可是柳青的手再也拿不动了。他扑在布包上失声恸哭。

马　葳　老汉，你婆姨是个胆小软弱的人，请原谅我撇下你和娃们走了。你别为我伤心，照顾好自己……衣柜左边那一格是你和娃们夏天换洗的衣服，右边那一格是冬天的衣服；厨房的油盐酱醋我怕你分不清，每个瓶子上我都贴了字；咱家的存折在卧室抽屉里，总共还有二十三块五角七分钱……老汉，我先走一步在那边等你。等你来了，我还做你的婆姨……

〔马葳隐去。

柳　青　（想要起来，几次跌倒，抱着布包喃喃自语）马葳……马葳，我欠你的太多太多了啊！你能原谅我吗……我想跟你谈谈，我想跟你谈谈……（又是一阵电闪雷鸣）天哪！这是在抽我的筋啊……（用力站起，如泣如诉）马葳，你老汉把这辈子都献给了文学，也把你献给了文学；可文学是愚人的事业啊，来不得半点虚伪和投机。我只有牵着你的手，一脚一脚，一步一步，踩着泥泞前行……这让我常常想起当年转战陕北的一次战斗，有两个机枪手在我身边牺牲了，我想给他俩合上眼睛，可就是合不上，他们一定是因为没能看到新中国成立而死不瞑目！从那以后，我总觉得他们的眼睛一直在看着我，给我寄托着他们的遗愿。我就想，我得为他们做点啥，做啥呢？我是个作家，我只是换了个战场。在文学这个战场上，我必须要像那两个机枪手一样，生命不息，战斗不止……

〔收光。

尾　声

〔光启。1977年金秋。

〔皇甫村北的神禾原畔。

〔小凤用自行车推着身体孱弱的柳青上。

小　凤　爸爸，到神禾原畔了，前面就是皇甫村。

柳　青　（急切地）扶我下来，快扶我下来！

〔小凤扶柳青下来，柳青走前几步，激动地放眼眺望……

柳　青　我的皇甫村……我的滈河……我的乡亲们……柳青看望你们来了……（手颤抖着牵起衣袖擦拭泪水）

小　凤　爸爸，妈妈就在那边，要不要去看看？

柳　青　……马葳，《创业史》第二部出版了，你给我搜集的素材好多都用上了。遗憾的是，计划好的第三、第四部，我实在没有力气完成了……马葳，我想你啊，你一满就在我心里……

小　凤　爸……

柳　青　小凤，我问你句话，你知道啥是幸福吗……幸福，就是一辈子能做自己想做的事，然后把灵魂安放在适当的位置。（指指脚下）这儿，就是我的位置。

小　凤　（含泪点头）爸爸，我懂你的意思了……来，你坐下吧。

柳　青　让我圪蹴一会，我好久没有在皇甫的土地上圪蹴了。

〔柳青蹲下，拿出旱烟锅，小凤给他点着火，他像个老农似的吧嗒吧嗒抽着旱烟，眼睛深情地久久注视着滈河两岸金色的原野……

〔王家斌、王三老汉、彩霞、雪娥、刘远福、郭安成、快板王等众多乡亲们拥来。柳青站起走到他们中间，打招呼、唠家常，水乳交融，亲如手足……

〔幕落。

——剧　终

《柳青》创作于2018年，同年9月11日由西安话剧院首演于西安。导演傅勇凡，林波饰演柳青。这是陕西省为纪念著名作家柳青逝世四十周年推出的现实题材重点剧目，2019年获文旅部第十六届文华大奖。

作者简介

唐　栋　男，1951年出生，陕西宝鸡人，作家，剧作家。早年写小说，代表作品有《兵车行》《沉默的冰山》《雪线》《醉村》等“冰山系列”；上世纪90年代以后主写戏剧，主要戏剧作品有《岁月风景》《天籁》《红帆》《共产党宣言》《支部建在连上》《麻醉师》《柳青》《路遥》《今夜星辰》等四十余部以及歌剧、舞剧多部。

·闽　剧·

生　命

陈欣欣

时 间 新中国成立前夕。

地 点 行军途中。

人 物 陈大蔓、郑强、刘雪鸣、李大脚、冰姑、梅子、徐松、纵队司令、侦察员、少女陈大蔓、众孕妇、众女兵、众战士、警卫员。

序 幕

〔光起。

〔战火纷飞，硝烟滚滚。

〔在渐渐散开的炮火浓烟里，一群穿着军装的孕妇姗姗走来。

〔画外音："1948年秋天，辽沈、淮海、平津三大战役打响了，为了让五十个新生命平安诞生，一支古今中外战争史上罕见的孕妇队踏上了艰难的转移之路……"

众孕妇 （唱）命啊，命啊，

你是我的团啊你是我的命，

千难万难也要把你生！

阎王殿前敢叩门，

断肠崖上不反身。

给你血给你肉造一个小日头，

照亮天和地晒暖娘的心！

〔柔曼的哼唱弥散出一派庄严和静美。

〔切光。

一

〔光起。

〔集合地。孕妇们三五成群地私语着。

〔陈大蔓追着纵队司令跑上。

陈大蔓　我不接受，我不接受！（唱）

我不当什么孕妇队长，

你们的决定太荒唐！

解放全中国冲锋号已吹响，

我怎能下火线退到后方？

我不是女人是战士，

坚决要求上战场！

纵队司令　（唱）解放中国打的是大仗硬仗，

五十名女战士身有孕再难蹈火赴汤。

她们曾为革命披肝沥胆，

腹中的小生命是我们的希望！

陈大蔓　（唱）这一些女战士本事够大，

战火中还忙着当妈当娘！

纵队司令　（唱）共产党就不该有儿孙？

不许你乱放炮口无遮拦。

陈大蔓　（唱）自家事就应该自己去管，

凭什么要让我来承当？

纵队司令　（唱）这是争夺生命的较量，

命令你带她们走出硝烟远离战场！

陈大蔓　（唱）我不想侍候这些婆婆妈妈！

纵队司令　（唱）军令如山没得商量！

〔郑强上。

郑　强　报告司令员，孕妇队警卫班长郑强前来报到！

陈大蔓　（愣住）是你？

郑　强　是我！你的老乡。

陈大蔓　怎么又是你？

郑　强　（憨笑）这是纵队的命令，这回你想甩也甩不掉我啦！

陈大蔓　司令员，别把他跟我扯在一起！

纵队司令　郑强是个优秀的连长，眼下兵力紧张，我只能派他带领一个警卫班护送孕妇队！

陈大蔓　（抵触）这……

纵队司令 （拉了拉身边的郑强，小声地）别被吓着，她就是座堡垒，你也给我攻下！

郑　强 是！

〔冰姑从孕妇群里走出。

冰　姑 大蔓！

陈大蔓 冰姑大姐？

冰　姑 我怀上司令员的孩子，我就是你说的婆婆妈妈！

陈大蔓 这……（尴尬地低下头）

纵队司令 （暗喜，拉过冰姑）看，一见你就服软了，还是夫人管用啊！

郑　强 大蔓，冰姑大姐救过你的命，还是你的指路人，你可不能不管她！

陈大蔓 这……（犹豫地转身望向众孕妇，唱）

硬着头皮转过身，
往日的惨状眼前呈——

〔暗转。

〔风云突变，震耳的喊杀声。孕妇们瞬间变成了当年被围困的女兵战士。

众女兵 （唱）敌人来了，敌人来了，
陷入埋伏遇强敌！

陈大蔓 （唱）敌人马骠人悍腾杀气，
女兵团孤立无援被追击！

众女兵 （唱）敌人来了，敌人来了，
突出重围寻生机！

〔躲过追击的陈大蔓和众女兵奔跑着。陈大蔓回头见战友梅子远远地落在后面，她挣扎地跑，却一次次跌倒在地。

陈大蔓 （唱）战友梅子怀了孕——

梅　子 （唱）命啊，命啊……

陈大蔓 （唱）身笨体重步难移。

梅　子 （唱）你是我的团你是我的命，

陈大蔓 （唱）怎能把好姐妹来丢弃——

〔众女兵跑向梅子，扶起她艰难地往前走。

众女兵 （接唱）是生是死在一起！

〔一阵枪声响起，几个女兵倒下。

梅　子　（挣脱战友，痛苦地）都怪我，都怪我！（捶打着肚子，迎向敌人，唱）

　　命啊命啊，
　　你是我的团你是我的命……

〔一声枪响，梅子缓缓倒下。

〔惨烈的马嘶声和敌人的淫笑声向众女兵包围过来。

众女兵　（惨叫）不！

〔暗转。

〔硝烟散去。沉重的静场。陈大蔓浑身战栗着。

冰　姑　（唱）回首往事她浑身战栗，
　　这模样真叫我又疼又怜。
　　落入魔掌遭蹂躏，
　　惨痛的经历刻骨铭心！

郑　强　（唱）恨不能抚平她心底伤痕，
　　恨不能融化她身上的坚冰！

纵队司令　（走上前，把陈大蔓拉到身边）大蔓！（唱）
　　我不信敌人能把你击败，
　　你是最顽强的女军人！
　　挺起胸直面往事走出阴影，
　　这才是勇敢的战士勇敢的兵！

陈大蔓　（一震，呆呆地望着纵队司令）……

冰　姑　大蔓，孕妇队要靠自身的力量走出战争是何等艰难！你身经百战，经验丰富，组织上也是千挑万选才选中你！

〔陈大蔓低头不语。

冰　姑　（把陈大蔓拉到一边，小声地）孕妇队中许多人还不知道自己的丈夫已经牺牲了！

陈大蔓　（被震动）冰姑大姐！

冰　姑　她们怀的是烈士的遗孤……

纵队司令　大蔓，大决战就要开始了，你要带领孕妇队走上转移的风雪之路，这五十个母亲和五十个孩子，是一百条生命啊！

冰　姑　这五十个小生命是我们的希望和未来。大蔓，我们和孩子都需要你啊！

众孕妇　是啊，我们需要你！

陈大蔓　（唱）一声需要直穿我的心，

再看看这一双双殷切的眼睛！

想要拒绝难拒绝，

只觉得肩上担子重千钧！

唉！军人的天职是服从命令，

我只得去带领这婆婆妈妈的兵！

报告司令员，陈大蔓接受任务！

纵队司令　（大喜）好样的！

〔切光。

二

〔光起。

〔接前场。集合地。

〔众孕妇三五成群，七嘴八舌地议论着。

众孕妇　（唱）你也来了，她也来了，

哎哟大家齐齐来！

孕妇甲　（对冰姑，唱）

你几个月？

冰　姑　（唱）我五个月。

〔孕妇乙把躲在一旁的刘雪鸣拉过来。

众孕妇　（唱）你几个月？

刘雪鸣　（唱）我才两个月！

众孕妇　（唱）哎哟哟，

难怪肚子扁扁，静静寂寂。

孕妇甲　（唱）男人只管播种不收拾，

害咱们受罪又吃力。

众孕妇　（唱）你讲什么话？

这话不中听。

孕妇乙 （唱）我们是军人是战士，

革命觉悟须分明。

众孕妇 对对对，革命觉悟须分明！（唱）

为他育女又生儿，

让他奋勇去杀敌！

正是正是正正是，

为他育女又生儿，

让他奋勇去杀敌！

〔徐松上。

徐 松 请问这里是孕妇队吗？

众孕妇 （唱）呀，来了个男的，

文文绉绉白白净净生得很平直。

孕妇丙 喂，你也是来生孩子的吗？

〔众孕妇哄笑。

〔陈大蔓和郑强上。

陈大蔓 干什么，干什么？（对徐松）我是队长，你有什么事？

徐 松 报告长官，军医徐松报到！

郑 强 徐松，你来了。

陈大蔓 他叫我长官？

郑 强 徐军医刚从国民党军队投诚过来，还不太了解我们，但他的医术十分精湛！

陈大蔓 （冷冷地打量徐松）够有本事的。（拿起枪扔向徐松）接着！

〔徐松一愣，未接住，枪落地。

陈大蔓 看来，连枪都不会拿！

徐 松 报告！我这双手天生是拿手术刀的，我的职业不是杀人而是救命！

〔众孕妇纷纷上前围住徐松，请他帮忙看看自己的肚子。

陈大蔓 （在一旁直摇头）一群叽叽喳喳的女人，再加上一个弱不禁风的男人，真够热闹的！孕妇队集合！

孕妇们 是！

孕妇甲 立正、向右看齐、向前看！

〔列队的瞬间，众孕妇立刻变成了训练有素的女战士。

郑　强　（笑，对陈大蔓）看，标准的军人啊！

陈大蔓　（不理郑强）开始点名！

郑　强　是！（拿出花名册）肖婉冰、郭小凤、邱安金、孙志坚、吴娘娘、于水莲、刘苦女、陈小英、刘雪鸣……（愣住）刘雪鸣？

刘雪鸣　到！（慢慢地从队伍后面走出）

陈大蔓　是你？

刘雪鸣　是我……（与陈大蔓默默对视）

众孕妇　（交头接耳，唱）

　　她二人瞬间神色变，
　　定有纠缠在从前。

陈大蔓
刘雪鸣　（唱）原以为往事已如烟，

　　见到她却万般苦涩/感慨涌心田！

郑　强　（唱）怎有这样的相遇？
　　大蔓她怎堪忍受倍熬煎。

刘雪鸣　（唱）她曾和李永进相爱相恋，
　　烽火中两颗心相依相连。

陈大蔓　（唱）十年前随军向前行，
　　却不料兵败征途遭凶险！

刘雪鸣　（唱）永进他日日等夜夜盼，
　　她音信杳然整四年。

陈大蔓　（唱）死里逃生出绝境，
　　为见他颠沛流离历尽艰难。

郑　强　（唱）却不料回到延安那一天，

刘雪鸣
陈大蔓　（唱）我/她牵着永进的手依偎在他身边……

〔陈大蔓仿佛又听见那令人心碎的喜乐，又看见刘雪鸣和李永进结婚时甜甜蜜蜜、缠缠绵绵的情景，痛苦地转过身。

〔尴尬的静场。

〔李大脚内声："哎哟，原来是这样啊……"上。

李大脚 刘雪鸣你抢了陈大蔓的未婚夫，你这洋学生怎么可以这样呢？

郑　强 大脚婶？你迟到了！

李大脚 （慌）哦……报告，孕妇李大脚前来报到！哎，郑强，你怎么在这儿？你不给俺老潘当警卫员了？

〔郑强掩饰地转过头。

冰　姑 （忙接过话）大脚婶，他现在不是潘团长的警卫员了。

陈大蔓 潘团长？哪个潘团长？

李大脚 （自豪地）呀，你是队长啊。我丈夫是战斗英雄，猛虎团潘团长！

陈大蔓 说你迟到的事，别扯老公！

李大脚 嘿嘿，老潘命令我生个儿子，谁知我一连三胎全生女儿，气得他差点儿一脚把我踹了！所以临行前我烧个香请个愿，求上天赐我一个儿子……（发现说漏了嘴，急忙捂住嘴）

〔孕妇们哧哧地笑。

陈大蔓 （不悦）生孩子的事有这么重要？

李大脚 当然重要了！陈大蔓，听说你也是福建人，和我是同乡！你还记得家乡的人把孩子叫作什么？

众孕妇 叫什么？

李大脚 叫作命！

众孕妇 （认可）哦，命！

李大脚 （唱）命啊，命啊，

　　你是我的团啊你是我的命……

〔梅子的画外音："都怪我，都怪我……"

〔陈大蔓一阵心悸，踉跄了一下。

郑　强 大蔓！

冰　姑 （关切地）别说了！大蔓……

陈大蔓 （强撑着站稳）孕妇队准备出发！

众孕妇 就这样走啦？

李大脚 快起来，要走啦！

刘雪鸣 （突然朝远处凄声哭喊）永进，我走了，你要多保重，要想着我啊……

李大脚 哎呀，你别叫了好不好？我们是军人。

众孕妇 是啊，咱们是军人！

陈大蔓 背上行装，抛开杂念，挺直腰板，走出硝烟。出发！

众孕妇 是！（唱）

走啊走啊，
急急赶路。
走啊走啊，
餐风宿露……

李大脚 （终于控制不住抹着眼泪，高喊）死老潘，你在哪里啊？

众孕妇 （哭喊）你们在哪里啊……

〔一片呜咽声。

〔切光。

三

〔光起。

〔几天后的路上。

〔徐松上。

〔陈大蔓内喊："快走啊！"

徐　松 （唱）日夜兼程急行军，
追风逐电脚不停。
陈大蔓声声催促似催命，
孕妇们跌跌撞撞奋力拼。
没见过这么苦命的女人，
没见过孕妇被这样苦折腾！

〔陈大蔓上。

陈大蔓 快走！（唱）

每一刻都害怕往日的惨景再现，
每一天都要面对这群窝囊的兵。
她们不是战士是女人，
最气那天天拖后腿的刘雪鸣！

（朝身后喊）快走！

〔众孕妇飞奔而上。

众孕妇 （唱）走啊走啊，

急急赶路。

走啊走啊，

餐风宿露。

〔刘雪鸣落在队伍最后。

李大脚 看，刘雪鸣又掉队了！

刘雪鸣 （一屁股坐到地上）我实在走不动了！

李大脚 （颇看不起刘雪鸣，唱）

几步路就掉队也太娇气！

众孕妇 （唱）走啊！

孕妇甲 （唱）她原是富家小姐洋学生，

细皮嫩肉玉叶金枝。

众孕妇 （唱）走啊！

李大脚 （唱）山野村妇比她强，

一双大脚行千里！

众孕妇 （唱）走啊！

刘雪鸣 （唱）我的脚大泡叠小泡，

陈大蔓 （唱）起几个泡哭什么娘来叫什么爹？

刘雪鸣 （唱）你该不是挟私带怨来发泄！

陈大蔓 （唱）你太小看我，

一派胡言可笑之至！

你快走！

〔刘雪鸣只得在徐松的搀扶下一瘸一拐地向前走。

〔突然，电闪雷鸣，大雨倾盆。

陈大蔓 继续前进！

徐　松 长官！（唱）

让她们歇一歇，

让她们躺一躺。

她们是孕妇，

不是铁和钢，

这样跑会流产，

后果怎承当？

陈大蔓 （唱）不跑就要把命丧，

你难道要把她们送给国民党？

徐　松 你！（气得转身欲走）

郑　强 （阻止）徐医生！大蔓，你过分了！

陈大蔓 郑连长，你是个军人，难道不知道掉队要付出什么代价？

郑　强 这……

陈大蔓 （拎起刘雪鸣的背包，一愣）你看看，路都走不动了，还背这么重的包，给我！

刘雪鸣 （抢过背包）不！

陈大蔓 （命令）警卫员！来，拿上她的背包，扶着她，拖也要把她拖走！

刘雪鸣 （哭喊）陈大蔓，你不能这样对我！

〔远处传来一阵炮声，山摇地动。

陈大蔓 听见了吗？大决战马上开始了，我们要跟死神争分夺秒！快走！

〔一个战士扶起刘雪鸣欲走。

刘雪鸣 我的包……陈大蔓……

陈大蔓 孕妇队提速前进……

〔陈大蔓和众孕妇下，台上只留下徐松。

徐　松 （感叹）还跑得动啊？真不知道这些女人的筋骨是什么做成的，这个陈大蔓怎么这么不通人情？共产党怎么会有这样的女人？

〔陈大蔓内声："快走啊！"

〔众孕妇内唱：

"走啊走啊，

急急赶路。

走啊走啊，

餐风宿露。"

〔切光。

四

〔光起。又是一天。

〔野外宿营地。郑强在捡树枝。地上摆着一堆孕妇们的背包。

郑　强　（唱）夕阳西下鸟归林，
队伍宿营在山岭。
战士们打了只野山羊，
为劳累的孕妇补补身。
为熬羊汤把柴火捡，
万千思绪涌上心。
餐风宿露虽艰辛，
心里却离不开那个身影。
大蔓呀，我知你经历过地狱般的惨境，
我知你冰冷的面容下有多少酸辛。
我知你饱受战争摧残，
我知你百味尝尽创巨痛深。
你已孤独了太久太久，
请让我走进你的心！
让我抚慰你的创伤，
让我给你暖意真情。
相信风雨过后云雾散尽，
阳光下会听见你的笑声！

〔陈大蔓上。

陈大蔓　郑连长，你在干什么？羊肉汤还等着你去熬呢！

郑　强　噢，我就来！大蔓，今后别一口一个郑连长，叫我声郑强不行吗？

陈大蔓　（岔开话题）郑连长，孕妇身体虚弱，这羊肉来得不易，你要炖烂一点儿！把这酸枣根放进去一起炖，会去膻味，让她们吃得更香！

郑　强　（笑）你的心挺细的嘛！

〔陈大蔓冷冷地看了郑强一眼，转身就走。

郑　强　大蔓，其实你是可以温柔一点儿的！

陈大蔓　（停住）温柔？这话你用错地方了！（再走）

郑　强　大蔓！

陈大蔓　（站住）郑连长还有话说？

郑　强　你对她们越体贴，她们就会越有力量！

陈大蔓　你的话可真多！（又要走）

郑　强　（上前，一把拉住陈大蔓）大蔓，我还有一句话，以后你在路上别抢着帮她们背包，那是我们爷们儿的事，看你累成那样，我心疼。

陈大蔓　（冷冷地）郑连长，我也有一句话，请你以后别跟我拉拉扯扯！（甩掉郑强的手，下）

郑　强　（冲着陈大蔓的背影）拉拉扯扯？哼，我偏要跟你拉拉扯扯，就要跟你拉拉扯扯！

〔李大脚悄悄上。

李大脚　嘿，什么拉拉扯扯啊？

郑　强　（掩饰）没，没什么，我在捡柴火！

李大脚　你那点儿心思我还看不出？告诉你，这事儿没指望，她压根儿就不像个女人！

郑　强　你别这么说她嘛！

李大脚　哟，真够死心眼儿的！算啦，不说就不说！不过有件事你可得跟我说实话！

郑　强　什么事？

李大脚　老潘是不是看上别的女人了？

郑　强　你又胡说了！

李大脚　他总笑我土气，是不是嫌弃我了……

郑　强　潘团长不是这种人！

李大脚　那他为什么一直躲着我？一点儿音信都没有。临行前我到猛虎团去找他，等了三天三夜也没见着人，害我差点儿迟到……

〔李大脚话未说完，郑强便逃也似的溜走了。

李大脚　哎，郑强……（狐疑）为什么一提到老潘他就躲躲闪闪？难道老潘真的不要我了？不！（从怀里拿出一把短枪，深情地抚摸着）这是老潘特地送给我的，别人只有一把枪，我有两把！（大声地）老潘，你是我的，谁都抢不走！老天啊，求求你帮我拴住老潘的心！

〔孕妇们三三两两地上，偷偷地看着李大脚。

李大脚 （跪在地上，唱）

老天老天你听我讲，
潘胜利他是我老公。
老潘命令我生儿子，
一连三胎全落空。
求上天显灵把子送，
为老潘留个种接代传宗。

孕妇甲 大脚婶，你又在拜天拜地了！

〔众孕妇忍不住笑出了声。

李大脚 （发现众孕妇偷看，追着她们打）谁拜天拜地了？我可是个军人！

众孕妇 好啦，大脚婶，我们来找你，是想听你唱歌！就是“命啊，命啊……”

李大脚 （得意）那是我们福建女人拿手的！你们要学？

众孕妇 要学！

李大脚 好，那你们坐好！（唱）

命啊，命啊，
你是我的团你是我的命……

众孕妇 （跟着唱）

命啊，命啊，
你是我的团你是我的命……

〔刘雪鸣羡慕地看着众孕妇。

刘雪鸣 真好听啊！

孕妇甲 刘雪鸣，你怎么不唱？

刘雪鸣 我、我唱不来……

李大脚 （不悦）哦，富家小姐洋学生，人家要唱洋歌！

刘雪鸣 （惶恐）不……我挺佩服你们的，你们吃苦耐劳，是天底下最好的女人，我来参加革命，就是要向你们学习。

李大脚 学习？老潘总说洋学生好，要我向你们学习呢！好，今天我就向你们学一下！（拿出一包凤仙花籽）你们看——

众孕妇 这是什么呀？

李大脚 这是染指甲的凤仙花籽，我要把指甲染得红红的，让老潘看看我有多俊！（唱）

这一指染得红丹丹，
抓住他的心啊勾住他的魂。

众孕妇 （唱）好俊啊好俊啊！

孕妇甲 （唱）这一指染得红艳艳，
就像鲜嫩嫩的红嘴唇。

众孕妇 （唱）好俊啊好俊啊！

孕妇乙 （唱）再染一指红彤彤，
含苞待放吐芳芬。

孕妇丙 （唱）五指六指七八指，

众孕妇 （唱）好俊啊好俊啊！

孕妇丙 （唱）娇媚夺目春意浓。

刘雪鸣 （唱）染得十指红欲滴，
就像那红杜鹃漫山遍野迎东风！

〔众孕妇情不自禁地纷纷伸出双手相互涂抹。应和着孕妇们的畅想，舞台背景幻化出摇曳多姿的杜鹃花在山野中尽情绽放，红透天涯。

〔陈大蔓、郑强、徐松抬着一锅羊肉汤上，冰姑随上。

郑　强 喝羊肉汤啦！

〔众孕妇紧张地缩回手。

郑　强 大脚婶，你的手怎么啦？

李大脚 （把手背到身后）没什么。

陈大蔓 伸出手，让大家看一看啊！

李大脚 没什么。

徐　松 （笑）哇，你的手比脚精彩多了！

陈大蔓 （生气）烧香拜佛染指甲，你还像个解放军战士吗？

冰　姑 （缓解）大脚婶闹着玩呢！

李大脚 谁闹着玩啊？染指甲的手照样拿枪拿刀杀敌人！

陈大蔓 你……

冰　姑　好啦，大脚婶来喝羊肉汤吧！

众孕妇　（欢呼）喝羊肉汤咯！

冰　姑　雪鸣过来啊。

李大脚　过来吃羊肉汤！

〔刘雪鸣捂着鼻子跑到一边。

徐　松　你怎么了？

刘雪鸣　我不吃羊肉，一闻这味儿我就想吐！

陈大蔓　（不解地）警卫班好容易才打了只野山羊，这可是好东西啊，能补身子！（把汤碗递到刘雪鸣面前）再难闻你都必须喝下，来，完成任务！

刘雪鸣　我不吃！（一把将汤碗推开）

〔陈大蔓手中的汤碗摔落在地。

徐　松　（跺脚）这么好的羊肉汤，可惜了！

刘雪鸣　别过来，我难受，我快死了！呕……（背过身呕吐）

〔众孕妇也都背转身，集体呕吐起来。

陈大蔓　（慌乱）怎么了，怎么了？

徐　松　这叫连锁反应！

陈大蔓　（脸沉了下来）刘雪鸣——（唱）

你怕苦怕累娇滴滴，
落后掉队把行程耽。
羊肉汤得来多不易，
你惹得大家吐得倒肠翻肝！

徐　松　（唱）需谅她怀六甲五味俱厌，

郑　强　（唱）身弱体虚举步艰。

刘雪鸣　（唱）我也不想拖后腿，
无奈这双脚它不听使唤。

陈大蔓　（唱）说什么双脚不听使唤，
今天要把这问题摊一摊！

陈大蔓　全体队员！

众孕妇　在！

陈大蔓　拿出你们各自的背包！

众孕妇 是！

陈大蔓 看一看，你们背包鼓鼓囊囊的，难怪行军走不快。说，到底都装了什么？

众孕妇 这，这，这……

陈大蔓 把多余的东西拿出来，扔掉！

众孕妇 这，这，这……

〔众孕妇面面相觑。许久，冰姑走出人群。

冰　姑 （从背包里拿出一袋糯米）我为孩子留了一袋糯米……

郑　强 冰姑大姐……

众孕妇 （依次拿出物品）这是准备为孩子缝小袄的棉花……

这只是几块布头……

这是我攒下的两块肥皂……

这只是一个奶锅……

这是几把小米几块冰糖……

哦，还有这个缴获的饼干……

一捆剪下做尿布的旧衣……

这是面干……

这是小米……

李大脚 还有地瓜米、地瓜干……

郑　强 大脚婶，你成天挖野菜吃，原来把分来的食物全留给了孩子！

李大脚 当然了，他是我的命！

郑　强 大脚婶！

众孕妇 是啊，他们是我们的命啊。

〔刘雪鸣抱着背包想偷偷溜走。

陈大蔓 刘雪鸣，你要去哪里？

刘雪鸣 我……

陈大蔓 你的背包比谁的都重，里面都装了什么？

李大脚 有钱人家的小姐，恨不得把金银细软全背上！

陈大蔓 把多余的东西扔掉！

刘雪鸣 （将背包紧紧抱在胸前）不行！

陈大蔓 你不扔我帮你扔！

刘雪鸣　（突然变得像头发怒的母豹，尖叫）不！不要抢我孩子的东西！

〔陈大蔓不由分说地夺过刘雪鸣的背包，哗地将里面的物品倒在地上。

众　人　（望着地上的物品全愣了）奶粉、红糖、毛线……

刘雪鸣　（放声大哭，扑上前去抢着捡拾物品）这都是永进从战利品中给孩子留下的，谁要抢走我跟她拼了……这是我孩子的东西，比我的命更重要……（大哭）

〔众人静静地站着，看着刘雪鸣。

〔陈大蔓惊呆了。

李大脚　哎呀，我平时也嫌她娇气，不过她这样哭还真像个当妈的！

众孕妇　是啊，当母亲的，不容易……

陈大蔓　（突然爆发）母亲，母亲！你们个个都是好母亲！既然知道心疼孩子，为什么要把他们带到战争中来？难道不知道战争是残酷的，它不属于孩子和女人？这样的时候生孩子，就是添乱！我告诉你们，这些东西不扔也得扔！（愤然跑下）

〔众人面面相觑，欲言又止。

冰　姑　大蔓说得有道理，行军路上多带一根针都会要了我们的命啊！我们还是把东西交给警卫班吧。时间不早了，大家都先去休息吧！

〔众人下。

冰　姑　（走到刘雪鸣面前）雪鸣，你要理解大蔓，我们是军人，你再冷静考虑考虑大蔓的意见吧。（下）

刘雪鸣　（伤心而孤独地呆立着，唱）

山风阵阵意烦乱，
满腹辛酸气难平。
想当初追求真理投奔革命，
抛却了锦衣玉食志坚意诚。
在这里我收获了爱情，
在这里我就要当母亲。
原以为我是如此幸运，
却不料被她挟嫌带怨割肉剜心！

我走我走我要走，

离开这里独自行！

（拿起背包准备上路，接唱）

夜茫茫，路坎坷，

蹚过小涧穿山林。

〔远处突然传来国民党官兵的对话声：“弟兄们，往前走啊！”“前面有一块山坡，咱们上那儿过夜去！”

刘雪鸣 （一震）不好！有敌人——（唱）

敌人要闯进宿营地，

孕妇队危急万分！

转身报信不容缓，

疾步如飞脚生风。

（奋力地向前跑，突然摔倒在地，接唱）

哎呀呀，恨只恨双脚不争气，

恐误大事心如焚。

情急高歌一曲“命啊命”，

唤醒战友来报警！

（高声地，接唱）

命啊，命啊，

你是我的团你是我的命……

〔歌声在夜幕中格外响亮。

〔敌人内声：“谁？”紧接着枪声响起。

〔舞台后区光起。陈大蔓、郑强等人上。

陈大蔓 （唱）有情况！

郑　强 （唱）有敌情！

李大脚 （唱）她怎么突然唱起这首歌？

冰　姑 （唱）雪鸣唱歌为引敌。

李大脚 （唱）这个洋学生好样儿的！

〔枪声持续响起，情况危急万分。

陈大蔓 郑连长，你马上带大家转移！（拔出枪，欲下）

郑　强 你去哪里？

陈大蔓 接应雪鸣！

郑 强 还是我去！

陈大蔓 你带领孕妇队立即转移！

郑 强 是！（对众人）走！

〔众人下。

〔陈大蔓跳下山坡，飞奔而下，旋即复上。

陈大蔓 （唱）纵身一跃步如飞，

营救战友于危急。

开上两枪把敌人引走——

（朝远处开了两枪）

〔远处，敌人的枪声激烈地响起。敌人内声："不好，我们中埋伏了，快跑！"

陈大蔓 （寻觅着，接唱）

雪鸣雪鸣你在哪里，在哪里？

〔刘雪鸣上，她与陈大蔓在黑暗中摸索着前行，她们近在咫尺却擦肩而过。突然，她们互相撞到，刘雪鸣的背包掉落在地。

陈大蔓 是谁？

刘雪鸣 大蔓？

陈大蔓 雪鸣？

刘雪鸣 （喊）大蔓……

〔陈大蔓冲上前，紧紧捂住刘雪鸣的嘴，把她按倒在地。

〔敌人的声音渐远。

陈大蔓 （拉起刘雪鸣）快跑！

〔刘雪鸣一个踉跄摔倒在地。

陈大蔓 （打量着刘雪鸣）你的鞋子呢？

刘雪鸣 哎呀，刚才跑得急，把鞋跑丢了！

〔陈大蔓默默地望着刘雪鸣，她被这个娇弱的女人感动了。

陈大蔓 光着脚怎么走？来，我背你！（伸手拉刘雪鸣）

刘雪鸣 哎……（想捡起地上的背包，却犹豫地看了看陈大蔓，又缩回了手）这背包，我、我不要了……

〔陈大蔓望着刘雪鸣，默默地捡起背包，背在身上。

刘雪鸣　（感动）大蔓！

陈大蔓　（拉起刘雪鸣）走！

〔切光。

五

〔光起。

〔距前场四个月后。

〔山野里。冰姑上。

冰　姑　（唱）山一程，水一程，

艰难跋涉四月整。

孩子啊，

四月来你乖巧又听话，

四月来你和妈妈心贴心。

你胎动阵阵似耳语，

经霜沐雨渐长成。

〔众孕妇拥上。

孕妇甲　（幸福地）冰姑大姐，他又动了又动了！

孕妇乙　是啊，我这个也在不停地拳打脚踢翻筋斗！

众孕妇　我的也动了……我的也不老实了！

冰　姑　孩子一天一天大了，越来越不老实了。

众孕妇　（如同得了传染病似的）哎哟，哎哟，我的也动了。我的也动了……

〔陈大蔓紧张地跑上。

陈大蔓　冰姑大姐，出什么事了？

冰　姑　是孩子在跟我们说话呢！

陈大蔓　孩子？谁生了？

冰　姑　没生，是我们隔着肚皮跟孩子说话！

陈大蔓　（疑惑）还没生出来怎么能说话？

冰　姑　大蔓，你听啊！（唱）

我的宝贝说——

我爸爸正在解放全中国，

他在赴汤蹈火打击敌人哪！

孕妇甲 （唱）我的宝贝说——

我爸爸要给我带来新生活，

和我一起建设新中国啊！

孕妇乙 （唱）我的宝贝说——

我会乖乖地困快快地长，

和妈妈——

众孕妇 （唱）和妈妈一起在等待着胜利啊，

我的宝贝啊！

陈大蔓 （感动，唱）隔着肚皮能谈心，

何曾见过这光景。

轻声细语情意浓，

字字入我耳句句打我心。

冰　姑 （突然撕心裂肺地）啊……

〔众人围住了冰姑。

陈大蔓 怎么了？快叫徐医生！

〔徐松奔上。

徐　松 她要生了！（急得跺脚）哪有这样的，说生就要生，我的手还没消毒呢！

陈大蔓 别啰唆，快接生！

徐　松 是！

〔几个孕妇扶着冰姑下。

李大脚 冰姑，不要怕，我们唱歌给你鼓劲！

众孕妇 （唱）命啊，命啊，

你是我的团啊你是我的命……

〔众人下。

〔冰姑凄厉的叫声传来，那声音像刀一样刺着陈大蔓的心。

陈大蔓 （唱）她似在鬼门关前苦挣扎，

果然是娘奔死来儿奔生！

声声呼喊阵阵痛，

把我的心撞得这样疼。

泪水模糊我双眼，

我见到女人的苦难和牺牲！

（坐在地上抹泪）

〔郑强奔上。

郑　强　冰姑生了吗？你怎么了？

陈大蔓　没、没事。

〔一声清亮的婴儿啼哭声响起。

〔徐松抱着孩子上。

徐　松　（泪流满面）冰天雪地，长途跋涉，这是野外出生的第一个孩子啊！

〔冰姑内声："让我抱抱我的孩子！"

〔冰姑在众孕妇的簇拥下上，她接过孩子，紧紧搂在怀里。

陈大蔓　冰姑大姐，你刚才吓死我了……（眼泪涌出，抽泣了起来）

郑　强　（诧异）大蔓，你哭了？

陈大蔓　（没理郑强）冰姑大姐，我不明白，生孩子这样苦，你们却还要冒着生命危险在战火中生，这到底为什么？

冰　姑　因为生命是希望！大蔓，你过来，听我说——当年组织上要我嫁给司令员时，我只是服从命令，因为他是首长，是英雄……

〔舞台一侧追光起，纵队司令员出现在光影中。

纵队司令　小丫头，别躲啊，我知道你看不上我这个大老粗，可我真心喜欢你啊！

冰　姑　那天晚上，我看到了他的身上有那么多伤疤……

纵队司令　我身上有二十二块伤疤！每一块伤疤都有故事！丫头，让我一块一块讲给你听！（唱）

我全家被白匪杀尽，

为报仇我把命拼。

留下了第一块伤疤，

是十岁时投奔革命的证明。

曾经和七个敌人血肉搏斗，

捅卷刺刀杀红眼睛。

流着血面不改色，
这块伤疤它记得清。
打日本又留下遍体伤痕，
男儿报国何惧碎骨粉身！

冰　姑（唱）他说到第十九块伤疤，
我捂住他的嘴泣不成声，
二十二块伤疤烙着男儿的血性——

纵队司令（唱）二十二块伤疤是我的勋章我的光荣！

冰　姑（唱）这样的男人我不心疼谁心疼？

纵队司令（唱）戎马半生我找到心爱的女人！

冰　姑（唱）他每日在刀光剑影中拼命，

纵队司令（唱）在生与死的夹缝中穿行。

冰　姑（唱）为了他我无所畏惧，

纵队司令（唱）你的爱比山高比水深！

冰　姑（唱）纵然是腥风血雨天崩地裂，
我要为他留下骨血留下根！

众　人（唱）纵然是腥风血雨天崩地裂，
要为他留下骨血留下根！

〔追光暗，纵队司令隐去。

〔众孕妇簇拥着冰姑下。

陈大蔓（心潮起伏，百感交集，唱）
一字字一句句感天动地，
不由我浑身战栗百感交集！
那一年别闽地参加革命，
战火中憧憬着青春洗礼。
却不料遭遇到惨痛经历，
活生生碾碎了女儿花季。
从此后仇和恨填满胸臆，
硝烟中走不出痛苦迷离。
蓦然间看到这别样景致，
似闪电划亮了新的天地。

这些母亲多么伟大，
这些女人多么神奇。
她们在烈火和死神之间，
把男人的天空撑起。
却原来有爱就有生命，
生命让世界充满希望和生机。
久蓄的坚冰似在融化，
伤痕累累的心一点点泛起绿意。
放眼看——
山是那样青、水是那样碧、天地是那样秀丽，
回首望——
又见到那年的春季那年的自己。
……

〔一阵清脆的笑声响起，陈大蔓循声望去，舞台一侧追光起，少女陈大蔓活泼地笑着，向她跑来。陈大蔓如痴如醉，情不自禁走近她。

〔母亲画外音："大蔓，命，回家吃饭啦！"

〔陈大蔓脱下军帽，露出一头秀发，她看着遍地的野花，忍不住摘下一朵花陶醉地闻着。

〔郑强上，惊喜地看见了这一切。

郑　强　（唱）她露出久违的微笑，
一朵红霞脸上飘。
这才是她的真模样，
看得我又是欣喜又心跳。
机会到来莫错过，
鼓起勇气把心意表。

（憨憨地）陈大蔓同志！

〔陈大蔓吓了一跳，手中的花掉到地上。

郑　强　（捡起那朵花，递给陈大蔓）陈大蔓同志，我喜欢你这个样子！

陈大蔓　你……（害羞地捂着脸，跑下）

郑　强　（望着陈大蔓的背影笑出声）堡垒就要攻下，同志仍需努力！

〔切光。

六

〔光起。

〔又过了两个月。孕妇们仍然奔走着，她们中间已有多人背着孩子了。

孕妇甲 （唱）你也生了。

孕妇乙 （唱）我也生了。

众孕妇 （唱）哎哟哟，哎哟哟，

孕妇队增加了一群娃娃兵。

〔李大脚抱着孩子上。

李大脚 （哄孩子）命，不哭……

众孕妇 （唱）大脚婶生儿奇特又揪心——

大脚婶 （自豪地）你们想听我就说吧！（唱）

我今天演给大家看一看来听一听。

（对众孕妇）你们坐好！听我讲——（把手上的孩子递给一个孕妇）你先帮我抱着！（唱）

那一天，敌人攻势猛，

我拔出双枪把敌迎。

众孕妇 （唱）大脚婶，你快临盆，

大蔓不许你再去拼。

李大脚 （唱）生团有啥可娇贵，

跟猫儿狗儿下崽一回事，何必生惊！

（表演杀敌）狗崽子，今天就让你们见识见识潘团长的大肚婆有多厉害！（连打几枪）

众孕妇 （唱）她左一枪，右一枪，

竟然一边开枪一边把儿生！

孕妇甲 大脚婶，你生了！

李大脚 啊？我生了？

众孕妇 （唱）敌人已退去，快快回头看——

〔婴儿大声地啼哭。

李大脚 （唱）哎哟我儿哭得震天响！

众孕妇 （面向观众）唉，接下来的这一幕，更是触目又惊心啊！

〔陈大蔓、郑强、徐松等人跑上。

众　人 大脚婶……

徐　松 大脚婶，你怎么不等我接生？

李大脚 （虚弱地）是他等不及了，我一边开着枪，他自己就掉出来了！

徐　松 天啊，竟然还有这种事！

李大脚 （虚弱地）快、快帮我看看是男的还是女的？

徐　松 是个顶天立地的男子汉！

李大脚 （跳了起来，激动地）谢天谢地，是儿子，是儿子！

郑　强 （接过孩子，激动难抑，仰天长呼）潘团长，你有儿子了，你可以瞑目了！

〔一声炸雷，所有的人全愣住了。

李大脚 （颤声地）老潘他怎么了？怎么了？不许瞒着我！

〔郑强蹲在地上放声痛哭。

冰　姑 大脚婶，潘团长他已经牺牲了……

李大脚 （全身发抖）这、这是什么时候的事……

郑　强 就在你来孕妇队的前几天……纵队命令封锁消息，为的是让你平安地生出孩子……

陈大蔓 （惊愕）怎么没有告诉我？

冰　姑 你性子急，怕你说漏了嘴。

李大脚 （撕心裂肺地）不！死老潘，你怎么能这样狠心啊！（唱）

你是我的心肝，
你是我当家的人。
我是这样疼你，
你怎么舍得离我而去，
这样绝情，这样绝情！

〔仿佛听见了母亲的哭声，婴儿凄厉地哭了起来，悲怆的哭声撕裂着每一个人的心。

陈大蔓 （接过孩子，紧紧地搂在怀里，充满母性地哼唱）

命啊，命啊，

你是我的团你是我的命……

〔在陈大蔓的哼唱中，孩子的哭声渐渐停止。

众　人　（百感交集）大蔓……

〔切光。

七

〔光起。

〔时光流逝。全中国的解放即将到来。

〔军旗飞舞，号角声声。纵队司令指挥着部队前进。

纵队司令　同志们，解放战争已经取得决定性胜利，新中国的诞生指日可待，向前进！

众战士　是！

〔一侦察员上。

侦察员　报告司令，江对岸发现孕妇队！

纵队司令　太好了！我们就要会合了！

侦察员　只是江水湍急恶浪滚滚，后面还有一股强大的敌人在追击，孕妇队危机重重！

纵队司令　命令猛虎团立即赶往江边接应，不惜一切代价保护孕妇队安全！

众战士　是！

纵队司令　出发！

〔纵队司令率众战士下。

〔陈大蔓、郑强带领孕妇队上。

陈大蔓　警卫班加强警戒，孕妇队登上木排，准备过江！

〔孕妇们一个个跳上木排。

刘雪鸣　哎哟……（捂着肚子踉踉跄跄跑到一边）

〔众人向刘雪鸣围拢过去。

陈大蔓　雪鸣，你怎么了？

刘雪鸣　（捂着肚子冷汗淋漓）我、我……

徐　松　不好，她要生了！

众　人　（倒吸一口冷气）她要生了？

徐　松　我早就说过，她胎位异常，可能难产！

〔远处猛烈的枪声响起。

陈大蔓　（唱）难产和追兵同时碰上，

雪上加霜祸不单行！

刘雪鸣　（唱）别管我，丢下我，

形势危急，我不能添负担！

陈大蔓　不！（唱）

哪怕天塌地陷，

也要确保你母子平安。

生命高于一切，

为保护生命哪怕千难和万险！

陈大蔓　（果断命令）郑连长，我们带领警卫班在岸边阻击敌人，保护孕妇们过江！

郑　强　是！

陈大蔓　冰姑、徐医生，你们带孕妇们过江！

冰　姑
徐　松　是！

陈大蔓　徐医生，一边过江，一边接生，能做到吗？

徐　松　我尽力而为！只是她胎位不正，如果难产，分娩的时间会很长。

郑　强　不要怕，我们一定为你们打出生孩子的时间！

陈大蔓　（温和地）徐医生，放心地让她生吧，我们能顶住！

众战士　是！我们能顶住！

陈大蔓　（向徐松行军礼）徐医生，拜托了！

徐　松　（热泪盈眶）队长，我曾经怀疑你们不懂人性，现在才明白，这是支最珍爱生命的队伍啊！

〔众人把刘雪鸣抬上担架。

陈大蔓　（下令）过江！

〔枪声大作。

〔孕妇们在汹涌的江水里扛着担架前行，徐松为刘雪鸣接生。

〔陈大蔓和警卫班在岸上阻击敌人。

郑　强　（唱）拼尽全力将敌人挡，

　　　　天塌下来我们扛。

〔子弹在呼啸着，刘雪鸣在撕心裂肺地叫喊着。

徐　松　（唱）一边是腹痛阵阵撕心裂肺，

陈大蔓　（唱）一边是火光闪闪子弹横飞。

冰　姑　（唱）为了让小生命呱呱坠地，

郑　强　（唱）何惧热血染征衣！

〔战斗中，战士们奋勇抗敌，可也在一个个倒下。

陈大蔓
郑　强　（悲怆，唱）叫声我的好兄弟，

众孕妇　（唱）含悲带恨仰天泣。

徐　松　（唱）你们用生命呵护生命，

众孕妇　（唱）一腔热血染红江水染红天地！

刘雪鸣　（突然仰起身，凄厉地喊）别打了！为了一个女人生孩子，牺牲这么多人，付出这样的代价，值得吗？

陈大蔓　值得！孩子是我们的希望，是我们的明天！

〔陈大蔓和郑强抱着枪冲向高处射击。一颗子弹朝陈大蔓飞来。

郑　强　大蔓，小心！（一把推开陈大蔓，自己却中了弹，倒下）

陈大蔓　（惊呼）郑连长……（撕心裂肺）郑强哥……

〔陈大蔓凄厉的呼喊使整个世界都凝固了。

郑　强　大蔓，我听见了……（唱）

　　　　我听见了你的呼唤，

　　　　听见了你的深情。

　　　　战士无悔今生的选择，

　　　　用生命迎接新的生命。

　　　　别难过莫流泪，

　　　　蹚过河向前行。

　　　　当东方破晓的时候，

　　　　我的祝福会伴着旭日东升！

陈大蔓　郑强哥！

众孕妇　郑连长！

〔郑强走向牺牲的烈士们，带着他们站了起来，庄严地向众孕妇行军礼。

〔在众孕妇诀别的泪水中，烈士们缓缓走下。

〔敌人的喊杀声、枪炮声再次响起。

陈大蔓 （擦干眼泪，举起枪，声音嘶哑，唱）

命啊，命啊，
你是我的团啊你是我的命，
千难万难也要把你生！

众孕妇 （唱）命啊命啊，

你是我的团啊你是我的命，
千难万难也要把你生！
阎王殿前敢叩门，
断肠崖上不反身。
给你血给你肉造一个小日头，
照亮天和地晒暖娘的心！

〔歌声中，陈大蔓中弹受伤倒下，但又站起，顽强地抵御敌人。

〔歌声中，大部队的接应炮火响起，众孕妇抬着担架终于上岸。

〔婴儿的哭声划破长空，舞台上红光笼罩，暖意融融。

〔整个世界瞬间安静下来，所有的人都仰起头，静静地聆听着这世界上最美好的声音。

〔筋疲力尽的陈大蔓仰起头，她听见了远处军号在吹响，看见了红旗在飞扬。

〔切光。

尾　声

〔光起。

〔江岸汇合处，硝烟散去，纵队司令带着众战士在雪中向远处眺望。

〔陈大蔓带领众孕妇走上。

陈大蔓 报告司令员，五十名孕妇带着五十个孩子走出硝烟，这一百条生命向你报到！

纵队司令 （感叹）孕妇队是一支古今中外战争史上绝无仅有的特殊队伍，你们在炮火下创造了生命的奇迹，孕育了新中国的希望！

陈大蔓 让司令员看看我们的孩子！

〔女军人们高高地举起了孩子。

纵队司令 （自豪地）看，这是一轮新中国的太阳！

〔雄浑的音乐响起，一轮红日升起。

〔孕妇们朝着红日高高举起孩子。

〔远处，迎着红日仿佛走来了郑强和警卫班的战士。

〔切光。

——剧 终

《生命》取材于姜安的长篇小说《走出硝烟的女神》，2019年1月26日由福建省实验闽剧院在福州闽剧艺术中心首演，导演张曼君，主要演员有周虹、陈琼等。剧目入选中宣部第十五届精神文明建设“五个一工程”。

作者简介

陈欣欣 女，1952年出生，福建福州人，剧作家。代表作品有《滕玉公主》《山花》《钻石》《走过十五岁》《生命》等剧本。其中《山花》获文华剧本奖、“曹禺戏剧文学奖”，剧目两度入选中宣部精神文明建设“五个一工程”。

·昆　曲·

眷江城

罗　周

人　物　刘益朋——医生（巾生）。

刘　母——老乡鸡员工（正旦）。

丁　铃——记者（闺门旦）。

李玉虎——老乡鸡店长（净）。

赵　顺——外卖小哥（丑）。

钱二伯——社区工作者（外）。

孙五可——社区工作者（末）。

阿　昌——货运司机（穷生）。

小　乔——患病少女（贴旦）。

序　幕

〔2020年初，武汉。

〔阳台上，小乔持盆猛敲。

小　乔　（哭喊）救命、救命！救救我，谁来救救我！

〔为防控新冠肺炎疫情、切断病毒传播途径、遏制疫情蔓延之势，2020年1月23日10时，武汉封城。

〔切光。

第一折　双瞒

〔光起。南京，玄武湖公园。刘益朋上。

刘益朋　（唱【北黄钟·醉花阴】）

雾笼乡关望中远，

传疫讯寸心辗转。

长牵念居家的老椿萱，

她茕茕可身安？

一番番欲把键儿按，（手机在掌，踌躇）

回回的，舌尖上话来难。

怕百叠乱添作千叠乱。

（听见手机铃响，接之）母亲，你好么？

〔刘母内声："好，好！今早城封了，下午店关了；朋朋你呢？你在哪里？"

刘益朋 我约了丁铃，在玄武湖，不知她来是不来。

〔刘母内声："你与铃儿，怎么了？"

刘益朋 电话不接、微信不回，她不理我多时了……

〔刘母内声："她不理你，定是你不对……"

刘益朋 母亲！不说这些。家里米面够么？蔬果够么？肉菜够么？

〔刘母内声："够了、够了！备好了年货等你们，不料你临时加班……"

刘益朋 临时加班，今却回……回回不去了！

〔刘母内声："莫回、莫回！回不来的好、不回来的好……"

〔电话持续，絮语之声渐轻。

〔丁铃上。

丁　铃 （唱【喜迁莺】）

急飐飐欲谋一面，

急飐飐盼谋一面，

收拾起忧烹愁煎。

牵也波牵，

向江城仗义自遣，

又一缕依依上眉间。

（欲唤而止）益……（故意转身）

刘益朋 丁铃、丁铃！（追上，唱）

可意儿到身前，

恰一似明晃晃皎月照眼，

好叫人半涩半甜，

好叫人半酸半甜。

我就知道，你会来的！当日口角，是我不对……

丁　铃 不说这些！听闻疫情严峻，你院将遣医驰援？

刘益朋 今夜湖水，分外静谧……

丁　铃 又道是争相请命、自愿前往？

刘益朋 明月一轮，高悬天边……

丁　铃 你再不说，我就走了！

刘益朋 留步、留步！丁大记者！你的消息，最是灵通，何须我说？

丁　铃 感染风险极大，可是的？

刘益朋 这……

丁　铃 你也写了请愿书，可是的？

刘益朋 我……

丁　铃 明日一早动身，可是的？

刘益朋 明日么……

丁　铃 不说也罢，走了、我走了！（佯行）

刘益朋 （随之，边走边解释）丁铃、丁铃！我院重症科十八人，十八个手印整整齐齐：皆请赴鄂、不避生死！（唱【出对子】）

俺是个年少矫健，
守其职、责在肩，
未敢回闪只敢前！
况江城原是俺故园，
望云之情倍拳拳。

丁　铃 （唱【刮地风】）

难道我木肠铁心横相拦，
为甚的遮遮瞒瞒？
枉说比翼愿结生生伴，
恼恁个不问不言！

刘益朋 （唱）无关掇骗，欲言难辩，

怕亲亲知晓把珠泪强咽，
又少却一夕安眠。
累亲亲屏儿刷、心儿悬，
恁打熬更艰！
喏！一般样俺也瞒了慈严，
不是情薄，是忐忐忑这情儿深绵。

（忽见）呀！一路相随，不觉近她家门了！

丁　铃　阿姨正在武汉，你若归去，何不告知一声？

刘益朋　不可！

丁　铃　何不见她一面？

刘益朋　不可！

丁　铃　何不带我回家，与阿姨拜年？

刘益朋　一发不可！（手机铃响，接之）母亲……

〔刘母内声：“朋朋，你在南京，也不能大意！家里米面够么？”

刘益朋　够了。

〔刘母内声：“蔬果够么？”

刘益朋　够了。

〔刘母内声：“肉菜够么？”

刘益朋　够了……

丁　铃　呀！（唱【四门子】）

觑着他唯唯诺诺头儿点，
耳边厢，尽是娘絮烦。
怕儿履践半步险，
暖与寒，镂心肝。
争能彀诉行程、此身将返，
骇煞她受怕担惊涕泪涟！
近掌机、并双肩……（偎之）

刘益朋　母亲，你放心吧。

丁　铃　（对电话）阿姨放心，有我看着他！（唱）

暮暮朝，相依万全。

〔刘母内声：“铃儿是你！你果然赴约、果然不生朋朋气了！喏，该说就说、该骂便骂。我把朋朋，交与你了！”

丁　铃　多谢阿姨！

刘益朋　（挂机）多谢铃儿！到……到了。

丁　铃　谢你一路，送我到家。

刘益朋　那我……我去了？

丁　铃　去吧。

刘益朋 我……我真个去了？

丁　铃 当心。

刘益朋 （欲去又止）丁铃！你我半月不见，才逢一面，又要作别……

丁　铃 此去武汉，水远山迢……

刘益朋 你既应承我娘照看于我……

丁　铃 只望今夜，看你到天明……

刘益朋 怎么说？

丁　铃 却又等不到天明！……进来吧。

刘益朋 （佯作）进去？……多少不便！

丁　铃 你再装乔，不进也罢！（欲关门）

刘益朋 要进、要进！（进门）铃铃铃儿，你曾道长发及腰，即便嫁我，如今……

丁　铃 这头秀发……（取剪刀递之）拿着。

刘益朋 这剪刀……剪什么？

丁　铃 头发。

刘益朋 什么？

丁　铃 头发！

刘益朋 不不不，剪不得、剪不得！（唱【水仙子】）

怎怎怎、落玉剪；
怎怎怎、落玉剪；
盟盟盟、盟定长发及腰结姻缘。
盼盼盼、盼青丝泻如泉，
莫莫莫、莫扯这红丝断！

丁　铃 （唱）他他他、指乌云声先颤，
我我我、即渐里舒展花颜。
笑笑笑、笑他至诚天生性太憨，
把把把、把剪发疑作了鸳鸯散。
铰铰铰、铰脱那烦恼丝三千！

刘益朋 冷战半月，难道你还在生气？

丁　铃 你剪是不剪？

刘益朋 又怨我不声不响、撇你而去？

丁　铃　断是不断？

刘益朋　你若因此怨恼，要与我断，我就不——

丁　铃　不怎么？

刘益朋　不……

丁　铃　不如何？

刘益朋　不、不……哎呀丁铃！疫情汹汹，万众哀鸣。网络视频，有女子半夜三更，鼓盆求救！如此种种，怎不叫闻者胆裂、见者撕心！身为大夫，驰援武汉，我不去不成！

丁　铃　我也是不剪不成……

刘益朋　啊？

丁　铃　不断不成……

刘益朋　啊！

丁　铃　不去不成！（唱【幺篇】）

痛痛痛、疫情喧，

刘益朋　（唱）痛痛痛、疫情喧，

丁　铃　（唱）罢却了迎春欢宴斟杯盏。

刘益朋　（唱）听垂髫白发苦相唤，

丁　铃　（唱）赴沙场，从征战！

刘益朋　怎么，那武汉——你也要去？

丁　铃　也要去！

刘益朋　你是记者，不是医护！

丁　铃　益朋！（唱）

俺俺俺，俺风云入毫尖，

立信誓把时弊针砭。

刘益朋　“新冠”凶险，你要三思……

丁　铃　（唱）休休休、休望之生畏再迁延！

这袅袅乌丝殊不便，

也算得唱随同调弦。

那武汉，你去得，我也去得；请愿书，你写得，我也写得；便是这头发，你……

刘益朋　（指发）我这是断发……

丁　铃　我剪到齐耳！（递剪）打理事烦，剪短的好……

刘益朋　这头秀发，留了多年……（唱【红衲袄】）

手捧着清凌凌漾碧川，（捧其发）

洒落了细柔柔柳芽繁——（剪之）

丁　铃　半月之前，你我何事争执，我思来想去，竟记不得了。

刘益朋　（唱）堆成这蓬茸茸春茵暖。

〔秀发落地。

丁　铃　耿耿于怀，当真好笑。

刘益朋　（唱）悄轻轻流云挽，

丁　铃　我本不怕，莫名之间，又有些怕……

刘益朋　（唱）慢梳掠游丝软。

犟人儿你我俱一般。

丁　铃　报社专车，今夜出发……

刘益朋　（唱）怪道说等不到天明也，（听到手机铃响）

一霎时惊得人心旌闪。

是我娘！（捧手机，按免提）母亲！你还未歇下？

〔刘母内声："翻来覆去睡不着！朋朋，你最近少出门、多休养，宅在家中，自己当心！"

刘益朋　晓得！

〔刘母内声："囤些口罩！"

刘益朋　知道！

〔刘母内声："不要聚餐！"

刘益朋　明白……母亲，放心！我与丁铃，同在一处。她一笑一颦，挂我心头；我一冷一暖，也在她心上……（唱【煞尾】）

愿春归云灿霞鲜，

丁　铃　（接唱）守得个枝连并蒂花腼腆。

益朋、益朋……疫情过后，你若安泰、我亦无恙，你再求婚，我便嫁你……我定嫁你！

〔光渐暗。

楔子　饲猫

〔光起。武汉，小乔家。赵顺上。

〔赵顺开门，口唤“喵喵”，四下寻找。忽然电话铃起，骇他一跳。

赵　顺　（接之）喂？

〔丁铃内声：“美团小哥，我上午下的单，怎么还未送到？”

赵　顺　哪一单？

〔丁铃内声：“方便面三箱，送至‘金银潭’……”

赵　顺　“金银潭”？那是收治“新冠”定点医院，送不得、不敢送！（挂之，唤猫）喵喵！喵……唉！自打封城，那返乡的旅游的出差的去外地“奔现”“面基”的，一时之间，都回不来哉！家里猫猫狗狗，怕不要饿煞！我这外卖小哥，便多了一项业务：奉命破门，替猫奴狗奴铲屎官，照管心肝宝贝小主子！喵喵……呀！（惊见，拨微信）小乔，我见着你家三花了！还有小猫崽，它还养了一窝刚刚出生的小猫崽！在、都在；活着、都活着！（念）

团团娇软生爱煞，
连声咪咪心萌化。
冷暖共一家，
斟水添粮换猫砂。
嘘呵呵相觑我与它……

（手机铃响，看之）还是她。罢！（唱）

听那厢又催骂！

（接通）喂……

〔丁铃内声：“等等、等等，听我说！我是江苏《现代快报》记者，叫丁铃。那方便面，是送与医生们的夜餐！”

赵　顺　噢？送给医生的？

〔丁铃内声：“他们忙了整天，还未吃上一口热食……”

赵　顺　……送！

〔丁铃内声：“你说什么？”

赵　顺　我说，我送！

〔丁铃内声："送到'金银潭'……"

赵 顺 银潭路一号，金银潭医院，晓得！

〔丁铃内声："多谢、多谢！放在门口，五米开外。"

赵 顺 三箱"康师傅"，有分量咯，我帮你搬上去！（挂机，对猫）猫儿啦猫儿，你我都是一样，睁眼巴巴，等人救命！莫怕、莫怕，没事哉、得救哉、有救哉！

〔光渐暗。

第二折 忧餐

〔光起。武汉，刘家，刘母上。

刘 母 （唱【北正宫·端正好】）

本指望合家欢、除夕闹，
冷不防漫疫灾，
恐又错失了元宵。
怏怏的身儿影儿自相照，
懒对这寒灰灶。

广场舞停了，麻将档关了，"老乡鸡"也歇业了。朋朋，枕巾被套都与你们备好了……不，莫回来、休犯傻！听个响吧……（开电视）

〔主播之声传来："晚上十点，医护人员终于腾出时间吃晚饭。几盒泡面、几袋饼干，就是他们的年夜饭……"

〔门铃声响。

刘 母 来了！（开门）

〔孙五可上。钱二伯拎一马夹袋随上，立门外。

孙五可 刘阿姨，该测温啦！（以额温枪扫之，夸张）哎呀有了！

刘 母 多少？（急看）三十五度八……嗳！

钱二伯 这伢子，耍你哩！

刘 母 人吓人，吓煞人！外面怎样了？

孙五可 公交停运！

钱二伯 地铁停运！

孙五可 轮渡停运！

钱二伯 冷冷清清，就像热干面不放芝麻酱……

孙五可 糊汤粉不配老油条……

钱二伯 欢喜坨不蘸桂花糖……

孙五可
钱二伯 真不是个滋味！

刘　母 被你们这么一说，我也馋了！只是巧妇难为无米之炊……

钱二伯 （递袋子）瞧，你儿子网上订的菜，我与你拎来了！

〔幕后内声："老钱、小孙，84到了，来搭把手！"

孙五可
钱二伯 来了！来了！（急下）

刘　母 （收拾）满满一袋，费心思了。（唱【滚绣球】）

红菜薹、翠蒜苗，

水灵灵争鲜斗俏，

好叫人松脱脱展了眉梢。

武昌鱼、内蒙羔，

筋道道实材真料，

正合着层叠叠酱抹盐调。

件桩桩是儿舌尖好……

有了！待我样样做好，拍照传去，叫他看图下饭，聊以解馋。武昌鱼么，清蒸；五花肉么，红焖；老母鸡么，炖汤……（唱）

叨叨絮絮细拣挑，

忙劫劫为儿作勖劳。

〔刘益朋、丁铃悄上，与刘母面面相对。

刘益朋 母亲！
丁　铃 阿姨！

刘　母 呀！（唱【幺篇】）

觑当面俨俨然立着儿曹，

刘益朋 （唱）携婵娟盈盈含笑，

刘　母 （唱）乱缠缠忧喜交交！

刘益朋 （唱）劝莫归、偏来到，

刘　母　（唱）嗔狂伢涉步险道，

刘益朋　（唱）奔走间奈何多娇！

丁　铃　（唱）欢哈哈咱今来个巧，

锅碗起舞筷箸敲！

阿姨，不怪益朋，是我念着您的家常菜了！

刘益朋　瞧这一桌儿热气腾腾！娘，我近来早饼干、晚泡面，早晚吃成个“尸身不腐”！

刘　母　呸呸呸，童言无忌！（夹菜，喂丁铃）来来来，尝尝这蓑衣圆子！

丁　铃　美味！

刘　母　（夹菜）菜薹腊肉！

刘益朋　好吃！

刘　母　（夹菜）葵花豆腐！

丁　铃　可口！

刘　母　（夹菜）黄陂三鲜！

刘益朋　馋人……（欲上手）

刘　母　（以筷敲之）洗手去！

刘益朋　是是是。（下）

刘　母　手指缝里多搓搓，洗满三分钟！铃儿，看你浓浓密密、满把长发，待等有了宝宝，只怕留不住哩。

丁　铃　（含羞）啊呀阿姨！

刘　母　说多了、说多了！再尝尝这豆皮，裹了香干、香菇、肉丁、糯米……正宗武汉味道！怎么样？

丁　铃　（食之）武汉味道，也是家的味道、娘的味道……

刘　母　什么？

丁　铃　娘的味道！娘啦！

刘　母　嗳、嗳、嗳！（唱【叨叨令】）

听着她一声声软软糯糯地叫，

觑着她娇楚楚明明净净的貌。

恨不把喜讯儿家家户户的告，

再添个小孙孙疼疼热热地抱。

殷殷的斟汤水也么哥，

连连地布佳肴也么哥……

〔丁铃倏忽不见。

刘　母　来来来，再来一……（定睛）如何饭厅之中，空空荡荡？朋朋、朋朋？盥洗室内，荡荡空空！儿子、媳妇！媳妇、儿子——（唱）

原来是梦黄粱一个虚虚渺渺的觉！

一桌子菜，都凉了……

〔李玉虎上，按铃良久。

李玉虎　（叫门）刘阿姨、刘阿姨！

刘　母　（惊觉）来了、来了！（开门）是李店长！来来来，请家里坐。

李玉虎　（嗅之）好香啊。刘阿姨，多少人垂涎三尺，记挂你这锅汤！（唱【脱布衫】）

香馥郁四时招邀，

暖躯壳疲减倦消。

绝胜了甘露琼瑶，

念念间肚缭肠绕。

只是啊！（唱【小梁州】）

店门一锁里外悄，

刘　母　（唱）冷了锅枯了勺。

李玉虎　（唱）恰好比雨里乌鹊各飞逃，

刘　母　（唱）惊纷扰，几时得归巢。

李玉虎　刘阿姨，近来店里关张不做生意，你可是闲不住了？

刘　母　不是闲不住，是忍不住！（唱【幺篇换头】）

忍见那仁心医护没个饱，

冲汤泡面、筷头打捞。

一刬的扑簌簌泪珠掉，

谁无儿女也，

争叫他这般苦打熬！

李店长，我有个主意，你斟酌斟酌！

李玉虎　什么主意？一起斟酌！

刘　母　喏。医生护士，吃不上热饭热菜，冷肠冷肚，怎生是好？我们何不复工……

李玉虎 复工？

刘　母 开灶！

李玉虎 开灶？

刘　母 与他们做些饮食！

李玉虎 分文不赚？

刘　母 分内之事！

李玉虎 出门上岗？

刘　母 该当分忧！

李玉虎 当真不怕？

刘　母 不敢不去！

李玉虎 哈哈……刘阿姨，我们想到一处了！今日登门，正为此事。你若有心，明早七点，店门重开！

刘　母 明日一早，准时开灶！

李玉虎 刘阿姨，我先去了。

刘　母 留步！饮了这碗汤再去。（奉之）

李玉虎 嗯……便是这个滋味！（饮之）

〔手机响，刘母接之。

〔刘益朋内声："母亲！我订的菜都送到了吧？"

刘　母 到了。

〔刘益朋内声："今日武汉，又确诊了千余！母亲，你且宅家中！"

刘　母 晓得！

〔刘益朋内声："不可出门！"

刘　母 知道！

〔刘益朋内声："不要待客！"

刘　母 明白！朋朋，我锅上还炖着汤，先挂了。（转面）啊李店长，你也有儿女，也有父母……

李玉虎 这……是啦。（唱【尾声】）

应怜母子心，
天涯同怀抱。

刘　母 （唱）霜雪岂独门前扫，
祷遍春风归来早。

李玉虎 刘阿姨，明日你……你不去也罢。

刘　母 李店长，世上父母儿女，都是一样的。

李玉虎 怎么说？

刘　母 明日一早，我定当到岗，定当到岗！

〔光渐暗。

楔子　惭怯

〔光起。武汉道上，阿昌驱车上。

阿　昌 （唱【南中吕·念奴娇】）

昼驰夜赶，
车毂过叠嶂，
佳人近在望。
掌上银屏握已暖，
没乱里又生怅惘。
密匝匝遮防甲裳，
空寂寂汉疆鄂壤，
身似黄雀投丝网。
登程无悔，
则今时震吓颠荡！

〔李玉虎驾车上，阿昌恍惚之间，二车碰擦。

李玉虎 下车、下车！满车生鲜，险些报废！

阿　昌 得罪、得罪！连开五天，委实难支！

李玉虎 看这车牌，你从江苏来？

阿　昌 防护服三千，运入武汉。

李玉虎 啊呀呀……失敬失敬！

阿　昌 不敢不敢！

李玉虎 雪中送炭！

阿　昌 略尽绵薄！

李玉虎 多劳！

阿　昌 该当！

李玉虎 先请！

阿　昌 告辞。

李玉虎 转来、转来！你归去途中，千万当心！（下）

阿　昌 这归去么……小乔啦小乔！想你我相识网上，用情渐深，我今奔波千里，为你而来；此去不远，便是你家……（唱【古轮台】）

眺春芳，
千思万绪黯神伤。
那日介激起胆气百十丈，
来相守欲与相傍。
危时证情长，
方识俺须眉行状！
一亭亭渐近江城，
一处处顾盼空旷。
又闻一日日确诊数添了一行行，
攘攘抢抢。
把俺热潮潮心意骇成僵，
欲留欲去，
欲追欲放，
欲咽欲讲！
不觉泪汤汤，
复何想，
惭杀懦怯陌上郎！

我想陪着你、守着你，只是、只是——（微信声起）这半夜三更……是小乔！

〔另一空间，小乔蓦现。

小　乔 阿昌……谢谢你。

阿　昌 怎么说？

小　乔 我孤身一人，困在武汉。多亏有你，网络之上，陪我聊天、陪我熬夜，陪我哭、陪我笑……若不是你，我真不知如何是好……

阿　昌 小乔！来了、我来了、我来见你了！

小　乔 怎么说？

阿　昌　我运货到此，正在黄鹤楼边、民主路上，卸了物资，便去找你！

小　乔　不要来！

阿　昌　便去陪你！

小　乔　快回去！

阿　昌　便去守着你！

小　乔　我在金银潭！

阿　昌　金银潭？

小　乔　阿昌，我确诊了……好在入院及时。你且放心，你要听话！

阿　昌　你、你好起来，我才放心，我才听话！

小　乔　会好的、会好的……阿昌！你回程路上，途经“金银潭”，两短一长，鸣三声喇叭，我就晓得了！别忘了，三声喇叭……

阿　昌　好、好……好！小乔，我还会来的，我还要来的！

〔喇叭三声，回荡在夜里。

〔灯渐暗。

第三折　盟婚

〔光起。金银潭医院，CT室门前。

〔内声播报：“730号请准备，536号请取片。”

〔丁铃、刘益朋分上。

丁　铃　（念）忍把涕零报远近，

刘益朋　（念）常于分秒夺死生。

丁　铃　（念）鸟雀不问锥心事，

刘益朋　（念）犹上枝头闹黄昏。

丁铃，多日不见，你怎么在此？

丁　铃　这……这“金银潭”，是你之阵地，亦我之疆场。喏，镜头是兵刃，网络为骏马，纸媒做营房……

刘益朋　休要逞强。下班了，走吧。

丁　铃　慢来、慢来。（唱【南商调·引子】）

余晖万里，

蒸腾灿若金波溢，

刘益朋　（唱）静默默朱轮坠西。

来此多日，还是头一遭……

丁　铃　头一遭，坐看夕阳西下。

刘益朋　愿与你生生世世，共此安详。

〔内声播报：“732号请准备；538号请取片……”

〔丁铃一惊，欲起。

刘益朋　丁铃，今乃你我共度第七个情人节。

丁　铃　你竟记得！

刘益朋　我订了蛋糕送去你处，快回去吧。

丁　铃　益朋！我……我还要组“情人节”特刊哩。（唱【二郎神】）

驰诗笔，

录尽了疫瘴中相思天地。

刘益朋　都有些什么？

丁　铃　（唱）有永诀号呼和血泣，

也有时难共赴，

则道同袍亦我妻！

更有一瓢一饮点点滴，

遍尘凡、烟火悲喜。

有对年少男女，网上结交，素未谋面。及至武汉封城，那男子竟自荐义工、越城而来——

刘益朋　越城而来！

丁　铃　不休不眠，送来整整三千套防护服！“金银潭”外，两短一长，三声喇叭……

刘益朋　夜半时分，喇叭三声，我也听到！

丁　铃　好似眷眷情话，鸣向天地！

刘益朋　此事么，我也做得！（唱）

越城涉春泥，

顾不得自家也，

见卿卿无恙俺方宽怡。

丁　铃　还有对中年夫妇，妻子身为护士，为防万一，入住宾馆，不敢回家。那丈夫牵念耿耿……

刘益朋　耿耿牵念，又便怎样？

〔内声播报："538号请取片……"

刘益朋　又便怎样？

丁　铃　他风雨无阻，日夜驱车，不离左右，随妻子而行！

刘益朋　此事么，我也做得！你若是那妻子，我必夜夜相随、日日相送，将闪闪车灯，为你照亮前路！

丁　铃　啐！只怕嫁你之后，又是另一番光景。

〔内声播报："538号请取片……"

刘益朋　咦，那538号，叫了多时……（欲寻）

丁　铃　（拽之）益朋，我若不幸，你会伤心么？

刘益朋　不要胡说！……丁铃，我若不幸，你会流泪么？

丁　铃　休得乱语！"换我心、为你心……"

刘益朋　（接口）"始知相忆深。"

丁　铃　此外科王主任抄与他夫人之诗。

刘益朋　他夫妇之事，病区人人晓得！（唱【啭林莺】）

一从结发将情缔，
世世再无转移，
守定了花飞花谢白头契。
莫奈何、双双地染疾隔离。

丁　铃　那主任啊！（唱）

朝传暮寄，
写多少缱绻文字。
咏珠玑，
泛动满院、情曲漾涟漪。

王主任"每日一诗"，众人传抄。特刊之上，也录了几首。你看！（唱【莺啼序】）

"春入枝条柳眼低"，

刘益朋　（唱）盼盼东风如期；

丁　铃　（唱）"忆芳花又梦小溪"，

刘益朋　（唱）岁晚更生依依。

丁　铃　（唱）"志诚人红尘有几"？

刘益朋 （唱）俺啊，一样地深情厚谊。

丁　铃 （唱）讵能比？

强欢颜舌上嗔戏。

夫人床头猕猴桃，个个是王主任亲洗！

刘益朋 我也洗得！

丁　铃 夫人食欲不佳，他挂着点滴，亲来喂饭！

刘益朋 我也喂得！

丁　铃 夫人夜间失眠，他熬夜陪伴，微信不断！

刘益朋 我也熬得！丁铃，待疫情过后，我们……

〔护士长急上。

护士长 不好了、不好了！刘医生，王主任他……

刘益朋 他怎么样？

护士长 他病情陡重，已、已、已送入重症监护室！

刘益朋 啊呀……快走、快去！（急下）

〔护士长随下。

丁　铃 呀！（唱【黄莺儿】）

他风火抢瞬时，

俺怔怔的魂欲痴，

恨不今宵便结鸳鸯誓。

纠纠情丝，接叶连枝，

又恐芳韶身先逝！

撇闪伊，茕茕孑立，

徘徊中夜无尽思！

〔内声播报："538号请取片……"

丁　铃 538号、538号！益朋，你怎知这久不取片之人，便是、便是……咳！奔波采稿，少不得头疼脑热；可当此之时，头疼脑热，查是怕、不查也怕，隔离是怕、传染也怕，进退之间，好……好不怕人！

〔幕后医生们内声："快，快上呼吸机！血氧下降、心率下降、血压下降！准备插管！我来插管！快……快！"

〔内声播报："538号丁铃，在不在？538号……"

丁　铃　来了、来了！（下）

〔刘益朋上。

刘益朋　（唱【琥珀猫儿坠】）

肝肠捣碎，

未语色先凄。

蓦然冷风吹雨为横涕，

噩耗怎将未亡欺？

哀啼！

斯人一去，空庭岑寂。

〔丁铃持CT报告复上。

丁　铃　益朋，你……难道王主任？

刘益朋　他……他去了！昨夜检测，王主任已然转阴，不知何故，竟急转直下、气息奄奄！方才重症室内，只插管一法，奈他早留言语，不许插管……

丁　铃　救命之法，如何不许？

刘益朋　插管之际，病毒破喉而出，最是凶猛，众医护稍不留神，便有感染之虞！

丁　铃　感染之虞？

刘益朋　丁铃、丁铃！他这只为保全我等、保全我等！（泣下）生死当前，不等了、我们不等了！

丁　铃　不等什么？

刘益朋　不等长发及腰、不等疫情散尽、不等离鄂返宁，你……你嫁与我罢，便在此日！（一进）

丁　铃　此日？（一退）

刘益朋　此时！（再进）

丁　铃　此时？（再退）

刘益朋　此地！（三进）

丁　铃　此地……（三退）益朋……（递CT报告）

刘益朋　（接看）“538号丁铃，左肺局部、斑片状影……”这个……不会的！是、是轻度疑似……

丁　铃　轻度疑似，总是疑似！益朋，婚姻之事，等等、再等等！等我

排除，等我康复，等到那腮贴身傍、万全之时……（步步倒退，欲下）

刘益朋　（唱【尾声】）

一声絮语魂一撕，

丁　铃　（唱）流泪眼对泪沾衣。

刘益朋　丁铃，转来、转来！不等了、等不及！丁铃你看！（脱防护服，字迹俨然）

丁　铃　（读之）“丁——铃——丈——夫”！

刘益朋　（强颜）逃不掉、抢不走，人人观礼、个个为凭！（唱）

正今时红线婉转百年系！

丁　铃　益朋……

刘益朋　丁铃……

〔光渐暗。

楔子　慰情

〔光起。道上，小乔欢喜上。

小　乔　（微信视频，移步换景）阿昌你看！这是昙华林，这是晴川阁，这是黄鹤楼！（深嗅着新鲜空气）你下次来时，一处一处，我都陪你游遍；还有蔡林记、老通城、四季美、顺香居……一家一家，我都带你尝遍！（忽闻哭泣之声）哪来的哭声？（循声）

〔刘益朋上，二人一撞。

小　乔　你？你……没事吧？

刘益朋　无……无事。（拭泪，举目）

小　乔　（随之望去）那高楼之上、灯火人影？那是你家？

刘益朋　是我家！

小　乔　既是你家，怎不回家？

刘益朋　回家……我夜夜徘徊于此，却回不得家！（手机铃响）母亲，放心！我今留守南京，饮食无忧，那发现疫情的小区，最近的离我还有十公里！丁铃？她有些儿咳嗽，是是是，我与她相随相伴，半步不离！

小　乔　（唱【北折桂令】）

他啊，一霎时收了泪容，

娓娓声轻，谦谦色恭。

向至亲胡厮胡哝，

颠倒苏鄂，遮瞒西东。

刘益朋　医院么，如今小毛小病，谁来医院？只消轮值，不用加班！

小　乔　（唱）他是杏林人驰援江汉，

柳叶刀来救朋从。

弃了杯盅、挽了长弓、

披甲临阵、千里折冲！

刘益朋　（接电话）母亲你呢？听说“老乡鸡”门店复工了？好，你没有上岗就好！“新冠”来势汹汹，年迈更难治愈……母亲，日常用度，我与你网上下单，有外卖送来，你不要出门，千万当心……（挂机，复泪下）

小　乔　（背语）医生？你是医生？医生也哭吗？

刘益朋　是医生，不敢哭、不能哭，却更欲一哭、更欲一哭！（唱【南江儿水】）

眼睁睁鲜活遽凋丧，

诀去忒匆匆！

仁心薄技成何用？

可怜红樱堆新冢，

唯余遗恨江头种。

禁不得淋淋泪纵，

叩地问天，

怎生就这番播弄！

一名患者，与他母亲双双感染入院。那母亲先一步痊愈，道是：“儿啦，我收拾好家里，等你回来！”患者日渐康复，三天之内，本可出院，今日却、却……

小　乔　却什么？

刘益朋　却突发炎症风暴……

小　乔　炎症风暴！

刘益朋 无能为力、无能为力！人不在了，那手机还响个不停；那母亲还将儿子的手机，拨个不停、拨个不停……（失声，踉跄欲下）

小　乔 王军、谢芸、吴卫华、丁洁、许万紫、尤勇……

刘益朋 （止步）你说什么？

小　乔 郭苗苗、王凤凤、郑侠、吕红、颜孝悦……

刘益朋 念的哪样？

小　乔 彭小雨、程明、李雯、康珍珍、刘益朋……

刘益朋 刘益朋！

小　乔 此皆我住院之时，所见医护名姓！虽防护重重、容颜难辨，可一个一个，都记在这里。（指心）

刘益朋 你？

小　乔 我也曾感染，敲盆呼救，幸被“金银潭”收治，痊愈出院。家中三花见我，“咪咪咪咪”，连声叫唤，好不欢喜！今闻康复患者，血中或有抗体，故急急忙忙，献血归来……

刘益朋 献血归来！

小　乔 医生，谢谢你。没有你们，我不能活；有你们挡身在前，武汉才能活、才能活……（深鞠躬）

刘益朋 不、不……（深鞠躬）是我，要谢你；是我们，要谢武汉；谢武汉挡身在前、挡身在前！

〔灯渐暗。

第四折　双识

〔灯起。金银潭医院，门外。

〔刘母、李玉虎推餐车上。

李玉虎 （唱【南南吕·宜春令】）

腾腾热、香喷喷，

送便当又近院门。

刘　母 （唱）殷殷情恳，

拌和油盐葱姜入烹饪。

李玉虎 （唱）七八声檐边鹊鸣，

刘　母　（唱）三五竿枝上日醒，

李玉虎
刘　母　（唱）牵情，

但求暖他枯肠，

把个里滋润。

李玉虎　刘阿姨，今日送餐，辛苦你了。

刘　母　人手不足，该当分忧。

李玉虎　怎还不见取餐之人？待我再催他一催！（欲拨电话）

刘　母　不消、不消！等等便是。

〔赵顺戴袋鼠耳朵骑车上。

李玉虎　顺子、顺子！

赵　顺　李店长！咦，彬哥呢？

李玉虎　他去方舱送餐了，这边有我与刘阿姨照应。

赵　顺　那体育中心健身中心会展中心博览中心洪山青山客厅黄陂江岸江夏大大小小十几家方舱，他去了哪家？

刘　母　你倒熟得很哪！

赵　顺　阿姨，您往这瞧——（指头上）

刘　母　兔子耳朵？

赵　顺　哎，是袋鼠耳朵。只有片区跑单第一、好评第一的小哥，才有这么副耳朵哩。（唱【绣带儿】）

车轱辘逐趁彩铃，

铃不停俺这脚也不停。

听多少鼓敲三更，

往来那雾雨奔霆。

勤勤，欲知半城樱花信，

俺这厢有问必应。

刘　母　旁的不说，只问全城病患，可得救治？

赵　顺　（唱）漫长夜东方渐明，

多亏了海北天南、九州用命！

全城病患，应收尽收！刘阿姨，如今“一省包一市”，别说武汉，全湖北都不缺医生啦。

李玉虎 顺子，刘阿姨之子，便是医生。

赵　顺 了不得、了不得！是哪里的？

刘　母 他、他在江苏。

赵　顺 江苏好哇，散是十三星，聚作“苏大强”！他是江苏哪里的？

刘　母 是、是南京的。

赵　顺 南京好哇，与咱是连襟。

李玉虎 一湖北、一江苏，怎说连襟？

赵　顺 它有盐水鸭、咱有周黑鸭，一笔写不出两个鸭字，岂不是连襟吗？

李玉虎 原来是这样的“连襟”！

赵　顺 啊阿姨，你家儿子，是南京哪个医院的？

刘　母 是、是鼓楼医院……

赵　顺 鼓楼医院好哇！

李玉虎 你这油嘴，怎生句句叫好？

赵　顺 喏！全国的医疗队，来咱湖北的一共三万多人，江苏一省，就来仔将近三千，好是不好？

李玉虎 好！

赵　顺 江苏来仔三千人，南京一市，就来仔五百，好是不好？

李玉虎 好！

赵　顺 南京来仔五百人，鼓楼一院，就来仔两百，好是不好？

李玉虎 好！

赵　顺 格么是哉，你也句句叫好哇。

刘　母 呀！（唱【太师引】）

听小哥连连地赞起兴，
却叫俺扑棱棱纠拿心惊。
赴江城同袍相趁，
恪职守担荷千钧。
战疫瘴意气凛凛，
救万姓白衣成阵！
俺啊，俺则是苦口叮咛，
但求冷雨凄风远儿身……

赵　顺 刘阿姨，你儿子也来湖北了吗？

李玉虎 他是重症科年少才俊，怎能不来？

刘　母 （回避）那、那取餐之人，怎生还不来？

赵　顺 他是来了武汉，还是去了黄石？

李玉虎 娘在武汉，做儿子的，定也到了武汉！

刘　母 （回避）那、那取餐之人，如何还不到？

赵　顺 刘阿姨，你儿子是进驻了方舱吗？

李玉虎 还是在雷神山？火神山？

赵　顺 协和医院？

李玉虎 同济医院？

赵　顺 梨园医院？

李玉虎 中心医院？

刘　母 不不不……（唱【三学士】）

他长长短短连声问，
好叫俺百味杂陈。
难道说我儿遵了娘教训，
锁户掩门在金陵？
啊呀儿，怎劝娇生步险境，
劝潜居、又坐不宁！

赵　顺 刘阿姨，想必你儿子脸上，也满是口罩勒痕。

〔李玉虎拦之。

赵　顺 防护服一穿一天，不吃不喝。

〔李玉虎再拦。

赵　顺 连厕所也不能上，只好垫个尿不湿……

李玉虎 （三拦）休说了、休说了！哪个做娘的不疼儿子！咦，怎么取餐之人，还无动静？刘阿姨，我去打听打听。（下）

赵　顺 我陪你去！（随下）

刘　母 这世上，哪来的白衣天使？不过是一群孩子，披上白褂，从阎罗殿上抢人、抢抢抢人啦！朋朋，你是娘的儿子，娘舍不得你；你是个医生，娘又拦不得你、拦不得你！驰援疫区，你当真敢来，你就来、来、来呀！

〔另一演区，刘益朋上。

刘益朋 （唱【三换头】）

救急回春，耽搁餐饮，

免劳医务，把肴饭亲迎。

呀！眸光一瞬，

遥遥地但见那、

老萱堂依稀白鬓！

娘……真是我娘！（唱）

恁应承不离自家院，

原来哄瞒深！

怪道那一锅汤馨，

浑似俺孩提馋到今！

（自语）母亲！叫你宅家，你偏外出；说什么不敢上岗，却原来早已复工！况医院重地，年迈之躯，怎敢轻来？你你你好不听话！（唱【刘泼帽】）

恼啊、恼娘不从孩儿令，

笑啊、笑孩儿一样违了娘令行。

笑恼万叠心潮滚，

想啊、想叫娘一声，

这一声到唇边还强忍。

不，叫不得、叫不得……（缓步迎前）

刘　母 来了，那取餐的医生来了！

刘益朋 （唱【秋月夜】）

步沉沉，

刘　母 （唱）觑着他步沉沉，

刘益朋 索性瞒她到底、瞒她到底！（唱）

齐臻臻把个庞儿隐，

刘　母 （唱）则一双青眸好似澄波净，

刘益朋 （唱）恨不能瞠目烙定娘亲影。

刘　母 （唱）陡地心胆震，

刘益朋 （唱）倏然泪已盈。

刘　母　呀！眼睛——这双眼睛，好好好一似我朋朋的眼儿！

刘益朋
刘　母　（唱【金莲子】）

不转睛，
凝注咫尺对面人。

刘　母　（唱）莫不是、娘的儿，
早到了江城？

刘益朋　（唱）莫不是、儿的娘，
识破了亲生？

刘　母　（唱）莫不是、娘的儿，
甲胄披身？

刘益朋　（唱）莫不是、儿的娘，
受怕担惊？

刘益朋
刘　母　（唱）万绪缠游丝，

当此舞纷纷。

刘益朋　抱歉、抱歉。手术延误，取餐来迟。

刘　母　无妨、无妨。保温箱中，饭菜犹热。

刘益朋　告辞了。（欲下）

刘　母　转来、转来！

刘益朋　在此、在在在此！

刘　母　你们想吃什么，留个条儿。

刘益朋　知道了。

刘　母　治病救人，自己当心。

刘益朋　明白。

刘　母　你的娘亲，定在等你回家。

刘益朋　晓晓晓得！

刘　母　我回店去了……（欲下）

刘益朋　留步、留步！

刘　母　在此！

刘益朋　防疫情势，一日好过一日，大可放心。

刘　母　好!

刘益朋　外出送餐，您也当心。

刘　母　好。

刘益朋　这饭菜，美味之极！院里小护士，吃了一口，竟放声哭道："这滋味，与我娘烧得一模一样!"

刘　母　好……去吧、去吧。

刘益朋　是……（欲下）

刘　母　（脱口）朋……（改口）捧、捧、捧稳了。

刘益朋　是是是。（唱【尾声】）

　　漫道相逢不相认，

刘　母　（唱）但把娘心比儿心，

刘益朋
刘　母　（唱）翘首春回草木新!

〔刘益朋下。

刘　母　（听见微信声起）是朋朋!

〔幕后刘益朋之声："母亲，还有一事，报与你知。丁铃排除了'新冠'，平安无恙。她答应嫁我了，六月六日，便是婚期、便是婚期!"

刘　母　六六大顺，好、好！今岁之冬，真个漫漫；春天也该来了，春天已然来了……娘等着、娘盼着……

众　人　春天也该来了、春天已然来了！我们等着、我们盼着……（唱同场曲【转调货郎儿】）

　　虽则是这一番打叠消瘦，

　　终得个云山如绣!

　　那时节援袍再登黄鹤楼，

　　敞襟带春风邂逅，

　　齐拍手笑瞰江流。

　　归元寺把晓钟敲叩，

　　夹道樱红粲剔透。

　　架飞桥挥斥方遒，

　　泛沧溟万里行舟。

客子来归怅悠悠，

琴台同举酒，

遥迢迢清泠伯牙奏，

一崖一峰毓灵秀。

重忆前尘驻吟眸，

有汗青皎皎垂之长不朽、长不朽！

〔光暗。

——剧　终

《春江城》2020年10月7日由江苏省演艺集团昆剧院在江苏大剧院首演，总导演韩剑英，施夏明饰演刘益朋。

作者简介

罗　周　女，1981年出生，江西南昌人，主要作品有昆曲《春江花月夜》《浮生六记》《当年梅郎》《春江城》，京剧《大舜》《蓄须记》，锡剧《一盅缘》《卿卿如晤》《烛光在前》，扬剧《衣冠风流》《不破之城》，越剧《乌衣巷》《凤凰台》，话剧《张謇》等。作品三获“曹禺戏剧文学奖”，并获中国戏剧节优秀编剧奖等多个国家级奖项。

·歌 剧·

红 船

王 勇

时　间　1921年7月30日到8月初的一天。

地　点　上海法租界、浙江嘉兴南湖。

人　物（以出场年龄为准）

毛泽东——二十八岁，来自中共长沙早期组织（男高音）。

陈潭秋——二十五岁，来自中共武汉早期组织（男高音）。

王尽美——二十三岁，来自中共济南早期组织（男高音）。

邓恩铭——二十岁，来自中共济南早期组织（男高音）。

李　达——三十一岁，来自中共上海早期组织（男高音）。

刘仁静——十九岁，来自中共北京早期组织（男高音）。

陈独秀——四十岁，中共创始人之一（男高音）。

包惠僧——二十七岁，受陈独秀个人委派（男高音）。

尼克尔斯基——男，二十三岁，俄罗斯人，共产国际远东书记处代表（男高音）。

李大钊——三十岁。中共创始人之一（男中音）。

董必武——三十五岁，来自中共武汉早期组织（男中音）。

张国焘——二十四岁，来自中共北京早期组织（男中音）。

周佛海——二十四岁，来自中共旅日早期组织（男中音）。

陈公博——二十九岁，来自中共广州早期组织（男中音）。

马　林——三十八岁，荷兰人，共产国际代表（男中音）。

陈望道——三十岁，《共产党宣言》中文翻译者（男中音）。

何叔衡——四十五岁，来自中共长沙早期组织（男低音）。

李汉俊——三十一岁，来自中共上海早期组织（男低音）。

杨开慧——十八岁，毛泽东之妻（女高音）。

王会悟——二十三岁，李达之妻（女中音）。

细妹子——女，十五岁左右（民歌）。

船　娘——女，三十岁左右（民歌）。

灰衣人（法租界巡捕房便衣），军警若干，轿夫、唢呐手若干，游客、小贩若干，驱张团成员若干，学生、工人、市民若干。

各界群众——由工人、农民、市民、贫民、学生等组成。

序 幕

〔天空之下，乌云翻滚。

〔字幕：“自1840年鸦片战争以来，由于西方列强的侵略和封建统治的腐朽，中国逐渐沦为半殖民地半封建社会，国家陷入了内忧外患的黑暗境地，人民经历了战乱频仍、山河破碎、民不聊生的深重苦难。为了实现中华民族的伟大复兴，谋求人民幸福生活，无数仁人志士奋起寻求救国救民、振兴中华的道路，进行不屈不挠的斗争，但终究未能改变旧中国的社会性质和中国人民的悲惨命运。十月革命一声炮响，给中国送来了马克思列宁主义。中国工人阶级开始作为独立政治力量登上了历史舞台。五四运动促进了马克思主义在中国的传播并与工人运动相结合，为中国共产党的成立在思想上、干部上做了准备。1921年7月23日，历史在开天辟地大事变中走来……”

〔光起。各界群众缓缓地上。

各界群众 （唱）苦难中华，
我的父母之地；
苦难中华，
我的祖先之地。
多少苦难无边无际，
多少灾厄无穷无期；
多少泪水无声哭泣，
多少魂灵无所归依。
苦难中华，
我的父母之地；
苦难中华，
我的祖先之地。
还有多少梦想，
还有多少希冀，

还有多少梦想和希冀。

一个幽灵，

共产主义幽灵，

徘徊在中华大地。

〔天边，一束光柱刺破云雾，喷薄而出。

〔暗转。

〔1921年7月30日，夜。

〔李公馆——李书城家，位于上海法租界望志路106/108号，一幢具有典型上海地方风格的石库门里弄建筑，砖木结构，坐北朝南。

〔一楼餐厅里，房顶上吊有一盏灯，下摆一条桌——因抽烟抽得凶，满屋子烟雾缭绕……烟雾中，马林、尼克尔斯基、张国焘、李达、李汉俊、毛泽东、何叔衡、董必武、陈潭秋、王尽美、邓恩铭、刘仁静、包惠僧、陈公博、周佛海共十五人，或站或倚或坐在一条桌前，像一幅油画，像一组群雕。

毛泽东 长沙毛泽东。

何叔衡 何叔衡。

张国焘 北京张国焘。

刘仁静 刘仁静。

王尽美 济南王尽美。

邓恩铭 邓恩铭。

董必武 武汉董必武。

陈潭秋 陈潭秋。

李　达 上海李达。

李汉俊 李汉俊。

陈公博 广州陈公博。

包惠僧 包惠僧。

周佛海 东京周佛海。

马　林 共产国际代表马林。

尼克尔斯基 共产国际远东书记处代表尼克尔斯基。

张国焘　（唱）我从古都北京来，

张国焘
刘仁静　（唱）携雷电要把那旧世界劈开；

王尽美　（唱）我从趵突泉边来，

王尽美
邓恩铭　（唱）捧清泉要把黑暗社会涤溉；

毛泽东　（唱）我从岳麓山下来，

毛泽东
何叔衡　（唱）开天辟地一个梦想不改；

李　达
李汉俊　（唱）我们在黄浦江畔期待，

众代表　（唱）为共产主义走到一起来。

董必武　（唱）我从黄鹤楼前来，

董必武
陈潭秋　（唱）长江水载不动中华悲哀；

陈公博　（唱）我从珠江口岸来，

陈公博
包惠僧　（唱）南海边掀怒潮激情满怀。

周　佛　海
马　　　林
尼克尔斯基　（唱）我从日本东京来。
共产国际来，

不远万里漂洋过海。

众代表　（唱）一个幽灵在中国上空徘徊，

共产党宣言激荡寰宇内外。

〔院子里，一盏昏暗的墙灯下，王会悟正在纳鞋底，警惕地观察四周的动静……

王会悟　（唱）这是一个平常的夜晚，

看夜色漫延，

黑暗尽头曙光总会出现。

这是一个不平常的夜晚，

听于无声处，

惊雷隐隐天际传。

五十八个党员，

一十三个党代表，

共同的梦涌动在心间。

〔一个身着灰色衣衫、头戴礼帽的陌生人上，直奔餐厅而去。王会悟想阻拦却已来不及，紧跟在后边。灰衣人推开餐厅门，看到烟雾中惊愕的人们。

王会悟 你？

李汉俊 你找谁？

灰衣人 我、我找各界联合会王主席。

李汉俊 这里没有王主席。

灰衣人 （似笑非笑地）对不起！走错门了。（转身快速离去，下）

马　林 （警觉地）不好！（唱）

情况突然有变，

会议必须换地点。

张国焘 （唱）是不是小题大做？

来人只是走错房间。

马　林 （唱）你们想得太简单，

缺乏革命斗争的经验。

李　达
王尽美
邓恩铭 （唱）换会址如何来得及？

众代表 （唱）情况紧急事发突然。

〔众代表显得焦虑不已。

〔王会悟看在眼里，也是焦急万分。倏忽间，她灵机一动似乎想到了什么。

王会悟 我有一个地方。（唱）

我想起家乡有个地方，

王尽美
邓恩铭
刘仁静
董必武　在哪里？
张国焘
何叔衡
李汉俊

王会悟　（唱）就在嘉兴南湖边。

李　达　（唱）那是个好地方！

王会悟　（唱）那里的警察和特务不常见，

李　达　（唱）民风淳朴比较安全。

王会悟　（唱）咱们可以租条船假装泛舟游玩，

李　达　（唱）在船上继续开会迎接党的创建。

毛泽东　（唱）事态紧急当断则断，
事不宜迟不断则乱。

〔众代表点头称道。

马　林　好，所有人马上转移……

〔马林拉着尼克尔斯基上前一步。

马　　林
尼克尔斯基　（唱）我们的模样太过显眼，

陈公博　（唱）我有新婚妻子需要陪伴。

李汉俊　（唱）我还要与巡捕房周旋，

马　　林
尼克尔斯基
陈　公　博　（唱）不能再参会深感遗憾。
李　汉　俊

毛泽东
陈潭秋
王尽美
邓恩铭
刘仁清
包惠僧 （唱）去南湖，
李　达
董必武
张国焘
周佛海
何叔衡

我们分头去准备，
相约嘉兴再相见。
去南湖，
继续第一次党代会，
让我们迎接党的创建。

〔众代表分头下。

〔光渐暗。

第一幕

第一场

〔光起。1919年5月4日，“五四运动”爆发。

〔天安门——北京大学生冲到天安门示威游行，反对《巴黎和约》。

〔张国焘、刘仁静走在游行队伍的前面。

张国焘 （唱）还我青岛，

刘仁静 （唱）民贼不容存；

张国焘 （唱）取消二十一条，

刘仁静 （唱）诛夷曹、章、陆。

张国焘 （唱）血可流，

刘仁静 （唱）头可断，

张国焘
刘仁静 （唱）《巴黎和约》不能签！

众学生 （唱）血可流、头可断，

《巴黎和约》不能签！

刘仁静 （激愤之下，拿出一把刀，唱）

任人宰割似羔羊，

国将不国生灵涂炭。

东方狮还在酣睡，

中国龙困在沙滩。

就让我一死化作呐喊，

将沉睡着的中国人呼唤。

〔刘仁静持刀欲割颈，被惊呼的张国焘和众学生一把拉住。

〔李大钊冲上，从刘仁静手中夺下刀。

李大钊 （唱）想死容易活着难，

活下去才是真勇敢。

让我们死得更有意义，

还有一口气就去奋力反抗。

众学生 （唱）血可流、头可断，

《巴黎和约》不能签。

〔警笛大作，军警如狼似虎地冲上，开枪驱散学生，有人被绑，有人中弹……

〔张国焘、刘仁静护李大钊下。

〔众学生散去。

〔陈独秀上，撒下满天纷纷扬扬的《北京市民宣言》传单。

陈独秀 （唱）撒下《北京市民宣言》，

像大雪洒落在苦难人间。

一字字情真意切，

中国要主权；

一句句如雷似火。

中国人要尊严。

看啊——

那纷纷扬扬的传单，

都化作六月的雪；

看啊——

那纷纷扬扬的传单，

都化作六月的冤。

〔陈独秀一边撒传单，一边躲闪军警的追捕，终被军警抓住，按倒在地上……

陈独秀 （挣扎着，悲怆地仰天大喊）国耻哪！

〔暗转。

〔1921年8月初。嘉兴南湖狮子汇渡口，停泊着一艘中型的单夹弄丝网船，也称画舫。内有前舱、中舱、房舱和后舱，右边有一条夹弄通道。中舱放一张八仙桌，周围放桌凳和茶几；前舱搭有凉棚；房舱设有床榻；后舱置有橱灶等物。船艄系有一条小拖梢船，为接人进城购物所用。

〔画舫旁，王会悟正在等候，不住地张望。

王会悟 （唱）宁静的南湖波光闪亮，

一艘画舫在岸边荡漾。

〔毛泽东、张国焘等十一个党代表陆续上。或独自出行，或三两成行……

张国焘 （唱）从上海到嘉兴一路辗转，

游山玩水不过是装模作样。

刘仁静 （唱）乘火车换洋车一路巡访，

名胜古迹来不及细细欣赏。

周佛海 （唱）化作归国侨。

王尽美 （唱）装作教书匠。

邓恩铭 （唱）扮作观光客。

陈潭秋 （唱）饰作茶叶商。

包惠僧 （唱）刚分手又聚首心照不宣，

众代表 （唱）眼含笑微颔首把路人装。

〔众代表假装不相识，相互含笑点头，拱手示意。

〔众小贩穿行在众代表间，不住地吆喝叫卖……

小贩甲　（唱）乌镇姑嫂饼名不虚传，

小贩乙　（唱）嘉兴肉粽滋味长，

小贩丙　（唱）西塘八珍糕松脆可口，

小贩丁　（唱）南湖红菱透清香。

毛泽东　（唱）还有那嘉兴三塔观兴亡，

众代表　（唱）更有那烟雨楼风云酝酿。

毛泽东　（唱）一派江南好风光，
果然是吟诗作画好地方。

董必武　（唱）润之莫非诗兴发，
不如和诗一首抒酣畅？

张国焘　（唱）你们哪来如此好兴致，
还有大事可别忘。

毛泽东　（唱）事再大且举重若轻，
谈笑之间把历史开创。

众代表　（唱）事再大且举重若轻，
谈笑之间把历史开创。

〔王会悟笑盈盈地迎上前去。

〔李达率先登船，各位代表鱼贯登船。

王会悟　（唱）叫船娘，叫船娘，
解缆绳，摇船桨，
让画舫在南湖上荡漾。

众代表　（唱）叫船娘，叫船娘，
解缆绳，摇船桨，
让历史在南湖边起航。

〔船娘边摇橹边唱嘉兴民歌。

船　娘　（唱）四个姑娘去踏车啊，
四顶箬帽手里拿。
四顶箬帽都是牡丹花，
头上却插栀子花……

〔画舫缓缓地向湖心划去……

〔光渐暗。

第二场

〔光起。

〔北京。监狱。陈独秀面壁而立。

陈独秀 （唱）阴风吹，冷雨滴，
我就在这里。
这里是监狱，
也是研究室。
我在这里研究社会，
只有阴暗之地，
才可能找到光明的希冀；
我在这里研究历史，
只有寒冷之地，
才可能找到火热的真理。

〔暗转。

〔长沙。

〔毛泽东、何叔衡正散发《湘江评论》。

毛泽东 （喊）号外！号外！

何叔衡 （喊）号外！号外！

毛泽东 （唱）民主已经死去，
陈独秀关进监狱。

何叔衡 （唱）科学已经死去，
陈独秀身陷囹圄。

毛泽东 （唱）中国走向哪里？
到处都是烂泥！
我们大声呼吁——

何叔衡 （唱）营救陈独秀，

毛泽东 （唱）就是救民主。

何叔衡　（唱）营救陈独秀，

毛泽东　（唱）就是救科学，

救中国于水深火热里。

毛泽东
何叔衡　（唱）救救民主，

救救科学，

救救中国于水深火热里。

〔何叔衡下。

〔毛泽东手持一份《湘江评论》，临江而立。

毛泽东　时机到了！时机到了！（唱）

世界大潮卷得更急，

洞庭湖闸门已开启。

浩浩荡荡的新思潮，

奔腾澎湃在湘江里。

时机到了，

顺他者生；

时机到了，

逆他者死。

〔各界群众上。

各界群众　（唱）营救陈独秀，

我们大声抗议：

救一救民主，

救一救科学。

我们大声呼吁，

救一救苦难中国于水深火热里。

〔合唱中——

济南——罢工的工人打着横幅，上书“济南大罢工，释放陈独秀”。王尽美、邓恩铭走在游行队伍的前面。

武汉——罢课的学生打着横幅，上书“武汉大罢工，释放陈独秀”。董必武、陈潭秋走在游行队伍前面。

广州——罢工的工人打着横幅，上书“广州大罢工，释放陈独秀”。陈公博、包惠僧走在游行队伍前面。

上海——罢课的学生、罢工的工人、罢市的市民走上街头，都打着“上海大罢工，释放陈独秀”“上海大罢课，释放陈独秀”的横幅，李达、李汉俊走在游行队伍的前面。

王尽美
邓恩铭 （唱）我们大声呼吁——

王尽美
邓恩铭
董必武
陈潭秋
李　达 （唱）营救陈独秀，
李汉俊
陈公博
包惠僧
各界群众

董必武
陈潭秋 （唱）就是救民主，

王尽美
邓恩铭
董必武
陈潭秋
李　达 （唱）就是救科学；
李汉俊
陈公博
包惠僧
各界群众

陈公博
包惠僧 （唱）就是救中国，
李汉俊
李　达

王尽美
邓恩铭
董必武
陈潭秋
李　达　（唱）就是救中国于水深火热里。
李汉俊
陈公博
包惠僧
各界群众

〔军警冲上，棒打、驱赶着游行的人们。

〔暗转。

〔北京。监狱外。

李大钊　（唱）终于赢得胜利，
终于迎来正义。
你即将走出监狱，
像一缕希望的晨曦。

〔张国焘、刘仁静及一众北京的大学生上。他们也来迎接陈独秀出狱，显得既激动又焦急。

一学生　（喊）李先生来了。

李大钊　（唱）迎接仲甫出狱，
还带来一首小诗。
我要大声地念起，
让正义的声音传递。

〔李大钊将诗稿递与张国焘，张国焘激动地接过浏览，又递给其他同学传阅，都不禁肃然起敬。

〔咣当一声，狱门被打开。陈独秀缓缓地从监狱走出，人们不由自主地让开一条道。

众学生　（唱）终于赢得胜利，
终于迎来正义。

你今天走出监狱，
像一缕希望的晨曦。
〔李大钊跨步上前，激动地吟诵诗稿。

李大钊 （吟诵）你今出狱了，
我们很欢喜。
他们的强权和威力，
终究战不胜真理。
什么监狱什么死，
都不能屈服了你。
因为你拥护真理，
所以真理拥护你。
你今出狱了，
我们很欢喜！
相别才几十日，
这里有了许多更易。
你不必感慨，
不必叹息，
很多的化身同时奋起；
好像花草的种子，
被风吹散遍地。

众学生 （唱）你今出狱了，
我们很欢喜。
有许多的好青年，
已经实行了你那句言语——
〔陈独秀感动不已，也感慨不已。

陈独秀 （唱）出了研究室便入监狱，
出了监狱便入研究室。

陈独秀 李大钊 （唱）出了监狱便入研究室，
去研究马克思主义。
〔暗转。

〔南湖画舫上。船头——王会悟手拿一本书，却心不在焉，密切、警觉地观察四周的情况……

〔船舱里显现出憧憧剪影——党代表们正在召开中国共产党第一次代表大会南湖会议……

王会悟 （唱）时而高声，时而低语，
字字句句传到耳里。
为了一个主义，
他们愿前赴后继，
为了一个主义，
他们将在所不惜。
时而低沉，时而清激，
真真切切印在心里。
为了一个梦想，
路漫漫其修远兮；
为了一个梦想，
上下求索新社稷。

〔各界群众上。

群　众 （唱）一个主义，
回荡在天地寰宇；
一个梦想，
萦绕在每个人心里。

〔光渐暗。

第三场

〔光起。北京。北长街。福佑寺。

〔寺庙内外，残垣断壁，几近荒废。毛泽东带领的驱张团代表寄宿于此。他们中有工人、市民、农民、学生，也有老人，还有怀抱孩子的女人。衣衫褴褛，饥寒交迫，或和衣而卧，或席地而坐，或相互依靠……细妹子额头上还有胳膊上，打着浸血的绷带显得尤其扎眼。

群　众　（唱）驱逐张敬尧，
北上来请愿。
天下乌鸦一般黑，
潇湘儿女受尽熬煎。

毛泽东　（唱）在那新华门前，
我们像羔羊被驱赶。
所有喉咙都已喊破，
所有呐喊随风飘散。
在那新华门前，
我们面对的是皮鞭。
无辜血青天下飞溅，
落下无穷无尽苦难。

〔毛泽东一一安抚着驱张团成员……最后，走至细妹子身边，拉起她受伤的手。

细妹子　毛先生！（唱）
说什么苍天有眼，
老天爷却是视而不见。
我的爹爹抗暴政横尸湘江岸，
我的兄长前仆后继惨死一边；
我的娘三尺麻绳梁下悬，
抛下我哭天喊地泪流干。

毛泽东　（唱）抚血迹禁不住一阵心颤，
人世间多少苦难才算完。

细妹子　（唱）说什么青天可鉴，
老天爷却是黑白不辨。
细妹子的苦比那窦娥苦，
细妹子的冤比那窦娥冤。
学窦娥临死也发三桩愿，
细妹子问天问地管不管。

毛泽东　（唱）问什么地，问什么天，
命运从来靠自己改变。

只有把剥削阶级去推翻，

才可能换个人间。

群　众（唱）驱逐张敬尧，

北上来请愿。

官官相护一般黑，

潇湘灾祸到何年？

〔细妹子等驱张团成员散去，下。

〔毛泽东目睹着乡亲们的凄楚、痛苦与悲愤，感同身受。

毛泽东（唱）我有一个梦，

总有那么一天，

沙漠变成草原，

沧海变成桑田；

我有一个梦，

总有那么一天，

没有剥削，没有压迫，

人人平等的家园；

我有一个梦，

总有那么一天，

人民幸福，民族复兴，

富强民主的信念；

我有一个梦，

总有那么一天，

中国终将站起来，

挺立世界之巅。

我发下宏愿，

在天安门前，

这个梦并不遥远，

这个梦必定实现。

〔杨开慧拎着一个包裹上，向背对着自己的毛泽东打听。

杨开慧　老乡，请问毛润之先生在吗？

〔毛泽东转身回头看到杨开慧，不由得喜出望外。

毛泽东 开慧！

杨开慧 润之！

毛泽东 你怎么来了？

杨开慧 来看你！

〔二人久别重逢，情不自禁地冲向对方，欲接近又情怯止步，显得腼腆、羞涩。

〔杨开慧打开随身带来的包裹。

杨开慧 我给你带来了家乡的红烧肉、臭豆腐，还有你最喜欢的剁辣椒。

〔毛泽东欢喜地接过包裹，捧起贴近口鼻处，满足地吸吮着家乡的味道。

毛泽东 （唱）闻一闻老家的味道，
就像是回到湘潭韶山冲。

毛泽东
杨开慧 （唱）阔别重逢，如沐春风——

毛泽东 （唱）还记得供职北大图书馆，
你父亲极力推荐我毛泽东。

杨开慧 （唱）多少回你来到我的家中，
与父亲谈古论今海阔天空。

毛泽东 （唱）还记得杨教授教诲谆谆，
经常是茅塞顿开受益终生。

杨开慧 （唱）最喜你慷慨激昂俊朗面容，
最喜你侃侃而谈挥手生风。

毛泽东 （唱）还记得你就在一旁倾听，
忽闪的眼睛透出闪亮清纯。
那眼神已悄悄灼伤我的心，
留下了永不弥合的印痕。

杨开慧 （唱）你这次驱张请愿入京城，
父亲虽然支持却又担惊。
我也是噩梦连连常惊醒，
你的安危已将我的心牵引。

毛泽东 （唱）我的安危不足惜，

看千万潇湘儿女火热水深；
又岂止是湖南一省，
看亿万中华儿女涂炭生灵。
再不可国将不国，
再不能民不聊生，
再不要一盘散沙，
再不忍如此沉沦。
如今是主义泛滥人心乱，
哪一种才可以拨开疑云？
苦苦地思索，
苦苦地沉吟，
让中国凤凰涅槃浴火重生。

毛泽东　开慧，这次进北京，我还要去见陈独秀先生、李大钊先生。

杨开慧　你想见陈先生、李先生！

毛泽东　对，我要向两位先生请教——请教中国的前途命运，请教中国将何去何从！走，我带你去看看乡亲们。

〔杨开慧使劲地点头。

〔远处，“啪”的传来清脆的鞭声。

〔暗转。

〔北京前门外。灰暗的城墙，阴霾的天色，苍茫的大地……

〔李大钊扬鞭赶着一辆骡车上，车上载着陈独秀。

李大钊　（唱）乔装打扮出前门，
送仲甫逃离京城大囚笼。

陈独秀　（唱）看你像个老把式，
赶车人坐车人都是大先生。

李大钊　（唱）从北京到天津再乘海轮，

陈独秀　（唱）赴上海继续求索觅光明。

李大钊　（唱）地坑洼车颠簸道路不平，

陈独秀　（唱）人世间更是处处有不公。

李大钊　（唱）这世界要改变太不容易，

建政党聚人心救国救民。

陈独秀 （唱）早就有此意萦绕于胸，

你我所想不约而同。

李大钊 （唱）举起共产主义旗帜，

陈独秀 （唱）团结所有劳苦大众。

李大钊 （唱）成立无产阶级政党，

陈独秀 （唱）消灭社会阶级区分。

李大钊 （唱）历史大潮滚滚奔涌，

陈独秀 （唱）顺者昌逆者亡时势造英雄。

李大钊 （唱）一言为定，

陈独秀 （唱）一言为定！

李大钊 （唱）一言为定，

你在上海多策动。

陈独秀 （唱）一言为定，

你在北京多经营。

李大钊
陈独秀 （唱）一言为定，一南一北相呼应，

让我们把中国道路探寻。

李大钊 （勒住缰绳，吆喝牲口）吁……

〔李大钊、陈独秀下骡车，眺望苍茫的大地，神情越发显得凝重。

李大钊 仲甫，你看——（唱）

问苍茫大地，

生命不可承受之痛。

黄河在呜咽，

长江在呻吟；

炎黄的子孙，

五千年文明，

四万万同胞却民不堪命。

陈独秀 （唱）问苍茫大地，

生命不可承受之重。

黄山在凄恸，

长城在塌崩；
阴霾吹不尽，
愁云满眼浓，
偌大的家国却无处安魂。

李大钊
陈独秀 （唱）问苍茫大地，

问苍茫大地，
生命不可承受之痛，
生命不可承受之重。

陈独秀 （唱）我忧心忡忡，

李大钊 （唱）我始终笃信。

李大钊
陈独秀 （唱）总有那么一天，

李大钊 （唱）没有压迫——

陈独秀 （唱）从此民富国强；

李大钊 （唱）没有剥削——

陈独秀 （唱）从此繁荣昌盛。

李大钊
陈独秀 （唱）当家做主的是人民，

这就是我们的梦和初心。

〔李大钊、陈独秀郑重地握手。随后，两人跳上骡车。

李大钊 （扬鞭吆喝着）驾！

〔暗转。

〔南湖画舫上，十一个党代表正继续进行第六次会议，仍呈现出一幅油画、一组群雕的质感……

〔船头，王会悟边看书边警惕四周动静……

张国焘 第一项议程，为党命名。

〔众代表下意识地交换眼色，一时间显得肃穆、庄严。

毛泽东 （唱）就像呱呱坠地的婴儿，
名字预示着美好人生。

刘仁静 （唱）守常先生提名共产党，

包惠僧 （唱）仲甫先生一样也赞同。

众代表 中国共产党！

毛泽东 （唱）中国有了中国共产党，
多么响亮多么隽永。

张国焘 （唱）请代表举手表决做定论，

众代表 （唱）神圣的时刻已经来临。

毛泽东 我同意！

〔毛泽东率先举手，董必武举手了，李达举手了，刘仁静也举手了。各位代表依次举起手，齐刷刷举着神圣的右手……

毛泽东 （唱）中国共产党，
像惊蛰春雷滚滚，

众代表 （唱）这名字叫起来喉头发紧。

毛泽东 （唱）中国共产党，
像旭日东方升腾，

众代表 （唱）这名字听起来心头一震。

毛泽东 （唱）中国共产党！

众代表 （唱）中国共产党！

毛泽东 （唱）还有什么比你更庄重，

众代表 （唱）还有什么比你更神圣。

〔远远地，传来汽轮的“突突”声……

〔王会悟警觉起来，重重地拍打几锤舱舷，一头冲进船舱。还没等众代表醒过神来，她已拿出一副事先准备好的麻将，“哗啦”撒在桌上。

王会悟 有情况！

李　达 来，打牌。上茶！

〔张国焘等人迅疾地码牌，有模有样地搓起了麻将，还有几个代表在一旁煞有介事地装作观战。

〔王会悟像个老板娘似的，张罗着倒茶续水。

〔三军警冲上。

张国焘 吃！

李　达　杠！

周佛海　碰！

包惠僧　和了！

张国焘
李　达
周佛海
包惠僧　哈哈哈……

〔毛泽东、董必武推开船窗，显得优哉游哉地吟起诗来。

毛泽东　（吟诵）“江南好，风景旧曾谙——”

董必武　（吟诵）“日出江花红胜火——”

毛泽东　（吟诵）“春来江水绿如蓝——”

毛泽东
董必武　（吟诵）“能不忆江南？”

毛泽东
张国焘
三军警　（唱）江南好，
麻将好，
大搜查，

毛泽东
张国焘　（唱）风景旧曾谙，
东南西北中。

三军警　（唱）谁也不许动！

〔三军警欲厉声喝住这纷乱的场面。

王会悟　请！

董必武
李　达　（唱）日出江花红胜火，

七对开杠饼万筒。

三军警　（唱）他们都是什么人？

毛泽东
包惠僧　（唱）春来江水绿如蓝，
单坎单吊一条龙。

三军警　（唱）像官像绅像先生，

毛泽东
董必武
众代表　（唱）能不忆江南。

我岿然不动。

三军警 （唱）如何搞得清？

〔一边是搓麻将，一边是吟诗，一幅生动而有趣的画面。

〔三军警逼近到每个人面前，一一审视。

〔王会悟端茶盅殷勤地给军警敬茶，却被军警摆手挡住。

〔一个军警凑到毛泽东面前。毛泽东镇静自若，吟诵声声如洪钟。

〔一个军警从牌桌上抓起一把钞票，张国焘欲上前理论，被李达拦住。

〔最后，军警们悻悻地下。

〔汽轮“突突”声响起，渐渐远去……

〔王会悟、众党代表神色凝重地凝视着。

〔光渐暗。

第二幕

第一场

〔光起。天空之下，乌云翻滚。

〔各界群众缓缓地上。

众群众 （唱）一个幽灵，

共产主义幽灵，

徘徊在中华大地；

苦苦地求索，

苦苦地探寻，

苦苦地寻觅。

你选择了历史，

历史选择了你。

〔南湖之上，红船稳稳地驶来。

〔各界群众缓缓地向红船走去，围绕在红船周围。

〔天边，一束光柱刺破云雾，红日喷薄而出。

〔暗转。

〔上海·陈独秀家。

〔陈望道上，“砰、砰、砰”急切地敲响了陈独秀的家门。

陈望道 仲甫！仲甫……

〔陈独秀身穿睡衣，睡眼蒙眬地上，显得烦躁不已。

陈独秀 敲敲敲！（唱）

是谁杀死我的好觉，

面对“凶手”决不轻饶。

陈望道 （唱）我是陈望道，

日上三竿已高照。

陈独秀 （唱）为《新青年》赶稿，

从昨夜熬到大清早。

刚刚吃下安眠药，

又被烦人的敲门吵。

（打开门）望道啊！

〔陈望道兴奋得已直冲进屋，从包里掏出一沓书稿。

陈望道 仲甫，你看。（唱）

奉上《共产党宣言》中译稿，

你望眼欲穿的心头宝。

陈独秀 （激动不已）《共产党宣言》！（颤巍巍地接过《共产党宣言》书稿，唱）郑重地接过书稿，

那是我的魂牵梦绕。

有了你，从此找到奋斗的目标，

有了你，从此吹响奋进的号角。

郑重地接过书稿，

沉甸甸贴近滚烫的怀抱。

（郑重而小心翼翼地翻开书稿的扉页）

〔陈望道隐去。

陈独秀 一个幽灵，共产主义幽灵，在欧洲上空徘徊——

〔与此同时，李大钊出现在远处高台上，与陈独秀相呼应。

李大钊 一个幽灵，共产主义幽灵，在欧洲上空徘徊——

陈独秀
李大钊（唱）一个幽灵，

共产主义幽灵，
在欧洲大陆徘徊，
一个幽灵，
共产主义幽灵，
如今登上了中国舞台。

李大钊（唱）以共产主义名义，
无产阶级大联合，
从此阔步向前迈。

陈独秀（唱）以共产主义名义，
消灭压迫，消除剥削，
从此挺胸把头抬。

陈独秀
李大钊（唱）一个幽灵，

共产主义幽灵，
在欧洲大陆徘徊；
一个幽灵，
共产主义幽灵，
如今登上了中国舞台。
全世界无产者联合起来！

〔暗转。

〔长沙青山祠，湖南第一师范附小宿舍。

〔杨开慧上，手拿一束路边采摘的野花，一路小跑，不时地擦拭脸颊上的微汗。

〔与此同时，毛泽东边擦手边走出宿舍，显得既激动又焦急地眺望。

杨开慧（唱）从板仓到青山心情舒畅，

毛泽东（唱）手心出汗眼巴巴眺望，

杨开慧（唱）远远地就看见我的新郎，

毛泽东（唱）远远地走过来我的新娘。

杨开慧 润之!

毛泽东 开慧!(唱)

怎不见我雇的花轿悠悠荡,

还有那唢呐声声喜洋洋?

杨开慧 (唱)一路上健步如飞入洞房,

没花轿没盖头照样做新娘。

〔一个拿唢呐的唢呐手气吁吁地跑上,两个抬空花轿的轿夫跟上。

唢呐手 (用长沙方言)咯事何解啰?(这是怎么一回事?)

毛泽东 怎么了?

唢呐手 (用长沙方言)你屋里的堂客不得了嘞!

〔毛泽东与杨开慧相视而笑。毛泽东赶紧掏钱付与轿夫和唢呐手,又不住地作揖。

〔轿夫和唢呐手收了钱,喜滋滋地下。

毛泽东 (唱)果然是新青年不同凡响,

毛泽东倒残存封建思想。

毛泽东
杨开慧 (唱)新青年,新气象,

新婚礼办出新模样。

〔毛泽东与杨开慧手牵手走进团宿舍布置的新房。这里虽简单但透着温馨。毛泽东找来一个瓦罐,杨开慧将自己采的野花插在瓦罐里,摆放在已摆满菜肴的书桌上。

〔毛泽东走到杨开慧身后,双手搭在她的肩上,将她轻轻地按坐在椅子上。

毛泽东 霞姑!(唱)

没有富丽的洞房,

杨开慧 (唱)这里一样把风雨遮挡;

毛泽东 (唱)没有精美的家装,

杨开慧 (唱)点缀的野花也芬芳;

毛泽东 (唱)没有佳肴美味尝,

杨开慧 (唱)粗茶淡饭一样香;

毛泽东 (唱)没有甜酒的醇厚,

杨开慧 （唱）白开水一样醉心房。

毛泽东 （深情地）霞姑！

杨开慧 （深情地）润之！

毛泽东 （唱）在卿卿我我的洞房，
心里有话对你讲。
杨教授像火炬驱散迷茫，
李先生陈先生像灯塔引航；
求索中找到方向，
更坚定共产主义信仰。

杨开慧 （唱）在恩恩爱爱的洞房，
我也有话对你讲。
你的信仰也是我的信仰，
你的向往也是我的向往。
求索中相依相傍，
为实现共产主义担当。

毛泽东 （唱）我和你，
两个灵魂在追求里流浪，
终于碰撞出爱的火光。

杨开慧 （唱）从此后，
我把自己交给你，
像云彩投入蓝天胸膛。

毛泽东 （唱）从此后，
走在献身革命的道路上，
生生死死等待在前方。

杨开慧 （唱）我跟你，
谁叫我如此爱你，
爱你就随你——

毛泽东
杨开慧 （唱）生死都去闯。

〔毛泽东、杨开慧以水代酒，手挽手喝交杯酒。随后，毛泽东、杨开慧携手走到窗前，轻轻地推开窗户。满天闪烁的繁星映入眼帘，璀璨而晶莹……

〔幕后合唱：

“新人俏，

风摆杨柳摇；

新人妙，

彩云追月飘。”

〔光渐暗。

第二场

〔光起。北京，李大钊家。广州，陈独秀家。

〔李大钊与陈独秀正分头郑重地交代张国焘、刘仁静和陈公博、包惠僧……

李大钊 （唱）兹事体大——

陈独秀 （唱）兹事体大——

李大钊
陈独秀 （唱）兹事体大——

开天辟地惊雷响，

从此把历史开创。

李大钊 （唱）就在东方巴黎上海滩，

陈独秀 （唱）中国工人阶级集中的地方。

李大钊 （唱）召开第一次党代会，

陈独秀 （唱）成立中国共产党。

〔众人都不禁兴奋、激动不已。

李大钊 （对张国焘和刘仁静，唱）

国焘仁静携手前往，

代表北京去建党。

（对张国焘，唱）

你为人要谨慎不要太张扬，

张国焘 （唱）先生提醒不敢忘。

李大钊 （对刘仁静，唱）

你年纪虽小有思想，

刘仁静 （唱）我将不负先生所望。

李大钊 （唱）兹事体大——

张国焘
刘仁静 （唱）兹事体大——

李大钊
张国焘 （唱）开天辟地惊雷响，
刘仁静

从此把历史开创。

陈独秀 （对陈公博和包惠僧，唱）

惠僧你全权代表我，

再推荐公博走一趟。

你们二人多相帮，

与各地代表多商量。

陈独秀
李大钊 （唱）为筹款建校舍四处奔忙
同行去索薪教育部上访，

却不忘把共产主义宣讲
遭到军警逞凶身负重伤。

陈独秀
李大钊 （唱）最遗憾历史时刻不在现场，

这颗心却相伴在你们身旁。
兹事体大——

张国焘
刘仁静
陈公博 （唱）兹事体大——
包惠僧

陈独秀
李大钊
张国焘
刘仁静 （唱）开天辟地惊雷响，
陈公博
包惠僧

从此把历史开创。

〔陈独秀、张国焘、刘仁静、陈公博、包惠僧隐去。

〔李大钊感慨万分。

李大钊 （唱）我有一个梦，
总有那么一天，
沙漠变成草原，
沧海变成桑田；
我有一个梦，
总有那么一天，
没有剥削，
没有压迫，
人人平等的家园；
我有一个梦，
总有那么一天，
人民幸福，
民族复兴，
富强民主的信念；
我有一个梦，
总有那么一天，
中国终将站起来，
挺立世界之巅。
我发下宏愿，
从心底祈盼，
这个梦并不遥远，
这个梦必定实现。

〔暗转。

〔长沙。湘江码头。

〔远远地从湘江上时而传来汽笛声。

〔毛泽东、杨开慧上，沿江岸走着。

毛泽东 （唱）湘江滚滚向远方，
小别更知情意长。

杨开慧 （唱）橘子洲头水中央，

儿女情长暂且忘。

毛泽东 （唱）此番离乡奔沪上，

开天辟地去建党。

毛泽东
杨开慧 （唱）回
抬 头望——

霞姑眼中含冀望
润之刚毅的脸庞’

志同道合求解放
心心相印逐梦想。

我走了
你去吧’

等我回家
早去早回 诉衷肠。

〔毛泽东毅然地走向远方……

〔杨开慧依依不舍，目送着毛泽东远去……

〔一声江轮的汽笛悠长地响起，在天地之间回荡。

杨开慧 （唱）一声汽笛悠长地回响，

眼看着你走向远方。

你越走越远，承载着希望，

一步步走在爱人的心上。

不管有多少暗礁险滩，

家是你永远的避风港。

遥望着远方，

始终牵引着爱人的目光。

突然泪流淌，

从此思念在心底回荡。

一声汽笛悠长地回响，

眼看着你走向远方。

你越走越远，承载着梦想，

一步步走在中国大地上。

不管多少狂风恶浪，

劳苦民众是你坚挺的脊梁。

〔光渐暗。

第三场

〔光起。南湖。画舫上。

〔中国共产党第一次代表大会南湖会议正在进行，仍讨论《中国共产党纲领》。

张国焘 （唱）党已经有了响亮的名字，

接下来讨论决议和纲领。

〔周佛海郑重地站起身，清了清嗓子。

周佛海 （唱）俄国的十月革命，

我们还需多弄懂；

德国社会党革命，

我们也要搞搞清。

不如先成立研究会，

弄懂搞清再决定。

刘仁静 我坚决反对！（唱）

十月革命已经证明，

社会党改良之路走不通。

实现共产主义理想，

只有依靠武装暴动。

张国焘 我赞成刘仁静同志的观点！（唱）

此事曾向李先生请教，

也曾与陈先生讨论——

〔远处高台上，陈独秀、李大钊现身。

陈独秀 （唱）学习布尔什维克精神，

李大钊 （唱）马克思主义信仰坚定。

陈独秀 李大钊 （唱）无产阶级战胜资产阶级，

只有依靠武装暴动。

众代表 （唱）无产阶级战胜资产阶级，

只有依靠武装暴动。

〔陈独秀、李大钊隐去。

毛泽东 众多仁人志士吃过太多改良主义的苦头，改良主义不是共产党的纲领。（唱）

看十月革命的成功，

已经给中国革命指引。

李　达 润之说得好！（唱）

仲甫先生早确定，

推翻资产阶级政权，

建立无产阶级专政；

实现共产主义，

最终走向社会大同。

众代表 （唱）实现共产主义，

最终走向社会大同。

周佛海 （唱）怎能轻易闹革命，

更不能随便搞暴动。

中国何去又何从，

首先要教育民众。

董必武 （唱）中国人民已觉醒，

工人阶级已成先锋。

再不可坐而论道，

再不能纸上谈兵。

毛泽东 我完全赞同董必武的意见。

周佛海 （唱）我还以为纲领太严，

条条框框管得太紧。

只要党员承认纲领，

就可以承认党员身份。

共产党不做国民党的官，

我也觉得还可以再讨论。

刘仁静 不可以！（唱）

只有铁一般的纪律，

才可能把资产阶级战胜。

张国焘 说得对！为保证共产党的纯洁性，无产阶级和资产阶级的界限必须划清。

周佛海
包惠僧
毛泽东
董必武 （唱）怎能随便闹革命，
暴动还需多慎重，
中国人民已觉醒，
工人阶级已成先锋，

中国何去又何从。
首先要教育民众。
再不可坐而论道。
再不可纸上谈兵。

毛泽东
董必武
何叔衡
李　达
张国焘
刘仁静
陈潭秋
王尽美
邓恩铭 （唱）再不可坐而论道，

再不可纸上谈兵。

〔众代表议论纷纷，有的点头，有的摇头；相互解释、相互争执、相互争论……最后，静止不动，呈雕塑般的造型。

〔王会悟从外打开船舱窗户，眼看着各位党代表，不禁感慨万分。

王会悟 （唱）多么可爱的人，

不禁感慨万分。

从来没有走的路，

你们苦苦地探寻。

寻路——

无论多少艰难险阻，

便只顾风雨兼程。

多么可敬的人，
不禁感慨万分。
从来不敢做的梦，
你们要梦想成真。
追梦——
无论多少荆棘载途，
却只有立党为公。

〔王会悟轻轻地关上船舱窗户，隐去。

张国焘 同志们，下面就纲领和决议进行举手表决。

〔众代表纷纷点头。

张国焘 好！同意的请举手。

〔毛泽东率先举手。

毛泽东 （唱）我有一个梦，
总有那么一天，
沙漠变成草原，
沧海变成桑田；

〔陈独秀、李大钊现身。

陈独秀 （唱）我有一个梦，
总有那么一天，
没有剥削，
没有压迫，
人人平等的家园；

李大钊 （唱）我有一个梦，
总有那么一天，
人民幸福，
民族复兴，
富强民主的信念。

〔杨开慧、王会悟现身。

杨开慧
王会悟 （唱）我 有 一 个 梦
总有那么一天’

没有剥削
人民幸福'

没有压迫
民族复兴'

人人平等的家园
富强民主的信念。

董必武 （唱）我有一个梦，
总有那么一天，
中国终将站起来，
挺立世界之巅。

毛泽东 （唱）我发下宏愿，
从心底祈盼，
这个梦并不遥远，
这个梦必定实现。

〔细妹子、驱张团成员、北大学生、市民、工人等现身。

群　众 （唱）这个梦不再遥远，
这个梦终将实现。

〔陈独秀、李大钊、杨开慧、王会悟、细妹子及驱张团成员、北大学生、市民、工人等隐去。

〔众党代表一一举手。

张国焘 《中国共产党纲领》一致通过！

〔代表们鼓掌。

〔毛泽东在掌声中提议。

毛泽东 我提议，喊几句口号吧？

众代表 （连连称道地）好！好啊！

〔毛泽东站起身，众人也不由自主地站起身。

李　达 小点儿声！

毛泽东 （压低嗓门）中国共产党万岁！

众代表 （压低嗓门）中国共产党万岁！

毛泽东 （唱）万岁，
轻声地呼唤，

见证这一刻瑰伟。
告诉天空，
把梦想放飞，
开天辟地永不消退；
告诉江山，
将初心滋培，
敢为人先风云应对。
万岁，
大声地呼喊，
见证这一刻荣辉。
告诉时间，
这一瞬无悔，
从此定格年年岁岁；
告诉未来，
这一点星辉，
点亮满天星辰不坠。

众代表　（唱）万岁，
此心长相随，
万岁，
此梦犹可追。
万岁，
在南湖上空萦回，
在中国上空萦回，
在历史的长空里萦回。

〔万岁之声回荡在南湖，回荡在中国，也回荡在历史的时空之中……

〔光渐暗。

尾 声

〔极天边，霞光终于冲破云层，洒向大地；南湖之上，一艘红船沐浴着霞光稳稳地驶来……

〔光起。各界群众上，缓缓地向红船走去，围绕在红船周围。

群 众 （唱）一个幽灵，

共产主义幽灵，
徘徊在中华大地。
从辛亥革命的暴风骤雨，
到护法战争的沉沙折戟；
从巴黎和会的大辱奇耻，
到十月革命的成功启迪；
从五四运动的前赴后继，
终于看到你横空出世。
苦苦地求索，
苦苦地探寻，
苦苦地寻觅！
你选择了历史，
历史选择了你。

〔李大钊、陈独秀上，缓缓地朝红船走去。

李大钊 陈独秀 （唱）多么想，

远远地看一眼。
那霞光，
将你辉映成红船。
从这里启航，
你将驶向远方；
从这里启航，
你将驶向未来；
从这里启航，

你将驶向永远。

你将驶向远方，

驶向未来，

驶向永远——

〔毛泽东等众一大代表回身望向红船……

毛泽东
董必武
李　达
何叔衡
张国焘
陈潭秋　（唱）临行前，
王尽美
邓恩铭
刘仁静
包惠僧
周佛海

让我再看一眼；

那霞光，

将你辉映成红船。

毛泽东　（唱）从这里启航，

你将驶向远方。

董必武　（唱）从这里启航，

你将驶向未来。

李　达　（唱）从这里启航，

你将驶向永远。

张国焘　（唱）你将驶向远方，

刘仁静　（唱）驶向未来，

众　人　（唱）驶向永远——

何叔衡　（唱）也许我看不见，

众　人　（唱）我们已经看见；

秀水泱泱，

红船依旧，

行驶在我们心间。

陈潭秋 （唱）也许等不到那一天，

众　人 （唱）我们已经走过一百年；

时代变迁，

精神永恒，

我们已经走到今天。

王尽美
邓恩铭 （唱）也许我看不见，

众　人 （唱）我们已经看见；

秀水泱泱，

红船依旧，

行驶在我们心间。

何叔衡
陈潭秋
王尽美
邓恩铭 （唱）也许等不到那一天，

众　人 （唱）我们已经走过一百年；

时代变迁，

精神永恒，

我们已经走到今天。

董必武 （唱）只要坚持，

小船终将变巨轮；

毛泽东 （唱）只要坚持，

梦想一定会实现。

张国焘
李　达
刘仁静
包惠僧 （唱）只要坚持，

只要坚持……

众　人 （唱）红船将驶向更远更远。

〔红船驶向远方，驶向百年，驶向永远——

众　人（唱）啊，红船！

从南湖岸边，

驶向那梦的彼岸。

啊，红船！

从南湖岸边，

驶向那梦的永远。

驶向永远……

〔光渐暗。

〔字幕：

“毛泽东——中共一大代表，时年二十八岁。中国共产党、中国人民解放军、中华人民共和国的主要缔造者。1976年9月9日逝世。

董必武——中共一大代表，时年三十五岁。新中国成立后曾任中华人民共和国代主席。1975年4月2日逝世。

陈潭秋——中共一大代表，时年二十五岁。1943年9月27日在新疆乌鲁木齐被军阀杀害。

何叔衡——中共一大代表，时年四十五岁。1935年2月24日在福建长汀牺牲。

王尽美——中共一大代表，时年二十三岁。1925年8月19日在山东青岛病逝。

邓恩铭——中共一大代表，时年二十岁。1931年4月5日在山东济南牺牲。

李　达——中共一大代表，时年三十一岁。1923年脱党，1949年12月重新加入中国共产党。1966年8月24日去世。

李汉俊——中共一大代表，时年三十一岁。1924年脱党。1927年12月17日在湖北武汉被国民党杀害。

刘仁静——中共一大代表，时年十九岁。1929年被开除出党。1987年8月5日去世。

包惠僧——中共一大代表，时年二十七岁。大革命失败后脱党。1979年7月2日去世。

张国焘——中共一大代表，时年二十四岁。1938年投靠国民党，被开除党籍。1979年12月3日在加拿大多伦多病死。

陈公博——中共一大代表，时年二十九岁。1922年脱党，抗战期间叛国投敌。1946年6月3日以通谋敌国罪被处死。

周佛海——中共一大代表，时年二十四岁。1924年脱党，抗战期间叛国投敌。1946年被判处死刑，1947年改判无期徒刑。1948年2月28日在狱中病死。"

〔画外音："2021年1月1日，习近平总书记在新年贺词中说：'从上海石库门到嘉兴南湖，一艘小小红船承载着人民的重托、民族的希望，越过急流险滩，穿过惊涛骇浪，成为领航中国行稳致远的巍巍巨轮。'"

〔光暗。

——剧　终

《红船》2020年8月在嘉兴大剧院首演，总导演黄定山，作曲孟卫东，指挥王燕，由浙江演艺集团（浙江歌舞剧院有限公司）演出，王传亮、薛雷等青年演员为主力阵容。

作者简介

王　勇　男，笔名咏之，1968年出生，江西萍乡人，剧作家，中国戏剧家协会副主席，国家京剧院院长，享受国务院特殊津贴专家，中宣部"四个一批"人才。创作涉及戏曲、歌剧、舞剧、话剧、儿童剧等，剧本二十余部，作品多次入选中宣部精神文明建设"五个一工程"；多次获得文华大奖、文华剧作奖，中国戏剧奖·曹禺剧本奖等国家级奖项。

后　记

2021年是中国共产党成立一百周年。为迎接这个具有历史意义的重要时刻，中国戏剧家协会在中国文联领导的指导、支持下，着手编选十卷本的《百部优秀剧作典藏》，力图展示一百年来，在中华民族风雨变迁、可歌可泣的前行历程中，戏剧艺术及广大剧作家在时代洗礼下的深情书写，以及他们思想、使命、追求的嬗变、耕耘、收获。通过作品的陈示，体现中国文艺的“革命性、人民性”本质，以及时代和人民对戏剧艺术的滋养、反哺。以百年的戏剧创作实践，证明党的领导下所取得的巨大成就，以百部戏剧文学力作向党的百年华诞献礼。

编选《百部优秀剧作典藏》，既是一项意义巨大的工作，也是一项严谨、细致，对过去的百年充满礼敬、对未来戏剧创作具有继往开来启示的大工程。一百年来，中国戏剧在中国共产党的领导下，各个历史阶段均未缺席，不同时代的戏剧家都以对时代的真诚感受、对民族的满怀深情、对人民的深厚情意、对艺术的执着追求，创作出数不胜数的优秀作品，每个时期都留下了闪烁着理想与时代之光的精品力作。这部书需要从一百年来的几千部戏剧作品中精选出一百部，确是一项浩大的工程，既需要对一百年来整个戏剧创作历史的宏观把握，又需要严谨、认真、细致的工作态度，从浩如烟海的戏剧作品中进行研读与遴选。

为完成好这项工作，中国戏剧家协会分党组高度重视，审慎推进，努力追求最大限度不遗漏百年以来的力作，不缺位百年来出现的大家，不空白表现各个历史时期的代表作，以还原用剧作讲述、记录的百年历程。为此，2020年初，成立《百部优秀剧作典藏》专家委员会，组成了专门的工作团队，聘请熟悉中国戏剧发展历史、戏剧创作及戏剧作品，并有宏观把握视野的专家进行学术引领，参与选编。

为了能够更加广阔、更加全面地展示戏剧文学的百年辉煌，编委会在听取社会各界意见基础上确定了编辑体例，明确了入选标准，制定了选入原则。许多剧作家一生硕果累累，但为了更广泛地收录剧作家作品，本次原则上每位剧作家（独立署名）只入选一部；同时兼顾作品内容主题、剧种，以及当下戏剧生态的多样性。剧目入围名单形成后，又多次召开不同规模、广泛门类的专家座谈会，倾听大家对《百部优秀剧作典藏》所选剧目的意见和建议。2021年初，最终聘请来自全国不同领域和学术方向的三十多位戏剧专家，对这部书的内容、编排、体例等问题进行了充分讨论，确定最后的入选剧目。

编选过程中，中国文联党组书记、副主席李屹同志时时关注着编选工作的进展并为此书作序；专家委员会成员尽职尽责，为编选工作出谋划策；大家共同努力，历时一年多时间，最终完成了本书的编辑工作。

当然，在编选过程中也遇到了一些具体困难，如有的剧作因为版权问题等因素而未能入选，难免有遗珠之憾。

编选《百部优秀剧作典藏》的过程，既是中国剧协对中国百年戏剧艺术的一次盘点，更是作为党联系戏剧工作者的桥梁纽带，向党的百年华诞献上的礼赞，意义重大，使命光荣。我们深深感念各级领导及许多部门的鼎力襄助，在作品授权中，各位剧作家及其家属和版权单位都对我们工作无私支持，从而保证了此书的顺利推进。在此一并感谢。

感谢作家出版社的热忱，以及在编辑、出版环节的巨大帮助；感谢各位编选专家的认真负责以及对文后注释的审订；感谢自始至终担任编辑指导的资深专家李春喜、刘平同志。这部书不仅凝聚着所有戏剧家对建党百年的礼敬，也表达了对百年以来戏剧先贤的无限景仰，选编过程也是我们对中国文艺与时代、与人民血肉联系的一次重温。

这部书即将面世，书中在剧目编选、印刷校对等方面如有不足之处，恳请专家学者提出批评和建议，以便我们不断改进，修订。

《百部优秀剧作典藏》编辑小组

2021年5月17日

图书在版编目（CIP）数据

百部优秀剧作典藏（十卷本） / 中国戏剧家协会编. -- 北京：作家出版社，2021.5
ISBN 978-7-5212-1387-4

Ⅰ. ①百… Ⅱ. ①中… Ⅲ. ①戏剧 – 剧本 – 作品集 – 中国 – 当代 Ⅳ. ①I230

中国版本图书馆CIP数据核字（2021）第060232号

百部优秀剧作典藏（十卷本）

编　　者：中国戏剧家协会
项目统筹：武丹丹
责任编辑：秦　悦
责任印制：李大庆　李卫东
特约编辑：武丹丹　朱旭辉　许　可　张燕君　陈　端
装帧设计：韦　枫
出版发行：作家出版社有限公司
社　　址：北京农展馆南里10号　　　**邮　　编：**100125
电话传真：86-10-65067186（发行中心及邮购部）
86-10-65004079（总编室）
E-mail:zuojia@zuojia.net.cn
http://www.zuojiachubanshe.com
印　　刷：中煤（北京）印务有限公司
成品尺寸：170×240
字　　数：5051千
印　　张：312.25
版　　次：2021年5月第1版
印　　次：2021年5月第1次印刷
ISBN 978-7-5212-1387-4
定　　价：2980.00元